Ivan Ruff

Zone des Schweigens

Serie Piper
Band 5562

Zu diesem Buch

Die Geschichten, die der Fremde erzählt, den Laura und Martin, ein spätes Liebespaar, in ihre ländliche Küstenidylle aufgenommen haben, klingen zunächst allzu phantastisch: Er sei auf der Flucht vor der Polizei und irgendwelchen Agenten, es gehe um Terrorismus und Atomwaffen, man wolle einen Polizeistaat errichten ...

Aber dann kommt alles noch schlimmer: Ein Störfall in dem benachbarten Atomreaktor löst eine nationale Panik aus, das Liebesidyll droht zusammen mit dem beschaulichen Landleben in einem totalen Chaos zu versinken.

»Ein brillant inszenierter, aufrüttelnder Alptraum, unglücklicherweise auch noch glaubwürdig.« The Sunday Times

Ivan Ruff, geboren 1945, arbeitete in vielen Berufen, in der Marktforschung wie im Spitzenmanagement, einige Jahre mischte er sich auch in die lokale Politik ein. Wenn er nicht gerade schreibt, unterrichtet er derzeit Mathematik – eine Erholung für ihn, wie er sagt. Ebenso wie das Joggen an der Küste von Dorset, wo er lebt. »Zone des Schweigens« ist sein erstes in Deutschland publiziertes Buch.

Ivan Ruff

Zone des Schweigens

Roman

Aus dem Englischen von
Mechtild Sandberg

Piper
München – Zürich

SERIE PIPER
SPANNUNG
Herausgegeben von Friedrich Kur

Die Originalausgabe erschien 1988
unter dem Titel »Blood Country«
bei William Heinemann Ltd., London.

ISBN 3-492-15562-6
Deutsche Erstausgabe
Januar 1991

Umschlag: Federico Luci,
unter Verwendung einer Zeichnung von Jörg Extra
Gesamtherstellung: Clausen & Bosse, Leck
Printed in Germany

Für Jenny

1

Mehr als der Hunger, mehr als Verzweiflung und Angst, begann jetzt die Müdigkeit, eine völlige Erschöpfung, Halluzinationen auszulösen, und er wußte, er würde bald aufgeben müssen.

Bleierner Küstennebel hatte das Tageslicht verdrängt, und die Nacht wurde dichter um ihn. Überall hier hätte er in einem Graben seinen Schlafsack ausrollen und sich die paar Stunden Schlaf genehmigen können, die er brauchte, um sich zu retten. Aber der Zwang weiterzulaufen trieb ihn vorwärts.

Wenn er zu einer Straße kam, schwenkte er sofort wieder von ihr ab, um wie ein Verrückter weiter durch freies Gelände zu rennen. Stellenweise war der Boden steinig, und die dünnen Sohlen der Schuhe aus zweiter Hand, die er trug, schützten kaum vor den scharfkantigen Flintsteinen. Dann wieder mußte er sich durch Senken feuchten Morasts quälen. Aber nie ging er auch nur einen einzigen Schritt zurück, verließ sich auf seine an die Finsternis der Nacht gewöhnten Augen und auf sein Gespür für das Terrain, um sich wieder auf festen Boden führen zu lassen.

Und immer wartete jenseits des letzten Hügelkamms das Meer wie ein schwarzes Loch am fernen Ende der Nacht, das alles unerbittlich ansog. Der andauernde kühle Wind verkündete die Nähe des Meeres, und die Nacht war unruhig vom gedämpften Donnern einer fernen Brandung. Eine schreckliche ständige Begleitung, doch in dieser ganzen Landschaft war das Meer das Freundlichste, das er kannte.

Wie zum Ausgleich für die undurchdringliche Schwärze der Umgebung explodierten in seinem schwindenden, nach Schlaf hungernden Bewußtsein Bilder wie kleine Feuergarben. Benzinbomben auf den Straßen Belfasts, splitterndes Glas und das plötzliche gierige Lecken der Flammen am eigenen Körper, das schreiende Chaos vor Entsetzen panischer Menschen, die zukkende Angst, was als nächstes aus diesen stinkenden Häusern mit den heruntergelassenen Läden auf einen zukommen würde – ihm fehlte jetzt die Kraft, diese Bilder abzuwehren. Schlimmer noch waren die anderen Bilder, quälend in ihrer Verlockung: weiße Jachten in einem Mittelmeerhafen, vom wolkenlosen blauen Himmel herabfallendes Sonnenlicht, das auf ihren Segeln spielte, der lässige Schwung nahtlos braungebrannter Mädchen; maßlos und unanständig wie Sex, Ströme von Geld, nach denen niemand fragte, woher sie kamen und wohin sie verschwanden.

Durst quälte ihn, und die Bilder, die sein Bewußtsein überlagerten, schienen seine ausgedörrte Kehle noch heftiger anzugreifen als irgendeinen anderen Teil seines Körpers. Aber er rührte den Wasservorrat in seinem Rucksack nicht an. Er hatte gewußt, daß diese Phase kommen würde, und wußte, wie er mit ihr umzugehen hatte.

Die Wolkendecke begann allmählich aufzureißen, und flakkerndes Mondlicht huschte über den Himmel. Es half kaum, besser zu sehen; es vertiefte nur die Schatten und rief trügerische Kontraste hervor. Und es machte ihn leichter erkennbar. Auf Mondlicht konnte er verzichten.

Beunruhigender war, daß er auf einen Weg gestoßen war, einen festen Trampelpfad in einer Gegend, in der es für einen Weg keinen Grund zu geben schien. Vielleicht war es nichts Schlimmeres als ein alter Fußweg, der von Wochenend-Wanderern immer neu getreten wurde. Er folgte ihm eine Weile. Das Meer war jetzt näher, immer noch hinter dem letzten Kamm der Küstenhügel, aber der träge Schlag der Wellen war deutlich vernehmbar und ebenso das seufzende Knirschen des Kiesstrandes, über den die Flut hereinbrach.

In einiger Entfernung von dem Pfad, auf einem wohl brachliegenden Feld, konnte er die weißschimmernden Mauern eines verfallenen Bauerngehöfts erkennen. Einen Moment blieb er stehen, dachte nach – über sich selbst, die Gründe für sein Hiersein, überprüfte die Sicherheit des Ortes für ein paar Stunden Schlaf, die Möglichkeiten zur Flucht, falls sie nötig werden sollte.

Nichts erschien ihm gut, aber er wußte, daß diese Nacht nichts Besseres bieten würde. Der verlassene Stall war weiter entfernt, als es zuerst ausgesehen hatte, auf der anderen Seite einer verwilderten Weide, die von dürren Disteln und dornigem Gestrüpp überwuchert war. Die roh gehauenen Steine der Ruine waren in einem größeren Umkreis verstreut, als durch den normalen langsamen Verfall solcher Bauten erklärbar gewesen wäre, aber inzwischen war er so weit, daß er nur noch an Schlaf dachte. An einer halb eingestürzten Mauer, aus deren Ritzen zwischen den gesplitterten Steinschichten der feuchte Lehm bröckelte, rollte er seinen leichten Schlafsack aus und machte es sich auf den Überresten eines Fliesenbodens so bequem, wie es ging. Es stank wie in einem Hühnerstall, aber plötzlich war es ein guter Ort. Er trank fünf Schluck Wasser aus seiner Flasche, nicht einen mehr, und steckte sie wieder ein.

Er schob sich seinen Rucksack als Kissen unter den Kopf und erlaubte sich ein kurzes Lächeln, ehe er einschlief. Er hatte es verdient.

Das Tageslicht weckte ihn, noch war es früh. Es hatte nicht geregnet, und irgendwo am Himmel war sogar eine Spur Sonne. Er streckte sich eine Minute lang die Steifheit aus den Gliedern und machte sich zum Aufbruch fertig. Essen konnte er unterwegs. Sein Proviant war auf Schokolade und Wasser zusammengeschrumpft, da bedurfte es keiner Tischzeremonien.

Während er über die verwilderte Wiese zurückging, bemerkte er in einer Entfernung von etwa fünfzig Metern, schräg zu seiner eigenen Richtung, eine Kette kleiner Holzpfosten, kniehoch, schwarz-gelb gestreift. An einem der Pfosten war ein Schild, aber von seinem Standort aus konnte er es nur von hinten sehen.

Vorsichtig näherte er sich dem nächsten Pfosten und folgte der Reihe, bis er wieder den gekiesten Weg erreichte. Im Vorübergehen warf er einen Blick auf die Vorderseite des Schilds, aber er hatte sich schon gedacht, was darauf stand. Weiß auf Rot hieß es da: *Hier liegen Bomben und nicht entschärfte Granaten. Lebensgefahr! Betreten verboten!* Er schmiß ein zusammengeknülltes Schokoladenpapier nach dem Schild und ging weiter.

Er wußte jetzt, wo er war. Daß er ausgerechnet hier gelandet war! Im Dunkel der Nacht mußte er, ohne es zu merken, die Grenze überschritten haben, und einfach weitergegangen sein. Kein Wunder, daß es kaum Straßen gab, keine Autos, nirgends Lichter. Aber jetzt, bei Tag, konnte das ganze Gelände innerhalb von Minuten von Militär wimmeln. Die Leute würden nicht wissen, wer er war, nur daß er hier nichts zu suchen hatte. Ihm lag nichts daran festzustellen, wie sie reagieren würden, falls sie ihn sehen sollten.

So weit küstenabwärts war er noch nie gewesen, hatte allerdings von diesem Ort gehört. Aber wie, zum Teufel, kam man aus einem Gebiet heraus, das seit Jahrzehnten von der Armee abgeriegelt war, dessen Bevölkerung evakuiert und dessen Häuser dem Verfall überlassen worden waren, so daß es heute einer Geisterlandschaft glich?

Höchstens über die Küstenfelsen. Er hielt auf den graugrünen Kamm zu, von dessen anderer Seite her ihm die Gerüche und Geräusche des Meeres zugetragen wurden. Das Dorf, das das Zentrum dieses gottverlassenen Tals bildete, ließ er rechts hinter sich liegen. Es war ihm unheimlich, und er warf kaum einen Blick auf die Zeilen kleiner Häuser mit den eingeschlagenen Fenstern und den morschen Holzbalken, auf die von Unkraut überwucherte Dorfstraße, die von den Reifenspuren von Militärfahrzeugen durchzogen war. Eine tödliche Stille, die beängstigend war. So würde die Welt nach der Bombe sein. Beinahe konnte man sich vorstellen, es sei schon geschehen.

Als könne jeden Moment ein erbarmungswürdiger Mutant aus den Trümmern kriechen und ihn um Hilfe anrufen, machte er sich rasch davon, wobei er die ganze Zeit die Höhen rund um das Tal nach Anzeichen von Bewegung absuchte und sich unablässig bewußt war, daß irgendwo dort oben schon Feldstecher oder ein Gewehr auf ihn gerichtet sein konnten. Wenn er erst die Küstenklippen erreicht hatte, war er aus dieser Todesfalle heraus, aus der größten Geisterstadt Großbritanniens. Dann war er fast zu Hause.

Das Gebiet mit dem Namen Macemoor erstreckte sich über Tausende von Morgen unbewohnten und unbewohnbaren Landes, das Ende eines einst riesigen Hochmoors, mit Sümpfen, struppigen kleinen Wäldern und den Nebenflüssen größerer Gewässer, die weiter landeinwärts ihre gewundenen Bahnen zogen. Die Häuser standen hier eher vereinzelt, nicht in Siedlungen, und die nächste richtige Ortschaft war fast fünfzig Kilometer entfernt. Die einzige klare Abgrenzung von Macemoor war seine Meereskante, und hier war die Landschaft imposanter, auf allen Karten mit bildhaften Namen gekennzeichnet. »Aber die Orte hier«, hatte Martin Ritchie geschrieben, »werden mit Gattungsnamen benannt – die Leute sprechen vom Fels, von der Bucht, vom Wall, vom Moor, und da klar ist, was gemeint ist, sind Eigennamen überflüssig, sind nur eine Konzession an Fremde…«

An diese Briefe mußte Laura Sondergard denken. Während sie die Felsen und das Meer betrachtete, das blau und ruhig jenseits der blaßgrauen Klippen lag, kam ihr der Gedanke, die Briefe herauszuholen und sie hier als symbolische Geste der Reihe nach zu lesen. Der Impuls verging, und sie ließ sie bei den anderen Sachen im Kofferraum des Wagens. Aber wenn sie sich fragte, wie zum Teufel es zu dieser Situation gekommen war, gaben die Briefe ihr die Antwort.

Sie hatte ihre Wohnung in London nicht verkauft, auch das war ein Symbol. Der heutige Tag war der letzte Schritt auf dem Weg zum Zusammenleben mit Martin in Macemoor, aber sie hatte die Wohnung in Clapham nur an eine Freundin vermietet, die Möbel dort gelassen, nichts verkauft, keinen klaren Schlußstrich gezogen. Später vielleicht. Dennoch war von heute an hier ihr Zuhause. Sie war, ohne es Martin wissen zu lassen, einen Tag früher gekommen, und das war wieder etwas anderes.

Mit vierzig gab man weniger Erklärungen. Sie fand es immer noch gut, vierzig zu sein, und fand, es sei der richtige Moment für Martins Wiedereintreten in ihr Leben. Fünfzehn Jahre, eine Ehe und eine Scheidung, eine erfolgreiche Karriere als Illustratorin, jetzt freiberuflich mit guten Aufträgen und vielen Verbindungen, vor allem aber dieser gewaltige Brocken von fünfzehn Jahren, hätten ein Wiedersehen mit Martin eigentlich unmöglich machen müssen. Aber es war das Einfachste und das Schönste, was ihr je geschehen war.

Erst die Briefe, dann die ersten Treffen, die gemeinsamen Wochenenden, die Abschiede, die immer schwerer gefallen waren. Dann eine Zeit, wo sie beide weinten und Laura sagte: »Ich muß mit dir zusammenleben.«

Martin war verlegen geworden – die Gegend sei unfreundlich, sein Haus bescheiden, er lebe, verwitwet, seit drei Jahren allein und habe die Fähigkeit verloren, von anderen etwas anzunehmen. Schon gar nicht könne er annehmen, daß sie ihm ihr Leben schenke. Das löse augenblicklich Angst in ihm aus und, unter der Angst, Schuldgefühle.

Laura beruhigte ihn. »Ich kann auch von hier aus arbeiten. Ich finde es schön hier. Ich habe einen Namen und Kontakte, ich kann soviel Arbeit bekommen, wie ich will. Ich muß mein Leben ändern. Ich möchte es gern mit dir ändern.« In leidenschaftlichem Stakkato, ganz ihr Stil.

Und hier war sie nun, eine selbstbewußte Frau, die sich auch mit vierzig noch mochte, aber immer wieder das impulsive Verlangen hatte, aller Erfahrung ein Schnippchen zu schlagen. Daher die um einen Tag verfrühte Ankunft.

Laura wollte in der Gegend herumfahren und abseits von Martins Führung und Unterweisung etwas vom nicht leicht erfaßbaren, schwermütigen Wesen dieser Landschaft aufnehmen. Dies war seine Welt, sie hatte nie jemanden gekannt, der so vollkommen mit einer Landschaft übereinstimmte, einen Menschen, der sich seine eigene Welt geschaffen hatte und unbestechlich war. Vielleicht war er zu integer, und sie mußte sich allein mit einigen Winkeln dessen vertraut machen, was schließlich *seine* Landschaft war.

Sie strich sich das schulterlange blonde Haar zurück, das der Seewind ihr ins Gesicht blies. Auf vielen von Martin geführten Wanderungen über diese Klippen hatte sie gelernt, sich dem Land und dem Wetter entsprechend zu kleiden, aber heute trug sie einen Rock, leichte Schuhe, Stadtkleidung, gewissermaßen um sich selbst daran zu erinnern, daß sie ihre Identität erweitern, nicht aufgeben wollte. Für Jeans und Wollmützen war noch Zeit genug.

Vor Lauras Blick hoben sich Scharen von Turmfalken von der Felswand und stürzten aus reinem Vergnügen seewärts. Die allgegenwärtigen Heringsmöwen segelten von Aufwinden getragen kreischend vorüber. Auf einem kleinen Halbmond einsamen Strandes tief unten sah Laura einen Menschen, eine kleine Gestalt mit einem Rucksack, der offenbar die Felsen erkundete. Er war zu tief unten, als daß sie besondere Züge an ihm hätte erkennen können. Sie dachte nicht weiter über ihn nach und wandte sich dem Weg zu, der zu ihrem Wagen zurückführte.

Später am selben Tag, auf der Rückfahrt von Faulston, wo er seine wöchentliche Natursendung für die örtliche Rundfunkstation aufgenommen hatte, nahm sich Martin Ritchie zwei Stunden Zeit für einen Spaziergang auf den Klippen. Er hatte den größten Teil des Tages im Haus verbracht, wo er abwechselnd bald an einem ökologischen Lexikon für Kinder, bald an der Vollendung der Einrichtung des Zimmers gearbeitet hatte, das Lauras werden sollte. Er hatte es im Lauf der Monate erst ausgeräumt, dann renoviert, Regale angebracht und, als Überraschung und Willkommensgruß für sie, einen Arbeitstisch mit großen Schubladen hineingestellt, in denen sie ihre Zeichnungen unterbringen konnte. Das Zimmer war fertig, morgen würde sie kommen, und er brauchte ein wenig frische Luft. Er war sehr angespannt.

Laura war jetzt eine Karrierefrau. Ihre Briefe kamen von einer Adresse in Clapham, und ihn quälte der Gedanke, wie wenig er an sich hatte, womit er sie hätte beeindrucken können. Er war siebenundvierzig, immer noch fit, aber eben doch siebenundvierzig, und seine Nonchalance war ihm abhanden gekommen.

Er ging zu einer Stelle auf den Klippen, wo er vor fast einem Jahr einen endlosen Tag damit zugebracht hatte, den Mut zu finden, Laura anzurufen. Wie von einer seltsamen Besessenheit getrieben, hatte er verlegen unter alten Bekannten und Freunden herumgefragt, bis er ihren neuen Namen und ihre Adresse ausfindig gemacht hatte, und hatte ihr dann einen zaghaften, unsicheren Brief geschrieben. Nach dem Austausch einiger vorsichtig tastender Briefe kam ein Tag, wo er keine Ruhe mehr fand und unbedingt ihre Stimme wiederhören mußte.

Dieses erste Gespräch war steif gewesen, voll abwartender Pausen, das übernervöse Geplauder von Menschen, die kein rechtes Bild mehr voneinander hatten. Aber Umkehr war nicht möglich. Auf Martin wirkte der Klang von Lauras Stimme wie eine Neubelebung; sie löschte die Jahre aus. Darum würde dieser Teil der Küste, solange er in Macemoor lebte, immer verbunden sein mit der Assoziation an dieses erste Telefongespräch. Und er war für immer hier.

Sein Blick folgte einem Wanderfalken. Diese Vögel waren hier so selten, daß er beinahe mit Sicherheit hätte sagen können, aus welchem Nest er gekommen war. Er sah zu, wie der Falke zum tödlichen Stoß innehielt, dann mit geschlossenen Schwingen in steiler Diagonale abwärtssauste, um einer Felsentaube das Rückgrat zu zertrümmern. Eines der diesjährigen Jungen, noch braun statt grau, machte es schon mörderische Jagd wie ein Alter. Martin sah ihm nach, wie er zu irgendeinem einsamen Felsen draußen vor dem Kalksteinbuckel von Saltmayne davonflog, wo er seine Beute ungestört verschlingen konnte, dann schweifte sein Blick nachdenklich zum bewegten Spiegel des Meeres sechzig Meter tiefer. Mit einem tiefen Atemzug setzte er sich im kurzen, stacheligen Gras nieder. Seine Hände zitterten leicht, und während er zum Wasser hinuntersah, aus dem hier und dort Schaumkronen aufleuchteten, sagte er sich, es werde langsam kalt, aber er wußte, daß dies nicht der Grund für das Zittern seiner Hände war.

Gerade als er seinen Feldstecher herunternehmen wollte, bemerkte er ein U-Boot, das aufs offene Meer hinaussteuerte. Obwohl er das bucklige, unheimlich wirkende schwarze Ding am liebsten ignoriert hätte, hob er den Feldstecher wieder an die Augen. Es war eines der Atom-U-Boote, »eine riesige Stahlzigarre mit den vier Reitern der Apokalypse«, wie John Vayro immer sagte. Noch während Martin hinsah, glitt das U-Boot unter Wasser und ließ nichts zurück als den Keil seines Kielwassers, der sich rasch verlor. Immer verschwanden sie so, wenn sie aus der Bucht hinausglitten, mit geheimen Befehlen versehen, einen Zielort ansteuernd, der nur dem Kommandanten bekannt war. Wieviel niederträchtiger das verstohlene Davongleiten des U-Boots war als das ungenierte Morden des Wanderfalken! Martin zog den Reißverschluß seines Anoraks zu, stand auf und stapfte langsam den Klippenweg hinunter.

Das Haus war ein weitläufiger Backsteinbau, verwahrlost, als Martin vor drei Jahren eingezogen war. Nachdem er das Balkenwerk repariert und das Dach erneuert hatte, hatte er Zimmer um Zimmer renoviert, dabei die Fertigkeiten eingesetzt, die er besaß, und einiges dazugelernt. Das Haus war weder schön noch häßlich, ein unprätentiöser und behaglicher Ort mit einer Haustür in der Mitte und großen Fenstern. Vor der Mauer um den Garten, den Martin hatte verwildern lassen, war ein kleiner betonierter Abstellplatz für Fahrzeuge, und von dort aus führte ein Trampelpfad ins Moor.

Eine der wilden Katzen, die immer um das Haus strichen, hockte auf einem Fenstersims, als Martin kam, huschte dann in das welke Gestrüpp am Ende des Gartens. Gleich würde es zu regnen anfangen. Martin setzte Wasser auf und ging in den Anbau, wo er sein Arbeitszimmer hatte.

Der Raum schien vom Charakter her mit dem Rest des Hauses nichts gemein zu haben. Abgesehen von dem Computer in der Ecke war alles aus Holz – die glänzenden Dielenbretter, die einfachen Möbelstücke, die Regale an den Wänden, wo in Schubfächern Martins Sammlung von Insekten von Macemoor aufbewahrt war. An den wenigen freien Stellen der Wände hingen Drucke aus naturgeschichtlichen Werken des frühen neunzehnten Jahrhunderts und eine Fotografie von Laura. Das Arbeitszimmer hatte die ehrfurchteinflößende und geheimnisvolle Atmosphäre eines Pharaonengrabs voll unentdeckter Schätze. Ein halbes Leben an Forschung und Beobachtung war in dem Computer in der Ecke gespeichert, aber Martin vermißte immer noch die Gesellschaft seiner abgegriffenen Notizbücher, die er, unfähig, sie wegzuwerfen, beinahe verschämt in Kartons verpackt und versteckt hatte.

Er machte sich eine Kanne Tee und tippte die Notizen über die Beobachtungen dieses Tages auf eine Diskette. Eine Ironie, daß so viel moderne Technologie dem Leben von Blumen und Käfern zu Diensten stand und vielleicht sogar dazu beitrug, daß diese wahren Naturwunder ihren Zerstörern entkamen. Es regnete jetzt. Er nahm die Diskette heraus und schaltete das Gerät aus. Im Lampenlicht las er noch einmal einige von Lauras Briefen. Es war schade, daß sie, wenn sie nun zusammenlebten, einander nicht mehr schreiben würden. Aber vielleicht würden sie es dennoch tun. Die Vorstellung gefiel ihm, und er verweilte bei ihr. Er fragte sich, wieso er selbst jetzt kaum noch nachvollziehen konnte, was diese Briefe ihm damals bedeutet hatten.

Feiner Regen hing wie Dunst vor dem Licht der Scheinwerfer, als Laura den holprigen Weg zum Haus hinauffuhr. Martin war schon vor der Tür, als sie anhielt.

»Ich konnte es nicht erwarten«, sagte sie, aber er lachte schon und war so aufgeregt wie ein kleiner Junge.

Er nahm einen Koffer und zog sie aus dem Regen ins Haus. Drinnen begannen sie, sich mit einer Heftigkeit zu liebkosen, die völlig außer acht ließ, daß Laura jetzt und endlich für immer hier war.

2

An dem zwanzigstöckigen Bürohaus im Süden Londons erschien der Name – Concordia House – nur einmal, eingemeißelt in eine Betonplatte neben dem Haupteingang, der sich auf der Seite des Gebäudes befand. Von der verkehrsreichen Straße her, an der das Gebäude stand, fiel einem vor allem eine Hintergrundlandschaft häßlicher Wellblechwände auf. Sie schirmten das Anwesen von dem rückwärts gelegenen sanierten Wohnviertel und dem Parkplatz ab, der zwischen den Stahlbetonstelzen lag, auf denen am anderen Ende des Anwesens das kleinere, vierstöckige Schwestergebäude des Concordia House ruhte. Die beiden Bauten waren durch eine dreistöckige Brücke miteinander verbunden. In einem Vorhof, hauptsächlich Beton, standen zwei Platanen, die schon die meisten ihrer Blätter verloren hatten.

Nirgends am Concordia House gab es einen Hinweis – ob Wahrheit oder Lüge –, der darüber Auskunft gegeben hätte, welcher Art die Geschäfte waren, die hier gemacht wurden. Das Hochhaus überragte seine gesamte nähere Umgebung, uneinsehbar von den Fenstern eines ähnlichen Baus. Aus der Ferne zeigte es sich als eine hohe graue Betonfassade, die, so schien es, von Streifen undurchsichtigen gelben Glases unterteilt war. Tatsächlich war das Glas der Fenster ungetönt; der Gelbeffekt wurde durch dünne Vorhänge hervorgerufen, die sich vor jeder Scheibe spannten. Die zwanzig Streifen vergilbter Vorhänge, durch die nur gedämpft das Licht von Neonröhren schimmerte, verliehen zusammen mit der architektonischen Mittelmäßigkeit des Baus der Zentrale des Nachrichtendiensts eine eigentümlich britische Aura unaufdringlicher Respektabilität.

In dunklem Anzug und hellem Regenmantel, wie stets, wenn er hier zu tun hatte, trat Harry Teal durch die verborgene Tür im dunklen überdachten Durchgang aus dem kleineren der beiden Gebäude und ging davon. Ein massiger, unauffälliger Mann mit rötlicher Haut und einem Gesicht, das beinahe ausdruckslos war bis auf eine unterschwellige Grundtönung von Wut, einer Wut, die ständig nach einem Ziel suchte. Einsam, aber anonym, tauchte er bald im Treiben der städtischen Straße unter.

Ein Auftrag auf dem Land, hatten sie gesagt. Warum hatten sie ihm einen Auftrag auf dem Land gegeben? Verdammte Provinz, dachte er, aber ehe er sich zu diesem Thema in weitere Rage steigern konnte, bemerkte er ein Immobilienbüro, überquerte die Straße und ging hinein.

Eine lächelnde Empfangsdame begrüßte ihn. Ohne Rücksicht auf Formen sagte Teal: »Ich möchte ein Haus verkaufen.«

Er bestand darauf, daß sie noch am selben Tag kommen und es sich ansehen sollten, da er einige Zeit verreisen müsse. Sie könnten den Schlüssel haben und den Verkauf ohne ihn abwickeln. Je eher, desto besser. Er war alleiniger Eigentümer. Es würde keine Komplikationen geben.

Danach fühlte sich Teal befreit, und während er in Richtung Waterloo ging, überlegte er wieder, ob dieser Auftrag auf dem Land etwas damit zu tun hatte, daß seine Frau ihn verlassen hatte. Als er draußen in Malden ankam, war er schon überzeugt davon.

Das Doppelhaus, Ausdruck gediegenen Wohlstands in den dreißiger Jahren, wirkte jetzt eng und überladen mit seinen kleinen Fenstern und dem Giebeltürmchen, dem schmutzigen Rauhverputz und der Milchglastür mit dem Buntglaseinsatz. Teal ging hinein. Der normale Geruch des Hauses, Küchendünste vor allem, mischte sich mit dem Geruch des chemischen Klebers unter dem neuen Teppich auf der Treppe. Die vertrauten Dinge, alle an Ort und Stelle. Es war ein Haus, wo alles seinen festen Platz hatte. Der Brief, den Maureen geschrieben hatte, stand immer noch auf dem Bord neben dem Telefon.

»Ich halte es nicht mehr aus. Jeder Versuch, mit Dir zu reden, ist sinnlos. Ich gehe die Wände hoch, und Dir ist das völlig egal. Jedesmal wenn Du heimkommst, prüfst Du nach, ob ich auch alles gemacht habe, Du zwingst mich, über jede Minute meiner Zeit Rechenschaft abzulegen. Was ich denke, interessiert Dich nicht, Hauptsache es ist nicht subversiv. Ich komme mir blöde vor, daß ich es so mache, aber wenn ich es Dir ins Gesicht sagen würde, würdest Du nur mit mir streiten und mich ins Unrecht setzen, wie Du das ja immer tust. Versuche nicht, mich ausfindig zu machen. Es gibt einen anderen. Du würdest es nicht verstehen.«

Lange starrte Teal auf den Brief, suchte noch immer nach einem Schwachpunkt. Maureen war keine wortgewandte Frau, und Geschriebenes machte Teal immer nervös. Das Wort »subversiv« war dreimal unterstrichen. »Es gibt einen anderen« – nichts als Bluff wahrscheinlich. Maureen mit einem Liebhaber, eine unwahrscheinliche Vorstellung. Aber inzwischen waren zwei Monate vergangen, und obwohl er seit dem Abend, als er nach Hause gekommen war und den Brief gefunden hatte, nichts von ihr gehört hatte, hatte er sich verpflichtet gefühlt, der Verwaltung Bescheid zu geben.

Veränderungen der persönlichen Lebensumstände mußten gemeldet werden. Scheidung, selbst Trennung, bedeutete neuerliche Überprüfung. »Es gibt einen anderen« – Maureens neuer Mann mußte ausfindig und unter die Lupe genommen werden. »Getrennt lebende Ehefrau pflegt Umgang mit bekanntem kommunistischen Sympathisanten / Gewerkschaftsaktivisten / subversivem Anhänger der Friedensbewegung« – unter solchen Epitaphen konnten sie einem die Karriere begraben, und ohne Teals Wissen konnte die Fäulnis aus seinem Dossier auf jeden Aspekt seines Lebens übergreifen. Leben und Dossier hingen voneinander ab. Man würde ihm keinen Ton sagen, aber er würde vorsichtig auf ein Nebengleis abgeschoben werden und in den folgenden Jahren zu einer jener gescheiterten Existenzen herabsinken, die, verkrüppelt durch den Ruch eines Skandals in ihrer Vergangenheit, allgemein bemitleidet und gemieden wurden.

Für den Auftrag auf dem Land hatten sie ihm eine Browning Automatic mit entsprechender Munition und als Partner einen ehemaligen Mitarbeiter der Firma gegeben, der zufällig in der fraglichen Gegend lebte. Und, daran zweifelte Teal nicht, die Gelegenheit zu beweisen, daß die Zweifel an seiner Zuverlässigkeit, die infolge des Verschwindens seiner Ehefrau aufgetreten waren, unbegründet waren. So jedenfalls wollte er die Sache sehen.

Am selben Tag, als Laura nach Macemoor zog, mietete sich Harry Teal im Roebuck Hotel in der kleinen Ortschaft Barnbrook ein. Er gab den Namen Greenwood an. Zeit, um sich einzugewöhnen, brauchte er nicht. Obwohl seinem Aufenthalt keine Grenze gesetzt war, hatte er kein Verlangen, sich hier zu Hause zu fühlen. Je eher er nach London zurückkehrte, desto besser. Eine halbe Stunde nach seiner Ankunft würde Pilkington kommen. Sie würden zusammen essen, dann eine Spazierfahrt machen. Während er wartete, trank Teal einen Wodka, pur, ungekühlt, ohne Geschmack, wie er ihn mochte.

Pilkington, ein rotgesichtiger kleiner Mann, forsch, mit überfreundlichem Gebaren, einem Immobilienmakler vom Lande ähnlich, war pünktlich. Sie aßen im Roebuck, mit dem einzigen Interesse, das Essen rasch hinter sich zu bringen. Namen zu nennen, vermieden sie.

Als sie später aus Barnbrook hinausfuhren, sagte Pilkington: »Das ist natürlich sehr aufregend für mich. Offiziell bin ich ja im Ruhestand – freut mich, daß die Firma meint, meine gute Ortskenntnis könnte von Nutzen sein.«

»Man sagte mir, Sie seien immer noch ein getreuer Anhänger«, bemerkte Teal.

»Absolut.« Pilkington lachte leise. »Getreu bis in den Tod.«

Teal war so zerstreut wie jemand, dem sein Magengeschwür zu schaffen macht. Tatsächlich machte ihm zu schaffen, daß er mit einem Gelegenheitsarbeiter zusammenarbeiten sollte, der genaugenommen sein Vorgesetzter war. Und der, was schlimmer war, sich hier auskannte. Teal war entschlossen, ihn beim ersten Anzeichen von Inkompetenz fallenzulassen.

»Gut, dann informiere ich Sie jetzt«, sagte Teal.

»Soll ich anhalten?« fragte Pilkington.

»Nein, fahren Sie weiter.«

Eine Minute verstrich, während Teal seine Gedanken ordnete. Pilkington schaltete die Scheinwerfer ein und fuhr langsam.

»Es geht um einen Toten«, begann Teal. »Wir wissen nicht, ob unser Mann den Toten fand oder selbst der Mörder ist. Wie dem auch sei, abgesehen davon, daß die Kleider des Toten schlecht saßen, stellten die Experten fest, daß sie vertauscht worden waren. Und an den Kleidern fanden wir Hinweise, die eine Verbindung zu ihrem ursprünglichen Eigentümer herstellen, einem sehr wichtigen Mann, dessen Verschwinden uns gerade Sorge zu machen begann. Die Polizei hat uns in dieser Sache gut bedient; wir konnten die Spur des Eigentümers der Kleider bald zu einem Bahnhof verfolgen und –«

»Wie kam das?« unterbrach Pilkington.

»Lassen Sie mich erst mal berichten, okay? Ich gehe dann auf die einzelnen Punkte ein.«

Pilkington strahlte ihn kurz an. »Natürlich. Entschuldigen Sie.«

»Er hinterließ eine Spur. Das ist klar. Er hatte eine lange Diskussion am Fahrkartenschalter, so daß der Beamte sich an ihn und die Fahrkarte erinnerte, die er kaufte. Man machte den Zug und dann einen Zeugen ausfindig, mit dem unser Mann ein Gespräch geführt hatte. Danach verschwand er. Wir wissen, daß er die ganze Strecke fuhr, weil der Zeuge ihn an der Endstation aussteigen sah. Er sprach sogar mit ihm. Aber sonst erinnerte sich kein Mensch an den Burschen. Wahrscheinlich verbrachte er die meiste Zeit der Reise auf der Toilette. Aber wir wissen, daß er hierher gekommen ist. Dann verschwand er. Spurlos. Die Polizei hat sich fürs erste ausgeblendet, es sei denn, wir fordern ihre Hilfe an. Nur Sie und ich. Und das hier.«

Pilkington nahm die Browning, gut zwei Pfund maßgeschneiderten Stahls, und drehte sie in seiner schwammigen Hand. Die Automatic lag augenblicklich vertraut und angenehm in seiner Hand.

Er lächelte leicht und fragte: »Wissen wir, warum wir hinter ihm her sind?«

»Nein«, antwortete Teal. »Aber meine Vorgesetzten sind ganz versessen darauf, ihn zu finden. Sonst noch Fragen?«

»Nein«, erwiderte Pilkington. »Hört sich amüsant an.«

Am Ende von Lauras erstem Tag in Macemoor wanderten sie am frühen Abend im rötlichen Licht der untergehenden Sonne die

Küstenklippen entlang, zu berauscht, um zu essen, zu übermütig, um still zu sitzen.

Sie kamen zu einer Stelle, wo die Felsen sich in erstarrtem Fluß eruptiver Gesteinsmassen zu einem fernen Kiesstrand hinunterstürzten. Eine einsame kleine Gestalt in Badehose kam, die Schenkel kraftvoll gegen die Strömung stemmend, aus dem Wasser gewatet. Im selben Moment, als Laura den Mann bemerkte, blickte er herauf und winkte. Martin winkte zurück und sagte: »Das ist John Vayro. Er schwimmt hier jeden Tag, manchmal öfter als einmal, das ganze Jahr hindurch.«

Der Schwimmer hatte sich jetzt abgetrocknet und war dabei, sich anzukleiden. Als sie weitergingen, kam er auf einem versteckten Weg den Felsenhang herauf und steuerte auf sie zu.

»John ist pensionierter Beamter«, erklärte Martin. »Er hat früher beim Unterseewaffendepot drüben auf dem Fels gearbeitet.« Er wies auf den gewaltigen Kalksteinbuckel von Saltmayne auf der anderen Seite der Bucht, der im Abendlicht rötlich schimmerte. »Jetzt lebt er hier an der Küste. Allein. Ich lade ihn manchmal zum Essen ein. Er scheint ein völlig zufriedener Mensch zu sein, darum ist er nicht gerade ungeheuer interessant, aber er ist ein netter Mann –«

»Zufriedene Leute sind nicht interessant?« erkundigte sich Laura katzenhaft. Humor blitzte in ihren Augen auf und erlosch wieder.

Martin lächelte. »Vielleicht nur für sich selbst.«

Er küßte sie auf den Mund, und es fiel ihnen schwer, sich zu trennen, als Vayro herankam, ein kleiner, kräftig gebauter Mann mit offenem Blick, runden roten Flecken auf den Wangen und krausem, drahtigen Haar über der glänzenden Stirn.

Seine Stimme war überraschend hell. »Mr. Ritchie!« rief er. »Das ist ja was ganz Neues – kein Feldstecher! Und eine schöne Frau am Arm. Das ist aber nicht der hingebungsvolle Wissenschaftler, den ich bisher kannte.«

Martin begrüßte Vayro mit einem herzlichen Lächeln und machte ihn mit Laura bekannt.

»Willkommen hier, junge Frau«, sagte Vayro. »Ich hoffe, Sie lieben diese Gegend so sehr wie ich und dieser Mann da.«

»Ich bin ihr bereits völlig verfallen«, versicherte Laura, während er sie mit seinen offenen blauen Augen forschend betrachtete.

»Wie war das Meer, John?« fragte Martin.

»Das Meer ist das Leben«, antwortete Vayro. Er sah Laura an und wiederholte: »Das Leben. Immer gleich und immer anders. Jeden Tag stürze ich mich hinein und erprobe mich an ihm, und am letzten Tag meines Lebens werde ich in das Wasser da unten hineinwaten, so weit hinausschwimmen, wie ich kann, und mich dann dem Meer überlassen. Wer könnte mehr verlangen? Verzeihen Sie«, fügte er hinzu, als er Lauras höfliches Lächeln bemerkte, »aber Sie sind nicht hierher gekommen, um Konversation zu machen, nicht wahr?«

Er war so offen in seiner Art, daß Laura sich entspannte und lachte. Martin fragte, ob Vayro Lust hätte, ein Glas zu trinken, aber der hatte sich schon zum Gehen gewandt und rief mit einem Blick auf eine gewitterblaue Wolkenbank, die sich über den Hügeln heraufschob: »Danke, nein. Ein andermal. Machen Sie es sich schön. In einer halben Stunde gibt's Regen.« Er winkte und verschwand in einer Senke.

»Merkwürdiger Mensch«, sagte Laura.

»Ja, solches In-Sich-Selbst-Ruhen kann für andere beunruhigend sein«, sagte Martin. »Aber mit dem Wetter kennt er sich aus. Gehen wir nach Hause.«

Nach Hause. Der Wind blies über die Felsen und machte ein Gespräch schwer. Erst als das Haus vor ihnen auftauchte, sagte Martin: »Ich habe Eleanor geliebt, aber ich habe nie aufgehört, dich zu lieben.«

Laura sah ihm in das vom Wind gerötete Gesicht, und eine Welle der Liebe und des Begehrens überschwemmte sie. Sie hätte sich auf der Stelle ins borstige Heidekraut legen und sich ihm hingeben mögen. Sie drückte ihn an sich und sagte: »Ich bin so glücklich.«

Martin hatte die Regale neu eingerichtet, um für Lauras Bücher Platz zu schaffen, und durch die Neuordnung wurde ihre Aufmerksamkeit auf Dinge gezogen, die sie vorher nicht bemerkt hatte, Publikationen von seiner Hand, größtenteils Monographien oder Aufsätze für verschiedene naturwissenschaftliche

Zeitschriften, aber auch mehrere Bücher, wissenschaftlicher und populärwissenschaftlicher Natur, mit denen er sich einen großen Teil seines mageren Lebensunterhalts verdiente. Laura zog ein Heft einer lokalen Zeitschrift heraus, das dem Reaktor in Caunder gewidmet war, der in der Schlagzeile auf der ersten Seite »Unser nuklearer Nachbar« genannt wurde. Sie überflog, was Martin über die Fauna geschrieben hatte, die innerhalb des tausend Morgen umfassenden Geländes des Atomkraftwerks gedieh.

Während sie las, kam Martin nackt aus dem Bad herein und setzte sich auf sein Badetuch vor den offenen Kamin. Er schob ein Fichtenscheit in das Feuer, und Brust und Bauch legten sich in breite Querfalten, als er sich vornüberbeugte. Dick würde er niemals werden, aber jetzt, wo er den Fünfzig nahe war, begann sein Brustkorb sich tonnenförmig zu wölben.

Laura sah ihn an, und er legte mit gespielter Schamhaftigkeit seine Hände über seine Blößen. »Mit fünfzig«, sagte er, »hat man den Körper, den man verdient. Mir bleiben nur noch drei Jahre.«

»Falsch«, widersprach Laura. »Mit fünfzig hast du den Körper, den ich verdiene.«

»Hör mal«, sagte Martin mit einem Anflug von Resignation, »wenn du anfangen solltest, mich langweilig zu finden, dann mußt du nach London zurückgehen. Das ist dann für uns beide das beste.«

»Ich könnte dich nie langweilig finden«, entgegnete Laura.

»Du bist noch nicht lange hier.«

»Lang genug.«

»Es ist lange her, daß ich mir darüber Gedanken machen mußte, was andere über mich denken«, sagte Martin. »Und jetzt ist es mir ungeheuer wichtig, was ein einziger Mensch von mir denkt. Ich habe Angst, daß ich womöglich anfange, mich seltsam zu benehmen.«

»Du bist ein außergewöhnlicher Mann«, erklärte Laura. »Wenn du dich also seltsam benehmen willst, dann wenigstens außergewöhnlich seltsam.«

»Wie kommst du denn darauf?«

Sie wies auf das Bord voller Publikationen, die seinen Namen trugen.

»Ach das! Ein Archiv an Beobachtungen. Als Junge stellte ich mit Leidenschaft Beobachtungen über die Eisenbahn an, damals, als es noch richtige Züge gab. Und von da ging es weiter. Ich schreibe einfach gern alles auf.«

»Und was sagst du dazu?« Sie wies auf die Zeitschrift mit der Schlagzeile vom »nuklearen Nachbarn«.

Sie hoffte, er würde Empörung zeigen angesichts solch eklatanter Augenwischerei – wie wohlmeinende Leute dazu benutzt wurden, das Lob des Atomkraftwerks zu singen, seinen Beitrag zur heimischen Wirtschaft, seine Sicherheit, seine ökologische »Sauberkeit« und, in Martins Fall, seine Unschädlichkeit für das es umgebende Tier- und Pflanzenleben zu preisen.

»Mein Gott, es ist eine populäre Zeitschrift«, meinte er. »Mein Artikel war nicht als wissenschaftliche Arbeit gedacht. Ich mache von Zeit zu Zeit Inspektionen auf dem Reaktorgelände.«

Lauras Gesicht verschloß sich, und er begriff. »Was stört dich denn so?«

»Das ist doch nichts als Schönfärberei, siehst du das nicht? Das nette, freundliche Atomkraftwerk gleich nebenan, der sanfte Riese – siehst du nicht, was so was bewirkt?«

»Doch, natürlich, das weiß ich.« Seine Miene sagte, das alles habe ich schon hundertmal erörtert und ich will mich jetzt nicht mit dir streiten.

»Schau mal her«, meinte er. »Vor dreißig Jahren begann man, Pestizide einzusetzen. Mit der Zeit wurden die Gifte immer stärker, aber zugleich nimmt die Zahl der Insekten, die resistent werden, zu. Das Leben wehrt sich. Und jetzt kehren viele Bauern zu organischen Anbaumethoden zurück, aber nicht aus idealistischen Gründen, sondern weil die Chemikalien auf Dauer nichts bringen.«

»Das Leben wehrt sich«, wiederholte Laura spöttisch. »Welch ein Trost, wenn man tot ist.«

Martin blieb freundlich. »Wir fahren mal rüber nach Caunder, und dann zeige ich dir den Reaktor. Er steht mitten auf einem großen Heidegebiet gleich an der Küste, völlig versteckt. Man bemerkt ihn gar nicht. Und in einigen Jahrzehnten wird man ihn zubetonieren. Überleg doch mal, vor zweihundert Jahren hat man hier alles mögliche gefördert, Kohle, Zinn, Kalk, Lehm, alles, was dem Boden zu entreißen war, und geblieben ist nichts davon, nichts als Gras. Eines Tages wird der Reaktor genauso verschwinden, und nichts wird bleiben –«

»Doch«, widersprach Laura. »Strahlung.«

»Du wirst schon sehen«, sagte Martin.

Geblieben ist nichts als Gras. Nach den ersten Tagen verliebter Zweisamkeit packte Laura Karte, Feldstecher und Skizzenblock und fuhr ein paar Tage lang allein durch die Gegend. Langsam und unerbittlich begann das Land, sie sich einzuverleiben.

Land, mein Land, das Land – das Wort, genau wie die Landschaft selbst, entzog sich in dem Maß, wie man ihm näherzukommen suchte. Laura, die in Städten aufgewachsen war, suchte erfolglos nach den Fixpunkten, die selbst die langweiligsten Straßen stets aufwiesen. Die Landschaft aus Raum und Licht, das Land als die schweigende und unsichtbare jahrtausendalte Brutstätte menschlichen und nichtmenschlichen Lebens, der Boden als ein geologischer Zufall, langsamer sich verändernd als jene, die über ihn hingingen, verkörperte naturhaft zwangsläufig eine stabile Welt. Land war aber auch eine Maschinerie der Aufzucht und des Tötens, und die Landstriche, in die Laura Seele und Geheimnis legte, waren zugleich, das wußte sie, Agrarimperien, jeder Morgen ein Bilanzposten.

Dennoch würde es immer da sein. Martin hatte recht, das Land besaß seine eigene hartnäckige Identität, die nicht zu schmälern und immer Herausforderung war. Er hatte Trost im Land gefunden. Sie begann zu lernen.

Dieser Hügel zum Beispiel. Ein gerundeter Hügel, auf dessen Kuppe eine Schicht Kreidekalk durchbrach und der Wölbung den hellen Glanz eines kahlen Scheitels verlieh. Sie zeichnete den Hügel und war froh, daß sie den Wagen angehalten hatte. Wie viele andere, fragte sie sich, hatten im Lauf von Jahrhunderten diesen Hügel auf diese Weise betrachtet? Sie klappte die Karte auseinander und hoffte, der Hügel würde nicht irgendeinen banalen Namen wie »Kahler Mann« haben. Mit Genugtuung stellte sie fest, daß er unbenannt war.

Aber die geistige Umstellung würde Zeit brauchen. Mit Straßen war es leicht, die bekam man gewissermaßen schön abgepackt präsentiert, jede anders zwar, aber doch alle in ihrer Grundanlage begrenzt, ganz gleich, mit was für einem Durcheinander von Bauten die Menschen sie bepflanzt hatten. Eine Straße zu zeichnen, war ein Kinderspiel. Das Land hingegen, die Landschaft war fließend; man konnte in ihr baden, schwimmen – ertrinken? Aber sie auf Papier bannen, das war etwas ganz anderes.

Sie war froh um das Haus, das sie in der Ferne sah. Weit entfernt und in mutigem goldenen Glanz zeigte es sich in einem Einschnitt zwischen den Hügeln, einsames Stilmonument mitten im Nichts. Laura fühlte sich den Menschen, die es dort erbaut und bewahrt hatten, instinktiv zugetan. Auf der Karte stand schlicht Scardale.

Wolken wie große Blumenkohlköpfe, kritzelte Martin in sein Notizbuch. Er konnte die Wendung in einem Artikel oder einer Rundfunksendung verwenden. Der kleine Recorder steckte in einer der vielen Taschen seines leichten Allwettermantels, aber für diese kleinen impressionistischen Eindrücke, fand er, war Langschrift nötig, um die spirituelle Wärme der Vorstellung zu bewahren. Seine eigene Stimme auf Band flößte ihm immer noch Unbehagen ein.

Nach einem Mittagsimbiß wollte er einige Gedanken über das tote Otterweibchen aufnehmen, das er am Morgen gefunden hatte. Es war beim Überqueren der Straße getötet worden. Er hatte den seltsamerweise völlig unblutigen Kadaver – das Genick war gebrochen gewesen – aufgehoben und hinten in den Landrover gelegt. Er hatte vor, das tote Tier hinter das Haus zu legen und den Prozeß der Verwesung zu beobachten und aufzuzeichnen. Der Fund hatte ihn traurig gemacht, und während er seine Brote aß, kamen alte Erinnerungen aus der Kindheit an eine Otterfamilie, die in der Abenddämmerung unter nackten Baumwurzeln an einem dichtbewachsenen Flußufer gespielt hatte. Für manche Menschen war die Kindheit mit Erinnerungen an unbeschwerte Sommertage verbunden; für Martin war Kindheit Abenddämmerung, Jagdzeit von Eulen und Fledermäusen, der Flug eines Ziegenmelkers, das Spiel der Otterfamilie. So traurig er über den Tod des Otterweibchens war, er gab ihm die Gewißheit, daß noch andere Otter in der Gegend waren, und das freute ihn. Er würde ein bißchen Detektiv spielen und herauszubekommen versuchen, wohin das Tier gewollt hatte –

»Martin!«

Eine tiefe, selbstsichere Stimme, kraftvoll wie die Berge und der Wind. Martin sah sich um und stand auf, als ein großer Mann in Schaffelljacke, Jeans und Stiefeln, die bis über das Schienbein geschnürt waren, den Weg heraufkam.

»Hallo, Godfrey!«

Sie tauschten einen Händedruck.

Godfrey Knapp lachte, daß die kräftigen Zähne hinter dem Bart sichtbar wurden. »Ich habe Sie von ganz da hinten schon gesehen, Martin. Ich wußte, daß nur Sie das sein konnten. Ich war drei Monate in den Staaten und gleich auf meinem ersten Ausflug zu Hause finde ich Sie hier. Da weiß ich wenigstens, daß während meiner Abwesenheit alles gut versorgt war. Ein beruhigendes Gefühl.«

»Ich bin immer hier«, sagte Martin. Im allgemeinen selbst der Dominante, fühlte er sich in Knapps Anwesenheit immer schüchtern wie ein kleiner Junge, und das war nur teilweise auf den Altersunterschied von gut zehn Jahren zurückzuführen.

Knapp zog eine altmodische silberne Taschenflasche heraus und bot sie Martin an. Martin trank aus Gefälligkeit. Danach hob Knapp die Flasche, ohne ihren Rand abzuwischen, selbst an den Mund.

»Dieses Land –« sagte er mit einer Handbewegung.

In weiter Ferne das Meer, die Landzunge von Saltmayne nur ein sanfter Schatten auf dem Wasser. Dazwischen weites, ungezähmtes Land, rauh und abschreckend, außer für jene, die gelernt hatten, es zu lieben.

»Haben Sie heute nachmittag was vor?« fragte Martin und sah im selben Moment mit zusammengekniffenen Augen zum Himmel hinauf. »Ein Bussard«, sagte er, und auch Knapp neigte den Kopf nach hinten.

Während sie zusahen, wie der Raubvogel sich vor den hellen Wolken in die Höhe schraubte, deklamierte Knapp: »›Verzeih', daß ich nicht Adlerschwingen habe...‹«

Ehe Martin auf diesen Abstecher ins Lyrische eingehen

konnte, fügte er hinzu: »Heute nachmittag? Leider keine Zeit. Ich wollte gerade zum Wagen zurück. Ich muß heute abend den Geldsäcken von Barnbrook klarmachen, wie wichtig es ist, diese schöne Landschaft zu erhalten, und wie sie mit einem dicken Scheck dazu beitragen können. Aber wir sehen uns in Scardale, Martin. Bald. Melden Sie sich.«

Er winkte noch einmal und war fort.

Martin setzte sich wieder hinter den Felsen, der ihn vor dem Wind schützte. Godfrey Knapp war also wieder im Lande. Eine eigenartige Beziehung bestand zwischen den beiden Männern, die einander nie wirklich unbefangen begegneten, jeder auf seine Art ein Einzelgänger, beide dieser Landschaft in mystischer Zugehörigkeit verbunden. Knapp war auf seine Weise in der Naturgeschichte bewandert, wie er es auf vielen anderen Gebieten zu sein schien. Und doch war aus dieser Geistesverwandtschaft nie Freundschaft geworden, vielmehr war das Verhältnis immer überschattet von einer mißtrauischen Vorsicht, die Martin nicht erklären konnte.

Aber er bedauerte es nicht. Knapp hatte zu viele Gesichter, und seine Direktheit, seine scheinbare Vertraulichkeit verbargen mehr als sie zeigten. Godfrey Knapp kannte zu viele Leute, vielleicht war das der Grund, vom obersten Exekutivbeamten der Grafschaft bis hinunter zu den Schankkellnerinnen in den Pubs auf dem Marktplatz von Barnbrook. Er kannte Gott und die Welt, benützte jeden, ließ sich auch selbst gern einmal benützen, achtete jedoch immer darauf, daß er nicht übervorteilt wurde.

Es gab vieles, was Martin über Knapp nicht wußte und auch gar nicht wissen wollte – woher er sein vieles Geld hatte, was er während seiner häufigen Abwesenheiten von Scardale trieb, wodurch er sich seinen Einfluß gewonnen hatte. Martin mißtraute ihm, und er hatte den Eindruck, daß Knapp das ganz recht war. Bei Schwierigkeiten praktischer Art jedoch war der Mann ein unschätzbarer Helfer, der es verstand, seine Beziehungen spielen zu lassen und an den richtigen Drähten zu ziehen. Alles konnte man ihm anvertrauen, nur nicht sich selbst.

Hinter all seiner weltmännischen Jovialität spürte Martin eine Einsamkeit, eine Enttäuschung am Leben, die zu Verachtung neigte. Und doch – wer sonst würde angesichts eines kreisenden

Bussards die Zeilen eines Gedichts deklamieren? Martin schüttelte lächelnd den Kopf. Knapp gehörte zu den Menschen, die einen immer wieder überraschten, und letztlich waren das die Menschen, auf die man sich verlassen mußte.

Als Godfrey Knapp den Fuß des Hangs erreicht hatte und außer Sicht war, blieb er stehen und nahm noch einen Schluck aus der Flasche. Sein Blick war auf die umgebende Landschaft gerichtet, aber seine Gedanken waren nach innen gekehrt.

Zwei Jahre waren vergangen, seit er das letztemal von ihnen gehört hatte. Und jetzt hatten sie sich wieder gemeldet, die vollmundige, alterslose Stimme am anderen Ende der Leitung: man freue sich immer, von ihm zu hören, »wenn es etwas gäbe«. Aber dieser Tage gab es nie etwas.

Warum also hatten sie den Kontakt wiederaufgenommen?

3

»Wir laufen die neuen Stiefel in Ashcot ein«, sagte Martin. »Das ist für neue Stiefel genau das richtige Gelände.«

»Was ist Ashcot?«

»Ein ganz besonderer Ort. Wenn du mal zum Arbeiten keine Lust hast, können wir auch gleich ausprobieren, wie der Rover mit der neuen Maschine läuft.«

An dem Rover, einem ehemaligen Militärfahrzeug, machte Martin alles selbst, manchmal mit Hilfe eines ihm bekannten Mechanikers, dessen ganze Leidenschaft den Faltern galt. Sie kamen selten zusammen, hielten hauptsächlich über Telefon Kontakt, wobei sie dann Fachwissen über Lepidopteren und Autozubehörteile austauschten. Es gab hier, wie Laura festgestellt hatte, viele solcher merkwürdigen Beziehungen.

Der Landrover, blaue Flecken auf dem Khakibraun, wo Roststellen abgeschmirgelt und frisch grundiert worden waren, rollte unter schnell dahintreibenden gewaltigen Kumuluswolken gemächlich über das Land. Die Straße schien nirgendwohin zu führen, aber das war auch etwas, woran man sich hier in der Gegend gewöhnte.

»Martin, halt an!«

Martin fuhr lächelnd weiter.

»Hast du das Schild nicht gesehen?« fragte Laura.

»Doch.«

»Darauf stand, daß die Straße gesperrt ist.« Ihr Ton war ungläubig. »Vom Militär.«

»Zum Teufel mit dem Militär«, entgegnete Martin. »Ich mag das Militär nicht.«

Mit einem Lächeln auf den Lippen hielt er den Landrover vor einer Eisenstange an, die quer über der schmalen Straße lag und mit einem großen Schild versehen war, das Schwarz auf Weiß besagte, daß die Durchfahrt nur Militärpersonal gestattet war.

Laura warf Martin einen fragenden Blick zu. Ehe sie etwas sagen konnte, kletterte er aus dem Wagen. Sie äußerte keinen Protest, sondern beschränkte sich darauf, die Straße, die sich vor ihr ins Land zog, zu mustern. Der schmale Betonstreifen verlor sich schon bald in den Wellen ineinandergreifender Hügelreihen, hinter denen schiefergrau das Meer glänzte. Ein Feldtelefon, ein primitiver Kasten auf einem Holzblock, stand im Schutz einer kleinen Gruppe von Büschen. Martin schwenkte klirrend seinen Schlüsselbund und sah auf, als das Brummen eines näherkommenden Fahrzeugs hörbar wurde. Ein blitzender neuer Militärjeep umrundete den letzten Hügel und bremste vor der Eisenbarriere ab. Am Steuer saß ein Sergeant mit sauber gestutztem kleinem Oberlippenbärtchen, auf dem Kopf eine schwarze Mütze.

»Morgen, Mr. Ritchie.«

Laura bemühte sich, ihre Verblüffung nicht zu zeigen, als Martin antwortete: »Morgen, Sergeant. Können wir durch?«

»Sie haben ungefähr drei Stunden, ehe es richtig losgeht.«

»Okay, bis dahin sind wir schon wieder weg.«

Der Sergeant sperrte den Schlagbaum auf und fuhr seinen Jeep auf die Wiese, um Martin vorbeizulassen. Als er Lauras Blick auffing, grüßte er ohne Förmlichkeit, aber respektvoll.

Sie krauste die Stirn und sagte leise: »Wohin bin ich denn hier geraten, Martin?«

Martin grinste. »Wie meinst du das?«

»Ich komme mir vor wie die Monarchin auf Inspektionsbesuch. Was hat das alles zu bedeuten?«

»Abwarten, mein Schatz.«

Laura erinnerte sich eines Aufsatzes, den Martin geschrieben hatte – »Ashcot, Blumen aus gesunder Erde«. Sie hatte sich nicht näher damit beschäftigt. Jetzt aber enthüllte sich ihr das erste von Ashcots beklemmenden Geheimnissen. Es lag in einer Talmulde, der sie sich von oben näherten, so daß das kleine Dorf aus grauen Häusern, die unter Bäumen in der schmalen länglichen Senke verstreut standen, leicht zu überblicken war. Die Häuser hatten keine Dächer, die Fenster waren schwarz und leer, bei manchen Häusern waren die Fassaden eingestürzt, wodurch man in die dahinterliegenden Zimmer sehen konnte. Die meisten waren dem Himmel geöffnet, nur auf einigen trugen ein paar verbliebene Dachbalken noch kleine Ansammlungen von Schindeln. Einige Häuser waren gesprengt worden, und in ihren Ruinen wucherten wilde Blumen und Gräser.

Schweigend fuhren Martin und Laura die ehemalige Hauptstraße des Dorfs entlang, die jetzt kaum mehr war als eine Gasse, auf der stellenweise die Asphaltierung verdächtig neu war. Die toten Häuser blickten stumm zu ihnen herunter, zersplittertem Gebein ähnlich, das aus der Erde ragte.

»Mein Gott«, sagte Laura. »Was ist hier passiert?«

»Das Militär hat das Dorf im Krieg als Übungsplatz übernommen.« Martin zuckte kaum wahrnehmbar die Achseln. »Und hat es nie zurückgegeben.«

»Hier haben mal Menschen gelebt?«

»Ach, das ist eine lange Geschichte.«

»Ich bekomme allmählich den Eindruck«, versetzte Laura, »daß alles hier eine einzige lange Geschichte ist.«

In der Mitte des Dorfs lenkte Martin den Landrover auf den ehemaligen Anger, der zu drei Vierteln mit Holzpfosten abgesperrt war. Es gab hinreichend Anzeichen dafür, daß er regelmäßig als Abstellplatz für Fahrzeuge benutzt wurde.

»Hier in dieser Erde«, sagte er, »haben die Leute von Ashcot nach der Pest ihre Toten begraben.«

»Du verstehst dich wirklich darauf, Stimmung zu erzeugen, Martin.«

Er lächelte. »Irgendwie beeindruckend, nicht?«

Laura runzelte die Stirn. »Wie verflucht.«

Martin sah ihr in die Augen und sagte nichts.

Sie gingen die verheerte, stille Dorfstraße entlang. An einigen Häusern waren Türen und Fenster mit Brettern vernagelt, die selbst schon zu faulen begannen.

»Wie haben sie das zuwege gebracht?« fragte Laura.

»Panzerfäuste«, antwortete Martin, »Handgranaten, Mörser – sie machen hier Kampfübungen.«

»Und die Leute, die hier gewohnt haben?«

»Die haben sie 43 evakuiert und umgesiedelt. Sie durften nie zurück.«

Laura folgte Martin auf einem Fußweg aus dem Dorf hinaus. Der Weg war durch Draht abgezäunt, und weiß-rote Schilder warnten vor nicht entschärften Bomben und Granaten in den umliegenden Wiesen und Feldern.

»Aber du bist ohne Schwierigkeiten hier reingekommen«, bemerkte Laura.

Martin zog ein Gesicht, halb entschuldigend, halb aber auch selbstzufrieden. Die Szene am Schlagbaum war ihm, das hatte Laura wohl bemerkt, Genugtuung gewesen.

»Es ist eine –«

»Sag's nicht«, unterbrach sie ihn. »Es ist eine lange Geschichte.«

»Nein, sie ist ausnahmsweise mal kurz und simpel. Jahrelang liefen die Leute gegen die Besetzung dieses Tals durch das Militär Sturm, bis man sich schließlich entschloß, das Gebiet zeitweise der Öffentlichkeit zugänglich zu machen – an Feiertagen und einigen Wochenenden. Aber schon vorher gelangte man nicht ganz ohne mein Zutun zu der interessanten Erkenntnis, daß durch die Besetzung dieses Stück Land vierzig Jahre lang vor intensiver Bewirtschaftung und chemischer Verseuchung bewahrt worden war. Es ist eine echte Wildnis. Ich habe viel darüber geschrieben – daher kennt man mich hier. Ich bin so eine Art Hofbotaniker geworden. Auf den Wiesen, die du vor dir siehst, gedeihen über hundert verschiedene Pflanzenarten.«

Mit einer Geste väterlichen Stolzes zählte Martin eine Reihe von Namen auf, ob ungewöhnlich oder alltäglich, wußte Laura nicht, nur daß sie alle einen magischen Klang hatten. Silberdistel, Hauhechel, Erzengelwurz, Kerbel, Gauklerblume, Ackermennig, Küchenschelle – er nannte sie nachdenklich und mit Gefühl wie jemand, der seine Kinder benennt. Und mit den Blumennamen zog an Lauras Auge der Geist eines alten, toten England vorüber, flüchtige Vision, die dennoch die Trostlosigkeit der zerstörten Häuser unter ihnen nicht mildern konnte.

»Und darum mögen jetzt alle das Militär, weil es sich als großer Naturschützer entpuppt hat«, sagte Laura. »Ich denke, ich habe begriffen.«

»Sie sind zwar nicht gerade die Frömmsten«, meinte Martin und wies zur anderen Seite des Tals, »aber sie sind nicht so schlimm, wie sie immer hingestellt werden.«

Der Ort, auf den er hingewiesen hatte und der sich oberhalb eines fernen, baumbeschatteten Bachs zeigte, als sie auf steilem Felspfad die Böschung hinaufkletterten, war eine verwilderte Wiese, in deren tiefem, satten Gras die rostenden Rümpfe von Panzern lagen, manche umgekippt, manche mit verbogenen Türmen und Geschützrohren, andere ausgebrannt, verschämte Buckel im hohen Gras, die, ihrer Funktion beraubt, allmählich wieder in die Natur eingingen.

»Gefechtsübungen«, erklärte Martin.

Laura erwiderte nichts. Als sie höher stiegen, dem Kamm entgegen, der lange Zeit ihren Horizont gebildet hatte, wurde die Aussicht größer, und die Isolation dieses verlassenen Dorfs in seinem Pathos und seiner Monumenthaftigkeit traf Laura mit Wucht. Sie mußte an Samuel Palmers *Valley of Vision* denken. Aber man mußte schon einiges verkraften können, um diese ausgebombten Häuserstümpfe in ihrem schmerzhaften Leiden an der Entvölkerung zu zeichnen oder zu malen.

Sie faßten sich bei den Händen, um das letzte Steilstück zu bewältigen, und blieben oben atemlos vor Bewunderung angesichts der Landschaft stehen, die sich rund um sie herum entfaltete. Die Steilküste, von Bucht zu Bucht sich krümmende und wölbende Felsschichten, fiel zum grünblauen Meer hinunter, das weißschäumend die halbmondförmigen Kiesstrände umspülte. Im Spiel mit dem Wind, scharf umrissen vor der Kulisse des Meeres, segelte ein Bussard in Augenhöhe an ihnen vorüber. Ashcot selbst, durch Waldstücke vom Meer abgeschirmt, war plötzlich sehr weit weg und wirkte klein, unwirklich wie die Vision eines mittelalterlichen Weilers, den Zeit, Krankheit und Armut langsam verwüstet hatten. Das ganze Tal hinunter, deutlicher zu sehen jetzt, standen noch andere verlassene Gebäude, Bauernhäuser, die einst wohlhabend gewesen waren, Fischerhäuser oder Bootshütten hart an der Brandung, alle ausgebrannt oder bis auf die Grundmauern verfallen.

Obwohl der starke Wind sie zu schreien zwang, rief Laura: »Ich war einmal in Dachau – im Urlaub in Deutschland –, du weißt schon, das Konzentrationslager. Da hatte ich das gleiche Gefühl. Ich will nicht sagen, daß das hier das gleiche ist wie Dachau, aber – man weiß am Ende einfach nicht, was man sagen soll.«

»Die Menschen sterben, aber die Orte leben weiter«, rief Martin in den Wind, und Laura gingen seine Worte noch lange danach im Kopf herum.

Das Roebuck Hotel in Barnbrook trug seinen Namen, wie die Gedenktafel im modernisierten Foyer besagte, seit dem Jahr 1678. Die Tafel war viktorianischen Stils und paßte überhaupt nicht in den sterilen neuen Raum, aber Harry Teal wußte das Detail zu schätzen. Er beurteilte seine Umgebung nach dem äußeren Anschein und mochte es, wenn ein Hotel sich bemühte, seine Gäste zu beeindrucken. Entsprechend fand er in seinem Zimmer eine in rotes Leder gebundene Ausgabe von *Pilgrim's Progress,* auf deren Vorsatzblatt in gestochener Handschrift stand, »Valentine Elwes, HMS Vortigern, Oktober 1918«. Teal gefielen der satte Klang des Datums und die vertrauensvolle Art, in der das Buch in diesem schlichten, aber behaglichen Hotelzimmer lag. Er machte einen Versuch, es zu lesen, schaffte es aber nicht und begnügte sich deshalb damit, es als Einrichtungsgegenstand elitärer Klasse zu bewundern, der zu jener undefinierbaren Atmosphäre von Vornehmheit beitrug, die manche dieser Landhotels besaßen. Dennoch hoffte er, nicht viel länger mehr hier bleiben zu müssen. Wenn er auch nicht erpicht darauf war, in sein frauenloses Haus zurückzukehren, so wollte er diesen Auftrag doch rasch erledigt und als Erfolg in seinem Dossier verbucht sehen. Mit dem Verstreichen der Tage waren diese Mission und seine Rehabilitation eins geworden.

»Danke, Mr. Greenwood«, sagte die Empfangsangestellte, als er seinen Zimmerschlüssel abgab, ehe er im diskret gemusterten Anzug und in blank geputzten Schuhen das Hotel verließ. Innerlich stellte er sich auf seine vorgeschriebene Rolle ein: »Mann von unauffälligem Wohlstand – mehrjähriger Aufenthalt im Ausland – tiefe Liebe zur englischen Landschaft – vielleicht dabei, ein Buch zu schreiben oder naturgeschichtliche Studien zu betreiben – nicht vom Typ Wandervogel, der hochbepackt durchs Gelände marschiert, sondern der Typ, dem man zuweilen in der Wildnis begegnet, der schweigend betrachtet, selbst Teil der Stille zu sein scheint, den man nicht einordnen kann und der dennoch genau hierher zu gehören scheint...«

Es war leicht, in diese Rolle zu schlüpfen. Teal grinste zynisch und ließ seinen Volvo an. Der Volvo paßte zu ihm wie der Fettwulst um seine Körpermitte und sein beginnendes Doppelkinn zu den diskret gemusterten Anzügen und dem schütteren, zerzausten Haar – eine Kombination, die nirgends Verdacht erregte. Und von unschätzbarem Wert; Teal mußte es wissen. Keinen Verdacht zu erregen, war sein Geschäft, sein Handwerk. Seine Leidenschaft.

Saltmayne, der der Küste vorgelagerte Kalksteinhöker, von den Einheimischen nur der »Fels« genannt, hatte eine Ausdehnung von fünf Quadratmeilen, aber wenn man sich ihm auf der hochgelegenen Küstenstraße näherte, die zum Deich führte, wirkte er klein und unansehnlich, wie er sich da einem toten Wal ähnlich, der gleich in die Tiefe gezogen wird, zur grauen See hinunterneigte. Vom Deich selbst jedoch, der auf Meereshöhe war, ragte der Fels mit nahezu vertikalen Wänden aus kantigem, nacktem Kalkstein mächtig in die Höhe, eine Stein gewordene Flutwelle in Grau- und Blautönen, die von Weiß bis Indigo reichten.

Alles mögliche war Saltmayne zu verschiedenen Zeiten gewesen. Über mehrere tausend Jahre hinweg war es Siedlungsgebiet der Menschen gewesen und war es immer noch, obwohl die Fischerei, abgesehen vom Hummerfang für den Luxusmarkt, ausgestorben und Arbeit nur noch auf dem Festland zu finden war. Saltmayne lebte weiter wie ein alternder, aber unbesiegbarer Körper, der, während er an manchen Stellen abstarb, sich an anderen gegen den Tod zur Wehr setzte. Es war Festung gewesen, Zuchthaus, Steinbruch, Marinestützpunkt, geheime militärische Forschungsstätte, und das alles war es immer noch, wenn sich auch im Lauf der Jahre die Schwerpunkte verlagert hatten. Nur eines war Saltmayne nie geworden – eine Touristenattraktion; selbst dann nicht, als Teile des naheliegenden Festlands die Liebhaber der wilden Natur anzulocken begannen. Nicht einmal die Leute aus der Umgebung zog es nach Saltmayne – nicht einen einzigen Baum gab es auf der sogenannten Insel, die Menschen, die dort lebten, waren finster und abweisend, jahrhundertelang hatten die Bewohner von der Plünderung gestrandeter Schiffe gelebt, und noch immer war der Ort durchdrungen von der Erinnerung an Sträflingskolonnen und an aufgedunsene Leichen, die das Meer an den Felsen angespült hatte.

Die gewundene Straße jedoch, die vom Deich zur Höhe von Saltmayne hinaufführte, gehörte zu den großartigen Sehenswürdigkeiten Europas. Wahrscheinlich hatte nur der Mangel an Sonnenschein verhindert, daß man sie mit Lokalen vollgepflastert hatte. Harry Teal war das nur recht. Ihm war die Sonne am liebsten eine Flugreise entfernt; da konnte er ihr jederzeit den Rükken kehren, wenn er genug von ihr hatte. Bedeckte Himmel verhießen mehr Sicherheit.

Weithin sichtbar über verwilderten Wiesen und Halden voller Schutt aus dem Steinbruch stand auf der Höhe des Felsens die Kirche, ein schlichter Bau aus Quadersteinen mit dreiteiligen, von Rundbögen überwölbten Fenstern aus klarem Glas. Sie war von den Insassen des viktorianischen Zuchthauses errichtet worden, die die Quader im Steinbruch gehauen, sie bearbeitet und zum Bauplatz geschleppt hatten. Teal stellte den Volvo ab und ging durch das dürre Gras des Friedhofs. Es war sein erster Besuch und es würde sein letzter sein, aber wenigstens war das, was er hier suchte, leicht zu finden.

Der Kranz zog seine Aufmerksamkeit auf sich, ausgeblichen und verdorrt, dennoch einziger Farbfleck in dieser Umgebung gedämpfter Töne. Er lehnte an einem Grabstein, der, obwohl mit einem Datum aus dem Jahr 1891 gezeichnet, blank und unverwittert war, und trug ein Band mit der Aufschrift »Von den Brüdern«. Der Name Michael O'Connor Maguire stand auf dem

Stein, und rundherum waren die Gräber anderer Mitglieder der Fenier-Bruderschaft, die das viktorianische England zu lebenslänglicher Zwangsarbiet hierher verbannt hatte, um sie der Anonymität des Todes zu überlassen, bis die IRA kürzlich dieses Fleckchen zum Wallfahrtsort gemacht und ihm flüchtiges Gedenken in der Nachrichtensendung des nationalen Fernsehens verschafft hatte.

Ein Witz, dachte Teal. Kaum eine Woche verging, ohne daß der Öffentlichkeit irgendein hundertjähriges Jubiläum aufgedrängt wurde, aber niemand hatte vom hundertsten Geburtstag des *Special Branch* gehört, der 1883 gegründet worden war, um gegen die irischen Unruhestifter vorzugehen, die jetzt hier zu seinen Füßen lagen. Ein Witz, daß lediglich die IRA von ihrer Seite aus des Anlasses mit einem Kranz gedacht hatte, und eine Schande dazu; was war das für ein Land, das nicht einmal so viel Selbstachtung besaß, an seine getreuesten Diener zu erinnern? Finsterer Zorn stieg in ihm auf, während er zu den bescheidenen Grabsteinen hinunterblickte.

Er fuhr leicht zusammen, als er bemerkte, daß außer ihm noch jemand auf dem Friedhof war, eine gutgekleidete Frau mit glattem blondem Haar, die Augen gegen den gnadenlosen Wind zusammengekniffen, der über die Höhen von Saltmayne pfiff. Für eine Einheimische war sie zu elegant; außerdem waren diese Gräber alt und zeigten keinerlei Anzeichen regelmäßigen Besuchs. Ihre Anwesenheit war also verdächtig. Teal beschloß zu gehen. Flüchtig hob er im Vorübergehen den Blick zu der Frau, sagte aber nichts und ließ sie hinter sich. Ihr Wagen stand auf der Straße, ein blauer Dyane mit einem CND-Aufkleber am Rückfenster. Er prägte sich das Kennzeichen ein.

Vom höchsten Punkt Saltmaynes aus, dem von Schafen abgegrasten Hügelkamm hinter dem Zuchthaus, starrte Teal hinüber zur gezackten Küste. Ein Mann von begrenzter Phantasie und mit einer Neigung, alles persönlich zu nehmen, dachte er zähneknirschend an den Burschen, der sich irgendwo da draußen herumtrieb und meinte, sie an der Nase herumführen zu können. Aber da täuschte er sich. Sie würden ihn schon schnappen.

Der dünne Mann mit dem Rucksack, den Laura an jenem ersten Tag von den Küstenhügeln aus gesehen hatte, kannte die Höhlen von einem früheren Manöver der Marines. Es gab an dieser Stelle keinen Strand und keinen Zugang vom Land, einzig natürliche Breschen im Fels, wo sich nur erfahrenen Kletterern Halt bot, die der Gedanke an einen jähen Absturz von der windgepeitschten Steilwand hinunter auf die dreißig Meter tiefer liegenden meerumspülten Felsriffe nicht erschüttern konnte. Entweder man schaffte es, oder man schaffte es nicht. Er schaffte es.

Die Höhlen waren kaum mehr als ausgewaschene Spalten im Gestein, und sobald er sie erreicht hatte, überfiel ihn eine tiefe Depression, die stärker noch war als das Verlangen seines Geists und seines Körpers nach ununterbrochenem Schlaf. Er kämpfte sich aus dem schwarzen Sog heraus, indem er sich immer wieder sagte, warum er hier war, für wie lange, welche Möglichkeiten ihm noch offenstanden.

Er würde sich von Konserven und Wasser aus der Flasche nähren. Er hatte genug für zwei Tage. Bevor diese Frist um war, mußte er eine Quelle auftun, wo er seinen Proviant aufstocken konnte. Das würde die erste Prüfung werden.

Die neolithische Bergfestung Lendra wirkte seltsam klein vom Landrover aus, der am Fuß der Höhen entlangfuhr, deren höchste Erhebung von dem uralten Erdwall gekrönt war. Laura verstand immer besser, was Martin meinte, wenn er sagte, daß die Dinge hier oben verschluckt wurden, verschlungen von Raum und Konturen, von Himmel und Meer. Das Ölfeld war ein beispielhafter Fall, Englands größtes Vorkommen zu Lande: die Lagertanks von Bäumen abgeschirmt, die Förderanlagen sorgsam auf unbesuchten Waldlichtungen errichtet, die Pipelines unter der Erde oder unter Wasser.

Auch hier meisterhafte Öffentlichkeitsarbeit, und sie war sich klar über Martins Rolle in dem Spiel. Die Ölgesellschaft hatte Untersuchungen über die – bisher – minimalen Auswirkungen ihrer Tätigkeit auf die Umwelt finanziert und nahm keine neuen Arbeiten in Angriff, ohne einheimische Naturwissenschaftler und Naturschützer zu konsultieren. Martin selbst verdiente sich noch hin und wieder Beratungshonorare bei ihr.

»Du hast doch nicht das Gefühl, daß es für dich ein Fehler war, hierherzukommen?« fragte er. Diese Sorge quälte ihn jetzt, wo die Flitterwochen vorüber waren, beinahe ständig.

»Nein, die Bilder sind großartig«, antwortete Laura. »Manchmal kann ich die vielen Eindrücke, die ich aufgenommen habe, kaum verarbeiten. Mir wird immer wieder klar, wie sehr ich abgestumpft war.«

»Gut.«

»Du kannst dir also deine Entschuldigungen sparen. Ich finde es herrlich hier. Und ich liebe dich.«

Martin lächelte ihr zu und hielt den Wagen an. Sie stiegen aus und wanderten ein Stück den Felspfad hoch über dem Meer entlang.

»Schau mal.« Laura wies zu der Gestalt hinunter und reichte Martin den Feldstecher.

»Das ist Vayro. Was tut er denn da unten?«

In einer Bucht, wo die Felsen mit einem Streifen hellen Sandes verschmolzen, ging er hin und her. Er war voll bekleidet, seine Bewegungen wirkten fahrig und kraftlos, während er ziellos auf dem kleinen Strand umherirrte.

»Wollen wir nicht runtergehen und sehen, was los ist?« meinte Laura.

Der Abend war nahe, aber ein, zwei Stunden würde es noch hell bleiben. »Ja, gehen wir«, sagte Martin.

Sie stiegen den gewundenen Weg hinunter. Brüllend warf sich die See gegen die ausgehöhlten Felsen. Die Flutlinie war durch einen dunklen Strich im Strand gekennzeichnet, eine Kette aus winzigen Teerkügelchen, die jeden Tag angespült und von den Wellen geordnet wurden.

Mit lauter Stimme, um das Tosen der Brandung zu übertönen, rief Martin Vayro an. Der drehte sich kurz um, richtete aber den Blick sofort wieder aufs Wasser, als wage er nicht, es aus den Augen zu lassen.

»John, ist was nicht in Ordnung?«

Ohne auf den glitschigen braunen Tang zu achten, der den Boden bedeckte, stolperte Vayro zu einer Felsgruppe und lehnte sich an die Steine. Sein kantiges Gesicht war grau. Es war offenkundig, daß er in Not war. Martin ging zu ihm und legte ihm die

Hand auf die Schulter, während er ihn nochmals fragte, was los sei. Vayro antwortete widerstrebend, und der Wind zerriß seine Sätze in Fetzen.

»...unglaubliche Schwäche... fühl' ich mich völlig auf dem Damm und dann kann ich mich plötzlich kaum bewegen... neulich beinahe abgesoffen... weit draußen und konnte nicht mehr schwimmen... mich zurücktreiben und wäre beinahe gegen die Felsen geprallt... fast nicht geschafft...«

Sie hätten gar nicht hierher kommen sollen«, sagte Martin.

»Ich mußte. Sie wissen doch, wie das ist.«

»Fahren Sie mit zu uns«, schlug Laura vor. »Essen Sie bei uns und bleiben Sie über Nacht.«

Mühsam lächelnd schüttelte Vayro den Kopf. Martin und Laura blickten aufs Meer hinaus, um ihre Ratlosigkeit zu verbergen. Seine kräftige Gestalt mit dem im Wind flatternden Anorak und dem zerzausten grauen Kraushaar über dem wettergegerbten Gesicht wirkte wie ein Sinnbild der Unverwüstlichkeit. Aber plötzlich verließ ihn die Beherrschung, und er begann zu weinen.

»Mein Gott«, sagte er im Ton einer Entschuldigung, »mir ist so schwach.«

Sie nahmen ihn links und rechts bei den Armen und führten ihn den Strand entlang. Er ließ es sich dankbar gefallen, als wäre ihm eine schwere Last abgenommen worden. Es fing an zu regnen. Vertrauensvoll wie ein hilfloses Kind ließ er sich von ihnen den Pfad hinaufführen. Sie brachten ihn ins Krankenhaus in Barnbrook. Es war nicht daran zu denken, ihn nach Hause zu fahren, auch wenn er es wollte. Es stellte sich heraus, daß man bereits Blutuntersuchungen bei ihm vorgenommen hatte. Im Krankenhaus wollte man ihn, wie man erklärte, fürs erste zur Beobachtung dabehalten.

Eine Zeitlang war Vayro geistig ganz da und wußte, was mit ihm los war. Das Wort »Leukämie« wurde nicht erwähnt, obwohl die Ärzte ihm und auch Martin, den er als den Menschen bezeichnet hatte, der ihm am nächsten stand, reinen Wein eingeschenkt hatten. Der Befund blieb unausgesprochen zwischen den beiden Männern.

Kurze Zeit sah es noch so aus, als sei er heilbar. Der muskulöse Körper war nicht verfallen, und abgesehen von der Blässe der Haut und einer gewissen Stumpfheit im Blick blieb er der, der er gewesen war.

»Ich will im Meer sterben«, sagte er. »Wenn diese Burschen hier mir nicht helfen können, müssen Sie mich hinbringen.«

»Wir werden einen Ausbruch planen«, sagte Martin.

»Es ist mein Ernst«, erklärte Vayro.

Sie wußten beide, daß er zu schwach war, um auch nur das Zimmer zu durchqueren, aber es war in der Tat sein Ernst.

Vayro lag in einem Einzelzimmer auf der Isolierstation zum Schutz gegen Ansteckung. Außer ihnen besuchte ihn niemand, und sie wunderten sich über die Einsamkeit, in der er sein Leben offenbar zugebracht hatte. Ein paar Tage lang hatte Laura eine Erkältung und durfte ihn nicht besuchen. Einmal in dieser Zeit, als Martin allein zu ihm kam, empfing Vayro ihn ungewöhnlich lebhaft.

»Könnten Sie mir das Dokument da vom Tisch geben?«

Es lag nur eines dort. Martin reichte es ihm.

»Es ist ein Testament. Sie sind mein einziger Erbe. Ich habe nur das Haus und ein bißchen was auf der Bank.«

Martin begann zu protestieren.

»Wenn Sie das Geld nicht brauchen können«, fuhr Vayro fort, »werden Sie es für einen guten Zweck verwenden, das weiß ich. Ich bin froh, daß ich das jetzt geregelt habe.« Er sank mit geschlossenen Augen ins Kissen zurück.

Martin nahm seine Hand und drückte sie. Nach einer Weile öffnete Vayro die Augen wieder und sagte beinahe flüsternd: »Wenn ich tot bin – aber nicht vorher –, gehen Sie in mein Haus und regeln Sie alles. Aber gehen Sie allein hin. Versuchen Sie, Verständnis zu haben.«

Die letzten Worte verwunderten Martin, aber er sagte nur: »Sie können sich auf mich verlassen.«

Am Ende des Tages marschierte der dünne, dunkle Mann die Küstenwege entlang zu der kleinen, mehrere Kilometer entfernten Ortschaft im Rücken des Marinestützpunkts. Er war während seiner Militärzeit hier gewesen und wußte, was das für ein

Ort war: windig gebaute Häuser an den Hügelhängen über der Bucht, eine große Anzahl schäbiger Kneipen, Imbißbuden und Spielsalons für die betrunkenen Seeleute, die Geld in den Taschen hatten und nicht wußten, wohin damit. Ein widerwärtiges Klima, keine anständigen Frauen, Prügeleien mit den Besatzungen der U-Boote, Männern, die nach einem Monat unter Wasser verrückt spielten. Ein trostloses Nest.

Aber er würde dort weniger auffallen als in den hübschen Dörfern und gepflegten Städtchen landeinwärts. Er brauchte einzig einen Supermarkt, wo er Konserven und andere haltbare Nahrungsmittel einkaufen konnte, die man nicht zu kochen brauchte, einen Vorrat an Mineralwasser, und dann würde er schleunigst wieder verschwinden.

Er hatte sich so gut wie möglich gesäubert, und die Stoppeln in seinem Gesicht fühlten sich inzwischen schon beinahe wie ein richtiger Bart an. Dennoch sah er schmutzig und verlottert aus und wußte, daß sein Körper zu stinken begann. Sein ganzes Wasser brauchte er zum Trinken, da mußte er auf Waschen und Rasieren verzichten. Es störte ihn nicht, aber er fürchtete die Aufmerksamkeit, die sein heruntergekommenes Aussehen und der Geruch seines Körpers auf sich ziehen würden.

Die Straßen, diese verdammten, gesichtslosen Straßen so vieler englischer Ortschaften, begannen schon, sich zu verdunkeln, als er endlich den richtigen Laden fand. Er war noch keine drei Minuten darin, da gafften ihn schon mehrere Leute an, und die Frau an der Kasse wunderte sich angesichts seiner Erscheinung vielleicht über den knisternden neuen Geldschein, den er ihr gab. Auf diese Eventualitäten war er gefaßt.

Das Schlimmste, was passieren konnte – sie würde die Polizei anrufen und dort würde man ihn aufgrund ihrer Beschreibung erkennen. Und dann? Große Jagd? Durch die Landpolizei? Bei rasch zunehmender Dunkelheit? Ohne daß man eine Ahnung hatte, welche Richtung er einschlagen würde? Und aus welchem Grund überhaupt? Weil er aussah wie ein Landstreicher und mit einer Zehn-Pfund-Note bezahlt hatte? War das seit neuestem ein Verbrechen? Wahrscheinlich.

Aber man brauchte das alles nur einzukalkulieren und entsprechend zu handeln. Binnen Minuten hatte er die Ortschaft hinter sich gelassen und tauchte in der Dunkelheit unter. Heute nacht würde er im Freien nächtigen. Um zu den Höhlen hinunterzugelangen, brauchte er Tageslicht. Er hatte einen dichten Hain entdeckt und dort unter dem Laub seinen Schlafsack versteckt. Der würde ihm über eine weitere Nacht hinweghelfen.

Aber irgendwann demnächst würde er sich zeigen. Mit Absicht und mit Bedacht. Das war ja der Zweck der Übung. Sonst würde er nie erfahren, ob sein Plan gelungen war.

Die Chemotherapie wirkte rasch und verheerend. Das Nahen des Todes gewann jetzt eine surreale Häßlichkeit. Vayros Gesicht schwoll an und entzündete sich, und sein drahtiges graues Haar, das immer wie ein Zeichen seiner Kraft gewesen war, fiel im Lauf eines einzigen Tages aus. Martin und Laura besuchten ihn regelmäßig weiter, jetzt jedoch war es ihnen eine Erleichterung, wenn sie ihn ruhiggestellt vorfanden.

Martin berichtete Laura von dem Testament, sagte aber nichts von Vayros Bitte, daß er das Haus allein aufsuchen solle. Vayro hatte viele Jahre bei der Forschungsstelle für Unterwasserwaffen auf Saltmayne gearbeitet, und damit mußte diese Bitte zusammenhängen. Ein Spion war Vayro sicher nicht, und er war schon vor mehreren Jahren in den Ruhestand getreten; dennoch hatte er Martin gebeten, für das, was er im Haus vorfinden würde, Verständnis aufzubringen. Worum konnte es sich handeln?

Die Befürchtung, jemand anderer könnte es vor ihm entdekken, vielleicht sogar noch zu Vayros Lebzeiten, trieb Martin schließlich dazu, zum Haus hinauszufahren. Es war ein Vertrauensbruch, aber es war klar, daß die Tage des alten Mannes gezählt waren, und Martin wollte über den Freund alles wissen, was es zu wissen gab, ehe er von ihm Abschied nahm. Er hatte einen Hausschlüssel an dem Bund, den er an sich genommen hatte, als sie Vayros Wagen vom Küstenweg geholt hatten.

Erst nach seiner Rückkehr aus dem kleinen, saubergehaltenen Haus erzählte er Laura alles. »Es waren keine geheimen Unterlagen. Das ganze Haus war voller Softpornohefte für Schwule. Er muß das jahrelang geheimgehalten haben. Vielleicht sein ganzes Leben lang.«

»Warum denn?«

»Wir sind hier nicht in London. Außerdem hätte er bei der Forschungsstelle als Sicherheitsrisiko gegolten, wenn die Sache herausgekommen wäre, und man hätte ihn entlassen. Siehst du jetzt das Problem?«

»Ich sehe nur ein verfehltes Leben«, erwiderte Laura. »Du nicht?«

»Darüber kann ich mir kein Urteil erlauben.«

Nach einer Stunde auf demselben Strich Heideland sah Martin, diesmal in Begleitung von Laura, zum drittenmal in dieser Woche den Rotmilan. Sie beobachteten den Vogel bei seinem Flug, wie er verschwand und wieder auftauchte.

»Eines weiß ich mit Sicherheit«, sagte Martin. »Es ist derselbe, den ich im Frühjahr gesehen habe. Ich dachte, er hätte sich aus Wales hierher verirrt, aber vielleicht sind sie auf der Suche nach neuen Nistplätzen. Im Mittelalter machten Rotmilane die Straßen von London unsicher. Heute sind sie fast so selten wie Adler.«

Die Schwingen und den gegabelten Schweif in der Luftströmung ausgebreitet, die ihn trug, stieg der Vogel in die Höhe und schwebte in fernere Gebiete davon.

»Glaubst du, sie kommen im nächsten Frühling wieder?« fragte Laura.

»Schon möglich. Aber eigentlich hoffe ich es nicht.«

»Warum nicht?«

»Ihre Eier bringen eine Menge Geld. Sämtliche Vogelliebhaber im Umkreis von zweihundert Kilometern würden hier anrücken. Das Nest müßte Tag und Nacht bewacht werden. Es wäre sicherer als die U-Boot-Basis da drüben. Ist das nicht ein Witz?«

Ein Mann, der ihnen auf dem steinigen Weg durch die Heide entgegenkam, zog ihre Aufmerksamkeit auf sich. Seltsam, daß der Vogel sich so mühelos in der hellen Weite des Himmels verlieren konnte, während ein einsamer Mensch auf dem Weg durch eine abwechslungsreiche Landschaft kilometerweit auffiel.

Es war ein dicklicher Mann in einem diskret gemusterten Anzug. In einer Hand schwang er einen Stock und sah ihnen direkt in die Gesichter, während sein Abstand zu ihnen sich stetig verkürzte. Er sagte kein Wort, und aus irgendeinem Grund grüßte auch Martin nicht, der gewöhnlich entgegenkommend war. Laura wußte, daß sie den Mann schon einmal gesehen hatte, aber es dauerte ein paar Minuten, ehe ihr der Friedhof auf Saltmayne einfiel. Als er vorüber war, sah Laura Martin fragend an, doch der zuckte nur die Achseln. Nach ein paar Schritten fügte er hinzu: »Ich weiß nicht, wer das war, aber er lebt jedenfalls nicht hier in der Gegend.«

»Und woher weißt du das?«

»Das sieht man immer.«

Neben den milden Grün- und Brauntönen der herbstlichen Wälder wirkte die rote Flagge frech und herausfordernd, wie sie da leicht flatternd im Wind stand. Ein Stück weiter die Straße entlang, vor einem Stoppelfeld am Hügelhang, flatterte eine zweite rote Flagge, ein sich ständig verändernder blutfarbener Fleck gegen den hellen Himmel.

»Ich kann mich einfach nicht an sie gewöhnen«, sagte Laura. »Immer denke ich, die Revolution sei ausgebrochen.«

Die Flaggen markierten die Grenzen des militärischen Sperrgebiets und standen in Gesellschaft der kleineren Schilder, die vor scharfen Granaten im Gras und Dickicht warnten. Aber die meisten Granaten wurden über dem Meer abgefeuert. Jeder Blick, jeder Gedankengang führte zum Meer und zu Vayro; geradeso wie die Straße, auf der sie sich befanden, nach Barnbrook, zum Krankenhaus, zu dem Zimmer auf der Isolierstation führte, wo er im Sterben lag.

An diesem Tag erwachte er bei ihrem Besuch. Ein lebhaftes Licht blitzte in seinen Augen. Manchmal schien er sie zu erkennen, dann wieder war sein Blick auf ein Bild gerichtet, das nur er sehen konnte.

»Nun hat mich doch die See geholt«, sagte er. Seine Stimme war schwach. Sie mußten scharf hinhören, um zu verstehen, was er sagte.

»Die See?« wiederholte Martin.

»Die See hat mich umgebracht.«

Sein heiseres Lachen war schrecklich. Martin krampfte sich der Magen zusammen. Er wußte, worauf Vayro hinaus wollte.

Er hatte gehofft, dem aus dem Weg gehen zu können. Aber er wollte den Sterbenden nicht mit Schweigen betrügen.

»Wie meinen Sie das, John?«

»Das Abwasser von Caunder.«

»Caunder?«

»Der Müll, den sie ins Meer pumpen. Das Wasser ist radioaktiv. Glauben Sie das nicht?«

»Aber nur sehr schwach, John.«

»Mich hat es umgebracht. Das hab ich nun davon, daß ich jeden Tag in radioaktivem Wasser gebadet habe. Sehen Sie mich an. So muß ich sterben.«

Danach sprach Vayro nicht wieder. Sie warteten, bis er einschlummerte, dann gab Martin ihm einen Kuß auf den fleckigen kahlen Kopf, und Laura drückte ihm die Hand. Als sie aus dem Zimmer gingen, war ihre Scham tiefer als ihr Schmerz.

Als sie am nächsten Tag kamen, war Vayro tot. Sein Leichnam war schon aus dem Zimmer gebracht worden. Sie hätten darum bitten können, den alten Schwimmer noch einmal sehen zu dürfen, aber sie taten es nicht. Im Grund hatten sie es die ganze Zeit gewußt, aber sie hatten es vorgezogen herüberzufahren, anstatt die Nachricht durch ein unpersönliches Telefongespräch in Empfang zu nehmen. Als sie schweigend wieder nach Hause fuhren, peitschte der Wind die roten Flaggen vor einem Hintergrund schiefergrauer Gewitterwolken.

4

In ihrem Arbeitszimmer hatte Laura die vertraute Atmosphäre ihres Londoner Ateliers wiedererschaffen, nur ging ihr Blick durch das Fenster hier nicht auf beengte, übervoll gepflanzte kleine Gärten, sondern auf eine weite Moorlandschaft, deren Himmel bei Sonnenschein oder einem heraufziehenden Gewitter das Meer zu reflektieren schien. Martin hatte ihr einen Telefonanschluß ins Zimmer legen lassen. Völlig unnötig, hatte Laura behauptet, doch als der Apparat da war, war sie froh darum und erkannte, daß er etwas an ihr gesehen hatte, was sie sich selbst nicht eingestanden hatte: das starke Bedürfnis, sich nicht von der Außenwelt abgeschnitten zu fühlen. Sie wußte, er hatte Angst vor dem Sog Londons, und es kamen Augenblicke, wo auch sie ihn fürchtete.

Die tägliche Post erinnerte sie immer von neuem daran, was sie zurückgelassen hatte. Man lud sie nach London ein, wollte Martin kennenlernen, gab Feste, wo man sie dabeihaben wollte, ließ sogar durchblicken, daß man die Absicht hätte, sie in ihrem ländlichen Idyll zu besuchen. Laura wurde dadurch gezwungen, präzise darüber nachzudenken, welcher Art der Übergang eigentlich war, den sie vollzogen hatte. Es war nicht einfach ein Umzug, ein Tapetenwechsel, damit sie die Großstadt um so gründlicher genießen konnte, wenn sie wieder dorthin zurückkehrte. Es war eine Veränderung ihres ganzen Lebens, aber vorläufig hatte sie keine klare Vorstellung davon, was für eine Gestalt dieses Leben letztendlich annehmen würde.

Hier stürmten Bilder auf sie ein, die London niemals bieten konnte, und viele wirkten noch Wochen, nachdem sie ihnen das erste Mal begegnet war, in ihr nach. Im Augenblick war sie mit einer Auftragsarbeit beschäftigt, der Illustration eines Kinderbuchs, ein Gebiet, auf dem sie einen eigenen, charakteristischen Stil entwickelt hatte. Die Arbeit machte ihr Freude, aber zugleich drängte es sie, anderes anzugehen, diese neuen Bilder zu erforschen. Eine ganze Weile schon beschäftigte sie jetzt der Anblick einer einsamen Gestalt, die ihr über das Moor entgegenkam.

Martin, der sich regelmäßig ihre Entwürfe ansah, wußte, welche Eindrücke sie festzuhalten suchte. Sie bat ihn um Rat und Kritik. Seine künstlerischen Fähigkeiten beschränkten sich auf ein Talent für akkurate zeichnerische Darstellung von Pflanzen und Tieren; gerade darum war er ihr hilfreicher Berater.

»Warum zeichnest du immer wieder dasselbe Bild?« fragte er. »Das mit der einsamen Gestalt in der Ferne.«

»Was ich im Bild nicht zeigen kann«, erklärte Laura, »ist, daß sich der Mann durch eine stille Landschaft bewegt. In Wirklichkeit kommt die Gestalt auf einen zu, wird aber nur ganz langsam größer – dennoch weiß man, daß sie sich bewegt, und die Gestalt dominiert in der Landschaft. Das im Bild zu zeigen, ohne die Perspektive zu zerstören, ist das Problem.«

»Ich war mal in Finnland«, meinte Martin, »genauer gesagt, in Lappland, und ich durchwanderte mit einem finnischen Ökologen ein großes Tundragebiet. Macemoor ist im Vergleich dazu ein kleiner Park. Wir sahen jemanden entgegenkommen. Man konnte nicht sagen, wie weit die Person entfernt war, aber es dauerte vierzig Minuten, ehe wir einander erreichten. Es war eine völlig einsame Gegend, und ich hatte ein bißchen Angst vor diesem Fremden. Aber bei der Begegnung nahm er nicht einmal Blickkontakt mit uns auf, sondern sah starr geradeaus und marschierte an uns vorüber, als wären wir nicht vorhanden. Mein finnischer Freund verhielt sich genauso. Als ich meine Verwunderung äußerte, sagte er: ›Wenn er menschliche Gesellschaft suchte, wäre er nicht hier.‹ Es war offenbar völlig normales Verhalten. Einer respektierte den Alleinseinswunsch des anderen. Ich begann nach diesem Erlebnis, mein eigenes Leben anders zu sehen.«

Laura zögerte, ehe sie das Thema wechselte. »Ich würde gern nächste Woche einmal nach London fahren.«

»Gut«, sagte Martin.

»Du hast nichts dagegen?«

»Aber nein. Es ist Zeit, daß du mal hinfährst.«

»Aber ich muß über Nacht bleiben.«

»Das ist vernünftig. Ich gehe dann mal mit Batman aus, während du weg bist.«

»Batman?«

»Er heißt Arnold Moloney. Er studiert hier die Fledermäuse. Darum wird er allgemein Batman genannt.« Martin machte eine kleine Pause. »Du fehlst mir schon jetzt.«

»Du mir auch«, sagte Laura.

Ehe der Tag der Abreise kam, hatte Laura nochmals eine Begegnung mit einer einsamen Gestalt, die ihr aus der Ferne entgegenkam. Diesmal war es an der Küste, wo sie eine Stunde gesessen und gezeichnet hatte. Auf dem Weg über die Düne zu ihrem Wagen sah sie etwa einen halben Kilometer entfernt einen Mann auf sich zukommen. Sie ging langsamer und beobachtete ihn aufmerksam in dem Bemühen, die Beziehung zwischen dem sich vorwärtsbewegenden Menschen und der stillen Landschaft zu erfassen, mit der er zunächst beinahe verschmolzen war, um allmählich immer schärfer aus ihr herauszutreten.

Selbst auf diese Entfernung erkannte sie, daß es nicht der Mann war, dem sie und Martin an Vayros Todestag begegnet waren. Jener Fremde war korpulent gewesen, und seine Bewegungen hatten Aggressivität und Überheblichkeit ausgedrückt. Der Mann, der sich ihr jetzt näherte, erinnerte sie an den Fremden in der Tundra Lapplands, von dem Martin ihr erzählt hatte. Das vielleicht, oder die scheue Zurückhaltung, die er ausstrahlte, veranlaßte sie, die Augen niederzuschlagen, als sie auf fünfzehn Meter an ihn herangekommen war. Sie warf nur einen kurzen Blick auf ihn, ehe sie die Augen zum Boden senkte.

Wer immer er sein mochte, er gehörte nicht hierher. Zwar begegnete man in diesem entlegenen Gebiet den unterschiedlichsten Typen von Menschen, aber ihnen allen waren gewisse Merkmale gemein, die sie erkennbar machten – der Stil ihrer Kleidung und Ausrüstung, ihre Art, sich in der Landschaft zu bewegen, ja selbst die Weise, wie sie umhersahen oder dies nicht taten. Bei dem Mann, der an Laura vorüberging, stimmte die Kleidung nicht. Das einzige Detail, das sie registrierte, waren die Schuhe mit den dünnen Sohlen, aber auch alles andere an ihm fiel aus dem Rahmen des Üblichen. Sein Gebaren hatte etwas Verstohlenes, er ging mit hochgezogenen Schultern, die Hände in den Taschen, und er war für die Winde, die immer über die Küstenhügel bliesen, viel zu dünn angezogen.

Sie spürte, daß er nicht angesehen oder angesprochen werden wollte, und obwohl sie etwas sorgloser geworden war, seit sie aus London weg war, kehrte die Angst vor einem Überfall oder einer Vergewaltigung an einsamem Ort plötzlich mit solcher Stärke wieder, als befände sie sich allein auf einer menschenleeren nächtlichen Straße in der Stadt. Nachdem sie den Fremden hinter sich gelassen hatte, ging sie schneller und war eine Zeitlang angespannt vor Furcht, er könnte ihr gefolgt sein. Aber als sie sich umdrehte, war er nicht mehr da.

Sie erzählte Martin von der Begegnung. Er meinte, es sei wahrscheinlich jemand aus den Wohnsiedlungen bei der U-Boot-Basis an der Küste gewesen. Die Männer dort lebten wie in einem Getto, Gefangene der Marine, und manchmal betranken sich einige von ihnen am Wochenende und schlugen über die Stränge. Im allgemeinen kein Problem.

Die Anwälte hatten geschrieben. Da John Vayro für sich einen Tod im Meer geplant hatte, hatte er keine Verfügungen hinsichtlich seines Begräbnisses hinterlassen. Laura und Martin ließen ihn an einem grauen, regnerischen Tag ohne kirchliches Zeremoniell auf dem städtischen Friedhof von Barnbrook bestatten. Während der Sarg in die Grube gesenkt wurde, nahmen sie ohne Weinerlichkeit, aber mit nagenden Schuldgefühlen über die Ursache seines Todes Abschied von ihm und gingen dann unter tropfenden Fichten wieder auf die Straße hinaus.

Ansonsten war das Testament eindeutig, und Martin erhielt die amtliche Mitteilung, daß ihm das Eigentum an John Vayros Haus übertragen werden würde. Während Lauras Abwesenheit fuhr er hinüber, um zu prüfen, ob seine Pläne für das Haus durchführbar waren.

Der Gedanke, vom Tod eines Freundes zu profitieren, war ihm zuwider, darum war er auf die Idee gekommen, aus dem Haus eine Art Außenstation für Naturforscher zu machen, und je eingehender er sich mit dem Plan befaßte, desto mehr erwärmte er sich für ihn. Das einsam stehende Haus am Rand eines Wäldchens aus Steineichen und Nadelbäumen eignete sich vorzüglich als Zuflucht bei plötzlich einfallendem schlechten Wetter, als Begegnungsstätte, als Beobachtungsposten und, das war das Wichtigste, als ein Ort, wo jede Beobachtung oder Entdekkung protokolliert und von anderen Wissenschaftlern, die das Haus aufsuchten, weiterverfolgt werden konnte. Über der schlichten Haustür wollte Martin zur Erinnerung an John Vayro eine in Stein gemeißelte Gedenktafel anbringen lassen. Der alte Schwimmer hätte sich darüber zweifellos gefreut.

Von einem der oberen Räume des Hauses aus blickte Martin durch seinen Feldstecher über das Land, während er im Geist die Fenster vergrößern und unter dem Dach eine Beobachtungswarte bauen ließ. In der Ferne, vielleicht anderthalb Kilometer weit, sah er jemanden gehen, einen noch jungen Mann, den er nicht erkannte und dessen Anblick ihm, nachdem er ihn eine Zeitlang beobachtet hatte, Lauras Beschreibung des Mannes ins Gedächtnis rief, dem sie ein paar Tage vor ihrer Abreise begegnet war.

Einzelheiten waren auf diese Entfernung nicht zu erkennen, doch Martin gewann einen Eindruck von einem schmächtigen, dunkelhaarigen Mann, der einen Anzug anhatte und in einem Tempo voranschritt, das ihm Ziellosigkeit auszudrücken schien. Aber ziellos konnte man hier draußen nicht sein; so wenig wie ein seltener Zugvogel sich »verirren« konnte. Neugier herauszufinden, wer der Mann war, und Lust auszuprobieren, wie weit er ihm über das Moor entgegengehen konnte, ohne selbst entdeckt zu werden, trieben Martin aus dem Haus.

Er kannte jeden Weg und Steg in diesem Gebiet, und während er mit großen Schritten die von kantigen Steinen durchsetzten Wege entlangeilte, versuchte er abzuschätzen, wo der Fremde sich jeweils befand und ob er selbst in sein Blickfeld geraten würde, wenn eine Bodenerhebung ihn aufwärts führte und aus der Landschaft heraushob. Er konnte das vermeiden, indem er Haken schlug, die ihn zu schützenden Busch- oder Felsgruppen brachten. Der Preis für das Versteckspiel war, daß er den Fremden zeitweilig aus den Augen verlor, aber er bewegte sich schnell vorwärts und verließ sich darauf, daß die unwirtliche Landschaft dem Mann keinen plötzlichen Unterschlupf bieten würde.

Die Wolkendecke zerriß, und Sonnenlicht blitzte auf, als Martin eine Anhöhe hinaufstieg, von der aus er das Gebiet überschauen konnte, das er von Vayros Haus aus im Auge gehabt hatte. Der Fremde war verschwunden. Martin, der nicht glauben konnte, daß er ihn verloren hatte, ging dennoch weiter. In der Ferne glitzerte das Meer, und das Land neigte sich ihm entgegen.

Er nahm seinen Feldstecher aus dem Etui und hatte sich den Riemen gerade um den Hals gelegt, als er hinter sich eine Bewegung wahrnahm. Er drehte sich um und sah den Fremden, der sich von ihm entfernte. Also hatte er sich irgendwann auf dem Weg durch das Hochmoor verschätzt. Oder aber der Fremde hatte die Richtung geändert. Martin ging ihm hinterher. Seine Stiefel machten kaum ein Geräusch auf dem weichen Moorboden. Der Fremde schien nicht zu merken, daß er verfolgt wurde. Martin wartete, bis er mit ihm auf gleicher Höhe war, ehe er ihn ansprach.

»Tag«, sagte er und ging langsamer.

»Hallo«, antwortete der Fremde, nicht abweisend, aber auch nicht zum Gespräch einladend. Er war ein wenig zusammengezuckt, als Martin ihn angesprochen hatte, aber irgendwie konnte dieser Ausdruck von Überraschung Martin nicht überzeugen.

»Sind Sie hier zu Besuch?«

Eine Pause. Dann: »Ja.«

»Gibt schöne Wanderwege hier.«

Die harmlose Bemerkung klang angesichts der Aufmachung des Fremden wie der reine Hohn. Er trug einen hellen Straßenanzug, der hier auf dem Land völlig fehl am Platz war und ihm, nach der Größe zu urteilen, gar nicht gehörte. Das Hemd mit dem offenen Kragen war schmuddelig, die billigen Schuhe waren kurz davor, in ihre Bestandteile zu zerfallen. Das Gesicht unter dem windzerzausten dunklen Haar war angespannt und bleich, von dunklen Bartstoppeln bedeckt. Der Mund war groß und weich, aber gänzlich ohne Ausdruck, und die schmalen, scharfen Augen zeigten nichts.

Auf die Bemerkung über die Wanderwege sagte der Fremde nur: »Ja.«

Martin bemühte sich, seinen Schritt dem des Fremden anzugleichen, aber es fiel ihm schwer. »Wohin wollen Sie denn?«

»Ich wandere nur so herum.«

»Es ist schön hier.«

»Ja. Schön.«

Der Akzent des Fremden verriet nichts; er sprach die Sprache eines Mannes, der es gewöhnt war, mit Höherstehenden umzugehen, aber ohne Servilität.

»Kann ich Ihnen weiterhelfen?«

»Nein, danke, ich komm' schon zurecht.«

»Dann viel Glück.«

»Auf Wiedersehen«, sagte der Fremde. Er schien trotz seiner unpassenden Kleidung gesund und kräftig zu sein, und war bald ein ganzes Stück entfernt.

Martin war stehengeblieben, weil dies eine Stelle war, wo man einen weiten Blick über das ganze Land hatte, und er wollte den Fremden eine Weile durch sein Glas verfolgen. Der Mann hatte ihn neugierig gemacht. Es war offenkundig, daß er im Freien nächtigte, das verrieten schon seine zerknitterten Kleider. Er sah ungepflegt und ausgehungert aus. Doch in seiner Rede war er kontrolliert und hatte keinen Hinweis darauf gegeben, warum er wie ein Landstreicher hier herumwanderte.

In Richtung der Klippen verschwand er plötzlich aus Martins Blickfeld. Wieder überkam Martin ein Impuls ihm zu folgen, aber er widerstand ihm. Der Mann schien keine Hilfe zu wollen, wozu also?

Laura war seit einigen Stunden wieder da. Sie war in der Küche und hörte Radio, den Regionalsender. »Martin«, rief sie. »Martin!«

»Was denn?«

»Komm und hör dir das an.«

Martin lief die Treppe herunter und kam gerade noch zum letzten Teil der Meldung zurecht.

»...aus der Nervenheilanstalt in Faulston entflohen. Er ist Anfang dreißig, dunkelhaarig mit blasser Haut. Er hat ein einnehmendes Wesen, aber das kann täuschen; wenn er sich bedroht fühlt, kann er gefährlich werden. Wer glaubt, diesen Mann gesehen zu haben, wird gebeten, sich umgehend bei der nächsten Polizeidienststelle zu melden...«

»Der Mann, den ich gesehen habe«, sagte Laura.

»Ich bin ihm auch begegnet«, erwiderte Martin.

»Das hast du mir gar nicht erzählt.«

»Dazu waren wir ja seit deiner Rückkehr viel zu beschäftigt.«

Laura lachte. »Du hast recht.«

»Ich habe ihn gestern getroffen und versucht, ein Gespräch mit ihm anzufangen, aber er wollte nicht reden. Es muß derselbe Mann gewesen sein, den du gesehen hast.«

Laura deutete auf das Radio. »Er?«

»Muß es wohl sein.«

»Und was tun wir? Gehen wir zur Polizei?«

Martin schnitt eine Grimasse. »Große Jagd in ganz Macemoor? Darauf bin ich nicht gerade scharf. Sehen wir doch, ob wir ihn morgen nicht noch einmal aufstöbern können.«

»Und dann?«

Martin überlegte einen Moment und sagte dann, ohne auf ihre Frage einzugehen: »Weißt du, ich hatte das Gefühl, daß er da draußen irgendwo lebt. Nicht nur ein bißchen herumstreicht, sondern sich häuslich niedergelassen hat.«

Sie zogen eine Linie zwischen den beiden Orten, wo sie dem Fremden begegnet waren, suchten die Mitte und fuhren dorthin. Unterwegs sagte Laura: »Er kann natürlich auch jemand ganz anderer sein.«

»Zum Beispiel?«

»Ich weiß nicht – ein Verbrecher, ein Spion...«

»Warum sollten sie das dann nicht sagen?«

»Wenn man ihn zum Irren stempelt, sind die Leute vielleicht eher bereit, auf ihn zu achten.«

Martin lachte. »Ich finde, das wäre so ziemlich das Dümmste, wenn sie den Burschen schnappen wollen. Aber was wollen wir eigentlich tun, wenn wir ihn sehen? Ich habe keine Erfahrung im Umgang mit Verrückten, Verbrechern oder Spionen.«

»Ihm was zu essen anbieten. Wenn er sich da draußen versteckt hält, ist er bestimmt schon ganz ausgehungert.«

»Warum sollen wir uns überhaupt um den Mann kümmern?«

Die Frage hing kalt in der Luft. Der Landrover tuckerte eine lange Steigung hinauf. Laura warf Martin einen Seitenblick zu. »Ich weiß, warum du dich darum kümmerst.«

»Raus mit der Sprache. Warum?«

»Weil jemand, den du nicht kennst, in dein Revier eingedrungen ist und du ihn loswerden willst.«

Nach einer kleinen Pause nickte Martin. »Du hast recht.«

Sie wanderten eine Stunde lang auf selten benützten Wegen des Hinterlands umher, dann sichtete Martin jemanden. Als sie näher kamen, sahen sie, daß es der Mann war, den sie suchten. Er sah sie kommen, machte aber keine Anstalten, seine Richtung zu ändern oder sich zu verstecken.

»Und was tun wir jetzt?« fragte Laura. »Was sagen wir?«

Martin hielt den Blick auf die näherkommende Gestalt gerichtet. »Ich weiß nicht.«

Sobald sie nahe genug waren, versuchte Martin, Blickkontakt mit dem Mann aufzunehmen, aber der hielt die Augen gesenkt und schien die Absicht zu haben, einfach an ihnen vorbeizugehen.

In herzlichem Ton rief Martin: »Hallo!«

Der Mann sah verdutzt auf, erwiderte aber den Gruß. Sie kamen auf gleiche Höhe.

»Wir sind uns neulich schon einmal begegnet.«

Der Schritt des Fremden wurde langsamer.

»Erinnern Sie sich?«

»Ja«, antwortete der Mann langsam.

»Meine Freundin und ich«, Martin wies auf Laura, »wollten gerade Mittagspause machen.« Er zeigte mit dem Kopf nach rückwärts zu seinem Nylonrucksack. »Möchten Sie nicht mit uns essen?«

Der Mann schwieg.

»Nur ein Picknick«, sagte Laura. Sie öffnete den Rucksack und nahm eine Fleischpastete heraus, schlug das Pergamentpapier zurück, um die knusprig braune Kruste zu zeigen.

»Danke, gern«, sagte der Fremde.

Sie breiteten eine Decke auf dem Boden aus und setzten sich zum Essen. Jetzt kam der Teil, den sie nicht vorgeplant hatten. Nach ein paar banalen Bemerkungen über die Schönheit der Landschaft sagte Martin: »Es gehört einiges dazu, im Freien zu leben.«

Flüchtig und unverkennbar auf der Hut sah der Fremde zuerst Martin, dann Laura an, jedoch nur ganz kurz und ohne daß sein Blick etwas verriet. Er aß langsam und bedächtig, nicht gierig wie ein Ausgehungerter, sondern kontrolliert wie jemand, der es gewöhnt war, sich sein Essen einzuteilen.

»Mein Name ist Martin. Das ist Laura.«

Der Fremde verzog das blasse Gesicht zu einem andeutungsweisen höflichen Lächeln und nickte ihnen beiden kurz zu. So behutsam wie möglich erkundigte sich Martin nach seinem Namen, aber die Frage klang dennoch bedrängend, und Laura warf ihm einen warnenden Blick zu.

Der Fremde ignorierte die Frage und zog sich hinter eine Mauer schweigender Selbstversunkenheit zurück, als befände er sich hier allein mit den Felsen und der See, und alles andere sei Wahn.

Laura bot ihm Kaffee aus der Thermosflasche an und sagte: »Sie brauchen nicht zu reden, wenn Sie nicht wollen.«

Es blieb still, bis Martin bemerkte: »Wenn Sie in irgendwelchen Schwierigkeiten stecken sollten, würden wir Ihnen gern helfen.«

Auch darauf gab der Mann keine Antwort. Vom Meer her blies der Wind ihnen feinen Regen ins Gesicht, und Martin fragte: »Was tun Sie, wenn es regnet? Haben Sie eine Unterkunft? Es gibt hier in der Nähe einige Höhlen.«

Er ärgerte sich, als er es sagte. Indem er sich mit seiner Vertrautheit mit dieser Gegend gebrüstet hatte, hatte er dem Fremden gesagt, daß es hier für ihn kein sicheres Versteck gab. Verdammt, dachte er und hoffte, die Worte würden keinen Eindruck hinterlassen.

»Wollen wir uns nicht in den Wagen setzen?« meinte Laura.

»Es ist keine Falle«, versicherte Martin etwas zu hastig vielleicht. »Sie sind selbstverständlich völlig frei.«

Aber das versicherten die, die einen der Freiheit berauben wollten, immer. Der Regen fiel jetzt dichter und heftiger. Sie verstauten ihre Sachen wieder im Rucksack und zogen die Reißverschlüsse ihrer Jacken zu. Der Anzugstoff des Fremden begann schon, sich von der Nässe dunkel zu färben.

»Sie können doch nicht hier draußen bleiben«, sagte Laura. »Kommen Sie mit uns.«

Mit schmalen Augen musterte er sie, argwöhnisch und wissend, dann schüttelte er den Kopf.

»Bitte«, sagte Laura.

»Nein.« Seine Stimme war freundlich distanziert, der Ton endgültig.

Durch Nebel und Regen, die Meer und Himmel verschleierten und sie zu drei verschwommenen Gestalten in grauer Landschaft machten, rief Martin: »Hier draußen kommen Sie um.«

»Mir passiert schon nichts«, erwiderte der Fremde. Es war die erste persönliche Bemerkung aus seinem Mund.

»Passen Sie auf«, sagte Martin, »wir kommen morgen wieder. Selbe Zeit, selber Ort.« Er sah auf seine Uhr. »Punkt eins. Wir kommen allein.«

Mehr gab es nicht zu sagen. Der Fremde beobachtete sie schweigend. Schon ehe sie davoneilten, schien er sich in den grauen Regenschleiern aufzulösen.

»Vielleicht ist er wirklich der Mann, den sie suchen«, meinte Martin, »aber er ist sowenig verrückt wie du oder ich.«

»Schizophren vielleicht?« fragte Laura. »Sie sagten doch, er könnte gefährlich werden.«

»Vielleicht.«

Die Sicht war schlecht. Sie fuhren über das Land zu einem Gasthaus, das Martin kannte, wo es ein warmes Feuer und gutes Essen gab. Der Regen hatte die Fleischpastete durchweicht.

»Meldest du ihn?«

»Nein. Ich sagte doch, wir würden allein kommen.«

»Du findest nicht, daß die ganze Übung heute ziemlich zwecklos war?«

»Eines weiß ich jetzt jedenfalls.«

»Was denn?«

»Er ist vielleicht ein entsprungener Irrer, aber er versteht sich aufs Leben in freier Natur.«

»Woran hast du das gemerkt?«

»Es machte ihm nichts aus, naß zu werden.«

»Na und?«

»Wir beide haben uns sofort in unsere wasserdichten Anoraks eingepackt. Und wir sind nur ein kurzes Stück von einem Feuer und trockenen Kleidern entfernt. Unser Freund, der Irre, der wie ein wildes Tier zu leben scheint, hatte es überhaupt nicht eilig, aus dem Regen herauszukommen.«

»Ich versteh' nicht.«

»Für mich heißt das, daß er einen Unterschlupf hat, wo er Feuer machen kann, ohne entdeckt zu werden. In einer der Höhlen, vermute ich.«

»Würde man da nicht den Rauch sehen?«

»Du hast die Höhlen noch nie gesehen. Sie sind jeden Tag nur ganz kurz, während des Gezeitenwechsels, vom Meer her zugänglich. Und selbst da muß man mit einem Boot verdammt gut umzugehen wissen. Vom Land aus können nur gute Kletterer sie erreichen. Wenn er da unten Feuer macht, wird der Rauch vom Meer aufgefressen. Die Brandung stürzt da in Riesenbrechern rein. Die interessantere Frage ist, wie zum Teufel er da runterkommt.«

»Und wie stellst du dir das morgen vor?« fragte Laura.

»Keine Ahnung. Vielleicht haben wir ihn verscheucht. Wenn er morgen nicht kommt, werden wir ihn wohl melden müssen.«

»Und wenn er kommt?«

»Das ist ein noch größeres Problem.«

Bei strömendem Regen erreichten sie das abgelegene Gasthaus, in dem Martin Station zu machen pflegte, wenn er in dieser Gegend arbeitete. Der Wirt kannte ihn und schwatzte ein paar Worte mit ihm, aber Martin stellte Laura nicht vor. Sie merkte, daß er immer noch gewisse Hemmungen hatte. Sie setzten sich in eine Ecke, sprachen wenig, waren es zufrieden, zusammen zu sein und die Wärme zu genießen.

Ein polternder, derber Mann um die Fünfzig kam herein und klopfte sich den Regen von den Kleidern. Während er auf sein Bier und sein Essen wartete, sagte er: »Ich seh', Sie haben heut' den Feind im Haus, Frank.«

Er sprach nur scheinbar den Wirt an; in Wirklichkeit richteten sich seine Worte an die Gäste im Raum. Der Wirt lachte dünn wie über einen Witz, den er nicht verstand. Doch das Gesicht seines Gasts zeigte Empörung und Herausforderung.

»Ja, der Feind«, wiederholte er und sah sich diesmal um dabei.

Laura warf Martin einen fragenden Blick zu. Der zuckte die Achseln. »Wer ist das?« wollte sie wissen.

Martin schüttelte den Kopf.

Der Wirt fragte: »Alles in Ordnung, Charlie?«

Im Gastraum war es ganz still. Eine Uhr schlug blechern die halbe Stunde.

»Klar, bei mir schon«, erwiderte Charlie. »Ich frag' mich nur, was solche Leute hier zu suchen haben.« Er trank mit einem Zug sein Glas bis zur Hälfte. In seiner Welt brauchte man normalerweise keine langen Erklärungen zu geben. Dann wies er zornig mit dem Finger zur Tür. »Da draußen auf dem Parkplatz. Da steht ein Wagen mit so einem verdammten CDN-Aufkleber am Fenster.«

»Ach, regen Sie sich doch nicht auf, Charlie«, meinte der Wirt.

Martin sah Laura an, dann stand er auf und ging zum Tresen. Er blickte Charlie gerade ins Gesicht und sagte: »Vielleicht würden Sie mir erklären, was Sie dagegen einzuwenden haben.«

Charlie war ein selbstgerechter, ehrenwerter Mann, der niemals bereit war, auch nur einen Zentimeter zurückzuweichen. »Ist das Ihr Wagen?« fragte er.

»Es ist meiner.« Laura stand auf. Ihre kühlen, klar artikulierten Worte klangen scharf. Augenblicklich war die Atmosphäre mit Feindseligkeit geladen.

»Ist sie mit Ihnen hier?« sagte Charlie zu Martin, der nun auch ärgerlich wurde und erwiderte: »Nein, ich bin mit ihr hier.«

Einen Moment lang hätte Laura am liebsten über diese beiden erwachsenen Männer und ihr John-Wayne-Gehabe gelacht. Aber die Szene war zu unerfreulich und zu ernst.

»Es ist mein Wagen«, sagte sie. »Ich habe das Schild ins Fenster geklebt. Was stört Sie daran?«

»Sind Sie gegen die Kernkraft?«

»Warum?« fragte Laura. Sie sah klar, daß Charlie drauf und dran war, seine Selbstachtung daran aufzuhängen, daß er diese eingebildete Ziege niedermachen konnte.

Charlie sah sich um in der Gewißheit, daß er die Leute im Raum auf seiner Seite hatte. »Hier gibt's 'ne Menge Leute, die von der Kernkraft abhängen. Da sollten Sie sich besser überlegen, was sie da an Ihre Autofenster kleben, junge Frau.«

Laura lächelte spöttisch. Martin sagte: »Das geht Sie überhaupt nichts an.« Seine Stimme war unwirsch, aber sie spürte sein inneres Unbehagen. Immer wieder fiel ihr auf, daß er ein netterer Mensch war als sie.

Ohne sich davon zurückhalten zu lassen, sagte sie: »Wollen Sie mir vielleicht vorschreiben, was für Aufkleber ich an meinem Wagenfenster haben darf? Sind Sie der hiesige Wachtmeister oder was?«

»Jetzt passen Sie mal auf«, entgegnete Charlie. »Hier gibt's viele Leute, die im Kernkraftwerk oder beim Militär arbeiten, und sie verdienen gut und mögen es gar nicht, wenn solche Schlaumeier wie Sie hier anrücken und sie als Kriminelle hinstellen. Wenn Sie hier gut aufgenommen werden wollen, sollten Sie den Aufkleber schleunigst runterreißen.«

»Was passiert denn sonst? Wird man mein Auto in die Luft sprengen?«

Mit der stummen Bitte in den Augen, der »jungen Frau« in ihrem eigenen Interesse entweder den Mund zu verbieten oder sie hinauszubugsieren, sah Charlie Martin an. Der bemühte sich, ein unbeteiligtes, leicht amüsiertes Gesicht zu machen, aber sein Unbehagen zeigte sich in der Anspannung seiner Gesichtszüge und in den zu krampfhaft verschränkten Armen.

»Das ist eine heikle Sache, Mr. Ritchie«, bemerkte der Wirt in entschuldigendem Ton.

In diesem Gasthaus also, stellte Laura fest, war Martin Mr. Ritchie, den man in respektvollem Ton ansprach.

»Möchtest du, daß ich den Aufkleber runternehme?« fragte sie.

»Selbstverständlich nicht«, antwortete Martin. »Ich lasse mich nicht gern als jemandes Feind bezeichnen, schon gar nicht von einem großmäuligen Wirtshausbruder.«

Sie nahmen ihre Anoraks und gingen. »Danke«, rief Laura, als sie durch den Regen zum Wagen rannten.

»Es war mir ein Vergnügen«, rief Martin zurück.

»Martin, sie haben ihn erwischt.«

»Ich höre es.«

Sie lauschten angespannt, während der Nachrichtensprecher berichtete, wann und wo man den Flüchtling aus der Nervenheilanstalt Faulston aufgegriffen hatte. Nach einer Woche des Versteckspiels hatte er sich allem Anschein nach praktisch selbst gestellt. Der Nachrichtensprecher ging zum nächsten Punkt der Tagesordnung über, und Laura schaltete den Apparat aus.

»Ich weiß nicht warum, aber ich bin richtig traurig«, sagte sie.

»Wäre es dir ein Trost zu hören, daß sie ihn gar nicht erwischt haben?« fragte Martin.

»Wie meinst du das?«

»Sie haben vielleicht einen Verrückten geschnappt, aber nicht unseren Verrückten.«

»Woher weißt du das?«

»Der Ort, von dem sie sprachen, ist ungefähr fünfzig Kilometer von der Stelle entfernt, wo wir ihn gestern getroffen haben. Und es hat die ganze Nacht gegossen. Das kann nur ein anderer gewesen sein.«

»Dann ist er also gar kein entsprungener Geisteskranker.«
»Vielleicht gibt es noch einen.«
»Oder vielleicht ist er ein Deserteur.«
»Es ist gut möglich, daß wir es nie erfahren.«
»Es würde mich wirklich interessieren, wer er ist.«
Martin runzelte plötzlich die Stirn. »Wir bekommen Besuch.«
»Was?«
»Und unter diesem hinreißenden Morgenrock hast du kein Fetzchen auf der Haut.«
»Martin, was redest du eigentlich?«
Laura lauschte, zuckte die Achseln, zog den Morgenrock über der Brust etwas fester zusammen.
»Wenn du lange genug hier gelebt hast«, erklärte Martin, »wirst du merken, daß man Geräusche schon aus weiter Ferne hören kann. Und wenn du von diesem Haus aus ein Auto hören kannst, dann ist es auf dem Weg hierher. Woandershin kann man hier nicht fahren.«
Laura ging sich umziehen. »Und was tun wir morgen?« rief sie aus dem Schlafzimmer herunter. »Mit unserem Freund, meine ich.«
»Wir können hinfahren, oder wir können es einfach bleibenlassen.«
»Ich finde, du solltest allein hinfahren.«
Das Geräusch des nahenden Autos war jetzt deutlich zu hören.
»Vielleicht erfahren wir doch noch etwas von ihm. Warum soll ich allein hinfahren?«
»Ich hatte das Gefühl, daß wir beide zusammen ihm zuviel waren. Daß er zu dir allein vielleicht offener sein würde.«
Von Lauras Arbeitszimmer aus blickte Martin nach draußen.
«Es ist Godfrey.«
»Wer ist Godfrey?«
»Godfrey Knapp. Du weißt doch, er wohnt in Scardale. Er kommt wahrscheinlich, um dich zu begutachten.«
»Wußtest du, daß er kommt?«
»Nein. Hier draußen meldet sich keiner an. Die fahren fünf-

zig Kilometer und dann sagen sie, sie seien zufällig vorbeigekommen.«

Laura fuhr sich über ihr Haar und machte immer noch ein skeptisches Gesicht. An der Haustür klopfte es dreimal.

5

Zu Godfrey Knapp hätten aufdringlich karierte Anzüge und gelbe Westen gepaßt. Er trotzte dem Klischee, indem er, wenigstens auf dem Land, Cordhosen, grobe Leinenhemden und Schaffelljacken trug. Er hatte ein volles, bärtiges Gesicht, das an Eduard VII. erinnerte, und eine dröhnende Stimme, die bewirkte, daß auch sein leisestes Wort von kräftiger Resonanz war. Diese Fähigkeit, jeden anderen stimmlich zu übertrumpfen, hatte ihn seit langem von der überlegenen Qualität all seiner Äußerungen überzeugt.

Ein Geruch von Zigarrenrauch umgab ihn, aber da er Martin Ritchies Gewohnheiten kannte, hatte er die Zigarre ins Gebüsch an der Gartenmauer geworfen. Zigarren waren pflanzlich, was war also dabei?

»Martin, alter Freund!«

»Hallo, Godfrey.«

»Ich hörte, daß Sie verheiratet sind.« Seine Augen blitzten boshaft, als wollte er sagen, Sie glaubten wohl, das könnten Sie vor mir verheimlichen.

»Das nicht – aber so gut wie...«

»Ich wollte meine Glückwünsche überbringen und die Dame in diesem hinreißenden Ort willkommen heißen.«

Laura hielt sich im Hintergrund und bemühte sich, gegen ihre Verlegenheit ankämpfend, ein freundliches Lächeln zu zeigen. Martin führte den Gast herein und machte ihn mit Laura bekannt.

Godfrey Knapp hatte den typischen Macho-Händedruck, den Laura stets abzuwehren pflegte, indem sie die eigene Hand mit einem Minimum an Druck darbot, gewissermaßen als reines Tastwerkzeug. Knapp war nicht ihr Fall, das wußte sie augenblicklich, und wußte auch, daß sich daran bei näherer Bekanntschaft nichts ändern würde.

Ebenso augenblicklich spürte sie, daß sie hingegen sehr wohl sein

Fall war, zumindest was körperliches Interesse betraf, und sie hatte den Eindruck, daß er damit bereits alles über sie wußte, was er zu wissen gewünscht hatte.

»Einen Drink, Godfrey?«

»Einen Scotch, Martin.«

Laura war baff. Martin trank höchst selten, niemals vor dem Abend, aber mit diesem Menschen, dessen Namen er kaum erwähnt hatte, setzte er sich morgens um zehn zum geselligen Whisky zusammen. Hätte sie selbst sich am Vormittag einen Drink genehmigt, so hätte es darüber eine Diskussion zwischen ihnen gegeben. Mit diesem lauten, angejahrten Flegel jedoch, der unter dem offenen Hemdkragen seine mit einem Goldkettchen gezierte, graubehaarte Männerbrust zur Schau trug, war er bereit, fünf gerade sein zu lassen.

Sie lehnte einen Drink für sich ab und setzte sich mit einem gezwungenen Lächeln, um höflich Konversation zu machen. Nach einigen sondierenden scherzhaften Bemerkungen sagte Knapp: »Sie haben doch sicher von dem entsprungenen Geisteskranken gehört. Man hat ihn gestern abend aufgegriffen. Als ich es Harold erzählte, sagte er: ›Dann haben wir wohl einen Gast weniger zum Abendessen, Sir?‹ Verflucht komisch, wie?« Sein Gelächter war laut und dröhnend. Man konnte nicht mitlachen, höchstens höflich dazu lächeln.

»Ja, wir haben es eben gehört«, bestätigte Martin.

»Sie haben ihn übrigens auf meinem Grund und Boden geschnappt. Bei einem meiner Pächter war eingebrochen worden. Der Kerl hatte diverse Nahrungsmittel mitgehen lassen. Armer Teufel.«

Es war nicht klar, auf wen sich die letzte Bemerkung bezog. Die Wendung »auf meinem Grund und Boden« war mit der Beiläufigkeit der Gewohnheit gebraucht worden, aber Laura hatte den Eindruck, daß sie an sie gerichtet war.

»Godfrey hat ein Gut«, erklärte Martin.

»Größtenteils ererbt, wie ich zugeben muß. Dafür bemühe ich mich nach besten Kräften, es gut instandzuhalten und nicht nur ein paar tausend Morgen Müll und Dreck zu hinterlassen, wenn ich mal ins Gras beiße. Ich überwache meine Bauern sehr genau. Ich möchte nicht, daß man später einmal eine Wüste nach mir benennt.«

»Godfrey hat bei den Ölgesellschaften großartige Arbeit geleistet«, sagte Martin. »Wenn er nicht wäre, sähe es hier aus wie in Texas.«

»Ich habe Kontakte in London«, bemerkte Knapp zu Laura, wobei er das letzte Wort beinahe flüsternd aussprach, als handle es sich um etwas Ungezogenes. Seine spöttische Ironie, die etwas Wichtigtuerisches an sich hatte, fand er sichtlich amüsant.

Immer wieder musterte er sie versteckt, um mit flinkem Auge die Konturen ihres Körpers unter ihren Kleidern abzutasten. Laura konnte diesen Typ von Mann mit einem Blick charakterisieren: der Sechzigjährige, der noch einmal, ein letztes Mal vielleicht, seine Männlichkeit beweisen wollte und in der Hitze unerfüllter Phantasien schmorte, die Stillung verlangten. Sie kannte diese Typen aus London zur Genüge, hatte sie abblitzen lassen, mit ihnen gespielt oder geflirtet, ganz nach Lust und Laune. Nie hatte sie sich von diesen Annäherungsversuchen so belästigt gefühlt wie jetzt von Godfrey Knapps verstohlenen Seitenblicken.

Beim Abschied gab er ihr wieder die Hand, diesmal zarter und mit mehr Muße. Er schaffte es, Martin anzusehen, während er wie zufällig ihre Handfläche streichelte, und Laura fand es erheiternd.

»Sie müssen bald einmal zum Essen kommen und sich Scardale ansehen. Ich sehe in meinem Terminkalender nach und rufe Sie dann an.«

Laura versicherte, daß sie sich freuen würde. Sie und Martin sahen dem dunkelblauen Jaguar nach, der auf der holprigen Straße davonfuhr und verschwand.

»Wie hast du den denn kennengelernt?« fragte sie.

»Man kann ihm gar nicht entgehen, wenn man hier lebt«, antwortete Martin.

»Aber ich scheine ihm bisher doch entgangen zu sein«, meinte Laura.

»Damit ist es jetzt, denke ich, vorbei.« Martins Stimme verriet nichts.

Martin fuhr allein zum Rendezvous mit dem Fremden. Da er nicht daran glaubte, daß der Mann ein Geisteskranker war, versuchte er jetzt, eine neue Erklärung für seine Anwesenheit zu finden. Ein Deserteur, hatte Laura gemeint, aber dies hier war bestimmt der letzte Ort auf Erden, wo ein Deserteur Zuflucht suchen würde. Fast das gesamte Gebiet stand unter der Kontrolle des Verteidigungsministeriums in seinen verschiedenen

Erscheinungsformen. Nein, was immer dieser Mann auch hinter sich gelassen hatte, das Militär war es nicht.

Vielleicht war er ein Exzentriker, auf der Flucht vor dem Gesetz, wenn auch schwer vorstellbar war, vor welchem Gesetz. Aber die fernen, brodelnden Städte, die Martin gern als Brutstätten von Anarchie und Korruption sah, boten mehr Schutz als die weiten, offenen Räume hier draußen. Allgemeiner ausgedrückt, Martin war jetzt gar nicht mehr begeistert davon, daß sie sich mit dem Fremden eingelassen hatten. In der Annahme, er sei ein Kranker, hatten sie ihm helfen, ihre Bürgerpflicht tun wollen. Ein Element von Mitgefühl war die Triebfeder gewesen. Aber das war jetzt überholt.

Vernünftiger wäre es gewesen, den Mann zu vergessen; den Wagen zu wenden und sich wichtigeren Dingen zu widmen. Aber Groll mischte sich jetzt in Martins Gefühle für diesen kühl zurückhaltenden Landstreicher. Laura hatte recht, er wollte den Eindringling loswerden.

Er erinnerte sich an den wildgewordenen Schäferhund, der hier in der Gegend zahlreiche Schafe gerissen und ihre zerfleischten Kadaver auf den Hängen hinterlassen hatte. Man hatte das Tier gestellt und erschossen. Martin hatte gesehen, wie die Leute den getöteten Hund vom nächsten Felsen ins Meer geworfen hatten, und er hatte die Jubelrufe gehört, die in diesem Moment erschallt waren. Grausam – aber grausam anzusehen waren auch die in Fetzen gerissenen Mutterschafe und ihre Lämmer auf den Frühlingswiesen gewesen.

Die Erinnerung an den tollwütigen Schäferhund und an die Angst und Sorge, die sein Treiben in diesem Küstengebiet ausgelöst hatte, half ihm, seine augenblicklichen Gefühle besser zu verstehen.

Sie hatten sich im Rücken eines zum Meer hinausblickenden Hügels verabredet. Martin durchschritt eine Senke, die zu klein war, um als Tal bezeichnet zu werden: Schafweiden größtenteils, grobgrasige Wiesen mit dunklen Inseln von Ginster gesprenkelt. Die Wege führten in Zickzackmustern vom ausgetrockneten Bett eines ehemaligen Bachs weg, und Martin hielt genau auf die Stelle zu, wo sie sich gestern im Regen von dem Fremden getrennt hatten.

Ein Brachvogel flatterte aus dem Gestrüpp in die Höhe und stieg zum Himmel auf, an dem sich die Wolken jagten. Sein klagender Schrei ließ Martin erschauern wie immer seit dem Tag, als er ihn – dreizehnjährig, in den Ferien im Lake District – zum erstenmal gehört hatte. Er hatte mit einer heimlich ins Zimmer geschmuggelten Flasche Bier in seinem Bett gelegen, ratlos und verärgert, weil er vergessen hatte, einen Öffner mitzunehmen, als ein Brachvogel über das Haus geflogen war. Sein Ruf hatte ihn bis ins Innerste angerührt. Aus dem bisher spielerischen Interesse an der Natur war mit diesem Tag ernsthafte Hingabe geworden.

Er hielt aufmerksam Ausschau nach dem Fremden, aber es war keine Spur von ihm zu sehen. Vielleicht hatte die Begegnung ihn geschreckt, und er war weitergezogen. Gut so, dachte Martin. Weg mit dem Kerl. Merkwürdig, aber seit sich die Theorie vom entsprungenen Geisteskranken als falsch erwiesen hatte, schien jegliche Nächstenliebe erstorben zu sein.

Auf einmal war er da. Plötzlich erschien er, und das auf eine Weise, die Martin verriet, daß er ihn schon geraume Zeit beobachtet haben mußte. Mit vollem Bedacht trat er in Martins Blickfeld, ganz der Überlegene, derjenige, der bestimmte. Martin erkannte einen weiteren Grund seiner Abneigung gegen diesen Mann: daß er die Dinge weit besser im Griff hatte als sein erbarmungswürdiges, heruntergekommenes Aussehen vermuten ließ. Ohne sich im Augenblick weiter mit dieser Erkenntnis zu beschäftigen, hob Martin die Hand zu einem brüsken Gruß. Der Fremde verschwand und erwartete Martin an einer Stelle, wo der Pfad hinter einer kleinen Bodenerhebung abfiel.

Er sah aus wie am Vortag. Die Bartstoppeln im Gesicht waren vielleicht ein wenig länger, der unpassende Straßenanzug etwas stärker verschmutzt und zerknittert, aber sonst wirkte er drahtig und wachsam. Er roch nach Holzrauch.

»Sie haben also die letzte Nacht gesund überlebt.«

Der Fremde fand das weniger bemerkenswert. »Natürlich.«

»Muß ein ganz schöner Sturm gewesen sein hier draußen.«

»Übel, ja.«

»Ich habe etwas zu essen dabei, wenn Sie was wollen.«

»Okay.«

Martin breitete eine Decke auf dem Boden aus und hielt dem

Mann einen Plastikbehälter hin. Er bemerkte den skeptischen und verwunderten Blick angesichts der moosgrünen, puddingartigen Füllung in dem Behälter. »Spinat«, erklärte er und fügte hinzu: »Mit Eiern. Und Sesamkörnern. Ich habe den Auflauf selbst gemacht.«

Der Fremde nahm sich ein Stück, biß vorsichtig hinein und begann dann begierig zu essen.

»Haben Sie vor, lange hier draußen zu kampieren?«

Der Mann zuckte die Achseln.

»Den Winter stehen Sie nie durch. Der ist hier an dieser Küste sehr hart.« Martin beobachtete das Gesicht des Mannes. »Haben Sie kein Zuhause?«

Kopfschütteln.

»Aber von irgendwoher müssen Sie doch kommen«, beharrte Martin. Die Beherrschtheit des Mannes fing an, ihn zu reizen. Die selbstgerechte Entrüstung der Bürgerlichkeit regte sich in ihm: ›Wenn er schon mein Essen runterschlingt, kann er verdammt noch mal auch meine Fragen beantworten.

»Sie wissen, was passieren wird, wenn Sie länger hier bleiben? Man wird Sie sehen, jemand wird die Polizei alarmieren, und die wird dann nach Ihnen suchen.«

»Haben Sie das vor?« Die Frage war unaggressiv, beinahe freundlich.

»Nein. Aber jemand anders tut es bestimmt.«

»Ist es ein Verbrechen, sich hier aufzuhalten?«

»Man wird Mittel und Wege finden, um ein Verbrechen daraus zu machen.«

»Warum erzählen Sie mir das?«

»Ich würde Ihnen gern helfen. Aber zuerst muß ich wissen, wer Sie sind. Warum Sie hier sind.«

Er mußte lange auf eine Antwort warten. Der Fremde zupfte ein paar verdorrte Grashalme aus der Erde.

»Ich weiß es nicht.«

Martin ließ eine ähnlich lange Pause vergehen. »Was genau wissen Sie nicht?«

»Ich weiß nicht, wer ich bin.«

»Soll das heißen, Sie fanden sich plötzlich ohne Papiere und ohne Erinnerung hier draußen?«

»Ja. Mehr kann ich nicht sagen.«

Martin sah sich den Fremden noch einmal genau an. Sein erster Impuls war Mißtrauen. Aber warum? Amnesie gab es. Immer wieder kam es vor, daß Menschen verschwanden, weil sie durch die erinnerungslöschenden Auswirkungen eines Traumas von ihrem bisherigen Leben abgeschnitten wurden. Weshalb hätte er lügen sollen, da doch nicht mehr auf dem Spiel stand als sein mühevolles Überleben in der felsigen Einöde einer unwirtlichen Küstenlandschaft? Das eingefallene Gesicht, die abgerissene Kleidung, der saure Geruch seines Körpers – das alles war echt. Und Amnesie wäre eine Erklärung für seine unwahrscheinliche Gelassenheit, seinen merkwürdigen Mangel an Gefühlen des Unbehagens oder Bedauerns.

»Sie müssen versuchen, etwas dagegen zu tun«, sagte Martin.

»Ich dachte«, antwortete der Fremde, »wenn ich eine Zeitlang hier draußen bliebe, käme vielleicht irgendeine Erinnerung wieder.«

»Haben Sie daran gedacht, sich an die Polizei zu wenden?«

Er zeigte keinerlei Beunruhigung, sondern sagte nur: »Was kann die denn schon tun?«

»Sie hat immerhin Listen vermißter Personen. Vielleicht findet man Sie darunter und kann Sie dorthin zurückbringen, wohin Sie gehören.«

»Ich traue der Polizei nicht.«

»Warum nicht?«

»Trauen Sie ihr?«

»An wen sonst können Sie sich wenden?«

»Ich komme so ganz gut zurecht. Weshalb sind Sie so interessiert?« Sein Blick schweifte suchend in die Umgebung.

»Keine Sorge«, sagte Martin. »Ich habe niemanden mitgebracht. Sie sind nicht in Gefahr.« Er machte eine Pause. »Laura und ich möchten Ihnen helfen.«

»Wie?«

Das war eine gute Frage. Glücklicherweise ließ dieses von langen Pausen markierte Gespräch Martin Zeit, darüber nachzudenken, was er meinte. Er nahm sich seinen Argwohn gegen den Fremden, seine Impulse, ihn zurückzuweisen, übel. Ja, wenn es sich um ein krankes Tier gehandelt hätte... Er hatte einmal eine

Ratte mit einem gebrochenen Bein gepflegt und sich wochenlang liebevoll um sie gekümmert, samt haarlosem Schwanz, gelben spitzen Zähnen und Scharen von Flöhen. Als er sie geheilt freigelassen hatte, hatte sie ihm mit einem wütenden Zähnefletschen gedankt, ehe sie davongeflitzt war. Und dennoch hätte er es wieder getan. Ein angeschlagener Mensch jedoch...

»Wir könnten Sie ein paar Tage bei uns unterbringen. Nichts Großartiges, aber Sie bekämen ordentlich zu essen, wir könnten Ihnen frische Sachen besorgen, und vielleicht würden Sie anfangen, sich zu erinnern.«

»Weshalb sollte ich Ihnen trauen?«

»Ich versuche Ihnen zu helfen. Ich will nichts von Ihnen.«

Der Fremde schien nicht überzeugt. Unterstellungen, er wolle irgend jemandem irgend etwas verkaufen, ärgerten Martin immer. Wenn er nicht annimmt, dachte er, gehe ich zur Polizei.

»Wie denkt Ihre Frau darüber?«

»Sie ist nicht meine Frau – aber ja, sie ist einverstanden.«

Das entsprach nicht der Wahrheit. Sie hatten die Möglichkeit, den Fremden ins Haus zu nehmen, und sei es nur für ein oder zwei Nächte, überhaupt nicht besprochen. Aber Martin führte im Geist schon das Gespräch mit Laura und überlegte, welche Sachen sie wegräumen mußten, um das Gästesofa frei zu machen.

Der Fremde sagte: »Wenn Sie es sich nicht doch noch anders überlegen sollten und heute abend, wenn es dunkel wird, wieder hierher kommen, und wenn ich dann noch hier bin, komme ich mit. Wenn ich nicht hier sein sollte, vergessen Sie, daß Sie mich je gesehen haben.«

»Wenn du ihn hier nicht haben willst, ist die Sache klar. Dann fahre ich nicht wieder hin.«

»Es ist schon in Ordnung«, sagte Laura. Sie spürte, daß jetzt, wo es eine praktische Frage geworden war, Martin eher bereit war, dem Fremden zu helfen als sie. Aber zugleich war es, als wollte er ihre Anpassungsbereitschaft prüfen.

»Nur für zwei Tage.«

»Du glaubst nicht, daß er klinisch krank ist?«

»Es wäre möglich.«

»Was ist, wenn wir ihn nicht mehr loswerden?«

»Ich denke, die Schwierigkeit wird eher sein, ihn hier zu halten«, entgegnete Martin. »Er ist wie ein wildes Tier, und ich habe keinerlei Verlangen, ihn zu zähmen. Wir päppeln ihn ein bißchen auf, machen ihn fit für das reale Leben, und dann kann er seiner Wege gehen.«

»Warte nur, bis er dein Zelt sieht. Wahrscheinlich reißt er es sich unter den Nagel und verschwindet wieder irgendwo an der Küste.«

»Ich erwähnte übrigens ganz beiläufig die Polizei. Das gefiel ihm nicht.«

»Glaubst du, er ist ein Verbrecher?«

»Nein. Kein Mensch, der untertauchen will, würde ausgerechnet hierher kommen. Er kann nicht auf der Flucht sein. Gerade hier müßte er damit rechnen, bemerkt zu werden.«

Der Fremde wartete in der Abenddämmerung, eine fremdartige, städtisch wirkende Erscheinung, ein heruntergekommener Asphaltcowboy, den man in eine natürliche Landschaft einzigartiger Schönheit versetzt hatte, ein Schauspieler, der sich an den falschen Drehort verirrt hatte.

»Haben Sie was mitzunehmen?« fragte Martin.

Der Mann schüttelte den Kopf. Martin führte ihn zum Wagen. »Irgendwie müssen wir Sie nennen. Fällt Ihnen nicht ein Name ein?«

»Mir kommt immer wieder der Name Ray in den Kopf.«

»Vor- oder Nachname? Entschuldigen Sie, das war eine dumme Frage.«

»Ich weiß es sowieso nicht.«

»Können wir Sie dann Ray nennen?«

»Ja, in Ordnung.«

Sie fuhren über das sich langsam verdunkelnde Hochmoor. Ohne auch nur zu überlegen, lenkte Martin den Landrover die unbeleuchteten und unmarkierten Straßen entlang. Er fühlte sich selbstsicher, plötzlich Herr einer Situation, die ihn in Unruhe gestürzt hatte. Als im Licht der Scheinwerfer die Augen eines erschrockenen Rehs aufglühten, bremste er augenblicklich auf Kriechtempo ab, bis das Tier ruhig in die Dunkelheit zurücktrat. Die Geschwindigkeit seiner Reflexe in solchen Momenten war immer ein Indiz seiner allgemeinen Befindlichkeit.

Sie gaben Ray zu essen und stellten ihm, wie vorher abgesprochen, keine Fragen, führten keine Gespräche, die über unmittelbar häusliche Dinge hinausgingen. Er blieb lange im Badezimmer, bei offenen Fenstern anscheinend, da weder Spiegel noch Kacheln beschlagen waren, als er wieder herauskam. Alles war blitzsauber, abgesehen von einem feuchten Badetuch hatte er keinerlei Spuren hinterlassen. Martin lieh ihm fürs erste ein paar Sachen von sich, die einigermaßen paßten, und seine alten Kleider wurden gebündelt, um später verbrannt zu werden. Dann bat er, schlafengehen zu dürfen.

»Ich danke Ihnen für Ihre Fürsorge.«

»Wir sehen uns beim Frühstück«, sagte Martin, und dann wünschten sie ihm gute Nacht.

Nachdem er hinaufgegangen war, vermieden sie es sorgfältig, über ihn zu sprechen oder auch nur seinen Namen zu erwähnen. Die Mauern waren dick, aber wenn man darauf geeicht war, behauptete Martin, konnte man in diesem Haus das Gras wachsen hören.

Die Fahrt zum Kleidereinkauf nach Barnbrook war schwierig. Sie kamen sich vor wie Eltern mit einem halbwüchsigen Sohn, der aus allem herausgewachsen war und für das kommende Schuljahr neu ausgestattet werden mußte. Ray schien das zu merken und wählte rasch und sicher einige neutrale, einfache Kleidungsstücke, die für das Land paßten. Sie begleiteten ihn wegen der Amnesie in die Geschäfte, und er protestierte nicht und übersah einfach die befremdeten Blicke des Verkäufers, als Martin den Scheck ausschrieb.

Die Veränderung seiner Erscheinung war frappierend. Mit dem gewaschenen Haar und dem glattrasierten Gesicht sah er wieder menschenwürdig aus, und in den neuen Kleidern zeigte er eine Ausstrahlung körperlicher Kraft, die vorher, in dem schlechtsitzenden, schäbigen Anzug nicht zur Geltung gekommen war. Er wirkte jetzt, da er gegessen und ausgeschlafen hatte, nicht mehr ausgehungert, sondern trotz seiner Magerkeit fit und voller Spannkraft. Sein Gesicht mit den nunmehr sichtbar gewordenen klaren Zügen verriet, daß er mehr Intelligenz besaß, als seine Wortkargheit und seine stockenden Antworten vermuten ließen.

Er blieb viel für sich, saß stundenlang fast reglos, offenbar in Nachdenken versunken in einem Sessel und schien keinerlei Anregung oder Abwechslung zu brauchen. Er hatte das Teleskop entdeckt und fragte, ob er es benützen dürfe. Von Martins Arbeitszimmer aus blickte er lange auf das Hochmoor hinaus.

Sie hatten vereinbart, ihm diesen einen Tag der Ruhe und Entspannung zu gönnen, ehe sie die Frage anschneiden wollten, wie es mit ihm weitergehen solle.

Für den folgenden Tag hatten sie einen Ausflug geplant, und das hieß, daß sie Ray allein im Haus zurücklassen mußten. Die Wettervorhersage war gut, und sie erstickten den Impuls, ihr Programm aus Angst vor diesem Risiko umzustoßen. Sie wollten ihm zeigen, daß sie ihm vertrauten. Das schien ihnen das mindeste zu sein, was sie tun konnten.

Der schmale Ausläufer des Felsens von Saltmayne ragte wie der Finger einer versteinerten Riesenhand ins kalte, schäumende Meerwasser hinein. Kam man näher, so sah man, daß die scheinbar glatte Spitze des Fingers eine Anhäufung zersplitterten Gesteins war, kubusähnlicher Felsbrocken, vor Jahrtausenden zu kühnen Formationen zusammengewürfelt, mit scharfkantigen Flächen glitschigen Steins, die zweimal täglich von der See verschlungen und wieder ausgespien wurden. Dieses unwirtliche Kap war jedes Jahr Zwischenlandestation für Millionen Zugvögel, die sich entweder auf dem Flug nach Norden zu ihren Brutstätten befanden oder, wie jetzt, vor dem nahenden Winter in den warmen Süden flohen.

Martin kam jedes Jahr hierher, im allgemeinen mehrere Tage in Folge, und pflegte aufzubleiben, solange es hell war. Nie verfehlte dieses Urphänomen ihn zu ergreifen, die gewaltigen Scharen kleiner Vögel, die sich Welle um Welle ins Unbekannte hinausschwangen, wo viele von ihnen in den dunklen Weiten des Ozeans den Tod fanden, den John Vayro sich für sich gewünscht hatte, während die Überlebenden später an den Küsten des Mittelmeers landen und in der Wärme Afrikas überwintern würden.

Lauras Interesse an den Vögeln war nicht das der Forscherin. Sie konnte inzwischen die Hauptarten auseinanderhalten, aber die feineren Unterschiede bedeuteten ihr nichts. Sie genoß einfach das Bild der Vogelscharen auf den Felsen und den Eindruck, wenn sie sich wie eine riesige dunkle Wolke in die Lüfte erhoben und davonflogen.

Auf einem Telegraphenmast entdeckte Martin einen mittelgroßen Vogel mit gegabeltem Schweif. Als der Vogel herabflog und sich auf einem Feld niederließ, pirschte sich Martin aufgeregt näher an ihn heran. Laura folgte ihm zu einer niedrigen Steinmauer, wo er niederkauerte, um den Vogel zu beobachten. Sie hatten die Sonne im Rücken und daher gute Sicht. Mit angehaltenem Atem reichte Martin Laura den Feldstecher und zeigte ihr, wo sie suchen mußte.

Der Vogel war unscheinbar, und einen Moment lang glaubte Laura, sie hätte den falschen im Visier. Er hatte bräunliches Gefieder; sie hätte ihn für eine Drossel oder etwas Ähnliches gehalten.

»Was ist es?« flüsterte sie.

»Eine Brachschwalbe.« Martins Ton war so ehrfürchtig, daß sie lächeln mußte.

In der Luft war der Vogel weniger unscheinbar. Scharf umrissen zeigten sich die gebogenen Schwingen und der gegabelte Schweif vor dem Himmel, als er zum Horizont davonflog. Als Martin den Feldstecher schwenkte, um ihm nachzublicken, wurde er auf einen zweiten Beobachter aufmerksam, der auf der anderen Seite des Feldes stehend den Vogel ebenfalls entdeckt hatte.

»Brachschwalbe! Brachschwalbe!« rief der Mann laut.

»Ja«, schrie Martin armeschwenkend zurück, und der andere Vogelfreund führte einen kleinen Freudentanz auf. Ein Vogel, den man nur äußerst selten zu Gesicht bekam, daher ein unvergeßlicher Tag. Martins Augen waren feucht.

»Ihr Ornithologen«, bemerkte Laura, »könnt ja brüllen wie die Fußballfans.«

Sie wanderten zum Saltmayne Point zurück, und während Martin Laura noch die wunderbare Besonderheit der Begegnung begreiflich zu machen suchte, näherte sich ihnen ein anderer Vogelbeobachter, ein rundlicher, kleiner Mann mit Brille, eine alte Fischermütze auf dem Kopf. Er wollte wissen, ob sie etwas Interessantes gesichtet hätten, und zeigte sich sehr beeindruckt, als er von der Brachschwalbe hörte.

»Ich hab' Sie noch nie hier gesehen«, bemerkte Martin, nachdem sie sich ausgetauscht hatten.

»Ich mache hier Urlaub. Ich bin extra wegen der Zugvögel gekommen. Und wegen einer Familienangelegenheit.«

Als sie sein Stichwort nicht aufnahmen, fügte er hinzu: »Ich suche meinen Bruder. Er ist verschwunden. Wir vermuten, daß er sich hier in der Gegend aufhält. Möglicherweise leidet er an Gedächtnisverlust. Bis jetzt haben wir vergeblich versucht, ihn ausfindig zu machen.« Die Augen hinter den randlosen Brillengläsern wanderten freundlich fragend zwischen Martin und Laura hin und her. »Sie haben nicht zufällig etwas gehört?«

Martin schüttelte den Kopf, vielleicht eine Spur zu entschieden. »Wie sieht er denn aus?«

»Dreißig, mager, sehr dunkel. Er und ich haben überhaupt keine Ähnlichkeit miteinander. Ich glaube, Sie würden es sofort merken, wenn Sie ihm begegnen sollten. Er ist wahrscheinlich sehr verstört.«

»So jemandem sind wir nicht begegnet«, sagte Martin. Er sah Laura an. Ihr Gesicht war verschlossen. Sie tauschte nur einen sehr kurzen Blick mit ihm.

»Na ja, wenn er Ihnen über den Weg laufen sollte, könnten Sie vielleicht die Polizei benachrichtigen. Ich stehe mit ihr in Verbindung. Es wäre gut, wenn wir ihn bald finden würden. Er braucht Hilfe.«

»Wir werden die Augen offenhalten«, versprach Martin.

»Danke. Mutige kleine Burschen, nicht wahr?« sagte er, als wieder eine Schar Schwalben abhob und sich in den rauhen Wind warf. »Also dann, schönen Tag noch«, rief er. »Vielleicht bekomme ich ja die Brachschwalbe auch noch zu sehen.«

Er stapfte den Weg hinauf, der am Westrand von Saltmayne am hohen elektrisch geladenen Zaun entlang vorbeiführte, hinter dem häßlich und anonym der vierschrötige Bau des Unterwasserwaffen-Testgebäudes stand.

Als er außer Hörweite war, fragte Laura: »Warum hast du es ihm nicht gesagt?«

»Ich weiß nicht. Instinkt.«

»Du hast ihm nicht geglaubt?«
»Nein. Ich weiß selbst nicht, warum.«
»Weshalb sollte er lügen?«
»Warum fragt er gerade uns?« entgegnete Martin.
»Wahrscheinlich marschiert er schon den ganzen Tag auf der Insel herum und erzählt jedem, den er trifft, seine Geschichte. Warum fragen wir ihn nicht einfach –«
Martin schüttelte den Kopf. »Nein. Ich finde, wir sollten zuerst mit unserem Freund Ray sprechen.«
»Aber wenn er das hört, verscheucht ihn das vielleicht.«
Martin wirkte beinahe zufrieden. »Das ist seine Sache.«

Der Vogelfreund kehrte in das abgelegene Dorf zurück, wo er für seinen kurzen Hobby-Urlaub ein Privatzimmer mit Frühstück gemietet hatte. Die Wirtin ging diskret hinaus, um nach ihrem Rhabarberbeet zu sehen, während er im Roebuck Hotel in Barnbrook anrief. Er verlangte Mr. Greenwood.
»Hallo, hier Pilkington«, sagte er, als Harry Teal sich meldete. »Ich habe ihn entdeckt.«
»Sind Sie sicher?«
»Absolut.«
»Gut«, sagte Teal. »Berichten Sie.«

6

Scardale im Herbst, dachte Godfrey Knapp, während sein Blick von den Wiesen, die sanft gewellt zum See abfielen, zu den bewaldeten Hügeln dahinter schweifte. Der eine Gedanke sagte alles, brauchte keine Erläuterung und keine Ausschmückung. Ich liebe es und ich hasse es, und immer, wenn ich es sehe, bricht es mir das Herz – »*qui me ronge, o la vie et la mort de mon cœur*«. Lieber Gott, wieso zitiere ich jetzt ausgerechnet Baudelaire, auch so ein verfaulter, abgegangener Fötus aus meiner Vergangenheit!
Die Sechziger kommen. Die vierziger Jahre waren herrlich, und selbst mit fünfzig war ich noch voll Saft und Kraft. Wie kommt es, daß mich der Gedanke an den Beginn meines siebten

Lebensjahrzehnts so depressiv macht? Ich muß das abschütteln. Es gibt kein Ausbrechen, der Weg führt nur noch abwärts, der Grube entgegen. Ich muß das abschütteln.

Warum muß ich dauernd an diese Frau denken, der ich bei Ritchie begegnet bin – Laura. An ihren Nachnamen kann ich mich nicht erinnern. Sie hat etwas in mir geweckt, das ich seit Jahren nicht mehr gespürt habe, eine Begierde, die mit ein paar gemeinsamen Nächten nicht zu stillen ist; etwas wie eine tiefe Sehnsucht nach innerem Frieden. Wieso hat sie das in mir aufgerührt? Es ist verdammt unbequem.

Und wo bleibt diese blöde Journalistin? Ich kenn' die Sorte; das Telefongespräch hat mir gereicht. Bildet sich ein, wir wären hier draußen lauter zurückgebliebene Provinzler, die vor Ehrfurcht erstarren, wenn so eine rasende Reporterin aus der Großstadt aufkreuzt. Aber ob sie weiß, daß die Leute, die sie auf mich angesetzt haben, mich auch auf sie vorbereitet haben? Wie dem auch sei, sie will einen Dorftrottel sehen und einen Dorftrottel wird sie bekommen. Ich kann ihr nur wünschen, daß sie heute morgen ihren Hosengummi festgezurrt hat und –

Geräusche aus dem Vorsaal rissen Godrey Knapp aus seinen Gedanken, und er drehte sich um, obwohl er wußte, was hinter ihm geschah. Harold, der alte Schwule, der seit Jahren als Faktotum bei ihm angestellt war, trug zwei Koffer zu dem BMW hinaus. Ihm folgte Dorothy Knapp, eine Frau, die immer noch Pelz um die Schultern trug und einen eleganten, mit Federn gezierten Hut, unter dessen Krempe hervor sie mit gebieterischem Blick in die Welt sah; eine Frau, die niemanden und nichts liebte außer erstklassigen Zuchthunden und Rassepferden.

Godfrey verabscheute ihre gediegenen, teuren Kleider, die Mode und Jahreszeiten zum Trotz immer gleich blieben, ihre Beine, die wie aufgeblähte Schläuche wirkten, und die dicken, beigefarbenen Nylons, die sie umschlossen, ihr Parfum, den trockenen Puder, der wie eine Kruste auf ihrer schwammigen weißen Haut lag. Dennoch verschluckte er sich am Rauch seiner Zigarre und nahm unwillkürlich Haltung an, als sie auf die Terrasse trat. Sie besaß immer noch die Macht, ihn aus der Ruhe zu bringen. Seit zweiundzwanzig Jahren hatten sie kein Zimmer, kein Bett, kein sexuelles Erlebnis mehr miteinander geteilt. Gerade ihre Geschlechtslosigkeit machte Dorothy zu einer so mächtigen Frau.

»Ich bin in drei Tagen wieder da«, sagte sie zu ihm, obwohl er das bereits wußte.

»Da werden wir uns nicht mehr sehen. Ich muß für ungefähr eine Woche weg«, antwortete Godfrey.

»Grüße Dr. Bonney und seine Frau von mir«, sagte Dorothy.

Godfrey trat die zwei notwendigen Schritte an sie heran und küßte sie auf die Wange. Es war ein verrücktes und trauriges Ritual, und er ärgerte sich jedesmal, wenn er es vollzog, aber nie heftig genug, um es zu unterlassen.

Weitere Worte waren nicht nötig. Der BMW setzte sich in Bewegung und rollte über knirschenden Kies auf die von Büschen gesäumte Straße hinaus.

Die Küsse waren nur lästig, und man brauchte keine übermäßige Sensibilität, um zu spüren, daß sie keinerlei Bedeutung hatten. Dennoch erhielten jeder Abschied, jedes Wiedersehen und, wenn sie unter einem Dach weilten, jedes Gutenacht ihre Weihe durch diese Berührungen, bei denen ihn schauderte. Dorothy schien es so zu erwarten, und er hatte nie gefragt, warum. Frauenkenner und Pragmatiker, der er war, wußte er, daß es leichter war, eine Erwartung einfach zu erfüllen.

Vielleicht waren die Küsse ein Tribut an die Frau, die eine Menge Geld mit in die Ehe gebracht hatte; vielleicht waren sie eine sportliche Geste im Angesicht der ehelichen Katastrophe. Eine Scheidung hatte Godfrey nie in Betracht gezogen – Dorothy besaß Geld und Einfluß, und aus Gründen des guten Ansehens und der Sicherheit – der Sicherheit Scardales vor allem – war es seinem Leben bekömmlicher gewesen, mit ihr zusammenzubleiben.

Schon aus der Ferne und ohne etwas von Architektur zu verstehen, erkannte Sarah Keeling, daß Scardale jene Art von altem Familiensitz war, die dem Eigentümer eine Aura selbstverständlichen Wohlstands verleiht, die mit Geld allein nicht zu kaufen ist. Die Bewohner solcher Häuser waren entweder liebenswürdige Fossile, die in verstaubten Prachträumen langsam vermoderten, oder Vollblutmenschen elisabethanischer Prägung, die ein paar Jahrhunderte zu spät geboren waren. Wenn der Mann, der sie dort auf der Treppe erwartete, Godfrey Knapp war, so gehörte er gewiß nicht zum ersten Typus.

Sarah Keeling trug eine Brille mit großen runden Gläsern, ihr Make-up war tadellos, das dunkle Haar mit den hellen Strähnchen perfekt geschnitten, und sie hatte sich für diesen Auftrag auf dem Lande keinen Deut anders gekleidet, als sie es in London zu tun pflegte. Die Leute merkten es immer, wenn man vorgab, etwas zu sein, das man nicht war.

Godfrey Knapp begrüßte sie mit laut dröhnender Stimme, die aus den Tiefen seines gewölbten Brustkorbs zu kommen schien. »Ah, guten Tag, Miss Keeling.«

Oder hatte er »Ms.« gesagt? Die Jeans und Cowboystiefel, die aggressiv aus dem Gesicht stehende Zigarre, das Goldkettchen und der Bart waren aus der Mode – alternder Hippie, vermerkte Sarah im stillen.

»Mr. Knapp, guten Tag.« Er forderte sie nicht auf, ihn Godfrey zu nennen. Das war eine Erleichterung. »Man sagte mir, daß Sie der Mann sind, an den ich mich wenden muß.«

»Das kommt darauf an, was Sie wollen.«

»Es kommt darauf an, was Sie mir mitzuteilen bereit sind.«

Knapp lachte laut in übertriebener Würdigung ihrer schlagfertigen Entgegnung. Er schlug eine Besichtigungsfahrt über das Gut vor, ehe man sich ins Haus begab. Der Jaguar hatte Schmutzspritzer an Kotflügeln und Türen, und er hatte sich nicht die Mühe gemacht, den Wagen für die Presse säubern zu lassen. Das war Stil.

»Sagen Sie mir doch noch mal – wie lautet der Titel Ihrer Serie?«

»Leben mit dem Atom.« Sarah schnitt eine Grimasse. »Meine Idee war das nicht.«

»Mit dem Atom! Ich weiß mehr über Windmühlen als über Atomkraftwerke. Mir liegt heute der Umweltschutz am Herzen. Haben Ihnen diese Leute, die Ihnen rieten, mit mir zu sprechen, das nicht gesagt?«

»Doch, aber soviel ich weiß, gibt es hier eine örtliche Organisation, die im Fall eines Alarms –«

»Aber das ist doch alles von der Regierung festgelegt.«

»Nicht alles.«

»Doch, doch. Es ist klar festgelegt, von Region zu Unterregion bis zur lokalen Ebene –«

»Ich bitte Sie«, fiel Sarah ihm ins Wort. »Ich kenn natürlich die Geschichten über die Bürgermeister und Gemeinderäte und ihre geheimen Anweisungen, sich in einem Keller einzusperren und das Land zu regieren, während wir anderen an der Strahlenkrankheit eingehen. Das ist doch nur ein Witz.«

»Kommt darauf an, wie man es sieht. Die Schweizer zum Beispiel verstehen sich, wie ich höre, sehr gut auf solche Geschichten.«

»Mich interessiert folgendes«, erklärte Sarah, während sie am Ventilator auf ihrer Seite fummelte, weil der Zigarrenqualm ihr die Luft nahm. »Wie würde die Zivilbevölkerung im Fall eines Alarms reagieren? Nicht die Beamten, bei denen jeder Furz eine Genehmigung braucht, sondern die Leute, die wirklich Einfluß und Kreativität besitzen in der Gemeinde. Ich kann mir nicht vorstellen, daß bei einem Atomalarm jemand wie Sie brav abwartet, bis ihm irgendeine Behörde mitteilt, wo er sich seine Essensmarken abholen kann.«

»Hut ab, Miss Keeling«, sagte Knapp.

»Wir haben beide viel zu tun. Ich hielt es für das Beste, direkt zum Kern zu kommen.«

»Und was, stellen Sie sich vor, werde ich im Fall eines Ereignisses, wie Sie es beschreiben, tun?«

»Ich stelle mir vor, daß Sie Ihre eigene Organisation haben, vielleicht mit diskreter behördlicher Unterstützung – ich stelle mir vor, daß es sich um eine handverlesene Mannschaft handelt, die aufgrund ihrer Ortskenntnisse und Vertrauenswürdigkeit zusammengestellt ist und im geheimen arbeitet. Auf einem solchen Gut haben Sie sicher Ihren eigenen Bunker. Ich kann mir nicht vorstellen, daß Sie auf Direktiven der Regierung warten würden.«

»Eine interessante, aber recht nebulöse Vorstellung«, dröhnte Knapp jovial. »Aber ich glaube nicht, daß so etwas klappen würde.«

»Sie haben nie von solchen Organisationen gehört?« fragte Sarah.

»Ich denke, ich habe sämtliche Gerüchte gehört, die auch Sie gehört haben, und noch ein paar dazu. Die meisten sind verdammt albern.«

»Sie haben also keinen Bunker auf Ihrem Gut?«

»Hat denn jemand behauptet, ich hätte einen?«

»Ja.«

»Das kann nur eine Spekulation gewesen sein. Wissen Sie, meiner Meinung nach ist dieses ganze Gerede von Atomunfällen weit überzogen. Was mich persönlich angeht, so habe ich ein langes und aktives Leben hinter mir, weshalb sollte ich mir also Gedanken machen? *Après moi l'apocalypse*.«

Sarah ließ nicht locker. »Aber es geht ja nicht um Krieg. Es gibt vieles andere, abgesehen von der totalen Vernichtung. Auf diese anderen Möglichkeiten bereiten die Menschen sich vor. Und von diesen Vorbereitungen wird unsere Zukunft bestimmt werden.«

Knapp hatte nur eine Hand am Steuer. Die andere lag auf seinem linken Knie, neben Sarahs Oberschenkel.

»Ich muß gestehen, Sie sind da besser informiert als ich«, sagte er. »Nehmen wir also mal an, es gibt einen Atomalarm. Erst wird man nachprüfen, ob tatsächlich ein ernstzunehmender Störfall vorliegt. Und dann?«

»Dann treibt man vielleicht die Dissidenten zusammen.«

»Und woher will man wissen, wer die sind?«

»Na hören Sie mal, jeder weiß, wer die sind.«

»Und was macht man mit den Dissidenten?«

»Erschießen?« meinte Sarah mit Unschuldsmiene.

Knapp brach wieder in sein dröhnendes Gelächter aus. »Miss Keeling, Sie sind eine gefährliche, aber aufregende Gesellschaft. Darauf müssen wir jetzt unbedingt einen trinken.«

Ray öffnete die Haustür, als der Dyane auf dem Vorplatz vor dem Garten anhielt. »Ich habe Sie von oben gesehen.«

Sie gingen hinein. Einen Moment lang war es so, als wären sie die Gäste im Haus, die von Ray empfangen wurden.

»Sie haben saubergemacht«, stellte Martin fest. Es klang wie eine Anklage, und er fügte herzlicher hinzu: »Großartig.« Aber aus irgendeinem Grund konnte er diesem merkwürdigen jungen Mann gegenüber nie den richtigen Ton finden.

Schmutzig war das Haus sowieso nicht gewesen, aber selten hatte es so geblitzt wie jetzt. »Ich wollte mich gern revanchieren«, sagte Ray. »Sie sind sehr liebenswürdig. Ich hoffe, es stört Sie nicht, daß ich auch etwas gekocht habe.« Unsicher blickte er von einem zum anderen. »Es steht noch im Rohr. In einer halben Stunde ist es fertig.«

Auch die Küche war blitzblank, der Tisch war gedeckt, es roch appetitlich nach schmorendem Fleisch. Überrascht, erheitert und erfreut gingen Martin und Laura nach oben, um sich frischzumachen.

»Ich habe Ihren Tiefkühlschrank geplündert«, erklärte Ray, als er das Essen auftrug. »Ich hoffe, Sie finden das nicht unverschämt.«

Sie versicherten ihm übereinstimmend, sie fänden es prächtig. Martin erzählte Ray von der Brachschwalbe. Er zeigte höfliches, doch distanziertes Interesse. Sie aßen eine Weile schweigend. Rindfleisch, grüne Paprika, bescheidene Zutaten. Der Reis war ein wenig matschig. Sie aßen mit Appetit, doch die Stimmung bei Tisch war von unterschwelligem Unbehagen getrübt.

Als wolle er die Probe darauf machen, fragte Ray: »Es war also ein schöner Ausflug?«

»Ja, interessant«, antwortete Martin. Er starrte auf seinen Teller. Er hatte zu lang allein gelebt, um gut Theater spielen zu können. »Und wie geht es Ihnen – ganz allgemein?« fragte er. Sein Ton war barsch, wie immer, wenn er erregt war.

»Ich fühle mich wohl. Sie haben mir sehr geholfen.«

»Ist Ihnen irgend was gekommen – eine Erinnerung?«

Rays Gesicht verschloß sich. »Nein.«

Danach trat Schweigen ein. Der gemeinsame Vorstoß, den Martin und Laura auf der Rückfahrt geplant hatten, funktionierte nicht. Keiner von beiden wußte, was er sagen sollte, und da sie den Blickwechsel über den Tisch hinweg vermieden, hatten sie die Verbindung zueinander verloren.

»Ich hab mir überlegt, daß ich morgen verschwinde«, sagte Ray.

»Wissen Sie schon, wohin?« fragte Martin.

Ray schüttelte den Kopf. »Vielleicht fällt es mir am Bahnhof ein – gibt es hier in der Nähe einen Bahnhof?«

»In Barnbrook. Ich bringe Sie hin. Die Strecke geht nur in eine Richtung.«

»Dann hab ich ja keine Wahl.«

»Können Sie sich erinnern, ob Sie Familie haben?« fragte Laura.

Er konnte sich nicht erinnern.

Nun tauschte Laura doch einen Blick mit Martin. »Haben Sie einen Bruder?« fuhr sie fort. »Ein kleiner Mann mit Brille? Mit einer randlosen Brille«, fügte sie hinzu, in der Hoffnung, das Detail würde die Erinnerung stützen.

»Nein, an so jemand kann ich mich nicht erinnern.«

»Es kann Zufall sein«, bemerkte Martin, »aber wir haben heute einen Mann getroffen, der, wie er sagte, seinen Bruder suchte. Er glaubte, der Bruder sei hier in der Gegend verschwunden und leide möglicherweise an Gedächtnisverlust.«

Rays Reaktion auf diese Neuigkeit verriet weniger Erschrekken, als sie erwartet hatten. Seine Frage war beinahe kindlich naiv. »Sie meinen, der Bruder könnte ich sein?«

»Wir haben ihm nichts von Ihnen gesagt. Er bat uns, die Polizei zu benachrichtigen, falls wir etwas hören sollten.«

»Warum haben Sie ihm nichts gesagt?« fragte Ray.

»Ich weiß selbst nicht.«

»Vielleicht sollte ich mich mit dem Mann treffen.«

»Aber wenn er wirklich etwas mit Ihnen zu tun hätte, würden Sie sich doch sicher erinnern«, meinte Laura.

»Ja, vermutlich. Aber ich erinnere mich nicht.«

»Er interessiert sich für Vögel«, warf Martin ein. »Das sagt Ihnen auch nichts?«

»Nein.«

»Sollen wir Sie mit ihm zusammenbringen?«

Zu ihrer Überraschung antwortete Ray: »Das wäre vielleicht nicht dumm. Könnten wir morgen etwas ausmachen?«

Danach lockerte sich die Stimmung, und die Mahlzeit ging harmonisch zu Ende. Martin und Laura bestanden darauf, das Aufräumen zu übernehmen. Ray entschuldigte sich und ging zu Bett.

Am nächsten Morgen war er verschwunden. Er hatte sich heimlich davongemacht und keine Spur hinterlassen. Die Tür zu seinem Zimmer hatte er offengelassen, eine letzte höfliche Geste, um sie unverzüglich wissen zu lassen, daß er gegangen war.

»Ich bin Sarah Keeling. Wir haben miteinander telefoniert.«

»Kommen Sie herein«, sagte Laura.

Nachdem man sich miteinander bekannt gemacht hatte und der obligate Drink angeboten worden war, kam Sarah ohne Umschweife zur Sache. »Die Serie heißt ›Leben mit dem Atom‹ – ziemlich trivial, ich weiß, der Titel stammt nicht von mir. Wir haben uns extra ein Gebiet ausgesucht, wo die Leute stärker als anderswo mit der Kernkraft konfrontiert sind – der Reaktor in Caunder, die Atom-U-Boote –, und wir möchten wissen, wie Sie dazu stehen – zu den Gefahren und dem Nutzen der Kernkraft und den ethischen und moralischen Fragen, die damit verbunden sind.«

»Ich bin noch nicht lange hier«, sagte Laura. »Mit diesen Fragen wenden Sie sich besser an Mr. Ritchie.«

Martin saß mit einem kleinen Gläschen Sherry schweigsam in seinem Sessel. Der stete Blick seiner dunklen Augen und seine körperliche Ruhe wirkten wie ein bewußtes Gegengewicht zu Sarah Keelings sprudelndem Geplapper und leicht hysterischem Gebaren.

»Ach, Sie sind erst vor kurzem hierher gezogen?« fragte Sarah. »Das ist interessant? Von wo?«

»Aus London.«

»Oh, aus welcher Gegend?«

Laura nannte ihre Adresse in Clapham, und Sarah nickte. »Hat Sie, als Sie herkamen, der Gedanke bedrückt, in solcher Nähe eines Reaktors und eines Polaris-Stützpunkts leben zu müssen?«

»Ich habe überhaupt nicht darüber nachgedacht.«

»Ah, ja.« Sarah wandte sich Martin zu. »Sie sind Naturwissenschaftler und Naturschützer. Wie stehen Sie zu einer möglichen radioaktiven Verseuchung?«

Martins Ruhe wirkte jetzt wie ein Produkt mühsamer Beherrschung, als sei jeder seiner Nerven zum Zerreißen gespannt. Ein Ausdruck, den Laura im Lauf der Zeit an ihm kennengelernt hatte, eine Art eiserner Konzentration schärfte seine Gesichtszüge.

»Ich weiß nicht recht, was ich darauf antworten soll«, erwiderte er, »da ich nicht weiß, wie weit Sie sich in diesen Dingen auskennen. Es ist wohl überflüssig zu sagen, daß radioaktive Verseuchung in meinen Augen etwas sehr Schlimmes ist. Um das zu hören, sind Sie nicht hergekommen.«

»Mich interessieren die Menschen«, erklärte Sarah. Sie hielt Block und Stift zum Schreiben bereit; im allgemeinen fühlte sie sich so gewappnet im Vorteil, hier aber empfand sie sich als unterlegen.

»Meiner Meinung nach«, fuhr Martin fort, »ist die Natur – das Leben, wenn Sie wollen – ein dynamischer Prozeß. Was ist das Schlimmste, das Sie sich vorstellen können? Ein Atomkrieg gefolgt von nuklearem Winter und totaler Vernichtung unserer Welt, wie wir sie kennen? Gewiß, aber irgendwann würde sich neues Leben regen. Natürlich nicht unbedingt menschliches Leben. Aber warum muß es denn auch unbedingt menschliches Leben sein? Warum ist uns das so wichtig? Die Herrschaft des Menschen über diesen Planeten muß nicht ewig dauern.«

Sarah machte sich rasch ein paar Notizen und meinte: »Sie sind also Naturmystiker.«

»Die Natur ist weit mystischer als jede Religion es je war.«

»Heißt das, daß Ihnen gleichgültig ist, was mit den Menschen geschieht?«

»Das«, entgegnete Martin, »ist eine lächerliche Frage.«

Er sah die Schlagzeile schon vor sich: ›Naturfreund sagt, alles, was den Menschen vernichtet, ist gut.‹ Er haßte die glatte Wortgewandtheit von Leuten wie Sarah Keeling, ihr gieriges Schnappen nach dem Zitat, das sich, aus dem Zusammenhang gerissen, zu sensationeller Wirkung aufbauschen ließ, ihre Suggestivfragen, ihre krude Art, aus allem eine Schlagzeile zu machen.

»Wie sehen Sie die hohe Rate von Leukämie-Erkrankungen hier in der Gegend?« fragte Sarah.

Sie hatte ein schmales, gut geschminktes Gesicht, gepflegtes Haar, schicke Kleider, eine attraktive Fassade. Martin kam sich im Vergleich schäbig und ungedeckt vor. Sie spielte ihm immer schärfere Bälle zu. Wieso vermittelten ihre tadellosen Manieren einen Eindruck solcher Erbarmungslosigkeit? Sie wollte ihn in eine Falle locken. Er hatte sie praktisch dazu herausgefordert.

»Haben Sie Zahlen?« fragte er.

»Für das ganze Land. Und in diesem Gebiet hier ist die Leukämie-Rate unverhältnismäßig hoch. Ich bin sicher, das wissen Sie so gut wie ich.«

»Eine Frage der Interpretation«, erklärte Martin unwirsch und schämte sich des dürftigen Gegenarguments.

»Für Sie besteht kein Zusammenhang zwischen Atomreaktoren und Leukämie?«

»Er ist jedenfalls nicht bewiesen.«

Er dachte an John Vayro, wund und aufgeschwollen von der Chemotherapie, und an das Abflußrohr, durch das der Müll von Caunder ins Meer geleitet wurde. Er nahm es dieser smarten, unpersönlichen Karrierefrau übel, daß sie diese Gedanken aufgerührt hatte. Vielleicht spürte sie es, aber er wußte, sie würde ihre nächste Frage stellen.

»Kennen Sie jemanden, der an Leukämie gestorben ist?«

»Ja.«

Aasgeier, dachte er, gemeine Aasgeier, diese Journalisten. Sein Zorn, ein wortloser, gekränkter Zorn über die Fragen war jetzt klar. Das Interview konnte nur noch zu nichts führen.

»Darf ich eine letzte Frage stellen?« sagte Sarah. »Wie weit ist es den Menschen in einer Gegend wie dieser hier überhaupt möglich, gegen die Atomkraft Stellung zu beziehen? Ich meine, es ist doch so, daß man die meisten Atomkraftgegner in Gebieten findet, wo keine direkte Berührung da ist. Je näher man aber den betroffenen Zonen kommt, desto mehr Passivität findet man bei den Leuten; eine desto größere Bereitschaft, die ganze Propaganda für bare Münze zu nehmen. Das ist ein sehr merkwürdiger Trend.« Sie lächelte flüchtig. »Verzeihen Sie, diese Frage ist nicht zu beantworten...«

Sie stand auf. Sie hatte das Gespräch, zumindest nach ihren Kriterien, elegant beendet. Es waren keine faulen Tomaten geflogen, und es hatte keine blutigen Nasen gegeben. »Ich danke Ihnen, daß Sie sich die Zeit genommen haben.«

Martin stand ebenfalls auf, sagte aber kein Wort. Laura brachte die Journalistin zur Tür und verabschiedete sich mit nur einem Mindestmaß an Höflichkeit von ihr.

Sie waren hinausgefahren, um bei einer Wanderung durch die Dünen Zorn und Verwirrung über Sarah Keelings Besuch loszuwerden. Laura bemühte sich, Distanz zu halten. Martin war so sehr außer sich geraten, daß er allein wieder zu sich selbst finden mußte. Versuche, ihm mit einem Gespräch zu helfen, würden nichts fruchten, das wußte sie aus Erfahrung. Außerdem konnte sie insgeheim Sarah Keeling und der Geschicklichkeit, mit der sie diesen wunden Punkt bei ihm bloßgelegt hatte, einen gewissen Beifall nicht versagen. Aber Martin litt sehr darunter, und er tat ihr leid. Ein Spaziergang durch die Dünen war der einfachste Ausweg.

Die Röte seines Gesichts – von der Hitze unterdrückter Wut, wie sie glaubte – wurde akzentuiert durch eine unnatürliche Blässe rund um Augen und Mund. Als sie auf der windgeschützten Seite einer Düne rasteten, sah Laura einen feinen Schweißfilm auf seinen Wangen und seiner Oberlippe. Tief in seine Jacke verkrochen, starrte er in die Ferne. Sie legte den Arm um ihn. »Alles in Ordnung?«

Er nickte und wies zu dem fernen, schattenhaften Buckel von Saltmayne, der jenseits des Wassers mit dem Grau des Himmels verschmolz. »Da drüben haben sie letzte Woche elf Sturmvögeln Ringe angelegt.« Seine Stimme klang schwach und nicht überzeugend.

»Martin –« Sie konnte sein Zittern spüren.

»Hilf mir zum Wagen zurück«, bat er.

Laura fuhr schnell, während Martin mit fieberheißem Körper schlotternd an ihrer Seite saß. Kopf und Glieder taten ihm weh. Zu Hause angekommen, nahm er ein paar Tabletten, trank heißen Tee und legte sich in dicke Pullover verpackt zu Bett. Nach etwa zwei Stunden ließ das Fieber nach; es war, als sei er aus heißen, sumpfigen Gewässern aufgetaucht und treibe nun in einem Zustand wohliger Erschöpfung dahin.

»Ich nehme jetzt die Tücher weg«, sagte Laura. »Sie sind ganz durchgeschwitzt. Fühlst du dich besser?«

»Ja, es ist praktisch vorbei. Es dauert immer nur vierundzwanzig Stunden.«

»Wie meinst du das?«

»Ich bekomme das jedes Jahr, manchmal auch zweimal im

Jahr. Jeder hat irgendein Leiden, und das ist meines. Ich weiß nicht, wie ich zurechtgekommen bin, als ich noch allein war. Danke dir.«

Laura küßte ihn. »Ich liebe dich.«

Müde, mit glänzenden Augen, sagte Martin: »Bist du immer noch glücklich hier?«

»Aber ja.« Sie machte eine kleine Pause. »Soll ich dir noch ein paar frische Sachen holen?«

»Ach ja, bitte.«

»Ich bringe auch gleich das Buch mit, das du haben wolltest«, rief sie vom Flur aus.

Sie trat in Martins Arbeitszimmer. Der Tag verging in einem roten Sonnenuntergang, in dessen mildem Licht das rosigbraune Heideland sanft wirkte. In dem Moment, als Laura hinausblickte, wurde sie auf eine Bewegung in der Ferne aufmerksam. Sie nahm den Feldstecher vom Regal und richtete ihn auf die ungefähr einen Dreiviertelkilometer entfernte Stelle, wo sie die Bewegung wahrgenommen hatte.

Der Mann war stehengeblieben und wartete geduckt auf einem der Wege, die durch die Heide führten. Er drehte den Kopf und winkte. Laura folgte der Bewegung mit dem Glas und entdeckte einen zweiten Mann, der wie der erste eine gedeckte olivgrüne Kampfuniform trug und sich unverkennbar verstohlen dem Haus näherte.

Verständnislosigkeit, die noch nicht zu Furcht geworden war, lähmte sie einen Moment. Dann lief sie eilig zu Martin zurück. »Da draußen im Moor schleichen irgendwelche Leute rum.«

Martin richtete sich im Bett auf. »Naturbeobachter?«

»Das glaube ich nicht.«

»Jetzt kommt ein Auto.«

Im selben Moment hörte auch Laura es, das Motorengeräusch eines schweren Wagens, dessen Fahrer kaum Gas wegnahm, ehe er abbremste.

Martin warf die Bettdecke zurück, doch Laura hielt ihn auf. »Bleib du hier. Ich geh schon.«

Sie hörte das brüske Klopfen an der Haustür, als sie hinunterging. Als sie öffnete, sah sie zwei Männer in Zivil vor sich, deren Blicke kalt und aggressiv waren.

»Wohnt hier ein gewisser Mr. Martin Ritchie?«

»Ja.«

»Wir möchten ihn sprechen. Wir haben einen Haussuchungsbefehl.«

Die Stimme war monoton und gelangweilt, und doch drückte sie zugleich scharfen Argwohn aus. Der Sprecher war ein dünner Mann im Regenmantel, unscheinbar, aber gleichgültig gegen den Eindruck, den er machte. Er hielt Laura ein Blatt Papier unter die Nase und nannte nuschelnd seinen Namen und den seines schweigsamen Kollegen. Dann schwenkte er herausfordernd seinen Dienstausweis und steckte ihn wieder ein, als sie nicht verlangte, ihn zu sehen.

»Darf ich fragen, warum«, sagte Laura.

»Können wir Mr. Ritchie sprechen?«

»Er liegt zu Bett. Er ist krank.«

»Sind Sie die Ehefrau?«

»Nein.«

»Ich verstehe.«

Die höhnische Verachtung, die in den zwei Worten lag, machte Laura wütend. Kalt sah sie dem Beamten vom Special Branch in die Augen. Sollte er sich ruhig hinter seinen amtlichen Befugnissen verstecken, auf der persönlichen Ebene würde sie ihn kaltstellen. Dann wandte sie sich ab und ging wieder zu Martin hinauf. Unterwegs fragte sie sich, warum sie den Burschen nicht einfach die Tür vor der Nase zugeschlagen hatte.

»Es ist die Polizei. Sie wollen das Haus durchsuchen.«

»Warum?«

Unten ging schon jemand herum, und Laura spürte die Anwesenheit der Männer draußen. Vielleicht war es Einbildung, aber das Haus erschien ihr wie eine belagerte Festung. Der dünne Mann im Regenmantel erschien an der Tür zum Schlafzimmer.

»Mr. Ritchie?«

Die Schwäche nach dem gerade überstandenen Fieber raubte Martin jegliche Hemmung. »Was, zum Teufel, haben Sie in meinem Haus verloren?«

»Wir müssen Ihnen einige Fragen stellen, Sir. Und wir müssen das Anwesen durchsuchen.«

»Wonach?«

»Erlauben Sie, daß ich mich setze, Sir? Es tut mir leid, daß ich Sie trotz Ihrer Krankheit belästigen muß.« Die Entschuldigung klang etwa so warm wie ein Polizeibulletin.

»Was geht da unten vor?« fragte Martin scharf.

»Nur eine Überprüfung. Unserem Auftrag entsprechend, Sir.«

»Was für einen Auftrag haben Sie überhaupt hier?«

Der Kriminalbeamte war nur dabei, Zeit totzuschlagen, während die Jagd selbst anderswo stattfand. Sein Mangel an Enthusiasmus war offenkundig.

»Vielleicht fangen wir am besten von vorn an, Sir.«

»Was soll das heißen?«

»Ich spreche von dem Mann, der hier in Ihrem Haus war und vielleicht immer noch hier ist. Oder leugnen Sie die Existenz eines solchen Mannes?«

»Ich leugne gar nichts.«

»Ist er noch hier?«

»Nein. Er war gestern abend hier und heute morgen war er weg.«

»Wissen Sie, wo er jetzt ist?«

»Nein. Worum geht es überhaupt?«

Der Beamte schniefte. »Sie haben einen Mann in Ihrem Haus beherbergt, nach dem die Polizei fahndet und der möglicherweise gefährlich ist. Wir wären Ihnen verbunden, wenn Sie uns bei unseren Bemühungen, ihn ausfindig zu machen, unterstützen würden.«

Zwei Männer erschienen im Flur, der Beamte, der mit an der Tür gewesen war, und einer der Scharfschützen von draußen.

»Nichts, Sir.«

»Und im Garten?«

»Nur ein Hühnerhaus. Wir haben nachgesehen – nichts. Unten sind wir fertig.«

»Dann suchen Sie hier oben weiter«, befahl der Mann im Regenmantel. Die beiden anderen gingen davon.

»Ich sagte Ihnen bereits, er ist weg«, bemerkte Martin.

»Nachsehen müssen wir trotzdem, Sir. Das ist unsere Aufgabe. Im Augenblick brauche ich nur noch ein paar Einzelheiten von Ihnen. Wo ist der Zugang zum Speicher?«

»Würdest du ihnen die Falltür zeigen?« wandte sich Martin verdrossen an Laura.

Wegen der Schwitzkur hatte sich Martin in das Bett gelegt, in dem Ray übernachtet hatte. Laura ging jetzt in ihr gemeinsames Schlafzimmer. Ein paar Wäschestücke von ihr, frisch gewaschen und getrocknet, lagen auf dem breiten Bett. Der Mann, der mit unten an der Tür gewesen war, blickte vom Bett zu Laura.

»Hier scheint alles in Ordnung zu sein«, sagte er und fügte hinzu: »Wenn Sie nicht die Ehefrau sind, wer sind Sie dann?« Sein Blick senkte sich wieder zum Bett. »Eine Freundin?«

Laura wäre ihm am liebsten über den Mund gefahren. Aber ein Instinkt sagte ihr, daß es besser sei, diese Leute nicht zu verärgern, ihnen keinen Anlaß zum Wiederkommen zu geben.

»Ich zeige Ihnen, wie Sie in den Speicher hinaufkommen«, sagte sie.

Martin rekonstruierte unterdessen geduldig die Folge ihrer Zusammentreffen mit Ray. Er vereinfachte, wo es ging, und sprach nicht von dem Vogelbeobachter, der ihnen von einem an Amnesie leidenden Bruder erzählt hatte. Ganz gleich, was die Wahrheit war, für sie war es augenblicklich das beste, sich als gutmütige Naivlinge darzustellen.

»Warum ist er so plötzlich verschwunden?« fragte der Beamte. »Ihrer Meinung nach?«

»Ich habe keine Ahnung«, antwortete Martin kurz und kategorisch, wie ihm das im Gespräch mit diesen Leuten ratsam schien.

»Wo Sie doch so entgegenkommend gewesen waren. Reichlich merkwürdiges Verhalten, finden Sie nicht?« Der Beamte wartete. Immer war da der Verdacht der Lüge, das Lauern auf eine Ungereimtheit, hinter der sich die Lüge verbarg.

»Ich habe keine Erklärung«, entgegnete Martin.

Plötzlich krachte auf der anderen Seite des Zimmers die Decke. Die beiden Männer fuhren zusammen. Die Fasergipsplatte platzte auseinander, weißer Staub rieselte herab. Ein schwarzer Fuß stieß durch den Riß in der Decke, und von oben waren unterdrückte Flüche zu hören. Der Fuß mit dem Schuh begann sich zu bewegen, fand aber keinen Weg aus dem Spalt, in dem er eingeklemmt war.

Der Kriminalbeamte war ärgerlich und zwang sich zu sagen: »Das tut mir leid, Sir.«

Martin unterdrückte das aufsteigende Gelächter. Der Fuß drehte sich jetzt hin und her, während der Mann oben versuchte, Kraft mit Vorsicht zu verbinden, um den Fuß aus der Klemme zu ziehen, ohne Gipsplatte und Knöchel noch mehr zu beschädigen.

Laura kam zur Tür herein und sah den wackelnden Fuß im schwarzen Schuh unter der Decke. Einen Moment starrte sie ungläubig hinauf, dann ging ihr Blick zu Martins Gesicht, hinter dessen mühsam bewahrtem Ernst unterdrückte Heiterkeit lauerte, und sie fing an zu lachen. An den Türpfosten gelehnt lachte sie, bis ihr die Tränen kamen, und Martin stimmte in das Gelächter ein.

Der Kriminalbeamte wurde wütend, als ihm klar wurde, daß Laura nicht die Absicht hatte, das Zimmer zu verlassen. Er rannte zur Falltür hinaus und schrie »Donkin!« zum Speicher hinauf. Es folgte ein kurzer Dialog, dann kehrte der Beamte ins Zimmer zurück. Während Martin und Laura ihrer Erheiterung freien Lauf ließen, stieg er auf einen Stuhl und schnürte den Schuh auf, um ihn vom Fuß seines Beamten zu ziehen. Sobald das geschehen war, wurde der Fuß im gestreiften Socken hastig hochgezogen und verschwand. Es dauerte einige Minuten, bis Ernst und Förmlichkeit wiederhergestellt waren.

»Entschuldigen Sie den Zwischenfall, Mr. Ritchie. Wegen der Kosten für die Reparatur wenden Sie sich am besten an Ihr zuständiges Polizeirevier.«

»In Ordnung«, sagte Martin, an dessen Abneigung gegen diese Leute sich nichts geändert hatte.

Sie hatten gefragt, welchen Namen der Mann, den sie suchten, angegeben hatte, aber es erfolgte keine Reaktion, als Martin antwortete: »Wir nannten ihn nur Ray.« Es handelte sich offensichtlich um einen falschen Namen, und der Beamte vom Special Branch gebrauchte ihn nur ein einziges Mal.

»Wenn dieser Ray wieder auftauchen sollte, benachrichtigen Sie unverzüglich die örtliche Polizeidienststelle. Ich wiederhole, er ist gefährlich.«

»Natürlich«, sagte Martin.

Laura sah ihnen nach, als sie gingen. Insgesamt waren es fünf, zwei von ihnen mit Gewehren. Sie wußten nicht, daß sie sie beobachtete. Ehe sie in den Wagen stiegen, blickten die beiden Männer, die geklopft hatten, noch einmal zum Haus zurück und tauschten ein paar kurze Worte, die nach ihren Mienen zu urteilen zornig und hart waren. Der Grund war sicher nicht allein Donkins Fehltritt.

Als Martin später ein Bad nahm, läutete das Telefon.

»Das war Sarah Keeling.«

Martin war dabei, sich abzutrocknen. »Was wollte sie?«

»Sie wollte sich entschuldigen.«

»Wofür?«

»Sie sagte, sie sei unsensibel und manipulativ gewesen und hätte damit ihrer Meinung nach ein Gespräch abgewürgt, das sehr interessant hätte werden können.«

»Es war nicht ihre Schuld allein.«

»Nein – ich glaube, sie wollte um einen zweiten Versuch bitten.«

»Sie hat mich aus der Fassung gebracht«, sagte Martin. »Ich weiß nicht, warum, aber sie hat mich richtig durcheinander gebracht.«

»Vielleicht hat sie dir gefallen.«

Martin schnitt ein Gesicht.

»Vielleicht lag es am Fieber, das schon im Anzug war.«

»Du bist sehr diplomatisch. Wir wissen beide, woran es lag. Sie hat mich mir nichts, dir nichts auseinandergenommen. Ich war angreifbar, und sie hat sofort in die offene Stelle hineingestochert. So was bin ich nicht gewöhnt.«

»Du legst zuviel Wert auf Gelassenheit«, sagte Laura. »Komm, zieh dir jetzt was an, ehe dir wieder kalt wird. Sie will übermorgen noch mal herkommen. Ich hab gesagt, das geht in Ordnung.«

7

Das Salz der Erde, Englands Rückgrat, dachte Harry Teal, Leute, die in kleinen Häusern auf dem Land leben und ihre Gärten bebauen. Er musterte den Wagen, den blauen Dyane mit dem CND-Aufkleber, und erinnerte sich an die blonde Frau, der das Auto gehörte. Wahrscheinlich würde sie sich auch an ihn erinnern. Anders wäre es ihm lieber gewesen.

Man hatte den Garten verwildern lassen, darum wirkte das Haus auf den ersten Blick unbewohnt. Wahrscheinlich Leute, die es noch toll fanden, das Unkraut wuchern zu lassen. Unnatürlicher geht's gar nicht, dachte Teal. Roch nach Subversion, Atomkraft nein danke und Kampf den Pestiziden. Ihm waren die akkurat gemähten Rasenflächen und sorgsam gepflegten Rosenbeete der Londonder Vororte lieber.

»Guten Morgen. Mein Name ist Teal, T-e-a-l. Gestatten Sie, daß ich einen Moment hereinkomme?«

»Worum handelt es sich?« fragte Martin. »Wir wollten gerade weg.«

»Ich halte Sie nicht lang auf.«

Sie waren beide groß. Teal war jünger, korpulenter, besaß jedoch eine Selbstsicherheit, die die Leute, mit denen er zu tun hatte, im allgemeinen beeindruckte. Wie er wußte.

»Worum geht es denn?«

»Man könnte sagen, um einen Nachtrag zu dem Besuch, den Sie gestern hier hatten. Ich hörte, Sie fühlten sich nicht wohl. Hoffentlich geht es Ihnen heute besser.«

Martin, der die Nacht gut geschlafen hatte und sich ungleich besser fühlte als am Vortag, ließ sich nicht erschüttern. Der Einfachheit halber sagte er sich, der Mann sei gewiß wegen der durchgetretenen Zimmerdecke gekommen; ein wenig beunruhigte ihn allerdings die Erkenntnis, daß dies der Mann war, dem sie neulich im Hochmoor begegnet waren. Er führte ihn ins Haus. Als Laura dazukam, zeigte sie sich deutlich verblüfft, doch Teal tat so, als hätte er sie nie zuvor gesehen. Seine Gelassenheit war völlig überzeugend, und einen Moment lang war sie zu glauben bereit, daß sie sich geirrt hatte.

Teal verschwendete keine Zeit mit höflicher Konversation.

Sobald er den ihm angebotenen Platz eingenommen hatte, sagte er: »Der Mann, der sich Ihnen unter dem Namen –«

»Moment mal«, unterbrach Martin. »Würden Sie mir bitte Ihren Ausweis zeigen.«

Teal gab ihm die Standard-Antwort. »Sagen wir einfach, ich bin ein Regierungsbeamter.« Überraschenderweise gaben sich die meisten Leute damit zufrieden. Manche fanden es sogar spannend. Aber dieser Ritchie ließ sich nicht so leicht abspeisen.

»Das kann jeder sagen«, protestierte er.

»Sicher, aber keiner tut es. Warum auch, wenn es nicht wahr wäre? Nun zum Grund des gestrigen Besuchs: Wir hatten diesen – Ray – das ist natürlich nicht sein wahrer Name, und die Geschichte mit der Amnesie war auch nur Erfindung, obwohl ich mir vorstellen kann, daß er die Rolle gut gespielt hat – wir hatten den Mann hierher verfolgt und hofften, ihn in Ihrem Haus zu finden. Leider hatten wir Pech.«

»Was hat er überhaupt verbrochen?« fragte Martin.

»Wenn ich Ihnen das sagte – das wäre doch unsinnig, überlegen Sie mal.«

»Sie verlangen von uns, daß wir Ihnen helfen, und wollen uns nicht einmal sagen, aus welchem Grund«, stellte Martin fest. »Das ist ja lachhaft.«

»Lachen Sie ruhig«, entgegnete Teal kühl, »und dann überlegen Sie noch mal.«

»Ich finde Sie nicht überzeugend«, sagte Martin.

Laura hielt sich absichtlich aus dem Gespräch heraus, aber die Kampfhaltung der beiden Männer beunruhigte sie, Teals Machtbewußtsein auf der einen und Martins hochmütige Zurückweisung auf der anderen Seite.

»Wenn Sie und Mrs. –« Er sah Laura an, die gern gesagt hätte, ich habe Ihnen meinen Namen gestern genannt, aber wußte, daß es nichts gebracht hätte.

»Sondergard«, sagte sie also und sah förmlich, wie er dachte, ah, ein ausländischer Name.

»Wenn Sie möchten, daß wir Sie zu den Verdächtigen zählen, können Sie das gern haben. Wenn Sie uns hingegen helfen möchten, müssen Sie uns genauso vertrauen, wie wir Ihnen zu vertrauen bereit sind.«

»Und wie weit reicht Ihr Vertrauen?«

»Das kommt darauf an.«

»Was soll das heißen?«

»Sagen wir mal so«, meinte Teal und spielte seine Lieblingskarte aus. »Was halten Sie von Patriotismus?«

»Das hängt von der Art des Patriotismus ab.«

»Nun, damit ist die Frage schon beantwortet, nicht wahr?«

»Meiner Meinung nach nicht.«

Auf eine derb gutmütige Art, die entwaffnend wirkte, sagte Teal: »Ein einfaches Beispiel: Würden Sie etwas tun, das Sie für unpatriotisch halten?«

»Nein. Aber ich verstehe wahrscheinlich unter Patriotismus etwas anderes als Sie.«

Teal lächelte mit wulstigen Lippen. »Sie zerreden den Begriff, um sich nicht festlegen zu müssen.«

»Ich habe mich zwar seit Jahren nicht mehr mit Moralphilosophie befaßt«, entgegnete Martin, »aber ich habe den Eindruck, daß Sie darin keine Kapazität sind.«

Teals völlige Unberührtheit war enervierend. Wie ein gut gedrillter Marktforscher nahm er jede Antwort mit gleicher Neutralität auf. »Kommen wir noch einmal auf den Mann, den Sie unter dem Namen Ray kennen«, sagte er, ohne eine Gefühlsregung zu zeigen. »Was Sie uns gestern berichtet haben, geht übrigens in Ordnung. Wir sehen nichts Verdächtiges an Ihrer Aussage.« Er machte eine Pause. Wenn sie ihm nicht glaubten – gut. Sollten sie schmoren. »Aber«, fuhr er fort, »wir müssen für die Zukunft Vorsorge treffen. Wenn er noch einmal bei Ihnen auftauchen sollte, dann rufen Sie bitte meinen Kollegen, Mr. Greenwood, unter dieser Nummer an.«

Er legte eine Karte mit den nötigen Angaben auf den Tisch. Aus den Augenwinkeln beobachtete er Laura, in der er die unbequeme, allzu intelligente Feministin sah, die eine Welt kaputt machen wollte, die die Männer allein schon gründlich genug kaputt gemacht hatten.

Laura fand ihn körperlich unangenehm, und seine dezente Kleidung, seine schwammige Art und die Krakelschrift auf der Karte, das alles erinnerte sie an einen Arzt, der einen mit ein paar dürren Worten zum Tode verurteilen konnte.

Martin hatte sich in Passivität zurückgezogen. Laura wartete auf wenigstens einen weiteren Einwand von ihm, eine weitere Demonstration des Abscheus, aber es kam nichts. Irgend etwas daran beunruhigte sie.

Teal stand auf. »Ich danke Ihnen«, sagte er. »Ich weiß, wir können auf Ihre Unterstützung zählen. Wenn Mr. Ray wieder auftauchen sollte, dann benutzen Sie das Vertrauen, das Sie vielleicht aufgebaut haben, um ihn in Sicherheit zu wiegen und melden Sie sich wie vereinbart. Wenn nötig, hinterlassen Sie einfach eine Nachricht. Wir bringen dann alles ins Rollen.«

Er sprach schon jetzt mit ihnen, als hätte er sie am Telefon. Seine nachlässige Art, Anweisungen zu geben, schien kalkuliert, wirkte herablassend und bedrohlich zugleich. Nachdem der Volvo verschwunden war, sagte Laura: »Wir sind ihm schon einmal begegnet, weißt du noch?«

»Ja«, antwortete Martin, »an dem Tag, an dem wir den Rotmilan gesehen haben. An dem wir das letztemal bei Vayro waren.«

»Und was tun wir jetzt?«

Martin schien niedergedrückt von Teals Besuch. Aber dann wurde er plötzlich energisch. Er hatte beschlossen, das alles einfach abzuhaken.

»Es ist nichts. Es geht vorbei«, sagte er. »Wir haben nichts Unrechtes getan. Und wir lassen uns von niemandem benutzen.«

Laura sah sich um und dachte plötzlich, ich bin so gern hier. »Hoffen wir es«, sagte sie.

Sie erwachte, ging ins Bad und konnte danach nicht wieder einschlafen. Es war kurz nach Mitternacht. Ein schmaler Streifen weißen Lichts fiel durch die Ritze zwischen den Vorhängen schräg über das Bett. Irgendwo draußen im Hochmoor bellte ein Fuchs den Mond an.

Laura schlüpfte in den Veloursmorgenrock und ging nach unten. Sie machte Licht in der Küche, öffnete den Kühlschrank, schenkte sich ein Glas Milch ein. Dann ging sie zum Fenster, um die Jalousie herunterzuziehen. Das Glas schimmerte schwarz wie frisch gehauene Kohle. Fasziniert vom kühlen Mondlicht, neigte sie den Kopf zur Scheibe, um hinauszusehen.

Im Garten bewegte sich etwas. Ihre Hand an der Zugschnur

erschlaffte, und die Jalousie sauste wieder nach oben. Ungeduldig zog sie sie ganz herunter. Aber dann erstarrte sie, verwirrt und erschrocken wie am Vortag, als sie die Scharfschützen draußen beobachtet hatte. Sie drehte den Kopf, um sich zu vergewissern, daß die Tür abgesperrt war; aber es war nur ein Yaleschloß, leicht aufzubrechen. Martin hatte, als er allein hier gelebt hatte, nie abgesperrt; damit hatte er erst angefangen, als sie ihre Einbruchsängste aus London mitgebracht hatte.

Eine optische Täuschung infolge des Mondlichts, sagte sie sich. Aber sie wußte, daß es keine Täuschung gewesen war. Sie waren zurückgekommen. Sie lief nach oben und weckte Martin.

»Es ist jemand draußen.«

Er hatte einen leichten Schlaf und war sofort wach, schüttelte den Schlaf ab wie eine Katze. »Wo?«

»Bei der Küche.«

Er stand auf und zog sich an.

»Sei vorsichtig«, bat Laura.

»Ich mach dem jetzt ein für allemal ein Ende«, sagte er. Von der Treppe rief er zurück: »Bleib du hier oben.«

Er schlüpfte in seine Schuhe und die Jacke und löschte das Licht in der Küche. Seine Augen hatten sich schon an die Dunkelheit gewöhnt, als er sich hinausschlich. Nahe bei der Tür lag, wie er wußte, der alte Stiel einer Axt, so lang wie sein Arm. Er hob ihn auf und schlich im Schatten der Mauer vorsichtig um das Haus herum.

Er sah und hörte nichts. Er hatte Lauras Worte nicht angezweifelt, aber als er jetzt, gepreßt atmend, zur mondhellen Front des Hauses gelangte, wurde er doch skeptisch.

»Mr. Ritchie! Ich bin's – Ray.«

Martin wirbelte herum, als er die geflüsterten Worte hörte. Er sah, wie Ray, der den Axtstiel für ein Gewehr hielt, sich duckte. Als Martin auf ihn zutrat, hob er abwehrend und beschwichtigend zugleich die Hände.

»Was zum Teufel, tun Sie hier?« fragte Martin.

»Ich weiß nicht, wohin ich sonst soll.«

»Der Jux ist vorbei. Sie werden gesucht.«

»Helfen Sie mir.«

»Wie denn? Wir hatten gestern bewaffnete Polizeibeamte

hier. Sie sind verschwunden, weil Sie wußten, daß sie kommen würden. Warum sind Sie zurückgekommen?«

Der Fuchs begann wieder zu bellen, näher jetzt. Sie fuhren beide zusammen bei dem heiseren Gekläff.

»Ich habe Sie belogen.«

»Darauf sind wir bereits selbst gekommen.«

»Fühlen Sie sich verraten?«

»Verrat oder nicht, das ist mir egal. Aber hier laufen eine Menge Leute herum, die wissen wollen, wo Sie sind, und wenn Sie hierher kommen, bleibt mir nichts anderes übrig, als es ihnen zu sagen.«

Laura hatte die Stimmen gehört und kam, einen Mantel über dem Morgenrock, in den Garten.

»Hallo«, sagte Ray scheu. Aber jetzt, wo er nicht mehr den Mann ohne Gedächtnis zu spielen brauchte, besaß er weit größere Bestimmtheit.

Martin schnitt von vornherein ein Gespräch zwischen beiden ab. »Es tut mir leid, aber Sie können nicht bleiben.«

»Hören Sie sich wenigstens meine Geschichte an.«

Martin packte den Axtstiel fester und starrte stumm vor sich hin. Laura berührte seinen Arm und sagte: »Ich würde sie gern hören.«

»Wartet!« Sie waren noch nicht an der Hintertür. »Martin!« Laura zog ihn mit sich in die Dunkelheit. »Vielleicht haben sie Abhörgeräte im Haus angebracht«, flüsterte sie ängstlich.

»Ach, Unsinn«, entgegnete Martin schneidend.

»Aber sie waren in allen Räumen. Wir hätten nichts gemerkt. Sie beobachten uns bestimmt, sonst wäre dieser Teal nicht gekommen.«

So einfach geht das nicht, hätte Martin gern gesagt. Man kann eine Wanze nicht in fünf Minuten irgendwo verstecken. Und wie soll die Übertragung funktionieren? Aber er war sich seiner Sache nicht sicher, er konnte den Verdacht nicht entkräften. Er war auf unheimliche, erschreckende Weise einleuchtend.

»Und was sollen wir tun?« fragte er.

»Geht ihr rein, mach Kaffee, aber sprich nichts«, sagte Laura. »Ich bin in zwanzig Minuten wieder da.«

»Wohin willst du?«

»Zu John Vayros Haus.«

Er mußte sich eingestehen, daß Laura mehr Geistesgegenwart besaß als er, und er unterwarf sich ihrer überlegenen Tatkräftigkeit. Sie kleidete sich rasch an, dann eilte sie aus dem Haus, setzte sich in ihren Wagen und brauste davon.

Martin befolgte ihre Anweisungen, ging in die Küche und kochte Kaffee. Eine bleierne Müdigkeit überfiel ihn plötzlich und raubte ihm minutenlang alle Energie. Als er sich erholt hatte, konzentrierte er sich auf die Fragen, die er Ray stellen wollte, wenn der Moment gekommen war.

Ray selbst, unverändert bis auf die dunklen Bartstoppeln im Gesicht, saß still und in sich zurückgezogen in der Küche.

Als Martin den Wagen zurückkommen hörte, ging er hinaus. »Warum bist du ohne Scheinwerfer gefahren?«

Sie legte einen Finger auf die Lippen. Martin schüttelte gereizt den Kopf. Das Versteckspiel ging ihm schon auf die Nerven. Laura flüsterte ihm ins Ohr: »Das Mondlicht ist hell genug. Ich wollte nicht auffallen. Ich hatte Angst, daß mir jemand folgt.«

Martin sah aus, als würde ihm gleich der Kragen platzen. Seine Miene sagte, jetzt hör mal zu, ich bin fast fünfzig Jahre alt, ein gesetzter, rationaler Mann, ich kann einen ganzen Tag lang durch die Dünen marschieren, aber Räuber- und Gendarme-Spiele um Mitternacht – das geht mir zu weit.

»Wir müssen losfahren«, flüsterte Laura. »Wir können ihn nicht hierbehalten.«

Sie sperrten das Haus ab, und Laura steuerte den Wagen, ohne die Scheinwerfer einzuschalten, über das von milchigem Licht und schwarzen Schatten gesprenkelte Land. In der Ferne bellte immer noch sporadisch der Fuchs.

»Ich nehme das auf.«

Martin kniff überrascht die Augen zusammen, als Laura seinen Taschenrecorder herauszog. Er selbst benützte ihn, um die Natur zu belauschen, pflegte ihn bei Nestern oder Futterplätzen zu deponieren, um Auszüge dessen, was er aufgenommen hatte, später bei seinen Rundfunksendungen zu verwenden. Es ärgerte ihn, daß Laura einfach mehrere leere Kassetten mitgenommen hatte, ohne ihn zu fragen.

Als Ray hörte, daß sie seine Geschichte aufnehmen wollte, zeigte er Unbehagen.

»Entweder mit Aufnahme oder gar nicht«, sagte Laura. »Es kann ja sein, daß wir etwas brauchen, um uns zu schützen. Wir riskieren sowieso schon zuviel.«

Ray stimmte mit einer Geste zu.

»Du hast doch nichts dagegen?« wandte sich Laura an Martin.

»Nein.« Was sonst hätte er sagen können.

»Kannst du ihn an der richtigen Stelle aufstellen?«

Widerstrebend stellte Martin das kleine Gerät auf einer Seite des Dreiecks auf, das sie bildeten.

»Bitte«, sagte Laura.

»Ich bin hier an die Küste zurückgekommen, weil ich sehen wollte, ob sie mir gefolgt waren. Verschiedene Dinge bestätigten mir, daß es so war. Als ich mit Ihnen Kontakt aufnahm, tat ich das ganz bewußt. Ich hatte mich vorher schon verschiedentlich gezeigt, um ihnen Gelegenheit zu geben, mich zu entdecken, und ich benutzte Sie, um zu prüfen, ob sie mir auf der Spur waren. Ich hatte ein Verschwinden vorgetäuscht, aber ich hinterließ ihnen einen Hinweis, der hierher führte, und ich mußte wissen, ob sie ihn geschluckt hatten. Als ich neulich nacht aus Ihrem Haus verschwand, wußte ich, daß sie kommen würden. Ich wußte nur nicht, wann. Eigentlich hatte ich vorgehabt zu verschwinden, und wenn niemand mir hier raus gefolgt wäre, hätte ich das auch getan. Es hat leider nicht geklappt, und nun hängen meine weiteren Pläne zum Teil von Ihnen ab. Zuerst meine Geschichte. Ich werd mich kurz fassen.

Einzelheiten über mich und darüber, wie ich in diese Situation geraten bin, sind unwichtig. Es reicht, wenn ich Ihnen sage, daß ich zu einem kleinen Team von Männern gehöre, die seit einiger Zeit ausgebildet werden. Wofür, darauf werde ich gleich kommen. Wir wurden ganz im stillen rekrutiert, und erst nach einiger Zeit der Ausbildung kamen wir dahinter, wozu man uns wirklich gebrauchen wollte. Und ich begann zu ahnen, wer unsere wahren Auftraggeber waren.

Sie wissen, daß der radioaktive Müll in großen Behältern aus den Kernkraftwerken abtransportiert wird. Wir sollten einen dieser Behälter stehlen. Über den Grund dafür sagte man uns kaum etwas. Wir sollten viel Geld dafür bekommen. Keiner stellte Fragen. Aber hauptsächlich ging es darum zu demonstrieren, daß so ein Diebstahl möglich ist. Ich habe mich informiert. Ich kann ein bißchen ins Detail gehen.

Der normale Behälter zum Transport von radioaktivem Müll ist ein Kubus von knapp hundertfünfzig Kubikmetern Volumen und wiegt zwischen vierzig und fünfzig Tonnen. Er ist von einem gut dreißig Zentimeter dicken Stahlmantel umhüllt. Die Behälter aus Caunder enthalten ungefähr zweihundert verbrauchte Uranbrennstäbe, die mit Magnox umkleidet sind. Sie wissen darüber vielleicht mehr als ich, darum will ich jetzt nicht zuviel Zeit damit verschwenden. Die Brennstäbe bestehen zu neunundneunzig Prozent aus Uran. Der Rest setzt sich aus Ruthenium, Cäsium, Strontium und Plutonium zusammen. Im Durchschnitt enthält so ein Behälter vielleicht fünf bis sechs Gramm Ruthenium; wenn Sie wissen, daß ein Millionstel Gramm dieses Elements für den Menschen tödlich ist, wenn er es einatmet, können Sie sich ungefähr vorstellen, was passieren würde, wenn der Inhalt eines dieser Behälter freigesetzt werden würde. Bei Wind zum Beispiel. Ganz abgesehen von den Schäden für die Menschen in der näheren Umgebung, würde ein Gebiet von weiß Gott wievielen Quadratkilometern für Jahrhunderte unbewohnbar werden. Stellen Sie sich als Unfallort beispielsweise London vor.

Okay, der Gedanke scheint lächerlich. Aber wieso eigentlich? Die Dinger können gestohlen und abtransportiert werden. Man braucht nur das richtige Fahrzeug dazu. Die Hebevorrichtungen sind an Ort und Stelle vorhanden. Caunder hat einen eigenen Schienenkopf samt Portalkran, der die Behälter vom Lastwagen auf den Zug befördert. Wie und wann wäre kein Problem. Die Behälter liegen oft einen ganzen Tag da rum, ehe der Zug sie abtransportiert. Und die Transporte finden einmal, vielleicht zweimal die Woche statt.

Wir hätten natürlich bewaffnet sein müssen. Nicht für den Raub selbst, aber für später. Wir mußten körperlich und geistig topfit sein, keiner durfte vom anderen wissen, wir durften nicht mit einer zweifelhaften Vergangenheit belastet sein, die uns hätte einholen können.

Wir mußten für den Ernstfall proben, weil wir von außerhalb des Teams keinerlei Unterstützung zu erwarten hatten. Niemand würde etwas erfahren. Wir hatten drei Operationspläne, erst in letzter Minute sollten wir erfahren, welchen wir anzuwenden hatten. Einer davon sah vor, den Lastwagen auf der Fahrt vom Reaktor zum Zug zu entführen. Damit wäre das Problem der Verladung entfallen. Wir hatten Bestimmungsorte für den Behälter und ein Programm für den Ablauf der nachfolgenden Ereignisse.

Erstes Ziel war zu beweisen, daß die Durchführung möglich ist. Die Sache sollte natürlich als terroristischer Akt hingestellt werden, ohne daß man allerdings unserer Gruppe ein Etikett verpassen wollte, sei es rechts- oder linksradikal. Terrorismus ist schließlich Terrorismus. Der Zweck der Übung war, der Öffentlichkeit vorzuführen, daß Terroristen so einen Behälter mit radioaktivem Müll an sich bringen und mit der Drohung, ihn zu sprengen, die Regierung erpressen könnten. Wo oder wie spielte keine Rolle – die Behälter haben Deckel, die verschweißt und verschraubt sind. Sie zu öffnen, ist Spezialarbeit, aber es ist zu schaffen. Oder ein Kamikaze mit den richtigen Laserinstrumenten könnte sie öffnen. Und es müßte auch gar nicht in einer Stadt passieren; nach Tschernobyl hat jeder vor der unsichtbaren radioaktiven Wolke Angst.

Aber warum sollte überhaupt jemand wünschen, daß so etwas geschieht? Ganz einfach – wenn man eine Demokratie in einen Polizeistaat verwandeln will, muß man dafür sorgen, daß die Bevölkerung damit einverstanden ist. Sie muß den Polizeistaat wünschen, und das wird sie nur tun, wenn sie glaubt, daß er sie schützen kann. Angesichts einer atomaren Bedrohung durch Terroristen wird man in einem Polizeistaat nur noch den Freund sehen. Das zu bewirken war Ziel unseres Projekts.

Ich sagte vorhin schon, daß wir für den Ernstfall probten. Aber zu einer Freisetzung der radioaktiven Elemente in dem Behälter sollte es natürlich nicht kommen. Deshalb wollte man uns vorher irgendwie – ausschalten. Tatsächlich war unsere Flucht im voraus genau geplant. Wir würden irgendwo im Ausland verschwinden, wo dicke Bankkonten auf uns warten sollten. Es gab allerdings eine Ausnahme. Einer von uns sollte gefaßt, vor Gericht gebracht und eingesperrt werden. Später sollte er befreit werden. Man wollte ihn mit Referenzen für eine Infiltration internationaler Terrororganisationen ausstatten. Das hätte ich eigentlich nicht wissen dürfen, aber ich bekam es heraus. Durch das Zeugnis dieses einen Mannes wäre jeglicher Verdacht von unseren wahren Auftraggebern abgelenkt worden.

Darum bin ich aus dem Projekt ausgestiegen. Ich muß dazu sagen, daß der Ausstieg natürlich verboten war. Uns wurde von Anfang an klar gemacht, daß Abspringen nicht in Frage käme. Aber das sind die Gründe, weshalb ich eben doch abgesprungen bin.

Je mehr ich über den Auftrag erfuhr, desto unwahrscheinlicher erschien es mir, daß man uns danach einfach außer Landes bringen und einen ruhigen Lebensabend genießen lassen würde. Sie konnten uns einsacken und zwanzig Jahre lang irgendwo einsperren, wo sie uns total unter Kontrolle halten konnten. Unsere Geschichte würde uns kein Mensch abnehmen. Dafür würden sie schon sorgen. Oder sie konnten uns einfach mit ein paar Salven Maschinengewehrfeuer, mit denen wir nicht gerechnet hatten, erledigen. So oder so, mir war das nicht geheuer. Außerdem begann ich zu fürchten, daß uns beim Umgang mit dem Behälter weit mehr Gefahr drohte, als man uns gesagt hatte, und ich wollte mich nicht dem Risiko der Verstrahlung aussetzen, falls der Behälter beispielsweise ein Leck hatte.

Ich versuche, Ihnen klarzumachen, daß ich nicht aus moralischen Gründen abgesprungen bin. Wenn ich das behaupten würde, würde ich vielleicht vor Ihnen etwas besser dastehen, aber es wäre eine Lüge. Und wenn ich so ein Mensch wäre, hätte ich die Vorprüfung gar nicht überstanden. Ich möchte das ganz klarstellen.

Ich täuschte einen Todesfall vor und wartete ab, ob sie es schlucken würden. Darum trug ich fremde Kleider, als Sie mir das erstemal begegneten. Ich kam hierher, weil ich wußte, daß ich hier draußen eine Weile würde leben können, und ich wollte sehen, ob sie mir auf die Spur kommen würden. Wenn sie nicht gekommen wären – okay, dann wäre ich weitergezogen, dann wär's gelaufen gewesen. Aber innerhalb von Tagen merkte ich, daß was vorging, und das hieß, daß Flucht keine Möglichkeit war. Ich wußte, sie würden mich überall finden, ganz gleich, wohin ich ging. Wenn sie mich jetzt schnappen, bringen sie mich um. Darum muß ich kämpfen.

Das ist alles.«

Ray wartete. Obwohl er alles klar im Kopf hatte, hatte er Schwierigkeiten gehabt, im Sprechen mit seinen Gedanken Schritt zu halten. Das hatte ihn angestrengt.

Laura schaltete den Recorder aus und steckte ihn ein. »Das behalten wir.«

»Ich glaube, es war nicht sehr gut. Wenn Sie Fragen haben –«

»Ein andermal.« Martin richtete sich auf. Es war kalt im Zimmer dieses unbewohnten Hauses, und sein Körper war steif von der Anspannung des Zuhörens. Er schrieb ihre Telefonnummer auf einen Zettel und gab ihn Ray. Dann zuckte er die Achseln. »Möglich, daß wir abgehört werden. Es ist vielleicht besser, Sie rufen nicht an.«

»Machen wir einen Kode aus«, sagte Ray sofort.

»Zum Beispiel?«

»Sie sind Naturforscher, stimmt's? Schreiben Sie ein paar Worte oder Sätze auf, die eine echte Bedeutung haben. Wenn ich dann sage, die Wintervögel werden bald kommen oder so was, wissen wir beide, was damit gemeint ist.«

»Oh, lieber Gott, nein«, wehrte Martin ab. Mit jeder Minute, die verging, schien er sich mehr in einen schwerfälligen, unflexiblen alten Griesgram zu verwandeln. Es war die verzerrende Wirkung nächtlicher Erschöpfung, aber es war auch ein Körnchen Wahrheit darin.

»Die Idee ist doch gut«, meinte Laura.

»Blödsinn. Wie in einem zweitklassigen Fernsehkrimi.«

Sein Blick war zornig. Sie nahm seinen Arm und schob ihn hinaus. Zu Ray sagte sie: »Wir melden uns.«

»Absurd. Völliger Unsinn.« Selbst Martins Stimme schien gealtert von den Strapazen dieser Nacht.

»Du glaubst ihm nicht?«

»Natürlich nicht. Du vielleicht?«

»Warum sollte er so was erfinden?«

»Das ist nicht mein Problem.«

»Martin, es ist *unser* Problem.«

»Schalt doch endlich die verdammten Scheinwerfer ein.«

»Das ist nicht nötig. Ich kenne die Straße jetzt.«

Der Wagen sprang schwankend über eine Bodenerhebung, als wolle er Lauras Behauptung spotten. Sie korrigierte und biß die Zähne zusammen, nicht gewillt, auch nur das Standlicht einzuschalten. Das nachfolgende Schweigen war nicht auszuhalten. »Was willst du also tun?« fragte sie.

»Ich werde diesen Menschen Teal anrufen und ihm sagen, daß er sich seinen Mann abholen kann.«

»Nein!«

»Hör mal, ich hab die Nase voll von der Geschichte. Erst macht er sich an uns heran und tischt uns das Märchen vom Gedächtnisschwund auf, und wir versuchen, ihm zu helfen. Dann verschwindet er klammheimlich, taucht wieder auf und verlangt von uns, daß wir diese absurde Geschichte für bare Münze nehmen. Soll er sich doch an die zuständigen Behörden wenden und mich endlich in Frieden lassen, damit ich tun kann, was mich interessiert. Ich glaube ihm nicht und ich bin nicht bereit, in die Machtphantasien eines Verrückten einzusteigen.«

»Und wenn es gar keine Phantasie ist?«

»Da sei Gott vor.«

»Warum?«

»Die Leute, die wirklich dahinter stecken – was glaubst du, wen er damit meinte?«

»Er sagte doch, er wüßte es nicht.«

»Und das glaubst du ihm?«

»Warum hast du ihn nicht danach gefragt?«

»Das wollte ich ja. Oder hast du das gar nicht gemerkt?«

»Doch, aber mitten im Bericht –«

»Wann sonst?«

»Er wollte nicht mittendrin unterbrechen.«

»Oder er wußte keine Antwort.«

Martin hatte versucht zu unterbrechen, und Ray hatte ihn mit erhobener Hand um Schweigen gebeten. Danach hatte Martin den Bericht mit kaum versteckter Ungeduld über sich ergehen lassen, und jetzt kam seine ganze Ungehaltenheit heraus.

»Wenn wir ihm glauben sollen, erwarte ich ernsthafte Antworten.«

»Dieses Wort ist typisch für dich, Martin – ›ernsthaft‹. Meinst du, er hat nur Quatsch geredet? Oder ärgert es dich, daß er sich nicht von dir kontrollieren ließ?«

Sie hatte recht. Martin ignorierte es.

»Er fragte uns doch am Ende, ob wir Fragen hätten«, fuhr Laura fort. »Warum hast du da nicht –?«

»Weil er bis dahin eine Geschichte konstruiert hatte, an der überhaupt nichts mehr zu fassen war. Wer steckt dahinter – sehr wichtige Leute. Woher wissen Sie das? Na, so was kann doch nicht von Krethi oder Plethi organisiert werden.«

»Aber wenn du eine spezifische Antwort verlangt hättest.«

»Die hätte er mir nicht gegeben. Und auf noch mehr hypothetischen Käse war ich nicht scharf.«

»Was glaubst du denn, wer dahinter steckt?«

»Ist doch völlig egal. Am Schluß glaubte ich sowieso kein Wort mehr von der Geschichte.«

»Ich glaube sie.«

»Und was willst du tun?«

»Ich oder wir?«

Er schwieg. »Nimm es, wie du willst«, sagte er dann.

»Und wenn alles stimmt, was er sagte?«

»Es interessiert mich trotzdem nicht.«

»Aber kann ich, ehe du was unternimmst –«

In die Defensive gedrängt und angespannt von der Fahrt im Dunklen, war Martin der Hysterie nahe. »Ich rufe morgen früh sofort Teal an.«

»Ich möchte das Band Sarah Keeling vorspielen.«

»Herrgott nochmal! Warum willst du alles noch komplizierter machen?«

»Ich möchte dein Einverständnis dazu. Und dein Versprechen, daß du Teal nicht anrufst.«

»Und wenn ich ablehne?«

Ohne zu zögern, erwiderte Laura: »Dann verlasse ich dich.«

Der Rest der Nacht war Schweigen, unruhiger Schlaf, beklemmende Träume. Am Morgen zog Martin mit seinem Fotoapparat los, und Laura verschanzte sich hinter ihrem Zeichenbrett. Über ihre letzten Worte war keine Bemerkung gefallen. Ihr Nachhall war wie ein Schatten, aber was Laura wirklich erschütterte, war die Leichtigkeit, mit der sie ihr über die Lippen gekommen waren.

Sarah Keeling traf noch vor Martins Rückkehr ein. Die beiden Frauen kamen nach einem oberflächlichen Geplauder über London gut miteinander zurecht. Es war, als bestünde ein stillschweigendes Einverständnis zwischen ihnen, eine gewisse gemeinschaftliche Erheiterung über die Notwendigkeit, Martin zu versöhnen. Er kehrte zurück, ehe das Geplauder versiegte. Er schien besserer Stimmung zu sein, gelockert und entspannt wie immer nach ein paar Stunden in der freien Natur.

Sarah stand auf. Sie trug eine Cordhose und einen Shetland Pulli und war nur leicht geschminkt, bemüht um eine angemessenere Erscheinung.

»Ich wollte mich entschuldigen.«

Martin war großzügig bis zur Verlegenheit. »Aber das ist doch nicht nötig. Ich habe da etwas persönlich genommen, wo ich es eigentlich hätte besser wissen müssen. Ich sollte mich bei Ihnen entschuldigen.«

»Können wir noch einmal von vorn anfangen?« fragte Sarah diesmal demonstrativ ohne Block und Stift.

Martin warf einen Blick auf Laura. So natürlich wie es ihm möglich war, sagte er: »Ich glaube, Laura hat Ihnen etwas zu erzählen.«

Es war eine versöhnliche Geste, aber eine Spur von Vorwurf blieb. Ray hatte ihn manipuliert, und Laura hatte ihn erpreßt, und die Drohung, ihn zu verlassen, selbst wenn sie nicht ernst gemeint war, war ein Schlag unter die Gürtellinie. Er würde ihr nicht verzeihen, das verriet seine ungewöhnliche starre Beherrschtheit.

»Und vergiß die Wanzen nicht«, sagte er.

Laura blitzte ihn zornig an. Sie glaubte eigentlich nicht mehr an die Wanzen, dennoch wies sie Sarah mit einer Kopfbewegung zum Wagen hinaus. Stumm und starr saßen sie nebeneinander, während die Kassette ablief. In der Reproduktion hatte seine Stimme ein metallisches Timbre, der stockende Fluß seiner Rede, die holprigen Bemühungen um Klarheit wurden in der Übertragung sehr deutlich. Es klang überzeugend. Sarah Keeling war beeindruckt, fasziniert und erregt.

»Woher haben Sie das?«

»Wir haben es gestern nacht aufgenommen.«

»Sie kennen den Mann?«

»Interessiert Sie die Sache?« fragte Laura.

»Ist das ein Angebot?« fragte Sarah zurück.

»Ja, ich glaube schon.«

»Sie halten es nicht für eine Ente?«

»Was wäre der Sinn?«

Sarah überlegte einen Moment. »Kann ich ihn sprechen?«

»Da muß ich ihn erst fragen.«

»Er weiß nicht, daß Sie mir das hier geben?«

»Nein.«

»Was bezweckt er?«

»Da bin ich mir nicht sicher.«

Sie gingen wieder ins Haus.

Sarah sagte: »Ich fahre heute abend nach London zurück. Lassen Sie mich erst mal mit ein paar Leuten reden und vorfühlen. Ich lasse Ihnen meine Karte da. – Hat das, was er sagt, Hand und Fuß?« fragte sie, als Martin wieder ins Zimmer kam.

»Er weiß jedenfalls, wovon er spricht«, antwortete Martin. Er wies zum Regal, zu einem Bord, wo mehrere Bücher über Kernkraft standen. »Ich habe es heute morgen nachgeschlagen. Es paßt.«

»Sarah nimmt die Kassette mit«, bemerkte Laura gedämpft.

»Gut, gut.«

Sarah machte sich zum Gehen bereit. »Können wir unser Gespräch auf ein andermal verschieben?«

Mit übertriebener Zuvorkommenheit antwortete Martin: »Aber selbstverständlich.«

Nachdem Sarah gegangen war, verschwand Martin in der Küche. Es war lange her, daß Laura mit jemandem zusammengelebt und Zeit und Mühe daran verschwendet hatte, ihm aus dem Weg zu gehen. Sie wollte diese Gewohnheit nicht wieder aufnehmen.

»Was machst du?«

Er knetete Teig. Sie wußte, was er machte.

»Pizza.«

Pizzabacken war seelischer Ausgleich für Martin, so wichtig für ihn, daß sie beide oft Scherze darüber gemacht hatten. Wenn er Gäste hatte, servierte er nie etwas anderes und blieb gegen alle Anspielungen, daß seine Kochkünste wohl nicht weiter reichten, gleichgültig. Er war stolz wie ein kleiner Junge auf seinen luftig lockeren Teig und die kulinarischen Meisterwerke, die er am Ende der Prozedur aus dem Rohr zu nehmen pflegte.

Jetzt aber hatte sein Gebaren etwas Trotziges und Aggressives, ganz abgesehen davon, daß sie an diesem Abend in Scardale zum Essen eingeladen waren. Laura hatte davon gesprochen, ihn zu verlassen, und im Geist sah er sich schon wieder allein. Dies war eine Art, ihr zu zeigen, daß er nicht auf sie angewiesen war.

»Was hältst du davon, wenn wir heute abend mit Godfrey Knapp mal darüber sprechen?«

Knallend schlug der Teig auf den Tisch. »Worüber?«

»Über die Sache mit Ray.«

»Kommt nicht in Frage. Er ist ein alter Freund von mir, ich will ihn damit nicht belasten.«

»Du traust ihm nicht?«

»Natürlich traue ich ihm.«

»Du hast selbst einmal gesagt, wenn du je Probleme hättest, wäre er der Mann, an den du dich wenden würdest.«

Martin gab es mit einem unwilligen Brummen zu.

»Dann sprich mit ihm.«

»Nein.«

»Er ist dein Freund.«

»Eben darum.«

»Du vertraust ihm also nicht?« Sie kniff die Augen zusammen. »Warum nicht?«

Nicht bereit, darauf einzugehen, versetzte Martin: »Also gut, ich spreche mit ihm.« Er schlug verbissen auf den Teig ein, weit heftiger als nötig.

Laura schnalzte mit der Zunge. »Wollen wir uns deswegen wirklich streiten?«

»Wieso? Du hast doch schon gewonnen. Es geht alles nach deinem Kopf. Bitte sehr!«

Der Portikus von Scardale, ein kleiner Vorbau mit runden Backsteinsäulen, war an sich bescheiden, doch er brachte das würdige alte Haus mit den gelbgrauen Mauern und den harmonisch eingefügten Fenstern glänzend zur Geltung. Knapp hatte das Haus von der ganzen viktorianischen Überladenheit, an der seine Vorfahren Gefallen gefunden hatten – dunkles Holz, Damasttapeten, schwere Möbel –, befreit und helle, großzügige Innenräume nach dem Vorbild Palladios geschaffen. Die schwarzweißen Marmorböden glänzten wieder in kühler Pracht, die scheußlichen Porträts seiner manisch-depressiven Ahnen hatte Knapp verkauft.

Außer Martin und Laura waren zwei andere Paare da, ein Physiker aus Caunder mit seiner Frau und ein U-Boot-Kommandant und Frau, die in einem Haus am Fuß der Bergfestung Lendra wohnten. Einzig der Gedanke an diesen Ort, sagte er, erhalte ihn bei Verstand, wenn er mit sechzehn Polaris Raketen bestückt tief unter Wasser die Erde umschiffe. Die Frauen, die wie blasse Schatten hinter den Karrieren ihrer Ehemänner zurücktraten, wählten sich den kommenden Winterurlaub zum Thema ihres Gesprächs.

Knapp, der bei der Zubereitung des Abendessens selbst Hand angelegt hatte, empfing seine Gäste in einer großen gestreiften Schürze mit diskretem Dior-Etikett. Der melancholische und tuntige Harold in einer altertümlichen Butler-Uniform bediente beim Essen. Laura fand sein zugeknöpftes Schweigen im Zusammenspiel mit Knapps dröhnender Extrovertiertheit unwiderstehlich komisch. Sie war sicher, Knapp hätte ihre Erheiterung geteilt. Doch die anderen Aspekte dieses Besuchs hinderten sie daran, laut herauszulachen.

Zerstreut lauschte sie den Stimmen um sich herum, deren Klänge sich mit dem Klappern von Geschirr und Silber mischten.

»...Ihr Buch über Ashcot«, sagte der U-Boot-Kommandant zu Martin, »ein ausgezeichneter kleiner Band. Ich hatte es auf unserer letzten Fahrt mit, als wir mitten unter den arktischen Eisbergen hockten. Da hat man wirklich Ruhe zum Lesen...«

Der Physiker sagte: »In spätestens zehn Jahren werden wir in Caunder zweifellos einen schnellen Brüter haben, vielleicht sogar zwei. Und sie werden überhaupt nicht auffallen. Das ist das Bestechende an diesen Dingern, wie sie sich in die Landschaft einfügen, als gehörten sie dahin. Nur ein paar Kuben und Kugeln.«

»Die Grundformen der Natur, wie Cézanne sagte«, bemerkte Knapp und kramte ein Zitat aus seinem Gedächtnis. »›Wir wollen die Natur in der Gestalt des Kubus, der Kugel, des Kegels studieren...«

»Die Franzosen sind ganz närrisch auf die Atomkraft«, sagte der Physiker, »eben weil sie elegant und sauber ist, weil sie Stil hat...«

Und regelmäßig wanderte Knapps Blick über den Tisch zu Laura, die es merkte und fürchtete, er wolle sie mit Gewalt in ein Gespräch ziehen. Bestimmt verstand er ihre Zurückhaltung als typisch weibliche Geheimnistuerei und somit als Herausforderung an sein männliches Draufgängertum. Aber als ihre Blicke sich begegneten, lächelte er nur, ein wenig traurig sogar, und die gelegentlichen Bemerkungen, die er an sie richtete, waren unaufdringlich, sogar sein Ton war gedämpft. Eine merkwürdige Art der Werbung, aber sie sagte einiges.

Nach dem Essen hatte Knapp Lust auf eine Zigarre, und da auch der U-Boot-Kommandant Raucher war, einigte man sich auf einen Abendspaziergang durch den Park. Zum erstenmal seit ihrer Ankunft vor dem Essen fanden sich Martin und Laura Seite an Seite. Im Halbdunkel war es leichter, miteinander zu sprechen.

»Redest du mit Godfrey, ehe wir fahren? Über Ray, meine ich.«

Sie hatte Martin während des Essens heimlich beobachtet. Er hatte entspannt gewirkt; er fühlte sich sicher im Kreis dieser Leute, in seiner gewohnten Rolle als örtlicher Naturkundler. Sie war sich im klaren darüber, was sie ihm antat. Aber ein Gefühl, daß es ihr die Luft abschnüren würde, wenn sie untätig blieb, trieb sie vorwärts.

»Das hab ich doch schon gesagt.«

»Wann?« fragte Laura. Sie spürte seine leichte Mißbilligung –

dies ist nicht die richtige Gelegenheit, wir sind hier zu Gast, da hat man gewisse Formen zu beachten. Sie merkte genau, daß Martin nicht vorhatte, noch an diesem Abend mit Knapp zu sprechen.

»Wenn es dir lieber ist, tue ich es.« Sie sagte es freundlich, ganz ohne Drohung.

»Schon gut, ich rede mit ihm«, entgegnete Martin grollend.

Laura umarmte ihn flüchtig, aber es war der falsche Moment. Sie hatte nicht bedacht, daß Martin beobachtet hatte, was bei Tisch vorgegangen war, und daß er Godfrey Knapp lange genug kannte, um es augenblicklich richtig zu deuten. Alle Anzeichen später Verliebtheit waren vorhanden gewesen – der geistesabwesende Blick, die beinahe scheue Verehrung, Godfreys Strahlen, wenn Laura das Wort an ihn gerichtet hatte. Ich werde zwei Fliegen mit einer Klappe schlagen, dachte Martin – die Sache mit Ray ein für allemal abwürgen und dafür sorgen, daß Laura nicht in Godfreys Fänge gerät. Hier draußen in der Dunkelheit erschien der Plan ganz vernünftig.

Sie mußten lange warten, ehe die anderen aufbrachen. Knapp hatte es nicht eilig, sich in sein Einsiedlerdasein zurückzuziehen. Er schien froh zu sein, daß Martin und Laura nicht die ersten waren, die gingen. Auch der Physiker und seine Frau hatten es nicht eilig. Als Knapp wieder ins Zimmer kam, legte er frische Holzscheite nach. Die Einsamkeit des Dominierenden umgab ihn. Seine Forschheit hatte sich zu beinahe kleinlautem Werben abgeschwächt.

»Bitte, bleiben Sie doch. Ich habe noch gar keine Lust, schlafen zu gehen.« Er konnte einen weiteren Blick zu Laura nicht unterdrücken. »Trinken Sie noch etwas. Bitte.«

Martin gesellte sich zu Knapp, als dieser an den Barschrank trat, und murmelte: »Kann ich Sie einen Moment allein sprechen, Godfrey?«

Knapp sah sich um. Laura unterhielt sich immer noch mit der Frau des Physikers.

»In der Bibliothek«, flüsterte er, ehe er, Glas und Kognakflasche in der Hand, durch die nächste der drei Türen des Wohnzimmers hinausging.

Auf den Borden der Bibliothek konkurrierten ledergebundene Gesamtausgaben mit Goldfrey Knapps Sammlung von Edgar Wallace Erstausgaben und orange-weißen Penguin-Büchern alten Stils.

»Setzen Sie sich, Martin. Was kann ich für Sie tun?«

Nach kurzem Überlegen berichtete ihm Martin in knappen Worten, was sie von Ray gehört hatten. Knapp strich sich den Bart und paffte mit halb geschlossenen Augen nachdenklich an seiner Zigarre.

»Und das ist im Moment alles?«

»Ja.«

»Sie wollen meinen Rat?«

»Bitte.«

»Wo ist dieser Herr jetzt?«

»Ich glaube, es ist besser, wenn ich Ihnen das nicht sage. Tut mir leid – das sieht nach mangelndem Vertrauen aus.«

Knapp ließ sich nicht beleidigen. »Halten Sie ihn versteckt. Er ist wahrscheinlich ein Schwindler. Vielleicht hat er auch einfach eine Wut und will Stunk machen. Wie auch immer, er benutzt Sie. Können Sie mir ein, zwei Tage Zeit geben? Wenn was Wahres an der Geschichte sein sollte, müssen wir ihr natürlich auf höchster Ebene nachgehen.«

Er schlug Martin leicht auf den Arm. »Und jetzt wollen wir Ihre bezaubernde – Freundin aus den Klauen der gräßlichen Hilda retten. Komisch, ich will immer sagen, Ihre Frau. Anscheinend haben Sie so was Verheiratetes an sich. Schlechtes Zeichen.«

»Ja, aber was will er denn unternehmen?«

»Ich sag' dir doch, er hat nichts Bestimmtes gesagt. Lieber Gott, was erwartest du denn von ihm, so aus heiterem Himmel?«

»Hast du es genauso erzählt, wie es war, Martin?«

»Aber ja, das ganze alberne Märchen.«

»Ich glaube nicht, daß es ein Märchen ist.«

Die Heimfahrt war von vielen langen Pausen punktiert, in denen jeder von beiden im stillen überlegte, was als nächstes kommen würde.

»Wieso bist du von diesem Burschen so besessen?«

»Ich bin nicht von ihm besessen, Martin. Aber er ist nun mal da. Dich interessiert er nicht mehr, darum möchtest du ihn am liebsten negieren. Gut. Aber was ist, wenn seine Geschichte wahr ist?«

»Ich will ihn jedenfalls nicht mehr viel länger in Vayros Haus haben. John Vayro war ein guter Freund von mir.«

»Herrgott nochmal, sei doch nicht so gesetzt.«

Vor dem Haus angekommen, sagte Laura: »Ich fahre noch einmal zu ihm und sehe nach ihm. Ich hab' es ihm versprochen.«

»Du kannst ihn doch anrufen.«

»Wir haben keinen Kode ausgemacht.«

Martin schmiß wütend die Wagentür zu. Laura war überzeugt, daß er mit Knapp auf eine Weise gesprochen hatte, die den Fall erledigen und sie zum Schweigen bringen würde. Zornig fuhr sie wieder ab. An der Kreuzung lenkte sie den Wagen in Richtung Scardale.

Harold war nicht von gestern. Sein ausdrucksloses Gesicht, dessen feine braune Haut sich über einen länglichen Schädel spannte, zeigte kaum eine Reaktion, als er Laura hereinließ. Keinerlei Getue, daß er erst nachsehen müsse, ob Mr. Knapp zu Hause sei. Sie wußten beide, daß er da war und sie würde sehen wollen.

In Pyjama und seidenem Morgenmantel trat Godfrey Knapp ins Wohnzimmer, wo Laura beim Kamin, in dem nur noch glimmende Asche lag, auf ihn wartete. Er reichte ihr die Hand, und wieder fiel Laura auf, wie behutsam er ihre Hand nahm, mit einer Sanftheit, die ihr sagte, daß er froh war, sie zu sehen, und bereit, alles zu tun, was sie wünschte.

»Gerade habe ich verzweifelt versucht, mich über Ihre Abwesenheit zu trösten – und da sind Sie wieder. Was für eine Freude und was für eine Qual.«

Laura lächelte.

»Möchten Sie etwas trinken?«

»Nein, danke.«

»Ja, dann –?«

Laura holte einmal tief Atem. »Martin hat Ihnen von dem Mann erzählt, den wir kennengelernt haben...«

»Ja, ja.«
»Ich bin überzeugt, daß die Sache ernst ist.«
»Nach Martins Bericht würde ich zustimmen.«
»Aber Martin hält sie nicht für ernst.«
»Sie meinen, er glaubt dem Herrn nicht.«
»Richtig.«
»Aber Sie glauben ihm.«
»Ja. Er ließ mich alles auf Band aufnehmen –«
»Ich verstehe.«
»Hat Martin davon nichts gesagt?«

Knapp ließ sich Zeit mit der Antwort, während er der süßen Qual des Verliebtseins nachspürte, ein Gefühl, das er lange nicht mehr gekannt und das je wieder zu erfahren er nicht mehr gehofft hatte. »Nein«, sagte er dann leise.

»Er – dieser Mann, es tut mir leid, aber seinen Namen kann ich nicht nennen – sucht jemanden, der seine Geschichte akzeptiert. Er wäre dann bereit, sie weiter zu untermauern.«

»Wo ist dieses Band jetzt?«

»Ich habe es weggegeben – einem Journalisten.«

»Und was wird *der* damit tun?« Knapp betonte absichtlich den maskulinen Artikel. Wenn Laura ihm sagen wollte, daß der Journalist Sarah Keeling war, gut. Wenn nicht, würde sie glauben, er ahne nichts.

»Das muß ich abwarten.«

»Ich will ganz offen sein«, sagte Knapp. »Ich bin sehr gern mit Ihnen zusammen. Ich verlange keinerlei Rechtfertigung für Ihr Kommen. Aber ich muß dennoch eine Frage stellen, die mich vielleicht leicht begriffsstutzig erscheinen lassen wird. Warum sind Sie zu mir gekommen?«

Laura hatte die Frage vorausgesehen und konnte sofort antworten. »Ich wollte wissen, ob ich mit Ihrer Hilfe rechnen kann, wenn ich sie brauchen sollte.«

Knapp genoß die Befriedigung und das Machtgefühl, die es ihm bereitete, sich einer Frau, die ihn faszinierte, so generös zur Verfügung stellen zu können. »Das versteht sich von selbst.«

»Danke«, sagte Laura.

Ihm gefiel die Mischung aus Selbstsicherheit und Scheu, die aus dem einen Wort sprach.

»Eines würde ich gern noch klären. Wie soll ich mich angesichts der Tatsache, daß Martin – ein alter und geschätzter Freund – bereits an mich herangetreten ist, in dieser Sache verhalten? Ich habe zwar hinreichend Erfahrung mit kniffligen Situationen, aber ich denke, in dieser hier sollten Sie mich führen.«

»Ich bin nicht Martins Eigentum«, sagte Laura leise.

»Nein, sicher nicht.«

»Wenn Sie nichts dagegen haben, würde ich gern getrennt zu Ihnen Verbindung halten. Wenn nötig.«

»Also ganz unter uns?«

»Ja.«

»Sie verlangen viel.«

»Ich weiß. Vielleicht hätte ich nicht kommen sollen. Ich nehme es Ihnen nicht übel, wenn Sie ablehnen.«

Knapp kostete jeden Augenblick aus. Man hatte ihm schon oft die Pistole auf die Brust gesetzt, aber noch nie auf so elegante Weise.

»Nein, ich bin einverstanden.«

»Danke«, sagte Laura wieder, und er wußte, daß er mehr fürs erste nicht bekommen würde. Sie sah auf ihre Uhr. »Ich muß gehen.«

Auf dem Weg zu Ihrem Wagen sagte Knapp: »Ich werde auf Sie warten.«

Als er wieder ins Haus kam, berichtete ihm Harold, seine Frau habe angerufen und hinterlassen, daß ihre Rückkehr nach Scardale sich einige Tage verzögern und sie ihn wohl vor seiner Abreise nach London nicht mehr sehen würde. Knapp nickte ernst. Er lächelte in sich hinein, dann legte er Verdi auf und machte es sich mit seiner Zigarre bequem, um nachzudenken. Dieser Abend wurde immer besser.

8

Martin schlief, als Laura zurückkam. Sie kleidete sich aus, löschte das Licht, das er für sie angelassen hatte, und kroch neben ihm ins Bett. Sie hatte den Verdacht, daß er in Wirklichkeit wach war, vermied es aber absichtlich, die Probe zu machen. Sie mußte plötzlich an ihre Ehe denken. Die Tatsache, daß man zusammen in einem Bett so weit voneinander entfernt sein konnte, erinnerte sie daran.

Als sie am nächsten Morgen erwachte, brachte Martin ihr frischen Saft und ein Biskuit ans Bett.

»Das ist lieb«, sagte sie freundlich, aber abwehrend.

Sie zog die Bettdecke hoch, aber Martin schob sie wieder herunter und küßte ihre Brust. Orangensaft und Weizenkeimkeks als erotischer Auftakt, dachte sie. Einfach umwerfend.

Martin drückte seinen Schenkel an den ihren, bis sie beide warm wurden.

»Ich möchte dich um etwas bitten.«

»Okay.«

Er räusperte sich. »Heirate mich.«

Es überraschte Laura, wie schlecht es ihr bei seinen Worten plötzlich ging. Sie spürte nur Furcht und Abwehr.

»Warum sollen wir heiraten?«

»Zum Zeichen dafür, was wir einander bedeuten.«

»Ach, Martin!«

Sie wäre gern sanft und behutsam gewesen, aber sie schaffte es nicht. Es war immer das gleiche, ihre Sorge um sich konnte auf die Gefühle anderer keine Rücksicht nehmen. Und genau das konnten die Männer bei einer emanzipierten Frau nicht aushalten, diese Kaltblütigkeit, die sie selbst immer praktiziert hatten.

Martin bemühte sich, sachlich zu bleiben. »Warum nicht?«

»Nein, Lover, die Frage lautet, ›warum‹. Ich brauche mich nicht zu rechtfertigen.«

Ihre Beine, die warm aneinander lagen, fühlten sich plötzlich wie zwei fremde Glieder an, die nicht zu ihnen gehörten. Martin stand auf und zog sich an, als wäre er in Eile. Dann bemerkte er beiläufig: »Ray scheint ganz gut zurechtzukommen.«

Laura erschrak. »Wie meinst du das?«

»Als ich letzte Nacht bei ihm war, wirkte er ganz zufrieden.«

»Du warst bei ihm?«

»Ja, ich bin nach dir hingefahren. Nur warst du überhaupt nicht dort.«

»Du verlogener Schuft! Du selbstgerechter verlogener Kerl!«

»Schimpfst du mich einen Lügner?« Gegen seinen Willen genoß er den Moment moralischen Triumphs. »Ich will gar nicht wissen, was du tust. Nur belüge mich nicht. Das ist für uns beide demütigend.«

Er ging hinaus. Laura sprang aus dem Bett und zog sich hastig an. Martin erschien wieder an der Tür. Er wußte, wo sie in der vergangenen Nacht gewesen war; er wollte sie herausfordern, ihm eine Erklärung zu geben und sich zu entschuldigen. Ihr Stolz verbot es ihr.

»Ich hab' vielleicht noch fünfzehn gute Jahre«, sagte er schroff. Es klang wie einstudiert. »Ich weiß, wie ich sie verbringen möchte. Ich bin zu alt und zu ungeschickt, um Spielchen zu spielen und Sachen zu machen, die ich als Zeitverschwendung betrachte. Für mich gibt es nur eine Art zu leben.«

Der Vorschlag mit der Heirat war reine Manipulation gewesen. Dennoch mußte er gehofft haben, sie würde zustimmen.

»Du bist komisch, Martin«, sagte sie, und er faßte es als Kommentar zu seiner letzten Aussage auf. Laura ließ es dabei bewenden.

Er ging hinaus. Sie hörte, wie der Landrover aufheulte und davonfuhr.

Als Martin am späten Nachmittag zurückkam, sagte Laura: »Ich muß für ein paar Tage nach London.«

»Okay.«

Als sie ihm erklärte, daß sie schon diesen Abend fahren würde, blieb er freundlich, distanziert, entschlossen offenbar, keine Kraft zu vergeuden. Sie würde bei Sarah Keeling wohnen, aber das sagte sie ihm nicht.

Bald nachdem Laura abgefahren war, um, wie sie behauptet hatte, nach Ray zu sehen, wurden die Einsamkeit des Hauses, die plötzliche Entfremdung Martin unerträglich. Er setzte sich in den Landrover und fuhr los. Aber nach dem ersten ungestümen Impuls sagte er sich, daß Laura die falschen Schlüsse ziehen würde, wenn sie plötzlich in der Dunkelheit Scheinwerfer hinter sich auftauchen sah. Darum fuhr er langsam, ließ ihr Zeit, erst Vayros Haus zu erreichen, und überlegte sich inzwischen, was er sagen würde, wenn er ankam.

Als er vorfuhr und sah, daß ihr Wagen nicht da war, fiel der ganze schöne Dialog, den er sich ausgedacht hatte, in sich zusammen. Er ging um das Haus herum. Hinten brannte in einem Fenster Licht. Er klopfte an die Scheibe und wartete. Er hörte nichts, doch Ray mußte durch die vordere Tür herausgekommen sein. Plötzlich tauchte er neben Martin auf. Es war wie eine Vergeltung für die Nacht, als Martin ihn mit dem Axtstiel überrascht hatte.

Verlegen und unsicher, warum er überhaupt hergekommen war, sagte Martin: »Oh, ich – ich wollte mal sehen, wie es geht. Ist Laura hier?«

»Nein.«

»Sie war auch nicht hier?«

»Nein.«

»Hm.«

»Wie schaut's bei Ihnen aus?« fragte Ray. »Was läuft?«

»Können wir reingehen?«

»Klar.«

Ray schloß die Tür und sagte entschuldigend: »Ich hab' Feuer gemacht. Sie haben doch nichts dagegen?«

»Nein.« Martin sah sich in Vayros Haus um, dem Zufluchtsort eines einsamen Mannes, der Komfort abgelehnt hatte. Er dachte an die Pläne, die er mit diesem Haus gehabt hatte, und zu was für einer Last es jetzt geworden war. Der Druck war zu groß. »Wie lange beabsichtigen Sie, hier zu bleiben?« fragte er scharf.

»Das hängt von den Ereignissen ab«, antwortete Ray kühl.

»Ich würde sagen, es hängt von Ihnen ab«, entgegnete Martin. »Wir können Sie nicht ewig hier verstecken.«

»Ich verstehe.« Rays Blick lag kalt, beinahe spöttisch auf Martins Gesicht.

»Es ist ein großes Risiko für uns, Sie hier versteckt zu halten.«

»Möchten Sie, daß ich gehe?«

Martin, der sich mit Unbehagen bewußt war, daß Laura noch immer jeden Moment erscheinen und ihn hier vorfinden konnte, hatte es plötzlich eilig zu verschwinden.

»Ich denke, länger als zwei Tage geht es auf keinen Fall mehr«, sagte er. Die Frist war völlig willkürlich gesetzt, aber er mußte sein Recht auf dieses Haus behaupten. Er hatte sich noch nicht um Vayros pornographische Sammlung gekümmert, und es bedrückte ihn unter anderem, daß Ray sie inzwischen wahrscheinlich entdeckt hatte.

»Okay«, sagte Ray.

»Zwei Tage allerhöchstens«, wiederholte Martin, als würde es dadurch vernünftiger. Ehe er ging, fragte er: »Haben Sie genug zu essen?«

»Ja«, antwortete Ray gleichgültig.

Wieder eine Nacht.

Sie waren uneins. Ihre Beziehung hatte von Anfang an eine gefährliche Schwachstelle gehabt, und er hatte mitten in sie hinein einen Keil getrieben, das war offenkundig. Bald dösend, bald wachend, saß Ray an dem kleinen Feuer und prüfte die Möglichkeiten, die ihm offenstanden.

Er war auf die Halbinsel Faul gekommen, weil er sich hier gut auskannte und seine Ortskenntnisse gebrauchen konnte – wie er das getan hatte –, falls er gejagt werden sollte. Was diese Leute anging – die Frau war ein wenig wankelmütig, impulsiv und nicht sicher, worauf sie sich einließ, aber sie konnte sich als nützlich erweisen. Der Mann hatte den schärferen Verstand und war vielleicht der Härtere, wenn es ums Ganze ging, aber er hatte offenbar aus irgendeinem Grund die Hosen voll. Und das Haus war, wie alle guten Verstecke, letztendlich eine tödliche Falle. Es würde der Zeitpunkt kommen, war vielleicht schon gekommen, wo sie, statt ihm zu helfen, ihn nur noch hinhalten würden. Einen Moment lang raubte ihm Beklommenheit fast den Atem. Er holte tief Luft und wartete, daß das Gefühl sich geben würde. Er mußte jetzt die Kontrolle und ein klares Urteil behalten.

Er hatte bei den Marines eine Welt kennengelernt, von deren Existenz die meisten Menschen niemals Kenntnis erhielten. Er hatte im Namen der Regierung Ihrer Majestät Betrug begangen, er hatte auf den Straßen von Belfast getötet, er war in Missionen, die nie genau spezifiziert, aber immer gefährlich und häufig lukrativ gewesen waren, in diversen Ländern tätig gewesen. Hier jedoch, gemütlich am wärmenden Feuer in diesem entlegenen Haus mitten im tiefsten England, saß er nun in der vertracktesten Situation, in der er sich je befunden hatte.

Nachdem Godfrey Knapp Harold zu Bett geschickt hatte, legte er ein letztes Fichtenscheit auf das verglühende Feuer und rieb mit dem Fuß über den Kopf des Cockerspaniels, der neben ihm auf dem Boden schlief.

»›*Mais qu'est-ce qu'ils cherchent au ciel, ces aveugles?*‹« Hätte Baudelaire jetzt gelebt, Knapp hätte ihn überhaupt nicht beachtet, und das wußte er auch. Doch die Worte des Franzosen hatten ihn fast sein Leben lang begleitet. »Was suchen Sie denn am Himmel, diese Blinden?« Wie oft hatte diese Vorstellung sich ihm aufgedrängt, wenn er, vorgeblich in geschäftlichen Angelegenheiten unterwegs, Kontakte geknüpft, Informationen befördert, Beobachtungen gemeldet, ein paarmal sogar selber einen kleinen Stab von Leuten geleitet hatte!

Die Welt der Geheimdienste war ein vielverzweigtes Labyrinth, in dem mindestens ebensoviel Energie darauf verwendet wurde, die Leute, die ihr angehörten, voneinander zu isolieren, wie darauf, den verschiedenen »Feinden« Informationen vorzuenthalten. Und wenn man fertig war mit den Agenten und Doppelagenten, den Käufern und Verkäufern, den unsicheren Kantonisten und den Primadonnen, wußte man immer noch nicht, wer der eigentliche Feind war. Godfrey Knapp war zu unterschiedlichen Zeiten von unterschiedlichen Dingen motiviert gewesen: von Patriotismus, von Abenteuerlust und Machtgier und nicht zuletzt, wie er sich in diesem Moment der Selbstbetrachtung eingestand, von Eitelkeit.

Aber jetzt gehörte er nicht mehr dazu. Man hatte ihn mit den üblichen Klischees von der nachrückenden Jugend und den sich ändernden Zeiten hinauskomplimentiert. Zum Glück hatte Knapp eine Karriere als Gentleman-Spion nie angesteuert; er war begabt und wohlhabend genug gewesen, um sich auf vielen Gebieten zu versuchen. Seine beste Entscheidung hatte er seiner Meinung nach damals getroffen, als er nach Abschluß seines Studiums in Cambridge den Lockungen des diplomatischen Diensts widerstanden und sich die Beziehungen seiner Familie zunutze gemacht hatte, um auf den Ölfeldern in Persien Arbeit zu bekommen. Das Beachtliche an dieser Entscheidung war in seinen Augen die Tatsache, daß er zu diesem Zeitpunkt bereits, im Alter von einundzwanzig Jahren, erkannt hatte, daß das Beherrschende in seinem Leben seine Unfähigkeit war, Langeweile auszuhalten. Indem er jede Karrieremöglichkeit, die sich ihm bot, auf ihr Langweiligkeitspotential abklopfte, vermied er es, sein Leben damit zu vertun, die falschen Leitern hinaufzuklettern.

Er war im Lauf der Jahre Direktor vieler Firmen gewesen, hatte verschiedenen Interessenten im Ausland als Kontaktmann gedient, hatte sein Geld in große Bauprojekte gesteckt, Kunst und Theater gefördert und sich als graue Eminenz in der Regionalpolitik betätigt. Er sagte gern, »ich weiß immer noch nicht, was ich mal werden möchte, wenn ich groß bin«, und genoß es, wenn die anderen darüber lachten. Er hatte mit allem gespielt, und dabei das Spiel mit einem Ernst betrieben, den nur wenige für die Arbeit aufbrachten, und schon aus diesem Grund wäre ein Leben als Berufsagent für ihn undenkbar gewesen.

Manche von ihnen sah er ab und zu noch, Männer, mit denen er in der Vergangenheit, vor zwanzig, dreißig Jahren vielleicht, zu tun gehabt hatte, und die heute allein und gelangweilt in Restaurants oder Klubs herumsaßen. Auch jetzt noch kam es zu gelegentlichen gesellschaftlichen Begegnungen, die, wie er wußte, dazu dienten, ihn zu prüfen, sicherzustellen, daß er verläßlich war, den Mund halten konnte, eventuell noch zu gebrauchen war. Und Knapp war stets bemüht zu zeigen, daß er der Prüfung standhalten konnte. Er hatte noch immer losen Kontakt mit jenem Mann, den er für sich Colonel Bramble nannte und der ihn manchmal anrief, um über dieses und jenes zu plaudern, nur über das eine nicht – aber was dahintersteckte, war klar. Sie ließen einen niemals aus den Fängen. Vielleicht wagten sie es nicht.

Und jetzt? Nach seiner Rückkehr aus den Staaten hatten sie erneut mit ihm Kontakt aufgenommen, und bei diesem Gespräch hatte Colonel Bramble ihm versichert, daß sie von seiner Zuverlässigkeit zutiefst überzeugt seien und sich in den bevorstehenden harten Zeiten auf Männer wie ihn verlassen würden. Entweder ist der Colonel in den Wechseljahren, hatte Knapp gedacht, oder er ist besoffen. Aber dann war Martin Ritchie mit dieser Geschichte zu ihm gekommen. Wahrscheinlich viel Lärm um nichts und keiner Mühe wert. Doch sie hatte ihm Laura zugeführt, und wenn sie sich als bedeutungslos erweisen sollte, würde für Laura keine Notwendigkeit mehr bestehen, noch einmal zu ihm zu kommen.

Bei dem Gedanken empfand er eine entsetzliche Leere.

»Legen Sie es in mein Arbeitszimmer«, blaffte Knapp, als Harold dem Anrufer mitteilte, er würde nachsehen, ob Mr. Knapp im Hause sei.

»Knapp!« rief er dröhnend, und es klang nicht wie ein Name, sondern wie eine Drohung. Er hatte eine fürchterliche Nacht hinter sich, Alpträume, Herzflattern und Gedanken an den Tod.

Er strich sich über den Bart, während er auf Erwiderung wartete. Ein merkwürdiges Zusammentreffen. Der Colonel persönlich, unverkennbar amtlich diesmal, nicht mit albernem Geschwätz über die letzten Cricketergebnisse, sondern mit einer zu übermittelnden Nachricht und einem Namen.

Das Gespräch war kurz, zur Sache, liebenswürdig. Nur zur Einführung unseres Mr. Teal, der Ihnen alles erklären wird. Ein förmliches »Auf Wiedersehen« gab es nie. Irgendwie merkte man einfach, daß das Gespräch beendet war. Knapp sah glasklar, daß er benutzt wurde, aber er hatte dabei das tröstliche Gefühl, daß es durch eine höhere Intelligenz geschah, als hätte man gerade lange genug gewartet, um ihm zu zeigen, daß man die Entwicklung, derentwegen er hatte anrufen wollen, im Griff hatte. Er ging nach oben, um sich umzuziehen.

Während er bald sein Spiegelbild musterte, bald durch das Fenster zum See hinunterblickte, wurde er sich bewußt, daß er die Geschichte, mit der Martin Ritchie zu ihm gekommen war, ernst nahm.

Das wahre Problem lag nach Knapps Analyse auf der Hand. Dieses paranoide Hirngespinst war ein äußerer Ausdruck des inneren Bruchs zwischen Martin und Laura. Unfähig, sich einzugestehen, daß sie nicht zueinander paßten, brauchten sie ein dramatisches Szenarium, das ihnen als Anlaß zur Trennung dienen konnte. Alle Paare waren im Grund genommen gleich.

Aber wenn die Geschichte tatsächlich wahr war, wer war dann der Mann, der das Band besprochen hatte? Nun, die Frage war nicht so schwer zu beantworten. Die achtziger Jahre hatten eine neue Generation von Abenteurern hervorgebracht, Leute, die nicht mehr bereit waren, sich zugunsten einer Sicherheit, die von den Kräften der sogenannten freien Marktwirtschaft jederzeit zerstört werden konnte, mit bescheidenem Mittelmaß zu begnügen. Wer Risikobereitschaft, Skrupellosigkeit und die Gier nach Geld mitbrachte, konnte sich heutzutage von allen möglichen Organisationen anheuern lassen. Das Gesetz war zum Abschuß freigegeben.

Entweder war es so, oder aber der Mann war selbst Geheimagent, ein *agent provocateur*. Eine interessante Möglichkeit.

Gut, angenommen, die Geschichte stimmte. Wer steckte dahinter? Wer waren die Drahtzieher?

Das Militär? Nein, nein – ein mächtiger, aber schwerfälliger Apparat, für solche Operationen nicht sensibel genug.

Die Behörde für Atomenergie? Als Ganzes, nein. Gewisse Leute innerhalb der Behörde? Durchaus möglich.

Die Polizei? Der *Special Branch*? Entsprach irgendwie nicht ihrem Stil.

Der Staat? Wer, zum Teufel, war der Staat? Kein Mensch wußte es, das war ja der Haken bei der Politik.

Das Kabinett? Nein, viel zu schwammig und zu löchrig, so ein Kabinett. Aber vielleicht eine Machtgruppe innerhalb des Kabinetts? Das war denkbar. Ein oder zwei Minister, der Innenminister vielleicht? Eine Machtgruppe innerhalb der Regierung? Möglich.

Die Sicherheitsdienste? Gemeinschaftlich sicher nicht, aber sie operierten ja nie gemeinschaftlich. Eine Sektion vielleicht – die Möglichkeit war gewiß nicht von der Hand zu weisen. Und natürlich würde sich nie etwas nachweisen lassen.

Gerade als die Liste feste Form anzunehmen begann, wurde Knapp die ganze Sache langweilig. Agenten und Agentenjäger, Verschwörungen zur Vernichtung »unserer« Kultur und Gegenverschwörung zur Rettung besagter Kultur zum Wohle aller Rechtdenkenden – das alles kotzte ihn an, um es drastisch auszudrücken.

Und was »unseren Mr. Teal« anging, so war dem nur zu wünschen, daß er seine fünf Sinne beisammen hatte. Knapp hatte nie in seinem Leben jemandem etwas geschenkt und hatte nicht die Absicht, jetzt damit anzufangen. Dennoch, dachte er, während er sich den Bart strich, es war schmeichelhaft, wenn schon nichts sonst. Die Macht ist das Aphrodisiakum *par excellence*. Kissinger hatte das gesagt, aber woher hatte *er* den Ausspruch? Politiker sagten doch nie etwas Originelles.

Harry Teal wurde in die Bibliothek geführt. Knapp empfing ihn dort im dunklen Anzug mit Weste und seidener Krawatte. Die gewollte Mittelmäßigkeit, in der Teal sich präsentierte, war ihm vertraut; ein dicklicher, farbloser Mann in gedeckter grünlichbrauner Kleidung, nicht armselig genug für einen Lehrer, nicht geschniegelt genug für einen Versicherungsvertreter.

»Möchten Sie etwas trinken?«

»Danke, nein.« Teal nahm sich Zeit. Nichts ging über den ersten Eindruck, und er sah sogleich, daß er es hier mit einem typischen Vertreter der alten Garde zu tun hatte, einem jener Typen, die den Jargon der Elite-Internate pflegten und in ihren Klubs Reminiszenzen an die Kolonialherrlichkeit austauschten. Schauen Sie sich ihn ruhig mal an, hatte man ihm gesagt. Vielleicht lohnt es sich. Der Mann hat einiges vorzuweisen. Aber Teal war nicht so leicht zu beeindrucken, und das wollte er den anderen merken lassen. »Man hat mir geraten sie aufzusuchen, da man Ihre Dienste bisher sehr geschätzt hat.«

»Ah, ja«, sagte Knapp mit hoheitsvoller Miene.

»Sie werden verstehen, daß ich gewisse Einzelheiten im unklaren lassen muß –«

Knapp fegte die Entschuldigung mit einer Wolke von Zigarrenqualm weg.

»Wir sind einem Mann auf der Spur, der möglicherweise nicht nur gefährlich ist, sondern uns auch in höchste Verlegenheit bringen kann – wir wissen, daß er sich hier in der Gegend aufhält, und wir möchten ihn in Gewahrsam nehmen, ehe er – es muß gesagt werden – unserem Land Schaden antun kann.«

»Und was soll ich tun? Für unser Land?«

»Er stand und steht vielleicht immer noch in Verbindung mit einem gewissen Martin Ritchie, der nicht weit von hier –«

»Ich kenne ihn«, unterbrach Knapp. Entweder wußten sie das sowieso schon, oder aber sie würden es bald erfahren. Da war es besser, gleich die Karten auf den Tisch zu legen.

»Wunderbar«, sagte Teal. »Das ist günstig. Sind Sie bereit, alles zu tun, was in Ihrer Macht steht – ?«

Alles? dachte Knapp. Er verachtete Teal, der ihm Loyalität abhandeln wollte, als wäre sie eine Ware. Aber er hatte seine eigenen Gründe. »Gewiß.«

»Ist dieser Ritchie ein Freund von Ihnen?«

»Das wohl kaum.«

»Wenn Sie ihn überwachen könnten – vielleicht auch als Köder benutzen... Es ist gut möglich, daß er weiß, wo unser Freund untergetaucht ist. Könnte uns eine Menge Aufwand sparen. Aber das braucht Fingerspitzengefühl. Sie sind wahrscheinlich der ideale Mann dafür.«

Knapp lächelte mit falscher Nachsicht. Unverschämter junger Kerl. Und so langweilig. Um das Gespräch ein bißchen anzuheizen, fragte er: »Und wie stehen wir zu Mr. Ritchie?«

»Ich kann Ihnen nicht folgen«, sagte Teal.

»Ist er wissentlich oder unwissentlich an dieser Sache beteiligt?«

»Das kann ich nicht sagen.«

»Was heißt das? Daß Sie es nicht sagen wollen, oder daß Sie es nicht wissen?«

Teal hatte den Eindruck, daß Knapp das Gespräch an sich reißen wollte und die ganze Zeit nach einer Schwachstelle suchte, wo er den Hebel ansetzen konnte. Aber einen Harry Teal konnte er nicht aus der Ruhe bringen.

»Kein Schuldbeweis, aber der Verdacht bleibt bestehen.«

»Ah, Sie zitieren«, stellte Knapp von oben herab fest. »Kim war natürlich vor Ihrer Zeit. Ich bin ihm einmal persönlich begegnet, und ich fand ihn weder so teuflisch, wie manche ihn beschrieben, noch so genial, sondern durchaus menschlich.«

Die hochnäsige Demonstration von Überlegenheit hatte keinerlei Wirkung. In Teals schwammigem Gesicht regte sich nichts.

»Ich weiß nicht, wovon Sie reden.«

»Sie zitieren das Urteil über Philby nach seinem Verhör.«

»Das war mir nicht bewußt. Reiner Zufall.«

»Ich verstehe«, antwortete Knapp und dachte, armseliger kleiner Scheißer, wo graben sie diese Leute nur aus?

»Gegenwärtig ist uns allen wahrscheinlich am besten gedient«, fuhr Teal fort, »wenn Sie Mr. Ritchie klarzumachen versuchen, wie ernst die Sache ist, auf die er sich da eingelassen hat. Er steht möglicherweise unter starker innerer Belastung, und wenn Sie ihn dazu bewegen könnten, sich Ihnen anzuvertrauen, dürfte es ein Leichtes sein, ihn zu lenken.«

Des Gesprächs müde, floß Knapp jetzt förmlich über an jovialer Bereitwilligkeit. »Ich werde ihn mir vornehmen, verlassen Sie sich darauf. Unverzüglich. Wie berichte ich Ihnen?«

»Direkt«, antwortete Teal und zog seinen Kugelschreiber heraus, ein Souvernir vom Kriegsmuseum.

Knapp verbrachte den Tag mit einem Freund aus der Stadt und einem wichtigen arabischen Gast sowie den drei jungen Damen, die sie im Hubschrauber mitgebracht hatten. Sie fischten in seinem Forellenteich. Knietief im Wasser unterzog er, während ernsthafte Forellenjagd und scherzhaftes Geplänkel sich abwechselten, die Idee, die ihm noch in Teals Anwesenheit gekommen war, einer gründlichen Musterung. Er versetzte sich in jede der beteiligten Personen hinein, betrachtete die Ereignisse mit dem beschränkten Wissen, das ihnen jeweils zur Verfügung stand, und gelangte schließlich zu dem befriedigenden Ergebnis, daß er mehr wußte als jeder der anderen.

Für den Abend hatte er einen Partyservice engagiert. Als das Essen vorüber und der Sex noch im Keimen war, entschuldigte sich Knapp und ging in sein Arbeitszimmer. Er wählte die Nummer, die Teal ihm aufgeschrieben hatte, und verlangte Mr. Greenwood.

Teal mit seiner nichtssagenden Stimme und seiner bemühten Ausdrucksweise meldete sich. Wo bilden sie diese Burschen nur aus, dachte Knapp. In Kasernen, wo über dem Tor das Motto »Mittelmäßigkeit ist Macht« steht? Er räusperte sich, ehe er in gemessenem, leicht herablassendem Ton zu sprechen begann.

»Ich habe eine kleine Information für Sie. Es gibt eine Tonbandaufnahme des Mannes, von dem Sie gesprochen haben. Vielleicht sollten Sie sich einmal etwas genauer mit einer gewissen Sarah Keeling befassen. Sie ist Journalistin.«

Nachdem er den Nachnamen buchstabiert hatte, legte er auf.

Dann lachte er, nicht dröhnend, wie er das in Gesellschaft zu tun pflegte, sondern leise, nur für sich, aber tief befriedigt.

Sarah sah zum Fenster hinaus, als Laura in einem plötzlichen Regenschauer ankam, und ging hinunter, um ihr beim Hereintragen ihrer Sachen zu helfen. Sarah lebte allein. Sie und Laura fühlten sich augenblicklich wohl miteinander. Der Altersunterschied von zehn Jahren spielte dabei eine Rolle; Konkurrenzgeist und Aggressivität hatten sich andere Ziele gesucht. Da sie beide in ihrem Beruf erfolgreich waren, konnten sie einander stillschweigende Bewunderung zollen.

Nach der Begrüßung sagte Sarah: »Ich habe die Kassette weitergegeben. Aber ich habe mir vorher eine Kopie gemacht.«

»Gut«, sagte Laura. Sie hatte nicht daran gedacht, das Band zu überspielen.

»Ich habe es einem Bekannten von mir gegeben, einem Dokumentarfilmer, der selbständig arbeitet. Es hat keinen Sinn, die großen Sender anzusprechen. Er will sich morgen bei mir melden. Wie lange bleiben Sie?«

Laura lächelte. »Das ist eine schwere Frage.«

»Sie haben Martin tatsächlich verlassen?«

»Nein.« Die Antwort klang unsicher. »Aber ich fühle mich, als hätte ich ein Stück Papier zerrissen. Es hat nie existiert, aber trotzdem fühle ich mich so, als hätte ich es zerrissen.«

Sarah verkniff es sich taktvoll, ihren Eindruck von Martin mitzuteilen: autoritär, gedämpft, engstirnig. Das ließ man besser unausgesprochen, solange Laura es nicht selbst sagte.

»Wollen Sie wieder nach Macemoor zurück?«

»O ja, ich weiß nur noch nicht, auf welcher Basis wir jetzt zusammenleben werden.«

»Ich habe mir Ihre Mappe angesehen, während Sie im Bad waren. Ich hoffe, Sie nehmen es mir nicht übel.«

»Nein, nein. Das sind Entwürfe für ein Geschichtslehrbuch. Ein guter Auftrag. Das Buch wird sicher viel gekauft werden.«

Sarah lächelte verschmitzt. »Sie sind ganz schön hinterhältig. Sie haben Martin auf einem der Bilder verewigt.«

Laura lachte. »Er würde sich bestimmt nicht darüber freuen. Ich muß es vielleicht wieder ändern.«

Das Bild zeigte den Besuch der Beauftragten der Bezirksverwaltung in einem Dorf des achtzehnten Jahrhunderts, dessen Bewohner erregt gegen den Verlust ihres Gemeindelands protestierten. Einer der Männer, der herzlose Beamte, der rücksichtslos die Befehle der Obrigkeit ausführte, hatte Martins Gesicht. Was Sarah nicht wußte, war, daß der Anführer der Dörfler, der bereits von einem Rotrock im Hintergrund mißtrauisch aufs Korn genommen wurde, Rays Züge hatte.

»Sie können bleiben, solange Sie wollen«, sagte Sarah. »Solange Sie brauchen, um sich klar zu werden.«

9

Als Sarah später ausging, nahm Laura ein langes Bad und versuchte, die merkwürdige Gewißheit zu begreifen, die sie getrieben hatte, mit Martin zusammenzuziehen – ja, versuchte sogar, sie wiederzugewinnen, sie war bereit dazu. Aber es ging nicht.

Als sie aus der Wanne stieg, hörte sie draußen etwas. Überrascht, daß Sarah schon zurück war, zog sie die Badezimmertür einen Spalt auf und lauschte. Dann griff sie, wie um sich zu schützen, nach einem Badetuch. Das war nicht das Geräusch des Türschlosses, das aufgesperrt wurde. Ohne weiter zu überlegen, schloß sie die Badezimmertür und drehte den Schlüssel.

Sie lauschte mit angehaltenem Atem. Sie hörte, wie die Wohnungstür nachgab, das Schloß war vielleicht aufgebrochen worden; hörte, wie jemand in die Wohnung trat. Das abfließende Badewasser gluckste. Hastig stöpselte Laura den Abfluß zu. Sie blickte prüfend auf das Türschloß und sah den Riegel an seinem Platz zwischen Tür und Pfosten. Aber ein kräftiger Schulterstoß konnte ihn sicher leicht sprengen. Sie sah sich nach einer Waffe um, entdeckte aber nichts Stabileres als eine Flasche mit Gesichtswasser. Dann hatte sie einen Einfall. Sie nahm einen der Zahnputzbecher und füllte ihn mit Bleiche aus der Plastikflasche, die neben der Toilette stand. So ein Guß ins Gesicht würde erschrecken, in den Augen brennen, ihr Zeit verschaffen. Zur Verstärkung nahm sie noch die Nagelschere. Ihre Kleider lagen im Schlafzimmer, das war nicht zu ändern.

Durch die Tür hörte sie Geräusche, die ihr verrieten, daß die Wohnung in aller Eile und Ungeduld durchsucht wurde. Schubladen wurden herausgezogen, Dinge herumgeworfen, Möbel gerückt. Die Teppiche dämpften die Geräusche, aber plötzlich spürte Laura, daß jemand vor der Badezimmertür stand. Ihr stockte der Atem, als sie sah, wie die Türklinke heruntergedrückt wurde. Einmal, zweimal, dann drückte jemand mit flacher Hand gewaltsam gegen die Tür. Sie hielt ihre Abwehrwaffen umklammert und betete darum, daß sie fähig sein würde, sie auch zu gebrauchen.

Vielleicht begriff der Eindringling, daß jemand im Bad war, und wollte keine Konfrontation. Vielleicht hielt er es nicht der Mühe wert, dort zu suchen. Er machte jedenfalls keinen Versuch mehr hineinzugelangen, und es waren keinerlei Geräusche mehr aus der Wohnung zu hören. Vielleicht eine List, um sie zu verleiten, die Tür zu öffnen. Aber Einbrecher pflegten sich nicht unnötig aufzuhalten, sie hatten im allgemeinen Angst, gesehen zu werden – oder nicht?

Laura setzte sich auf den Korbstuhl und stützte den Kopf in die Hände. Erst nach einer halben Stunde ging sie hinaus. Die Wohnung sah aus wie nach einem Wirbelsturm.

Immer noch ihre primitiven Waffen in den Händen, ging sie von Zimmer zu Zimmer. Sie fühlte sich Sarah gegenüber schuldig. Am liebsten hätte sie angefangen aufzuräumen, aber sie rührte nichts an. Als Sarah zurückkam, versuchten sie festzustellen, was das Ziel des Einbruchs gewesen war. Obwohl alles, was nicht niet- und nagelfest war, umgeworfen worden war, entweder zur Täuschung oder um einen Nachgeschmack von Terror zu hinterlassen, fehlte nicht viel.

»Die Kassetten«, sagte Sarah. »Alle Kassetten sind weg.«

»Auch die –?« fragte Laura.

»Mist!« rief Sarah. Sie sah auf dem Bord nach, wo sie ihre Kopie der Kassette mit Rays Geschichte hingelegt hatte. Sie war nicht mehr da.

»Sollten wir nicht die Polizei rufen?« fragte Laura, bei der jetzt endlich die Empörung kam.

»Nein, Schätzchen«, antwortete Sarah. »Ich denke, das lassen wir.«

Sie gossen sich jede einen Whisky ein und setzten sich mitten in das Chaos im Wohnzimmer.

»Es muß Ihnen jemand gefolgt sein«, meinte Sarah.

»Ja, wahrscheinlich.« Dieser schleimige Teal, dachte Laura. Dann fiel ihr Martin ein, und ihr wurde eiskalt. Er hatte gewußt, wann sie abgefahren war. Hatte er ihr vielleicht diese Leute aus Rache auf den Hals gehetzt? Oder war es vielleicht sogar ein perverser Versuch, sie zurückzuholen?

»Ich hab' mit meinem Bekannten gesprochen«, bemerkte Sarah. »Das Band interessiert ihn. Er möchte wissen, ob der Mann bereit wäre, sich filmen zu lassen. Er würde sein Gesicht nicht zu zeigen brauchen, aber sie brauchen einfach mehr harte Fakten.«

»Da muß ich erst mit ihm sprechen.«

»Können Sie ihn telefonisch erreichen?«

»Nein«, log Laura.

Mit einer Geste auf das verwüstete Zimmer sagte Sarah: »Scheint ziemlich dringend zu sein.«

Später rief Laura in Scardale an und hörte, daß Knapp auf dem Weg nach London war. Harold hatte den Auftrag erhalten, Laura seine Londoner Nummer zu geben, falls sie sich melden sollte. Flüchtig fragte sie sich, ob auch Knapp ihr gefolgt war. Beim dritten Anruf in seiner Stadtwohnung erreichte sie ihn. Sie nahm seine Überraschung für echt und sagte: »Ich muß Sie sprechen.«

»Jederzeit, meine liebe Laura«, antwortete Knapp mit sonorer Stimme. »Sie brauchen nur zu sagen, wann. Wie wär's mit einem späten Mittagessen bei mir? Es wäre mir ein großes Vergnügen.«

»Fabelhaft«, sagte Laura. Es war ein Wort, das Knapp liebte, und er schnurrte förmlich, als er die Zeit mit ihr vereinbarte.

Als Laura die Wohnung in Clapham verließ, wurde sie von Harry Teal gesehen. Sie jedoch bemerkte ihn nicht.

Verwirrt versuchte Martin, sich zu erinnern, wo er den rundgesichtigen Mann mit der Brille und der alten Fischermütze schon einmal gesehen hatte. Der Mann rief es ihm ins Gedächtnis. Auf Saltmayne, bei der Beobachtung der Zugvögel. Die Begegnung war gerade erst fünf Tage her, aber die Zeit war seitdem aus den Fugen geraten.

»Ich hatte ja keine Ahnung, wer Sie sind«, erklärte der Mann, von Harmlosigkeit und einschmeichelnder Bewunderung triefend. »Aber dann sagte mir jemand, daß Sie *der* Martin Ritchie sind – ich konnte es nicht fassen. Ich selbst bin ja nur Amateur, im Urlaub hier, aber ich kenne Ihren Namen aus den Zeitschriften und vom Radio. Ich hab' zu Hause eines Ihrer Bücher...«

»Kommen Sie doch herein«, sagte Martin.

Unter vielen Entschuldigungen für seine Aufdringlichkeit folgte der Mann Martin ins Haus.

»Sie erinnern sich wahrscheinlich nicht, aber ich war auf der Suche nach meinem Bruder, der in einem Anfall von Gedächtnisschwund von zu Hause verschwunden war. Inzwischen ist er Gott sei Dank in Glasgow aufgetaucht und konnte wieder nach Hause gebracht werden. Das ist noch einmal gutgegangen.«

Martin bot dem Mann – »Mein Name ist übrigens Giles Pilkington« – eine Tasse Tee an, die dieser dankend annahm, um dann ein Gespräch über die einheimischen Vögel anzufangen. Martin hatte Schwierigkeiten, den plappernden kleinen Mann ernstzunehmen, und war froh, als der den letzten Schluck Tee ausgetrunken hatte und aufstand, um sich zu verabschieden. Er entschuldigte sich nochmals für den unangemeldeten Besuch und versicherte eifrig, welch ein Vergnügen es für ihn gewesen sei, einen so hervorragenden Mann kennenzulernen. Vor lauter Überschwang hätte er beinahe vergessen, seine Mütze mitzunehmen.

In Pilkingtons Augen war der Besuch kein großes Risiko. Entweder nahm Ritchie ihn für bare Münze, dann gut; oder aber der Besuch würde ihn nervös machen, was vielleicht noch besser war. Wenn Ritchie in Panik geriet, ließ sich der Fall vielleicht noch vor Teals Rückkehr erledigen, und das wäre Pilkington nur recht gewesen.

Obwohl die Hauptverkehrszeit eigentlich vorüber war, staute sich in der Kingston-Unterführung der Verkehr. In beiden Richtungen krochen die Fahrzeugschlangen im Schneckentempo durch die neonerleuchtete Dunkelheit. Erleichtert gab Harry

Teal Gas, als er dem Stau endlich entronnen war, und brauste den Autobahnzubringer entlang, der ihn in die ruhigeren Vorortstraßen von Malden führte.

Das Verkaufsschild über der Buchsbaumhecke stand schief. Teal ließ den Wagen auf der Straße und öffnete das Törchen zum schmalen Vorgarten, wobei er unablässig das dunkle Haus beobachtete. Eigentlich hätte er gerade hier ganz locker sein können, aber berufliche Gewohnheiten lassen sich nicht auf Kommando ablegen. Kein Licht, keine Spur von Maureen. Er hatte die Schlösser austauschen lassen, damit sie nicht während seiner Abwesenheit zurückkommen und das Haus ausräumen konnte. Dennoch erwartete er im stillen immer noch, daß sie eines Tages auf der Veranda stehen würde, wenn er kam. Er hatte sich für diesen Fall verschiedene Rachepläne ausgedacht.

Er ging zum Barschrank, der im sogenannten Frühstückszimmer stand. Der Abend drohte endlos zu werden. Trotz aller Verachtung wußte Teal, daß Maureens Auszug ernstgemeint war. Wochen waren mittlerweile zu Monaten geworden, und Maureen war nicht der Mensch, der so etwas als Geste tat. Sie war einer Geste überhaupt nicht fähig. Nach einer halben Stunde wütender Hilflosigkeit, während der er mehrere Whiskys trank, ging Teal aus dem Haus.

Das Haus mit den auf Raten gekauften Möbeln und der spießigen Tapete schien ihn zu verhöhnen. Die Straßen waren trist, aber er fühlte sich dort weniger bedrängt. Irgendwie liebte er diese Straßen, wo die Leute in ihren adretten Häusern hinter den ebenso adretten Vorgärten ein ruhiges Leben führten. Er war in einem ähnlichen Vorort einer Provinzstadt aufgewachsen, und für ihn verkörperten diese Straßen das England, das es patriotisch zu verteidigen galt. Nach Schule und Studium hatte er drei Jahre lang als Offizier beim Militär gedient. Nicht in der Lage, es gesellschaftlich mit den anderen Offizieren aufnehmen zu können, hatte er sie an Patriotismus weit in den Schatten gestellt. Und dann – es war der große Augenblick seines Lebens – hatte man ihn zur Arbeit beim Geheimdienst erwählt.

Ein Stück entfernt, hinter dem geisterhaften Lichtschein, der von einer Tankstelle auf die Straße fiel, kickten drei junge Männer eine leere Bierdose zwischen sich hin und her. Als sie auf den näherkommenden Teal aufmerksam wurden, unterbrachen sie ihr Spiel, einer von ihnen löste sich aus der Gruppe und ging mit lässig arrogantem Schritt direkt auf Teal zu. Im letzten Moment erst schwenkte er ab und rempelte Teal dabei kräftig an. Das grobe, von Akne entstellte Gesicht wütend verzogen, begann er, Teal zu beschimpfen. Die anderen beiden kamen herbeigelaufen. Sie trugen alle lederne Bomberjacken und Stiefel, auf den kurzgeschorenen Köpfen kleine Wollmützen. Auf die Jacken waren Abzeichen mit dem Union Jack aufgenäht.

Der Halbwüchsige hob drohend die Faust vor Teals Gesicht. »Los, du Scheißer, leer deine Taschen aus. Oder willst du lieber eine auf die Schnauze?« Er schüttelte die Faust.

Teal musterte sie einen Moment. Wären es Schwarze gewesen, so wäre es leichter gewesen. Er mochte die Schwarzen nicht und hatte in seiner Welt nie mit Schwarzen zu tun, so daß keine Notwendigkeit bestand, sich mit ihnen auseinanderzusetzen. Aber diese Jungen waren Weiße, die vorhatten, einen englischen Mitbürger auszurauben und zu verprügeln. Pack wie dieses und dazu die Subversiven machten die Hälfte der Bevölkerung aus. Der Abschaum, dachte Teal, der Abschaum, mit dem wir leben müssen.

»Na los, Mann, bißchen dalli.«

Die Faust bewegte sich vor seinem Gesicht. Teal packte den Arm und drehte ihn herum. Mit einem Aufschrei schnellte der Skinhead herum. Seine Kumpel erstarrten, wagten aber nicht einzugreifen. Teal riß den nach hinten gedrehten Arm in die Höhe, zog den Skinhead an sich heran und knallte ihm das Knie ins Kreuz. Dann drehte er ihn halb herum und stieß ihm die Faust in den Bauch. Ehe er ihn auf die Straße schleuderte, gab er ihm noch einen Handkantenschlag auf die Nase, nicht so fest, daß sie brach, aber doch so kräftig, daß die Haut platzte, und dem Jungen das Blut über das schmerzverzerrte Gesicht rann.

Die anderen beiden liefen davon. Hysterisch schluchzend krümmte sich der Junge in Erwartung brutaler Tritte auf dem Boden zusammen. Als er unter seinem Arm hervorsah, war Teal verschwunden.

Das war doch die Frau aus Macemoor! Was für ein Zufall, dachte Teal, während er der davongehenden Laura nachsah. Die effiziente Art und Weise, wie er am Abend zuvor den Skinhead erledigt hatte, hatte seinen Blutdurst so richtig angefacht. Und wenn er das Geschäftliche geregelt hatte, würde er mit Maureen abrechnen. Immer alles schön der Reihe nach.

»Miss Sarah Keeling?«

Ihr Blick war mißtrauisch, und sie hatte so einen Ausdruck wissender Überlegenheit im Gesicht, den er haßte. Aber dies war sein Spiel. Im Bewußtsein seiner starken Position, von der sie keine Ahnung hatte, hielt Teal allen Hohn zurück und zeigte sich ruhig und friedlich.

»Wer sind Sie?« fragte Sarah.

»Mein Name ist Teal.« Er buchstabierte den Namen, als sei er wichtig. Mehr verriet er nicht, aber es war klar, daß er keine Staubsauger verkaufte.

Sarah war beunruhigt. Wenn diese Typen einer Journalistin freiwillig ihren Namen nannten, mußten sie sich schon sehr sicher fühlen.

»Ich habe einige Fragen an Sie.«

»Können Sie sich ausweisen?« konterte Sarah.

Teal hatte für Frauen nicht allzuviel übrig. »Meine Fragen werden mich ausweisen.«

Sarah drehte ihm den Rücken zu und ging in die Wohnung. Teal trat ein, schloß sorgfältig die Tür und folgte ihr. Ohne aufgefordert worden zu sein, nahm er sich einen Stuhl.

»Sie wissen, daß heute morgen bei mir eingebrochen wurde?«

»Woher sollte ich das wissen?«

»Ach, Sie haben nicht zufällig was damit zu tun?«

Er ignorierte die Bemerkung. »Haben Sie die Polizei informiert?«

»Nun kommen Sie schon zur Sache«, entgegnete Sarah. »Was wollen Sie?«

»Sie lassen sich da auf eine sehr gefährliche Geschichte ein.«

Sarah beobachtete sein Gesicht. Sie verstand sich darauf, in Gesichtern zu lesen. Er hatte die Kassette, das war sicher. Das Timing, der zeitliche Abstand zwischen dem Einbruch und Teals Erscheinen, war hervorragend. Aber, sagte sie sich, es gibt eine

Kopie des Bandes, von der er nichts weiß. Das war ihr einziger Trumpf.

»Vielleicht sind Sie ja ganz unschuldig da hineingeraten. Es ist möglich, daß gewisse Leute Sie benutzen. Wenn das zutrifft, dann nehmen Sie meinen Besuch als freundliche Warnung.«

»Wovor denn?«

»Sie könnten mir helfen.«

»Sie gestatten, daß ich lache«, entgegnete Sarah mit steinerner Miene.

»Und ich könnte Ihnen schaden«, fuhr Teal fort. »Wenn nötig, werde ich das auch tun. Aber es ist nur eine entfernte Möglichkeit. Zunächst einmal bin ich hier, um Sie davon abzuhalten, beruflichen Selbstmord zu begehen.«

»Wie generös von Ihnen.«

»Nun, zunächst einmal könnten Sie Mitwisserin von Verstößen gegen das Gesetz der amtlichen Geheimhaltung sein. Sie könnten ferner mit einem Straftäter im Sinn des Anti-Terrorismus-Gesetzes in Verbindung stehen –«

»Ich verstehe nur Bahnhof«, unterbrach Sarah freundlich. »Sie könnten mir erzählen, was Sie wollen, ich würde alles glauben.«

»Sie können von Glück reden«, sagte Teal gelassen, »daß Sie es mit mir zu tun haben. Ich bin kein Gewaltmensch. Ich tue meine Arbeit und versuche lediglich, Ihnen im Hinblick auf die Ihre einen guten Rat zu geben. Erlauben Sie mir eine Frage: Glauben Sie, daß es so etwas wie Verräter gibt?«

»Verschonen Sie mich mit diesen albernen Wortklaubereien.«

»Sie kommen nicht darum herum«, versetzte Teal. »Keine Antwort ist auch eine Antwort. Ich will Ihnen verraten, warum ich frage. Der Mann, dessen Stimme Sie auf Band haben, ist so ziemlich in jeder möglichen Hinsicht ein Verräter. Er ist bereit, sein Vaterland – seine Werte und seine Sicherheit – zu vernichten. Er muß andere täuschen, um sich ihre Freundschaft zu sichern. Aber da er ein Verräter ist, interessiert es ihn überhaupt nicht, was mit ihnen geschieht, nachdem er sie benutzt hat.« In Teals bisher freundlich neutraler Stimme schwang ein Unterton tiefer selbstgerechter Entrüstung. »Habe ich mich klar genug ausgedrückt?«

»Überhaupt nicht«, antwortete Sarah und widerstand dem Impuls, sich mit ihm zu streiten. Er erinnerte sie an ein großes schleimiges Weichtier.

»Es wird sich zeigen«, sagte Teal, »ob Sie gegen das Gesetz verstoßen. Wenn ja, dann werden andere sich mit Ihnen befassen. Aber Sie selbst wissen, ob Sie gegen das Gesetz verstoßen oder nicht, nicht wahr? Ob Sie gegen die Interessen des Staates handeln. Sie wissen, wo dieser Mann sich versteckt hält. Ich muß Sie auffordern, es mir mitzuteilen.«

»Ich weiß es nicht«, erwiderte Sarah.

»Sie können sich die Information beschaffen.«

»Das ist nicht gesagt.«

»Aber ja doch. Sie sind eine bekannte Journalistin. Diese Leute haben nicht umsonst mit Ihnen Kontakt aufgenommen. Wenn Sie uns diesen Mann ausliefern, ist Ihre Karriere vielleicht gemacht.«

»Die hab' ich schon aus eigener Kraft gemacht, danke schön.«

Teal war unbewegt. »Wenn Sie nicht zur Zusammenarbeit bereit sind, werden wir die Untersuchung ausdehnen müssen – ich denke an Ihre Bekannten, Ihre Arbeitgeber. Wenn Sie die Chance ausschlagen, uns bei der Untersuchung zu helfen, werden Sie selbst zum Untersuchungsobjekt werden. Und eine zweite Chance gibt es nicht.«

»Wollen Sie mir Bedenkzeit geben?« fragte Sarah.

»Bedenkzeit, ja, aber keine Zeit, uns hinzuhalten oder an der Nase herumzuführen. Sie können mich heute abend zwischen sechs und sieben unter dieser Nummer erreichen. Danach –« Teal zuckte geringschätzig die Achseln.

»Denken Sie darüber nach«, sagte er an der Tür.

Draußen im Treppenhaus griff er in seine Jackentasche und schaltete den kleinen Sony Recorder aus. Er war so leicht, daß er ihn manchmal vergaß. Unglaublich, was für Quatsch er manchmal aufnahm.

Dann war er fort, schleimig und lautlos wie eine Schnecke.

»Hatten Sie nicht Fulham gesagt?«

»Aber ja«, antwortete Godfrey Knapp, »die Fulham Road ist gar nicht weit von hier. Das hier ist mein kleines Reich, das angenehme Refugium eines ruhigen, älteren Herrn.« Zwinkernd erwiderte er Lauras amüsierten Blick, als er sie hereinließ.

»Was für eine schöne Wohnung!« Sie war groß und hell, in lichten Farben gehalten. Vom Lärm und von der Hektik Londons war hier nichts zu spüren. Knapp ließ es sich nicht nehmen, sie durch die ganze Wohnung zu führen, und als sie ins Wohnzimmer kamen, entdeckte sie, auf einem glänzend polierten Walnußtisch ausgelegt, eine Anzahl von Büchern, zu denen sie die Illustrationen geliefert hatte. Er hatte sich große Mühe gemacht und er hatte richtig kalkuliert. Er hatte ihr Ego an einer Stelle getroffen, wo sie keine Abwehr hatte.

»Ich sammle Ihre Arbeiten«, bemerkte er. »Ich möchte gern eine Autorität werden. Ihre Sachen sind sehr gut.«

»Und Sie sind ein Meister der Schmeichelei«, gab Laura zurück.

»Ich scheue mich nur nicht, meiner Faszination Ausdruck zu geben.«

Im Flirten geübt, plänkelten sie eine Weile, mieden dabei jedoch tunlichst jede körperliche Nähe. Dann klopfte es draußen, und eine zugedeckte Platte mit kalten Speisen, die Knapp in einem Restaurant »gleich unten an der nächsten Ecke« bestellt hatte, wurde hereingetragen. Beim Wein änderte sich die Stimmung, und Knapp bemerkte: »Sie sagten, Sie müßten mich sprechen.«

»Ja.« Laura hatte vorher lange überlegt, was sie sagen wollte, aber keine rechte Form gefunden. »Sie erinnern sich, was ich Ihnen über den Mann erzählte, den wir kennengelernt haben – Martin und ich?«

»Ja, und auch an das Band.«

»Ich wohne hier bei einer Bekannten, und bei ihr ist heute morgen eingebrochen worden. Man hat ihr sämtliche Kassetten gestohlen, darunter auch die Aufnahme, die Sie eben erwähnten. Das kann kein Zufall sein.«

»Aber woher sollte jemand davon gewußt haben?« fragte Knapp.

»Habe ich Ihnen gesagt, daß Martin und ich von Leuten vom Special Branch verhört wurden? In Martins Haus. Sie haben es von oben bis unten durchsucht.«

Der Wein und die Erinnerung an den Zorn und die Furcht jenes Tages hatten Laura erhitzt, und ihre Wangen waren gerötet. Knapp zitterte innerlich vor Begierde. Er machte ein ernstes Gesicht und schüttelte den Kopf.

»Beweist das nicht, daß ich recht habe?«

»Es legt auf jeden Fall die Vermutung nahe«, entgegnete Knapp, »daß der Mann, von dem Sie sprechen, gewissen Leuten sehr wichtig ist.« Mit einer Hand strich er sich den gepflegten Bart. »Das Problem ist –«

»Was für ein Problem?« fragte Laura beunruhigt.

»Ist Ihr Freund einer von den Guten oder einer von den Bösen? Das ist doch das Problem, oder nicht?«

Ein ungutes Gefühl, ein Vorgeschmack von Enttäuschung ließen Laura verstummen, und Knapp merkte, daß er ihr einen Schlag versetzt hatte. Sie tat ihm leid.

»Wir müssen akzeptieren, meine liebe Laura, daß die Leute, die für unsere sogenannte Sicherheit sorgen, zwar vielleicht unangenehme Zeitgenossen sind, daß sie aber nicht immer unrecht haben. Diese Möglichkeit haben Sie doch wohl in Betracht gezogen?«

»Nein, eigentlich nicht.«

»Wir sollten sie aber in Betracht ziehen.«

»Ich weiß, daß ich recht habe«, sagte Laura.

Knapp lächelte nachsichtig und führte sie auf den Balkon hinaus, um ihr den Blick auf ein Panorama von der Außenwelt abgeschlossener, gepflegter Gärten zu zeigen. Während sie dort standen, legte er ihr die Hände auf die Schultern.

»Ob Sie recht oder unrecht haben«, sagte er, »ich helfe Ihnen.«

»Sie sind sehr lieb.« Laura küßte leicht seine bärtige Wange. Sie wußten beide, daß das für heute das Äußerste war, und Knapp versuchte nicht, mehr zu erreichen.

Laura kehrte zum Thema zurück. »Was soll ich tun?«

»Mit Ihrem Flüchtling?«

»Ja. Würden Sie mit ihm sprechen?«

Knapps Miene drückte Zweifel aus, aber er sagte: »Wenn Sie es für gut halten, gewiß.«

Sarah erzählte Laura nichts von Teals Besuch. Ein Instinkt, dem sie ihren beruflichen Erfolg mitzuverdanken hatte, gebot ihr, für sich zu behalten, was ihr einen Vorsprung verschaffen konnte. Ganz gleich, vor wem. Um von anderer Seite einen Ausgleich zu schaffen, rief sie den Dokumentarfilmer an, der die Originalkassette von Ray hatte. Von dem Einbruch sagte sie nichts. Das ging den Produzenten nichts an.

»Wir brauchen ihn auf Film«, behauptete der Mann wieder, »und wir brauchen Namen und Orte, um die Geschichte zu überprüfen. Nimm's mir nicht übel, Sarah-Herz, aber ich persönlich halte den Burschen für einen Schwindler.«

Sarah konnte nicht ergründen, ob sie vorher bereits selbst zu dem gleichen Schluß gelangt war, oder ob das Gespräch das Zünglein an der Waage gewesen war. Dennoch sagte sie zu Laura: »Ich muß hier noch was fertigmachen. Aber morgen fahre ich gleich in aller Frühe runter. Können Sie für mich ein Zusammentreffen mit ihm arrangieren?«

»Ich werd's versuchen.«

»Optimistisch bin ich allerdings nicht«, meinte Sarah.

»Inwiefern?«

»Ich bin mir nicht sicher, ob der gute Mann wirklich echt ist.«

»Aber wieso sind dann alle hinter ihm her?«

»Ich hab' ja nicht gesagt, daß er nicht gesucht wird.«

»Na also«, sagte Laura trotzig, »dann muß da auch eine Geschichte dahinterstecken.«

»Das sicher«, antwortete Sarah. »Die Frage ist nur, was es uns kostet, an sie ranzukommen.«

Martin hatte den Wagen gehört und öffnete die Haustür. Sie war froh darüber; ihr hatte vor dem Moment gegraut, wo sie ins Haus treten und ihn grollend oder abweisend vorfinden würde. Er schien ihr wie immer zu sein, ein bißchen zugeknöpft vielleicht, aber liebenswürdig und tolerant, und sie war sofort entspannt. Sie küßten sich behutsam. Der Kuß war weder herausfordernd noch durch Bedauern verdorben.

»Entschuldige, daß ich nicht angerufen habe«, sagte Laura.

»Es ist eine schöne Überraschung.«

»Wirklich?«

Martin lächelte. »Ich wollte gerade Pilze suchen gehen.«

Er hatte oft versprochen, ihr die wildwachsenden Pilze zu zeigen, neben denen die farblosen Dinger, die man in den Geschäften kaufte, wie lascher Gummi schmeckten. In einem Buch hatte er ihr die Blätterschwämme, die Parasols, die Familie der Röhrlinge gezeigt, große, fleischige Pilze, deren Färbungen vom hellen Braun bis zum leuchtenden Rostrot reichten, und ihr die Reviere beschrieben, die er genau im Kopf hatte, wo sie Jahr um Jahr zu finden waren. Es gäbe nichts Vergnüglicheres, behauptete er, als durch den Wald zu wandern und plötzlich im Dunkel der Bäume ein Nest von Pilzen leuchten zu sehen.

»Komm, gehen wir los.«

Laura argwöhnte hinter seinem Vorschlag eine List, um sie abzulenken. Aber er schien nur zu sagen, komm, laß uns eine Weile vergnügt und glücklich sein, ehe diese anderen Geschichten uns wieder einholen.

»Ja«, antwortete sie und nahm ihn kurz in die Arme, ehe sie hinausgingen.

Ihre Beutel waren bald voll. Der verwilderte Wald, dessen Bäume, vornehmlich Buchen und Eichen, den Hügelhang bedeckten, war Laura neu. Martin führte sie zu bestimmten Stellen und ließ sie dann allein die Pilze finden. Er wußte genau, wo welche Arten wuchsen, welche von ihnen genießbar waren und welche giftig. Es war ein schöner Ausflug, und sie hielten beide alles aus ihren Gesprächen heraus, was die leichte Stimmung hätte verderben können.

Eine prächtige Rotkappe in der Hand, war Laura auf dem Rückweg zu Martin. Sie duckte sich, um einem niedrig hängenden Ast auszuweichen, und stolperte beinahe, als sie merkte, daß sie nicht allein hier war. Mit einem unterdrückten Aufschrei griff sie sich an die Brust und starrte den Mann an, der etwas oberhalb von ihr mit einem Grinsen, das sein Gesicht zur Fratze machte, hinter einem Baum hervorsah. Das zähnebleckende Grinsen und die Schwärze seiner Augen waren erschreckend und grotesk zugleich, da ihm die Brille halb von der Nase gerutscht war und schräg über sein Gesicht hing. Er lehnte in unbequemer Haltung über einem schlanken Ast, der unter seinem Gewicht gebeugt war. Er trug keine Kopfbedeckung, und die langen Haarsträhnen, die er sich wohl normalerweise über den kahlen Scheitel kämmte, fielen ihm auf der einen Kopfseite wie Fransen über das Ohr. Die Erkenntnis, daß sie einem Toten ins Gesicht starrte, riß Laura aus ihrer Erstarrung. Sie rannte vor dem Toten und seinen blinden Augen davon und warf den Pilz, der sich in ihrer Hand plötzlich wie totes Fleisch anfühlte, angewidert ins Gebüsch.

Ihre Stimme gehorchte ihr nicht, ihre Beine waren bleischwer. Sie hörte Martin nach ihr rufen.

»Laura! Laura!«

Ihr wurde eiskalt beim Klang seiner Stimme.

10

»Er hieß Giles Pilkington.«

Im Landrover roch es nach feuchter Erde und Pilzen. Sie waren nach der Entdeckung des Toten sofort zum Wagen zurückgekehrt. Obwohl Laura immer noch wie betäubt war, zeigte sie sich überrascht. »Du hast ihn gekannt?«

»Er machte mir einen Besuch, als du in London warst.«

»Wieso?«

»Er hatte gehört, wer ich bin, und wollte – na ja, er wollte sich mit mir ein bißchen über Vogelkunde unterhalten.«

»Wer war er wirklich?«

»Weiß der Himmel.«

»Nur ein Ornithologe?«

Martin seufzte. »Ich glaube, als er mich besuchte, wollte er mich wissen lassen, daß er nicht nur ein harmloser Vogelfreund war – das war jedenfalls das Gefühl, das ich hatte.«

»Er war auf der Suche nach Ray. Diese ganze Geschichte über seinen Bruder –«

»Er sagte, sein Bruder sei wieder aufgetaucht.«

»Das war doch alles Erfindung, Martin. Hast du denn nicht gemerkt, daß er log?«

»Ich nehme immer an, daß die Leute die Wahrheit sagen. Was geht mich das Ganze überhaupt an?«

»Du solltest dich jetzt lieber nicht aufs hohe Roß setzen.«

»Wieso nicht? Ich hab' nichts verbrochen.«

»Die Polizei – o Gott!«

»Was ist denn?«

»Wir müssen uns Ray unbedingt fernhalten. Bei der Polizei wollen sie bestimmt genau wissen, was wir getan haben und wo wir gewesen sind. Wir dürfen jetzt auf keinen Fall etwas tun, was wir hinterher verheimlichen müssen.«

»Vergessen wir's doch einfach«, sagte Martin.

Laura starrte ihn ungläubig an. Es war ihm ernst damit. Einerseits bewunderte sie diese Seite an ihm, die es ihm ermöglichte, alles zu ignorieren, was nicht in seine Pläne paßte, aber sie empörte sie auch.

»Das kann nicht dein Ernst sein.«

»Schau mal«, erklärte Martin, »wir sind Pilze suchen gegangen. Hättest du dich einen Meter weiter rechts oder weiter links gehalten, dann hättest du ihn überhaupt nicht gesehen. Also, du hast ihn nicht gesehen. Basta.« Er zuckte die Achseln.

Laura lachte. Er meinte es ernst, und sie fand es komisch. »Martin«, sagte sie, »wie viele Menschen kommen hierher?«

»Schwer zu sagen. Sicher nicht viele.«

»Der arme Mann könnte wochenlang an dem Baum hängen und von den Ratten und Krähen langsam aufgefressen werden. Ich möchte nicht jede Nacht aufwachen und daran denken müssen. Außerdem haben wir überall Fußabdrücke hinterlassen.«

Das mußte Martin zugeben, tat es aber nur widerwillig. Er fand, seine Fußabdrücke wären seine Angelegenheit. Noch auf der Fahrt zum nächsten Dorf, wo es einen Polizeibeamten gab, suchte er nach Ausflüchten.

»Wir brauchen nicht zu sagen, daß wir ihn kannten. Wir haben die Leiche gefunden, wir machen unsere Aussage, alles andere geht uns nichts an.«

»Und wenn die Polizei seine Sachen durchsieht«, sagte Laura, »findet sie ein Tagebuch oder so was, wo er seinen Besuch bei dem von ihm bewunderten Naturforscher Martin Ritchie beschreibt, der daraufhin prompt zum Hauptverdächtigen wird, nur weil er völlig überflüssigerweise gelogen hat.«

»Du meinst, wir sollen ihnen alles sagen?« fragte Martin. »Sie haben unser Haus auf den Kopf gestellt, dieser Teal behauptete, er wüßte, daß wir Ray geholfen haben, und beschuldigte uns praktisch des Verrats – Herrgott noch mal, ich hab' nichts Böses getan und fühl' mich trotzdem wie ein Verbrecher. Soll das vielleicht noch schlimmer werden?«

Es ärgerte Laura, daß Martin so tat, als sei er der einzige, der unter Druck stand. Beinahe hätte sie gesagt, das ist doch gar nichts, als ich in London war, haben sie die Kassette aus Sarahs Wohnung gestohlen, aber sie hielt sich zurück.

»Hör mal«, sagte sie, »es kann doch ein ganz normaler Mord sein.«

»Wie denn?« knurrte Martin ironisch.

»Vielleicht hat Pilkington irgendwas entdeckt – ich weiß von einem Polizisten, der in seiner Freizeit zufällig auf zwei Männer stieß, die es im Wald miteinander trieben. Sie erschossen ihn mit einer Schrotflinte. Ich war damals noch ein Kind. Wir wohnten neben dem Polizisten und seiner Familie.«

»Sehr normal«, stellte Martin sarkastisch fest.

»Ich meine, er braucht überhaupt nichts mit uns zu tun zu haben.«

Martin schwankte zwischen grimmiger Erheiterung und Empörung. »Natürlich hat es nichts mit uns zu tun. Ich habe ihn nicht umgebracht, und du hast ihn nicht umgebracht. Ich bin dem Mann genau zweimal begegnet, ich konnte mich kaum an seinen Namen erinnern...«

»Wovor haben wir dann Angst?« fragte Laura.

»Ich habe vor gar nichts Angst«, erklärte Martin. »Ich hab' schlicht Angst.«

Sie führten die Polizei zu dem toten Pilkington, und der Rest des Tages war wie mit grauen Schleiern verhangen. Nachdem sie ihre Aussage gemacht hatten, durften sie nach Hause fahren, wurden aber gebeten, sich zur Verfügung zu halten. Sie legten sich zusammen hin, körperlich einander nahe, in Gedanken weit voneinander entfernt. Gegen Mittag kam die Polizei, um Martin abzuholen. Man wollte ihn in Barnbrook noch einmal vernehmen.

Unnatürlich ruhig machte Martin sich fertig. Er trug noch die alten Sachen, die er auf seinen Expeditionen anzuziehen pflegte, und hatte sich seit zwei Tagen nicht rasiert. Im Vergleich zu den jungen Polizeibeamten in ihren adretten Uniformen mit den silbernen Knöpfen wirkte er plötzlich genau wie der heruntergekommene Sonderling, dem man jedes Verbrechen anhängen konnte. Unversehens kam Laura der Gedanke, daß er vielleicht wirklich Pilkingtons Mörder war, und sie mußte den Blick abwenden.

Doch er wirkte nicht im geringsten beunruhigt, und als sie ihn begleiten wollte, sagte er: »Nein, bleib du hier und kümmre dich um alles.«

Er kam zu ihr, um ihr einen Kuß zu geben, und sah ihr dabei mit bedeutungsvollem Blick in die Augen. Dann war er fort. Die Botschaft in seinem Blick war dringend gewesen, aber nicht klar. Sie konnte nur nach ihrer persönlichen Interpretation handeln.

In der herbstlichen Landschaft war es leicht, sich zu verbergen. Das Licht der weiten, hellen Sommerhimmel war für ein weiteres Jahr erloschen, Menschen und Landschaft verschmolzen jetzt zu einer verschwommenen Kulisse ineinanderfließender gedämpfter Farben. Die Oasen von Ginster und niedrigen Büschen, das gelegentliche Wäldchen boten sich als gut getarnte Beobachtungsposten an. Der Feldstecher, den Ray im Haus gefunden hatte, leistete ihm gute Dienste bei seiner Hauptbeschäftigung, sich zu vergewissern, daß er weiterhin unentdeckt war.

Er traute diesem Paar nur begrenzt. Der Mann war nervös geworden und wollte ihn am liebsten los sein; bei der Frau war er sich nicht sicher, aber sie versorgte ihn wenigstens mit Nahrungsmitteln. Er war sich mit Unbehagen bewußt geworden, daß das Band, das er ihnen überlassen hatte, eine gefährliche Waffe gegen ihn war, selbst wenn die beiden vom besten Willen beseelt sein sollten, ihm zu helfen. Sobald sie nämlich irgend etwas damit unternahmen, würden die Ereignisse außer Kontrolle geraten. Zugegeben, er hatte das Band aus eben diesem Grund gemacht – um etwas ins Rollen zu bringen. Aber seitdem hatte er das Gefühl, auf einem Pulverfaß zu sitzen.

Es war die Frau. Vom Hügel oberhalb des Hauses aus beobachtete er den Dyane, der sich, immer wieder für Augenblicke in Mulden verschwindend, auf geschlängeltem Weg näherte. Er machte ein kleines Versteckspiel mit der Frau, aber sie war ihm nicht gewachsen, und er konnte sich mühelos bis auf ein paar

Schritte an sie anschleichen. Ihr wiederholtes Klopfen an der Haustür verriet Erregung.

»Hallo«, sagte er leise.

Sie fuhr zusammen, drehte sich hastig um, stützte sich dann mit einer Hand an den Türpfosten. »Sie haben mich erschreckt«, sagte sie.

Ray entschuldigte sich. »Ich war da draußen und hab' Sie kommen sehen.«

»Gehen wir hinein«, meinte Laura, und er öffnete die Tür. Sie kam ohne Umschweife zur Sache. »Es ist jemand ermordet worden. Martin ist jetzt auf der Polizei und wird verhört.«

»Ermordet?« Ray zeigte keine Regung, und Laura wußte, daß es keinen Sinn hatte, nach einer Reaktion zu forschen.

»Ja, ein Mann namens Pilkington.«

Ray zuckte die Achseln. »Und was will die Polizei von Martin?«

»Wir haben den Mann gefunden.«

Das schien Ray nicht zu berühren. »Was gibt's sonst Neues?« fragte er.

Laura faßte zusammen. »Ich hab' die Kassette nach London mitgenommen, und da hat sie jemand gestohlen. Er wußte offensichtlich genau, was er wollte. Nein, ich hab' keine Ahnung, woher, aber es ist wahrscheinlich besser, wenn Sie von hier verschwinden.«

»Ja«, sagte Ray, »das habe ich mir auch schon gedacht.«

Ihre Erleichterung verbergend, fragte Laura: »Brauchen Sie Geld?«

Sein Verhalten hatte etwas Respektvolles und zugleich Unpersönliches, das bei Laura zum erstenmal die Vermutung auslöste, daß er Soldat gewesen war. Es vermittelte den Anschein von Integrität, aber ihr war klar, daß sie ihm niemals ganz trauen würde.

»Wir möchten Ihnen helfen«, sagte sie, »aber wir wissen jetzt nicht – was sollen wir tun, was möchten Sie?«

Ray war vorsichtig, bagatellisierte, was auf dem Spiel stand, um Panik zu vermeiden. »Es ist schon in Ordnung. Ich habe einen Plan. Sie brauchen sich nicht weiter zu sorgen, ich verschwinde einfach. Ein wenig Geld würde allerdings helfen.«

Laura fragte, wieviel.

»Jeder Betrag, den Sie entbehren können, wäre eine Hilfe.«

Sie lächelte nervös und ging hinaus, um einige Lebensmittel aus dem Wagen zu holen. Sarah Keelings Verdacht gegen Ray quälte sie ebensosehr wie die Erinnerung an Pilkingtons im Tod verzerrtes Gesicht, das sie aus dem Unterholz angestarrt hatte. Sie hatte sich noch nicht erholt davon. Rays Gesellschaft war ihr unheimlich, und sie konnte es nicht erwarten, aus dem Haus wegzukommen. Seine bewußte Unbestimmtheit und das tote Schweigen von Vayros Haus vermischten sich unerbittlich mit dem schrecklichen Bild im Wald. Sie hatte Mühe, das Grauen, das sie zu überwältigen drohte, niederzukämpfen.

Sie versuchte, sich auf das Praktische zu konzentrieren – wann und wo sie das Geld besorgen wollte, wo sie es hinterlassen würde, falls Ray nicht im Haus sein sollte. Aber die ganze Zeit drängte es sie, diesem Haus, diesem Mann zu entfliehen, ehe sie heulend und zähneklappernd zusammenbrach; ehe sie ihm zeigte, daß sie wußte, wer Pilkington getötet hatte.

Ray blieb im Haus, und als Laura endlich den Zündschlüssel drehte, um abzufahren, begannen ihre Hände heftig zu zittern. Sie beruhigte sich erst, als sie Vayros Haus weit hinter sich hatte.

Der Mann war zu dreist geworden, hatte nicht in Betracht gezogen, daß Ray schon auf ihn aufmerksam geworden war, als er noch draußen in den Felshöhlen gehaust hatte. Wie der Mann ihn hier in diesem Haus aufgestöbert hatte, wußte Ray nicht, und es war ihm auch gleichgültig. Vielleicht war er der Frau gefolgt, es wäre ihr vermutlich überhaupt nicht aufgefallen. Oder vielleicht war er zufällig auf eine Spur gestoßen und ihr nachgegangen. Es war dumm und allzu dreist von ihm gewesen, das Haus aufzusuchen.

Zweifellos hatte er für den Fall eines Zusammentreffens mit Ray eine gute Ausrede parat gehabt und zur Not die Browning Automatic in seiner Jackentasche. Ray hatte von oben beobachtet, wie der Mann, mit dem Feldstecher um den Hals, um das Haus herumgegangen war. Dann war die kurzbeinige Gestalt im Parka wieder davonmarschiert, zweifellos um von einem gut getarnten Versteck aus das Haus im Auge zu behalten.

Ray hatte eine Weile gewartet und sich dann durch die Hintertür aus dem Haus geschlichen. Er rechnete damit, daß der Mann ihn sehen und verfolgen würde. Er prüfte seinen Verdacht nur hin und wieder nach, man lernte mit der Zeit, einen Verfolger intuitiv wahrzunehmen. Er machte es dem Verfolger leicht und führte ihn in einen kleinen Wald, den er ein paar Tage zuvor erkundet hatte. Dort versteckte er sich und wartete, bis der Mann, erfreulich geräuschvoll auf seinen stämmigen Beinen, über eine Lichtung kam, durch die der Wind welke Buchenblätter trieb.

Die Möglichkeit, daß er bewaffnet sein könnte, hatte Ray erwogen und verworfen. Er hielt es für unwahrscheinlich. Fünfzig Meter hinter dem Mann trat er auf die Lichtung hinaus und veranlaßte ihn, sich umzudrehen, indem er fest auf einen morschen Ast trat, der unter seinem Fuß knackend zerbrach.

Der Mann ging auf Ray zu, seiner freundlichen Miene und seinem unbefangenen Verhalten nach ein Fremder, der sich vielleicht verlaufen hatte. Als er auf zwanzig Meter herangekommen war, wich Ray, der sich nicht von der Stelle gerührt hatte, in die Bäume zurück. Der Mann war flinker, als er wirkte, und als er ins Unterholz eindrang, hatte er die Automatic in Anschlag.

Ray hatte die Waffe noch immer nicht wahrgenommen, als er sich dem Mann erneut zeigte. Er würde ihn mit bloßen Händen kaltmachen, sauber und effizient. Beim Anblick der Automatic blieb er verblüfft stehen, und der Mann, nur noch acht Meter entfernt, hob die Waffe mit beiden Händen, um zu feuern.

Als Ray den Knall hörte, war er schon auf dem Boden und robbte durch den Farn. Er wußte jetzt, daß der andere ihn töten wollte. Es war nichts Persönliches, er führte nur seine Befehle aus. Ray packte ein Stück Holz, Teil eines abgesägten Asts, das vom Fällen eines Baums zurückgeblieben war. Während er überlegte, wie er dem Verfolger nahekommen konnte, ohne vorher eine Kugel einzufangen, fiel ihm ein alter Trick aus seiner Zeit bei den Marines ein. Man kann nicht zielen, wenn mit großer Geschwindigkeit ein Gegenstand auf einen zugeflogen kommt.

Im Moment hatte der Verfolger seine Spur verloren, aber Ray hörte seine Schritte etwa dreißig Grad seitlich von seiner eigenen Position, und sie näherten sich. Er spähte durch den Farn. Er war dem anderen eine Nasenlänge voraus.

Als Ray aufsprang, drehte sich der Mann blitzartig nach rechts herum. Rays Arm schwang durch die Luft, das Buchenscheit flog und streifte den Mann seitlich am Kopf. Im Reflex hatte er schützend die Arme gehoben und so die Chance für einen Schuß verpaßt.

Ehe er sich fassen konnte, stürzte sich Ray auf ihn und schlug ihm mit der Handkante auf den Hals. Vielleicht hatte die Haltung des Mannes die Wirkung des Schlags begünstigt, jedenfalls verlor der Mann das Gleichgewicht, stürzte eine nicht allzu hohe Böschung hinunter und blieb in einer Gruppe junger Bäume hängen wie ein schlaffes Bündel. Er lebte nicht mehr.

Ray steckte die Automatic ein, die zu Boden gefallen war, und ließ den Toten, wo er war. Er nahm sich nicht die Zeit, den Mann zu durchsuchen, er hatte wahrscheinlich sowieso nichts bei sich, was ihn interessiert hätte. Das Wäldchen war klein, überschaubar. Nachdem er sich vergewissert hatte, daß er nicht beobachtet worden war, suchte er sich ein Versteck, wo er warten konnte, bis die Dunkelheit kam und er unbemerkt zum Haus zurückkehren konnte.

Zurück im Roebuck Hotel, rief Harry Teal als erstes in dem Privathaus auf der Halbinsel an, wo Pilkington sich eingemietet hatte. Er tat es mit einiger Erregung, da er Augenblicke zuvor die Nachricht gelesen hatte, die Pilkington ihm am Vortag hinterlassen hatte. Doch ein guter Mann, dieser Pilkington, ein richtiger Terrier, der seine Beute erst aus den Fängen ließ, wenn sie keinen Muckser mehr tat. Warum hatte er den Brief hinterlassen? Weil er ein zuverlässiger Mitarbeiter war, wie Teal anerkennen mußte, der dafür sorgte, daß die eine entscheidende Tatsache denen zur Kenntnis kam, die sie brauchten.

Er hatte den Unterschlupf aufgespürt und würde das Wild stellen. Töten würde er nur, wenn erforderlich. Gemäß den Instruktionen. Ganz in meinem Sinn, dachte Teal, je eher wir das Spiel hier abpfeifen können, desto besser für England und desto besser für mich. Er wartete ungeduldig darauf, daß Pilkingtons Wirtin endlich an den Apparat gehen würde.

Dann kam der Schock. Sie berichtete ihm, was sie von der Polizei erfahren hatte, die ihre Telefonnummer im Taschenkalender des Toten gefunden hatte. Teal hörte sich nur das Nötigste an, bedankte sich und legte auf.

Ein hervorragender Mitarbeiter. Seiner kurzgefaßten Nachricht hatte Pilkington einen klar skizzierten Lageplan des Hauses im Hochmoor beigelegt. Ohne einen Funken von Erschütterung rief Teal seine Kollegen vom *Special Branch* an, um zum Endkampf zu mobilisieren.

»Kommen Sie doch beide herüber.« Godfrey Knapp schloß bewußt auch Martin in die Einladung ein. Laura hatte ihn angerufen, nachdem die Polizei Martin abgeholt hatte. Er machte eine scherzhafte Bemerkung über ihre Stippvisiten in London, und Laura war klar, daß er nur nach Scardale zurückgekommen war, weil sie zurückgekehrt war. Sie berichtete ihm von dem Mord. Knapp kannte natürlich den *Chief Constable* persönlich und war bereit, wenn nötig, seine Beziehungen spielen zu lassen.

»Wenn sie Martin bis heute nachmittag nicht freigelassen haben, dann rufen Sie mich noch einmal an, und ich werde diesen Provinzpolizisten ein bißchen die Hölle heiß machen. Ich erwarte Sie beide um acht zum Essen. Dann können Sie mir alles erzählen.«

Martin rief am frühen Nachmittag an. Sie hatten ihn freigelassen, und er bat Laura, ihn in Barnbrook abzuholen. Sie war inzwischen bei Ray gewesen und beschloß, bei dieser Gelegenheit gleich auf die Bank zu gehen und Geld abzuheben.

Auf der Rückfahrt nach Macemoor tauchte plötzlich etwa fünfhundert Meter voraus ein blaues Blinklicht am Straßenrand auf. Laura, die am Steuer saß, sagte nur: »Polizei.«

Zwei Beamte winkten den Dyane an den Straßenrand. Einer kam ans Seitenfenster. Martin starrte grimmig in die Ferne, Laura schob das Fenster auf.

»Bitte steigen Sie aus.«

»Was gibt's denn für Probleme?« fragte Laura.

»Keine Probleme.«

»Warum muß ich dann aussteigen?«

Der Polizist sah zu seinem Kollegen hinüber, der ihm Unterstützung gab, indem er zwei Schritte näherkam. Da stieß Martin, noch immer aufs äußerste gereizt von den zwei Stunden schikanösen Verhörs, die Tür auf und stieg aus. Seine Stimme war laut und kalt: »Was, zum Teufel, wollen Sie?«

»Ist das Ihr Wagen, Sir?«

»Nein.«

»Wessen Wagen ist es?«

Der Beamte war ungefähr dreißig. Martin musterte ihn mit der Verachtung des Alters. Der Beamte begegnete dem Blick mit der Verachtung der Jugend.

Jetzt stieg auch Laura aus. »Es ist mein Wagen. Warum?«

»Öffnen Sie bitte den Kofferraum. Wir müssen ihn durchsuchen.«

»Wonach?«

»He, Dave!« Der zweite Beamte wies auf den CND-Aufkleber am Rückfenster.

»Ah ja!« Die beiden tauschten vielsagende Blicke. »Wir suchen einen flüchtigen Verbrecher. Aber in so einem Wagen kann man alles mögliche erwarten, hm?«

»Sind Sie von hier?« fragte Martin. »Ich kenne Sie nicht.«

»Wir kennen Sie auch nicht, Meister.«

»Nein, aber ich lebe hier, und es sollte mir doch möglich sein, unbelästigt nach Hause zu fahren.«

»Ach, als Belästigung sehen Sie das? Wollen Sie eine amtliche Beschwerde machen?«

»Wir möchten nur nach Hause.«

»Machen Sie den Wagen auf.«

Resigniert öffnete Laura den Kofferraumdeckel. Sie ließen sie den Einsatz herausnehmen, unter dem der Reservereifen lag, und machten sich einen Spaß daraus, unter den Sitzen nachzusehen. Das Funkgerät in ihrem Wagen begann zu quäken, und während der eine hinüberging, um sich zu melden, blieb der andere stumm bei Martin und Laura stehen.

»Können wir fahren?« fragte Laura.

»Nein, warten Sie.« Er wies mit dem Kopf auf das Polizeifahrzeug.

Seinen Zorn beherrschend, um ihnen kein Angriffsziel zu bieten, fragte Martin: »Worauf?«

Aber da lenkte sie alle das ferne Knattern eines Hubschraubers ab, der im Zickzackkurs tief über das Moor flog. Das Geräusch der Rotorblätter klang wie Maschinengewehrfeuer. Die Maschine kam so nahe heran, daß ein kalter Windstoß sie erfaßte. Die beiden Polizeibeamten winkten, als der Hubschrauber eine Kurve beschrieb und davonflog.

»Wen suchen Sie eigentlich?« fragte Laura.

»Einen gefährlichen Verbrecher. Wenn Sie ihm begegnen sollten, dann benachrichtigen Sie uns. Wir rechnen mit der Unterstützung aller rechtschaffenen Bürger, zu denen Sie doch bestimmt auch gehören.«

Auf der Kuppe der Straße erschien ein Auto. Die beiden Männer machten sich bereit, es aufzuhalten.

»An Ihrer Stelle würde ich heute abend zu Hause bleiben.« Damit kehrten die beiden Polizisten Martin und Laura den Rükken, nur noch an dem näherkommenden Wagen interessiert.

»Diese miesen kleinen Schweine«, schimpfte Martin erregt, als sie die einsame Straße entlangfuhren. »Machtgefühl des kleinen Mannes. Erbärmlich!«

Laura legte ihm die Hand auf den Schenkel. »Vergiß es. Es ist ja nichts passiert. Heute abend lassen wir uns bei Godfrey richtig vollaufen.«

»Ich gehe heute abend nicht weg. Jedenfalls nicht zu Godfrey.«

»Martin«, sagte Laura, »ich versuch' doch nur, dich aufzumuntern. Was glaubst du denn, wie mir zumute ist? Du weißt doch, was das alles zu bedeuten hat – Straßensperren, Hubschrauber – wahrscheinlich haben sie ihn schon. Ich glaube, wir wissen gar nicht, wo wir da reingeraten sind. Ich wollte nichts weiter, als ein bißchen lachen und albern, um mir die Geschichte wenigstens eine Weile aus dem Kopf zu schlagen. Mit dir zusammen! Und du mußt hier deine König-Lear-Nummer abziehen!«

»Meine König-Lear-Nummer?«

»Ja, du möchtest einfach hier in der Prärie verschwinden und so tun, als gäbe es die Dinge, die dir nicht in den Kram passen, gar nicht.«

Martin war wütend. »Ach, so siehst du mich?«

»So *bist* du.« Laura warf ihm aus dem Augenwinkel einen Blick zu. Sein Gesicht war finster und verschlossen. »Es ist ja bald vorbei«, sagte sie, doch er schwieg eigensinnig.

Erst als sie nur noch einen knappen Kilometer vom Haus entfernt waren, riß sich Martin aus seiner düsteren Trance und sagte, diesmal ruhig und vernünftig: »Halt mal einen Moment an. Da am Straßenrand.«

»Ich möchte nach Hause«, versetzte Laura ungeduldig.

»Halt an, bitte!«

Sie fuhr an den Straßenrand und bremste ab. »Was ist denn?«

»Bleib hier und warte auf mich.«

Er dreht durch, dachte sie. Aber zugleich fühlte sie sich schuldig, ihn verraten, ihn in etwas hineingerissen zu haben, das mit Demütigung für ihn enden mußte. Sie zwang sich, nicht in den Rückspiegel zu sehen.

Martin kam wieder und stieg in den Wagen. »Polizei. Hier auch.«

»Aber die Straße führt doch nur zum Haus«, sagte Laura.

»Richtig.« Er schwieg einen Moment. Er hatte seine Selbstbeherrschung wiedergewonnen. »Ich habe da hinten, ein Stück abseits von der Straße, einen Wagen gesehen. Leer.«

»Sie beobachten das Haus.«

»Vermutlich.«

»Wir sind der Köder. Sie glauben, er wird zu uns kommen –«

»Sie sind sicher bewaffnet«, sagte Martin.

»Es tut mir leid«, sagte Laura. »Ich hab' dir das alles eingebrockt. Ich fand es so schön hier, als ich kam. Ich finde es immer noch schön. Und jetzt dürfen wir nicht mal ins Haus zurück. Was wollen wir tun?«

»Vorhin sagtest du, es wird bald vorbei sein«, bemerkte Martin. »Was hast du damit gemeint?«

»Die Sache mit Ray. Jetzt schnappen sie ihn ganz sicher.«

»Er hat Pilkington getötet. Das weißt du doch, nicht wahr?«

»Es ist mir gleich. Ich habe das Gefühl, wir haben ihn im Stich gelassen.«

»Wir wissen nicht einmal, wer er war.«

»*War*, ja, ganz richtig. Glaubst du, er wird diese Treibjagd lebend überstehen? Es ist mir gleich, wer er war. Wenn ich sehe, was hier läuft, wünsche ich nur, wir hätten ihm geholfen.«

Martin wollte protestieren, sagen, sie hätten ihm doch geholfen, aber er unterließ es.

»Ich will kein Köder sein«, sagte Laura, »und ich möchte nicht sehen, was passiert. Ich fahre nicht zum Haus zurück.«

Martin überlegte. »Ich weiß eine Straße, die sie gewiß nicht gesperrt haben. Komm, laß mich fahren.«

11

Ein Stück Film in den Morgennachrichten zeigte inmitten öder Landschaft einen Portalkran, der sich über einem Bahngleis wölbte. Man fühlte sich an einen Triumphbogen erinnert und an das Tor zu einem Lager, auf dessen einspurigem Gleis Güterwagen in endloser Kette Menschen in den Tod beförderten. Oberhalb des Portals befand sich das Führerhaus, unterhalb hing schlaff die Hebevorrichtung, die sich sachte im Wind bewegte.

Der unsichtbare Sprecher erklärte, wie der Abtransport der Entsorgungsbehälter vor sich ging. Aus dem Reaktor wurde der Behälter auf einen Schwertransporter befördert und zum Kopfgleis fünfhundert Meter außerhalb der äußeren Umzäunung des Geländes gefahren. Dort wurde er auf einen Eisenbahnwagen verladen, der, an einen Güterzug angeschlossen, von dort aus die lange Fahrt quer durch England zur Wiederaufbereitungsanlage Sellafield zurücklegte.

Martin und Laura bekamen nur den Schluß des Berichts mit und mußten auf die viertelstündige Wiederholung warten. Aber sie hatten das Wort »Caunder« gehört und sie wußten, was das zu bedeuten hatte, auch wenn sie es nicht wahrhaben wollten. In ihre Morgenröcke verkrochen hockten sie sich vor den Bildschirm und versuchten, sich innerlich auf das vorzubereiten, was kommen würde.

Mit den folgenden Wiederholungen gewann der Bericht an Substanz. Inwieweit die erwähnten »unbekannten Faktoren« nur strategisches Mittel waren, um einer Massenpanik vorzubeugen, wußten allein die Verantwortlichen. Die Geschichte der Ereignisse selbst jedoch ließ sich so wenig zurückhalten wie eine radioaktive Wolke und überschattete bald die gesamte Programmfolge. Selbst in den morgendlichen Unterhaltungssendungen wurden die Gäste, die sich eingefunden hatten, um über

Pudelzucht oder das peinlichste Erlebnis ihres Lebens zu plaudern, prompt nach ihrer Meinung zu den Geschehnissen befragt.

Der BBC zufolge hatte sich folgendes ereignet:

Der Entsorgungsbehälter war am späten Nachmittag zum Kopfgleis gebracht worden, um in der folgenden Nacht abtransportiert zu werden. Atommüll wurde fast ausnahmslos bei Nacht befördert. Der Behälter war vom Wagen gehoben worden, und der Fahrer hatte in der Erwartung, daß er wie gewöhnlich auf den Güterwagen hinuntergelassen werden würde, ohne sonderliches Interesse zugesehen.

Beim Interview vor der Fernsehkamera behauptete der Fahrer jetzt allerdings, ihm sei aufgefallen, daß der Behälter sich bei der Verladung nicht so ruhig wie sonst durch die Luft bewegt habe. Außerdem, sagte er, winkte ihm der Kranführer normalerweise aus seinem Häuschen zu, diesmal jedoch hätte er, obwohl der Lastwagen an derselben Stelle stand wie immer, nicht aus dem Fenster gegrüßt. Der Fahrer hatte sich nichts weiter dabei gedacht und war nach Verladung des Behälters ins Kraftwerk zurückgefahren. Beim Wegfahren, erklärte er jetzt, habe er noch einmal in den Rückspiegel gesehen, und er könne fast schwören, daß zu dem Zeitpunkt die Halterungen noch nicht von dem Behälter entfernt gewesen seien; je bohrender jedoch die Fragen des Interviewers zu diesem Punkt wurden, desto hartnäckiger behauptete er, es sei lediglich ein Eindruck gewesen. Es sei schon dunkel geworden, und er könne nichts mit Sicherheit sagen.

Nun wurde das Kopfgleis selbst unter die Lupe genommen. Anhand einer Übersichtskarte wurde gezeigt, daß es sich am äußersten Ende eines ehemaligen Rangierbahnhofs befand, der seit Jahren außer Betrieb war. Von Caunder führte die Gleisstrecke bis zum Anschluß an die Bahnlinie Barnbrook und das britische Eisenbahnnetz über zweieinhalb Kilometer durch einsames Öd- und Weideland.

Die Weichen wurden von einem mechanischen Stellwerk aus fernbedient, und Inspektionen dieser Strecke durch das Niemandsland wurden nur unregelmäßig vorgenommen. Ein defensiv wirkender Sprecher der Britischen Eisenbahn lehnte es ab, hinsichtlich der Häufigkeit solcher Inspektionen eine verbindliche Aussage zu machen, und versuchte, jede mögliche Schuldzuweisung mit der mehrmals wiederholten Erklärung abzuwehren, daß die Britische Eisenbahn einzig für die Betriebstüchtigkeit der Strecke verantwortlich sei, die ja hier nicht in Frage stünde.

Ein gleichermaßen defensiver Sprecher der Behörde für Atomenergie vertrat die Ansicht, Entführungen, ob nun von Flugzeugen oder von radioaktivem Material, seien nur durch Errichtung eines Polizeistaats zu vermeiden – wenn sich die »Nation in ständiger Alarmbereitschaft« befände, sagte er unter anderem –, und es sei dies ein trauriger Tag, wenn die Produktion von Kernenergie zu friedlicher Verwendung derartige Maßnahmen erforderlich mache, aber das britische Volk stünde in diesem Moment vielleicht vor einer harten Entscheidung.

Den Kranführer hatte man in seinem Führerhäuschen gefunden. Er konnte nicht sagen, was vorgefallen war. Das letzte, woran er sich erinnerte, war, daß er aus seinem Wagen gestiegen war. Sein Schlüssel war ihm heruntergefallen, und er wußte noch, daß er sich gebückt hatte, um ihn aufzuheben. Wer immer ihn niedergeschlagen hatte, mußte sich so leise angeschlichen haben, daß er nichts davon gemerkt hatte. Die Kamera schwenkte über verwildertes Grasland, wo der Angreifer sich möglicherweise versteckt gehalten hatte. Der Kranführer war in seinem Führerhäuschen erwacht, vom Läuten des Nottelefons aus der Bewußtlosigkeit gerissen. Da er gefesselt und geknebelt gewesen war, hatte er nur tatenlos warten können, bis jemand von der Wachmannschaft des Kraftwerks gekommen war. Mittlerweile war es dunkel geworden, und mehr als eine Stunde war seit der Verladung des Entsorgungsbehälters vergangen.

Viel Aufmerksamkeit widmeten die Kamerateams, die zum Kraftwerksgelände selbst keinen Zutritt erhielten, der schmalen, fünfhundert Meter langen Asphaltstraße von der äußeren Umzäunung zum Kopfgleis. Sie zeigten auch, in welcher Richtung die Diebe des Behälters geflohen sein mußten. Wenn man voraussetzte, daß sie mit einem Lastwagen gekommen waren, gab es nur eine Möglichkeit: Sie mußten die einzige ausgebaute Straße genommen haben, die von der Verbindungsstraße zwischen Kraftwerk und Kopfgleis abzweigte.

Aber wohin dann? Ein Polizeisprecher gab zu, daß man noch

im dunklen tappte, versicherte den Zuschauern jedoch, daß sich bereits eine große Anzahl von Zeugen gemeldet hätten, die möglicherweise nützliche Hinweise geben könnten. Selbstverständlich werde jedem einzelnen Hinweis nachgegangen. Inzwischen sei im ganzen betroffenen Gebiet eine Großfahndung eingeleitet worden. Es folgten Filmaufnahmen von Suchflugzeugen und Hubschraubern, von Straßensperren, die im Lauf der Nacht errichtet worden waren.

Und endlich fühlte sich der Innenminister hinreichend informiert, um eine öffentliche Erklärung abzugeben. Statt sich mit einem Rückzugsgefecht gegen die Kritiker der Regierung zu begnügen, die sich schon zu formieren begannen, ging er aufs Ganze. Mit kalter Miene und verkniffenem Mund gab er die Schlußfolgerungen bekannt, die er gezogen und mit dem Premierminister besprochen hatte.

Sie waren einfach. Das, was alle befürchtet hatten, was viele so undenkbar fanden, daß sie schon vor der Vorstellung zurückschreckten, war nun allen gegenteiligen Wünschen und Hoffnungen zum Trotz eingetreten. Eine neue Generation technisch hochgebildeter Terroristen hatte in das komplexe Gefüge des Atomstaats eingegriffen und sich in den Besitz radioaktiven Materials gebracht. Nun gelte es, den Grundfragen der Freiheit und des Lebens ins Auge zu sehen. Er sei überzeugt, seine britischen Landsleute stimmten mit ihm darin überein, daß keine Maßnahme zu kostspielig oder zu extrem sei, wenn durch sie ein für allemal die Möglichkeit willkürlicher Terrorakte ausgeschaltet werden konnte, die »unser künftiges Wohlergehen, ja, unser Überleben bedrohen…«

Martin und Laura ließen den Fernsehapparat eingeschaltet. Wenn einer aus dem Zimmer ging, blieb der andere vor dem Bildschirm, damit sie ja nichts versäumten. Es fiel ihnen schwer, miteinander zu sprechen. Die Ereignisse hatten sie überwältigt, und ihre Kraft schien gerade noch dazu auszureichen, hinzuschauen und weiterzuatmen.

Laura rief bei Sarah an, aber es meldete sich niemand. Sie versuchte es mehrmals, aber ohne Erfolg. Sonst gab es niemanden, mit dem sie jetzt hätte sprechen können.

Als sie wieder ins Zimmer kam, zeigte der Bildschirm Luftaufnahmen einer ländlichen Kleinstadt, und sie hörte gerade noch den Schluß des Begleitkommentars. »...zur Evakuierung des umliegenden Gebiets wurden eingeleitet.« Das Flugzeug ging so weit hinunter, daß die Kamera Bewegungen auf den Straßen erfassen konnte. Auf einem Bild waren Kolonnen von Autos zu sehen, die sich Stoßstange an Stoßstange vorwärtsschoben, auf einem anderen Tausende von Menschen, die zu Fuß ins freie Land hinausstrebten. Der Sprecher betonte zwar, daß die Durchführung der Sicherheitsmaßnahmen, die man getroffen hatte, sobald die Bedrohung offenkundig geworden war, zügig und reibungslos vonstatten ginge, doch selbst die Luftaufnahmen ließen erkennen, daß auf den schmalen Straßen schon das Chaos ausgebrochen war.

»Das ist Faulston«, sagte Martin. »Sie haben den Behälter nach Faulston gebracht.«

Laura erinnerte sich des Marktfleckens mit seinem mittelalterlichen Stadtkern und den ihn umgebenden neuen Wohnsiedlungen von einem Besuch im Sommer. Er war keine 70 Kilometer von Macemoor entfernt.

»Er hat die Wahrheit gesagt«, sagte sie leise und heftig. »Er hatte recht.« Sie spürte eine tiefe Scham. »Er hat die Wahrheit gesagt, und wir haben ihm nicht geglaubt«, sagte sie mit zornigem Nachdruck.

Martin wich ihrem Blick aus. »Woher hätten wir wissen sollen, daß er die Wahrheit sagte«, entgegnete er leicht aggressiv. »Sicher, es war klar, daß er in irgendwas verwickelt war, sonst hätte man ihn nicht so gejagt. Vielleicht war es unrecht von mir, ihm nicht zu trauen, ich weiß es nicht. Aber was hätten wir denn tun können? Ich meine, um das hier zu verhindern.« Er wies zum Fernsehapparat, dann sprang er auf und packte Laura bei den Schultern. »Das ist nicht unsere Welt. Herrgott noch mal, Terroristen, Leichen, die Bedrohung von unschuldigen Menschen mit radioaktivem Müll – damit will ich nichts zu tun haben. Und was deinen Freund Ray angeht – der hat uns benutzt, und wie immer die Wahrheit dahinter auch aussehen mag, ich weiß, daß sie mir nicht gefallen würde. Ich habe mich mein Leben lang gegen das alles gewehrt, die Paranoia, den Wahnsinn, der das Leben der Leute regiert – was willst du eigentlich? Gibst du mir die Schuld an dem da?« Wieder wies er mit zorniger Geste zum Bildschirm.

Laura musterte ihn kalt, mit leicht zusammengekniffenen Augen, wie immer, wenn er zu wüten anfing. Sie ärgerte sich über ihre eigenen Schuldgefühle. Aber das unversöhnliche Blitzen ihrer Augen verriet, daß sie ihm die Schuld gab.

»Du bist ein kleiner Mensch, Martin«, sagte sie, und die Worte standen wie eine Mauer zwischen ihnen.

»Ein kleiner Mensch«, wiederholte er in neutralem Ton, völlig ruhig, als akzeptiere er das Urteil. »Mehr läßt sich von mir nicht sagen, als daß ich ein kleiner Mensch bin.«

Laura bedauerte die Worte. Doch ihr Blick ging an ihm vorbei zum Bildschirm, und der Augenblick zu Entschuldigung und möglicher Aussöhnung verstrich.

Anhand von Diagrammen erläuterte ein Sprecher, mit welchen Folgen bei einer Beschädigung des Entsorgungsbehälters zu rechnen war.

Bei Freisetzung des gesamten Inhalts des Behälters würde ein Gebiet im Umkreis von 20 Kilometern für zweihundert Jahre evakuiert werden müssen. Wenn nur 10 Prozent des Materials entwichen, würde ein Gebiet von mehreren Quadratkilometern rund um die Verseuchungsquelle für einen Zeitraum, der zwischen fünf und fünfhundert Jahren liegen konnte, unbewohnbar werden. Ein Hagel von Zahlen und Fakten, die Bilder von surrealer Trostlosigkeit heraufbeschworen, ging auf die Fernsehzuschauer nieder.

Der Sprecher wandte seine Aufmerksamkeit jetzt dem Behälter selbst zu, einem Kubus von knapp 150 Kubikmetern Inhalt mit einem Stahlmantel von 30 Zentimeter Dicke, der so konstruiert war, daß er einer Hitzeeinwirkung von 800 Grad Celsius eine halbe Stunde lang standhalten konnte. Die Schwachstelle war die Verschlußnaht zwischen dem Behälterkörper und dem sieben Tonnen schweren Deckel, auch wenn der Deckel mit Sicherheitsbolzen verschlossen war, die, wie der Sprecher ausdrücklich betonte, nur mit Spezialwerkzeugen eingesetzt und entfernt werden konnten. Sollte es gelingen, den Deckel zu öffnen oder den Behälter auf andere Weise, zum Beispiel durch Sprengung, zu beschädigen, so würde die nachfolgende Katastrophe voraussichtlich folgendermaßen ablaufen: Nach Entweichen des radioaktiven Kühlwassers würde die von dem radioaktiven Müll abgestrahlte Hitze die Ummantelung der verbrauchten Brennstäbe zum Schmelzen bringen, und es würde ein Feuer entstehen, durch das Cäsium, Strontium, Ruthenium und Plutonium direkt in die Atmosphäre gepumpt würden.

Jeder, der absichtlich einen solchen Unfall herbeiführte (das Wort »Unfall« wurde gegen alle Logik gebraucht, vielleicht um die bequeme Vorstellung von höherer Gewalt entstehen zu lassen), würde sich höchster Strahlenbelastung aussetzen, die unweigerlich von tödlicher Auswirkung sein würde. Es war jedoch möglich, daß die Terroristen glaubten, bei einer Sprengung des Behälters mittels Fernsteuerung ungeschoren davonkommen zu können. Und dies, schloß der Sprecher, mache die Bedrohung um so realer.

Bislang hatte niemand eine Ahnung, worum es den Terroristen ging. Die Polizei hielt alle Einzelheiten hinsichtlich ihrer Forderungen zurück. Endlos wurde die Geschichte in regelmäßig eingeblendeten kurzen Nachrichtensendungen wiederholt, aber es gab ihr fürs erste nichts hinzuzufügen.

Kurz vor Tagesanbruch war ein mit dem Fünfzig-Tonnen-Behälter beladener Schwertransporter in dem Städtchen Faulston eingefahren. Wo der Behälter seit dem Diebstahl am vorangegangenen Abend versteckt gehalten worden war, war nicht bekannt. Hier wurde offenbar ein bis ins kleinste ausgearbeiteter Plan zur Durchführung gebracht, und im Schutz der Nacht hatte sich der Wagen mit seiner tödlichen Ladung in der vielgestaltigen weiten Landschaft gut verstecken lassen. In Faulston hatten die Terroristen mit ihrem schweren Fahrzeug das Holztor zum Hof der Gesamtschule des Ortes niedergewalzt. Außer dem Hausmeister, der noch in seinem Haus etwa hundert Meter vom Tor entfernt geschlafen hatte, hatte sich kein Mensch auf dem Gelände befunden.

Vom Krachen des gesprengten Tors aus dem Schlaf gerissen, war der Hausmeister hinausgelaufen und von den Terroristen in Empfang genommen worden. Nachdem sie ihn beauftragt hatten, die Polizei von den Geschehnissen zu unterrichten, hatten sie ihm befohlen, mit seiner Ehefrau und seinen drei Malteserhündchen das Gelände unverzüglich zu verlassen. Als später das Fernsehen den Hausmeister zum Helden des Tages hochjubelte, stahlen ihm bald die Malteser die Schau, bis schließlich ganz England wußte, daß sie Candy, Shandy und Randy hießen, und Tausende von Familien bei sich das dringende Bedürfnis entdeckten, ein ebensolches Hündchen ihr eigen zu nennen.

Die Forderung der Terroristen ließ an Schlichtheit nichts zu wünschen übrig. Sie verlangten eine Million Pfund und ein Sportflugzeug, das auf dem Sportplatz hinter der Schule landen konnte. Es sollte mit einem Piloten und einem Copiloten bemannt sein, die als Geiseln dienen sollten. Die Terroristen waren zu fünft, alle vermummt und mit ausreichend Plastiksprengstoff bewaffnet, um den Inhalt des Entsorgungsbehälters in die Luft zu jagen. (Die Metereologen des Fernsehens lieferten bereits regelmäßige Berichte über die Windverhältnisse in und um Faulston und registrierten jede Richtungs- und Geschwindigkeitsänderung, während andere Experten sich in Hypothesen über die mögliche Dichte und Reichweite des Fall-out ergingen.)

Die Terroristen, die außerdem mit Maschinenpistolen bewaffnet waren, forderten, ein Polizeibeamter solle sich über das Schultelefon mit ihnen in Verbindung setzen und danach als alleiniger Mittelsmann zwischen ihnen und den Vertretern des Staates dienen, die zu Verhandlungen bereit waren.

Nur die Milchwagen waren in Faulston unterwegs, als das erste graue Licht eines trüben Herbsttags zu dämmern begann. Die Milchmänner merkten bald, daß ungewöhnliche Aktivitäten im Gang waren – Polizeifahrzeuge brausten durch die Straßen der Innenstadt. Ein oder zwei, deren Häuser in der Nähe waren, stellten ihre Lieferungen ein und fuhren in der Befürchtung, es sei etwas geschehen, nach Hause, um ihre Familien zu wecken.

Die Polizei hatte keinen bestimmten Plan für das unerwartete Ereignis. Im allgemeinen bemühte man sich in Krisensituationen zunächst darum, einem Ausbruch von Panik unter der Bevölkerung vorzubeugen, und da man meinte, das ginge am besten, wenn man die Leute von ihren Autos trennte, zielten die Maßnahmen vor allem auf eine Einschränkung des Straßenverkehrs. So waren, als die Dächer von Faulston im unfreundlichen Morgenlicht langsam Kontur gewannen, bereits an allen Straßen, die aus der Stadt hinausführten, sowie an den wichtigsten Kreuzungen im Ort selbst, Sperren errichtet.

Den Polizeibeamten wurde über die Gefährlichkeit der Situation, die sie unter Kontrolle halten sollten, nur das absolut Notwendige gesagt. Es hieß, später werde das Militär einrücken; bis dahin ginge es einzig darum, für Ruhe zu sorgen. Außerhalb der Stadt könnten Busse und Lastwagen zum geordneten Abtransport großer Menschenmengen zur Verfügung gestellt werden. Niemand hatte jedoch einen Plan zu Gesicht bekommen, der aufzeigte, wie dieser Konvoi organisiert werden würde und wohin er seine menschliche Fracht bringen sollte. Doch jetzt galt es erst einmal dafür zu sorgen, daß die Bewohner von Faulston in geordnetem Fußmarsch auf den beiden Straßen, die nach Südwesten gingen, ihre Stadt verließen. Der Wind blies an diesem Morgen aus dem Südwesten.

Es war ein Arbeitstag. In den Häusern erwachten die Leute, begannen, sich für den kommenden Tag fertigzumachen. Man schaltete wie immer das Radio oder den Fernseher ein, aber zu diesem Zeitpunkt brachten die Sender noch keine Meldungen über das, was in Faulston geschehen war. Die Sicherheit alltäglicher Routine wurde vom Dröhnen der Polizeilautsprecher zerstört, die den sechzigtausend Bewohnern der Stadt Anweisung gaben, wie sie sich in einem Notfall zu verhalten hatten, von dem sie bis jetzt nichts wußten.

»Hier spricht die Polizei. Bitte verlassen Sie Häuser und Wohnungen. Vermeiden Sie jede Panik. Verlassen Sie Ihre Häuser und Wohnungen so rasch wie möglich. Nehmen Sie nur warme Kleider, Nahrungsmittel und Getränke mit. Lassen Sie alle persönlichen Sachen zurück. Es liegt ein Notfall vor. Sorgen Sie für Ihre eigene Sicherheit, indem Sie den Anweisungen Folge leisten. Lassen Sie Ihre Fahrzeuge stehen. Gehen Sie zu Fuß zur Barnbrook Road. Folgen Sie den Wegweisern nach Barnbrook. Eile ist geboten. Die Stadt muß schnellstens geräumt werden. Hier spricht die Polizei...«

Das Durcheinander, das die Polizeifahrzeuge hinterließen, wenn sie einen Bezirk abgefahren hatten, wirkte wie schlecht geprobtes Straßentheater. Widerwillig und ärgerlich kamen die Leute aus ihren Häusern, nicht in der Absicht, sie zu räumen, sondern um auf diese Störung ihres täglichen Lebens mit Zorn zu reagieren. Nachbarn berieten sich miteinander, wobei jeder beim anderen die beruhigende Zusicherung suchte, daß es kein ernstes Problem gäbe, daß es sich um falschen Alarm handle oder höchstens um eine kleinere Katastrophe – einen Wasserrohrbruch oder eine Gasexplosion –, die sie nichts anging, da ja keinerlei Gefahrenzeichen zu sehen waren.

Aber sie erhielten diese Zusicherung nicht. Statt dessen sahen sie, wie viele, die es für das beste hielten, ihr Heil in sofortiger Flucht zu suchen, ohne Rücksicht auf die Anweisungen der Polizei ihre Autos mit Nahrungsmitteln und Wertgegenständen vollstopften und mit Vollgas davonbrausten.

Das löste eine Kettenreaktion aus. Angesichts der Tatsache, daß andere sich einfach in ihre Autos setzten, war kaum noch jemand bereit, sich wie befohlen zu Fuß auf den Weg zu begeben, zumal in der Verwirrung und Angst, die nun um sich zu greifen begannen. Autos bedeuteten Geschwindigkeit, boten die Chance der Rettung vor dieser unbekannten Katastrophe. Autos hatten Radios, und Informiertsein war alles. Und Autos boten Schutz und Zuflucht.

Die ersten Autos, die auf Polizeisperren stießen, wurden energisch zum Anhalten gebracht. Man bemerkte, daß einige der Polizeibeamten Waffen trugen, die zu verbergen sie sich nicht bemühten. Bald stauten sich die Fahrzeuge, und das Gefühl, hilflos festzusitzen, wirkte schnell auf die Leute. Sie bekamen Angst, wurden gefügig, eifrig bereit, sich Befehlen zu unterwerfen. Froh um die Gesellschaft anderer, denen es genauso ging wie ihnen, stiegen sie aus ihren Autos, sperrten ab und reihten sich widerstandslos in den langen Zug gebeugter Menschen ein, der sich zur Stadt hinauswälzte. Einige verlangten Auskunft von den Polizeibeamten, wollten wissen, wohin der Marsch führen sollte, was für Vorbereitungen man zu ihrer Aufnahme getroffen hatte. Die Antwort war immer die gleiche: Das erfahren Sie später. Da wußten sie alle Bescheid. Es waren keinerlei Vorbereitungen getroffen worden. Man wollte sie nur aus den Straßen von Faulston entfernen; danach waren sie sich selbst überlassen.

Einige wurden gequält von der Erinnerung an die Bilder endloser Flüchtlingsströme, die Jahr um Jahr über die Fernsehschirme flimmerten und stets das gleiche zeigten: die Opfer, die Hungernden, die Verfolgten, die Gefangenen – Menschen ohne Hoffnung. War dies hier etwas anderes? Viele konnten es nicht aushalten, sich in diesen Zug schweigender, niedergeschlagener und hilfloser Vertriebener einzugliedern, und brachen aus, kletterten über Tore und Zäune und flohen über die Felder, um sich wenigstens die Illusion zu bewahren, Herr über ihr eigenes Schicksal zu sein.

Aber was ging überhaupt vor? Gerüchte verbreiteten sich unter den Flüchtlingen. Nach Tschernobyl hatte jeder, der in unmittelbarer Nähe eines Kernkraftwerks lebte, gewußt, daß dieser Tag kommen mußte – der Tag, an dem man sie, die vielleicht schon tödlich verstrahlt waren, in Herden davontreiben, sie mit Lügen beruhigen würde, um sie dann einem vorzeitigen Tod ohne Würde und Sinn zu überlassen. Gerade in diesem Augenblick konnte eine radioaktive Wolke über sie hinwegtreiben, und die Angst vor dem unsichtbaren Gift bewirkte vielleicht mehr als alles andere, daß die Menschen fügsam blieben, weil sie hofften, wenn sie den Anweisungen folgten, würden sie am Ende doch gerettet werden.

Es gab auch andere Gerüchte. Die Geschichte, daß Terroristen die Gesamtschule besetzt hatten, wurde als Augenwischerei abgetan, nur dazu bestimmt, einen Unfall im Kraftwerk Caunder zu verheimlichen. Und schließlich kam von den Leuten, die sich als letzte dem Zug angeschlossen hatten, die Nachricht, daß die Polizeibeamten samt und sonders plötzlich ihre Posten verlassen und sich wie die Teufel davongemacht hätten – auf Straßen, die sie für allen Verkehr gesperrt hatten und die in die entgegengesetzte Richtung jener führten, die sie den normalen Bürgern geöffnet hatten.

Aber ob nun die Polizei die Stadt verlassen hatte oder nicht, Tatsache war, daß eine Gruppe von Menschen sich ihren Befehlen nicht unterworfen und die Aufgabe ihrer Fahrzeuge verweigert hatte. Diese Leute, denen sich unterwegs immer mehr ähnlich aggressive Fahrer anschlossen, arbeiteten sich, wenn nötig, auf Bürgersteigen fahrend, zu den Außenbezirken von Faulston durch, bis schließlich eine der Hauptabsperrungen der Polizei ihnen die Weiterfahrt unmöglich machte. Ein Trupp wütender Männer forderte die beiden diensttuenden Beamten auf, augenblicklich die Straße freizumachen. Wenn nicht, würden sie das Polizeifahrzeug eigenhändig aus dem Weg räumen. Die Beamten widersetzten sich nur kurz, dann sprangen sie in ihren Wagen und fuhren davon. Die Angehörigen aller Polizeibeamten waren gleich zu Beginn evakuiert worden und mittlerweile sicherlich schon weit von Faulston entfernt. Vielleicht war es an der Zeit, sich zu ihnen zu gesellen.

An der ersten Kreuzung bog das Polizeiauto in eine schmalere und ruhigere Straße ab. Auf der Hauptstraße schoß eine wilde Meute hupender Autos, deren Insassen zum größten Teil immer noch nicht wußten, wovor sie flohen, ins freie Land hinaus.

12

Godfrey Knapps Stimme am Telefon klang geisterhaft. Sie beschwor Bilder von verödeten alten Räumen und staubiger Stille herauf. Er sprach auf eine gemessene, indirekte Art wie jemand, der weiß, daß er stirbt, aber nicht weiß, wie er sich mitteilen soll. Froh, dem Grauen und den Schuldgefühlen, die sie vor dem Fernsehapparat festhielten, entfliehen zu können, fuhren Martin und Laura nach Scardale.

Die Stimmung im Wagen war so düster, als führe der Tod mit ihnen. Und vielleicht war Ray tatsächlich inzwischen tot. Der Gedanke daran verhinderte jedes Gespräch darüber, was wohl geschehen war, wer er gewesen war, wie sich die Ereignisse in Faulston entwickeln würden. Der gestohlene Entsorgungsbehälter war wie ein Symbol für eine Art Wahnsinn, der in ihre persönliche Beziehung eingedrungen war, und so fuhren sie schweigend und in quälender Verwirrung durch die graue Landschaft.

Knapp führte sie durch das marmorglänzende Foyer von Scardale, legte jedem eine Hand auf die Schulter und sagte: »Ich muß Ihnen etwas zeigen.«

Er ging mit ihnen in sein Arbeitszimmer mit den unaufgeräumten Regalen, die verrieten, daß er sich täglich mit seinen Büchern beschäftigte, und drückte ein paar Knöpfe am Videorecorder.

»Das kam vor ein paar Minuten. Da waren Sie gerade unterwegs. Zum Glück habe ich den ganzen Morgen schon aufgenommen, darum habe ich es erwischt.«

Martin und Laura setzten sich und ließen Bilder an sich vorüberziehen, die sie schon ein dutzendmal gesehen hatten, Ansichten der Schule und des langen Stroms von Evakuierten. Zweimal klopfte Knapp ungeduldig auf das Gerät und spulte das Band vor.

»Wir hören soeben, daß die Polizei nach einem Mann fahndet, der vermutlich zu der Gruppe von Terroristen gehört, sich aber nicht bei der Gruppe befindet, die die Gesamtschule in Faulston besetzt hält. Sein derzeitiger Aufenthalt ist ungewiß, es ist jedoch bekannt, daß er sich irgendwo in der Gegend zwischen Barnbrook und der Halbinsel Faul aufhält...«

Rays Bild erschien plötzlich auf dem Schirm. Martin und Laura tauschten einen kurzen Blick, ehe sie ihre Augen wieder auf den Bildschirm richteten.

»...zuletzt unter dem Namen Peter English, aber es ist sicher, daß er diesen Namen jetzt nicht mehr führt...«

Godfrey Knapp wartete auf Anzeichen von Schrecken oder Verzweiflung von seiten seiner beiden Gäste. Doch die sprangen statt dessen mit strahlenden Gesichtern aus ihren Sesseln und fielen sich in die Arme.

»Sie haben ihn nicht erwischt!« rief Laura. Selbst Martin, der Vorsichtige, konnte sich ihrer jubelnden Erleichterung nicht entziehen.

Etwas enttäuscht stoppte Knapp das Bild auf dem Schirm. Es war ein von einer versteckten Kamera heimlich aufgenommener Schnappschuß, nicht das ausdrucksleere Erkennungsfoto für das Strafregister oder die Militärakte. Die Augen zeigten eine Nachdenklichkeit, zu der das Wort »Terrorist« nicht paßte. Ein schmales, dunkles Gesicht, intelligent, aber kalt.

Knapp erinnerte sich Teals Interesse an diesem Mann, seiner Geheimniskrämerei. Und jetzt prangte das Gesicht dieses Mannes auf sämtlichen Bildschirmen Englands. Was bedeutete das für Harry Teal? Hoffentlich, daß er sich gründlich in die Nesseln gesetzt hatte, dachte Knapp sadistisch.

Tja, die Aufsichtsratssitzung heute nachmittag und den Empfang heute abend zur Vergabe der Förderpreise des Regionalen Kunstvereins würde er wohl ausfallen lassen müssen. Der heutige Tag stellte andere Forderungen. Aber wieso waren diese beiden so glückselig? Eine wohlgezielte Kugel in den Kopf dieses vom Pfad abgekommenen Terroristen hätte sie ihres Problems enthoben. So jedoch, sagte Knapp der Instinkt, fingen ihre Probleme erst an.

»Wollen wir uns den Rest der Sendung ansehen?«

Im Kommentar wurde darauf hingewiesen, daß der Mann, dessen Foto soeben gezeigt worden war, eine Waffe trug, von der er ohne Zögern Gebrauch machen würde. Die Zuschauer wurden daher mit allem Nachdruck davor gewarnt, sich ihm zu nähern. Zum Schluß wurde eine Telefonnummer angegeben, wo jeder, der den Terroristen sehen sollte, sich melden konnte.

Knapp schaltete das Videogerät aus. »Ihr Freund scheint die Wahrheit gesagt zu haben.«

»Ich habe ihm immer geglaubt«, erklärte Laura.

»Martin?«

Martin sah Knapp an, unsicher, was dieser von ihm wollte. Zwischen die beiden Männer hatte sich eine Wand geschoben, die solche Momente schwierig machte.

»Sie scheinen mir skeptischer zu sein«, fügte Knapp hinzu.

»Ja. Ich habe mich geirrt.«

»Und wie ist Ihnen jetzt zumute? Wenn Ihr Freund die Wahrheit gesagt hat – und so sieht es bisher aus –, dann wissen wir hier bereits, was als nächstes geschehen wird, nicht wahr, Laura?«

Die flüchtige Erregung über Rays Entkommen war schon verpufft. »Ich weiß es nicht mehr«, sagte Laura.

»Ihrem Bericht zufolge werden die Terroristen getötet und der Behälter unbeschädigt sichergestellt werden. Und sobald die Gefahr gebannt ist, wird man die Konsequenzen ziehen. Meine lieben Freunde, sind Sie sich eigentlich im klaren darüber, in was für privilegierter Position wir uns befinden? Während das ganze Land mit angehaltenem Atem auf die Atomkatastrophe wartet, wissen wir, daß sie nicht stattfinden wird. Nur wir allein, wir Glücklichen«, schloß er mit grimmigem Spott.

»Bitte machen Sie jetzt keine Scherze, Godfrey«, sagte Laura. »Was sollen wir tun?«

»Es gab doch ein Tonband. Das, wie Sie mir erzählten, aus einer Wohnung in London gestohlen wurde.«

Knapp sah, wie Martins Gesicht zuckte bei diesem Detail, das ihm offensichtlich nicht bekannt gewesen war. Gekränktheit und Eifersucht spielten da mit. Knapp wußte sofort, was los war. Was war das doch für ein langweiliger Mensch, so tierisch ernst, immer gleich persönlich beleidigt. Eine Frau wie Laura war an ihn verschwendet.

Laura versuchte, den peinlichen Moment zu überbrücken. »Ja, das stimmt. Aber es gibt eine Kopie.« Nur daß einzig Sarah Keeling wußte, wo diese Kopie war, und daß völlig unsicher war, was inzwischen mit ihr geschehen war.

»Ohne den Mann ist die Aufnahme natürlich wertlos. Die Ereignisse haben ihn überholt.«

Knapp spielte einen Moment mit seinem Zigarrenabschneider, dann schaltete er das Videogerät wieder ein und ließ noch einmal die Sendung mit Ray ablaufen.

»Möchten Sie nicht lieber einfach vergessen«, fragte er, »daß Sie je mit diesem Burschen zu tun hatten? Sie sind sowieso schon unter Verdacht geraten. Aber noch können Sie sich mit mangelnder Information rechtfertigen, damit, daß Ihre Gutmütigkeit schamlos ausgenutzt wurde. Aber wenn Sie sich jetzt nicht heraushalten, können Sie sich hinterher nicht mehr auf Unwissenheit berufen, und ich würde denken, daß die Behörden, wenn sie das nächste Mal bei Ihnen aufkreuzen sollten, weit weniger Verständnis zeigen werden.«

Knapp blickte Martin und Laura wohlwollend an. Er hatte die Situation richtig eingeschätzt, die ganze Sache war ein Trauma für sie gewesen. Aber er war jetzt zuversichtlich, daß es ihm gelingen würde, sie auf den Weg zur richtigen Lösung zu führen.

Es war ein guter Tag für Diebe in Faulston und ein schlechter Tag für Harry Teal. Angefangen hatte es eigentlich schon am Abend zuvor, als man ihn von London aus telefonisch informiert hatte, daß der Fall des unter dem Namen Peter English bekannten Mannes nunmehr gänzlich der Polizei anvertraut sei. Aufgrund von Pilkingtons Ermordung und der erfolglosen Fahndung war eine Geheimhaltung nicht mehr möglich. Man sprach Teal ein Lob für die geleistete Arbeit aus, befahl ihm, zwei Tage Urlaub zu nehmen und sich dann in London zu melden.

Das war alles. Für die Kunst der gepflegten Konversation hatten diese Leute keinen Sinn. Harry Teal brachte Stunden damit zu, seine eigene Leistung bei dem Unternehmen zu analysieren, einem Auftrag, den er nie gewollt hatte, noch dazu hier draußen in der verdammten Prärie, wo man sich völlig verloren vorkam.

Aber es spielte keine Rolle, wie oft er sich vorsagte, daß er froh war, nach London zurückkehren zu können, oder wie oft er sich selbst versicherte, daß keiner hätte mehr tun können. Pilkington hatte zuviel gewagt, war leichtsinnig geworden – Pilkington, der Supergescheite – und hatte es verpfuscht. Und hatte mit dem Tod dafür bezahlt. Das Ungerechte daran war, daß infolge davon Teal ein Fall aus den Händen genommen worden war, mit dem er sich hätte profilieren können, und das tat weh.

Graues Tageslicht und das Kreischen zweier Eichelhäher draußen vor dem Fenster trieben Teal nach wenigen Stunden unerquicklichen Schlafs aus dem Bett. Da er wußte, daß er um diese Zeit unten noch keinen Kaffee bekommen würde, begnügte er sich mit einem Glas Leitungswasser. Dann rasierte er sich, kleidete sich an und verließ das Hotel. Ein dumpfer Groll, der sich nicht legte, vergällte ihm den Tag schon im voraus. Blindlings fuhr er in diese eigenwillige Landschaft hinaus, die er sich hatte unterwerfen wollen, die sich ihm aber immer noch verweigerte.

Zwei Stunden später, als er mit Appetit auf ein kräftiges Frühstück in Richtung Faulston fuhr, bemerkte er zum erstenmal die Hubschrauber. Es waren vier oder fünf, die in mittlerer Entfernung vor ihm am Himmel kreisten. Wie Aasgeier über einem Kadaver oder wie wütende Hornissen – ihre dramatische Wirkung ließ Teal kalt, aber er wußte sofort, daß etwas im Gange war.

Wenig später kam ihm in einer langgezogenenen Kurve ein Wagen entgegen, der mindestens hundert fuhr, auf der vom leichten Regen feuchten Straße ins Schleudern geriet und beinahe den vorderen Kotflügel seines Volvo mitgenommen hätte. Schimpfend fuhr Teal weiter, gelangte wieder auf gerade Strecke und riß ungläubig die Augen auf, als er die schnurgerade, von Bäumen gesäumte Straße hinuntersah. Beide Fahrspuren einnehmend, raste ihm ein gewaltiger Pulk von Autos entgegen.

Er reagierte blitzschnell, bremste ab und riß den Volvo in enger Wendung herum. Der Wagen schoß ein Stück die gegenüberliegende Böschung hinauf, doch Teal konnte ihn schnell genug wieder auf die Fahrbahn hinunterlenken, um der Meute zu entkommen.

Er drückte das Gaspedal durch, um vorn zu bleiben, und beobachtete sie im Rückspiegel. Es gab keinen Zweifel, sie jagten ihn regelrecht vor sich her. Wenn er jetzt langsamer fuhr, würden sie ihn erbarmungslos in den Straßengraben drängen. Dennoch fühlte er sich wie in einem Rausch. Diese wilde Jagd, ganz gleich, was sie zu bedeuten hatte, wirkte so befreiend auf ihn wie vor kurzem die Prügelei mit dem Skinhead. Seine schnellen Reflexe bereiteten ihm Genugtuung. Einen Mann mit solchen Reflexen konnte man nicht einfach abschreiben.

Die Frage war, wie sollte das weitergehen? Jedesmal, wenn er vor einer scharfen Kurve Gas wegnahm, holten ihn die an der Spitze des Pulks fahrenden Autos beinahe ein. Sie kamen so nahe, daß Teal im Rückspiegel die angespannten, wildentschlossenen Gesichter sehen konnte, die das gleiche verhießen wie das ohrenbetäubende Hupkonzert – fahr zu, oder wir donnern dich von der Straße. Er hatte nicht mehr viel Benzin. Er hatte vorgehabt, in Faulston zu tanken, und jetzt verbrauchte er seinen ganzen Sprit, weil diese Verrückten ihn sonst einfach zu überrollen drohten.

Die Straße gabelte sich in drei Richtungen. Wieder entschied sich Teal blitzschnell und zog seinen Wagen in die schmalste Abzweigung hinein. Sie hatten ihn gejagt, und plötzlich erbitterte es ihn, daß jemand ihn zur Flucht zwingen konnte. Neben einem Baum, halb auf der Fahrbahn, halb im Gras, hielt er den Wagen an, so daß er weder auf der Innenseite überholt noch abgedrängt werden konnte. Sollten sie ruhig kommen, diese Mistkerle.

Aber niemand folgte ihm. Das gesamte Kollektiv von Verrückten brauste in gerader Linie weiter. Kein Fahrer wagte die Hauptstraße zu verlassen. Alle wollten sie nur so weit wie möglich weg von Faulston, und alle fürchteten sie, niemals wieder in die Kolonne hineinzukommen, wenn sie einmal ausgeschert waren. Teal verachtete sie. Er stieg aus dem Wagen und ging, ohne auf die Nässe des Grases zu achten, einen Hang hinauf. Es hatte zu regnen aufgehört, und warmes Sonnenlicht brach durch den Dunst. Der höllische Lärm der rasenden Autos begleitete ihn, als er zur Höhe des Hügels hinaufstieg.

Er hatte nie gewußt oder wissen wollen, warum er den Mann, der ihm als Peter English bekannt war, gejagt hatte. Für Harry Teal sagte das Wort »Terrorist« alles. Und das Wort »verdächtigt« ließ keinen Zweifel offen; es bedeutete gefährlich, subversiv. Für Teal war klar, daß diese Massenpanik mit dem vergeblichen Bemühen, English zu fassen, in Verbindung stand. Aber das war es nicht, was ihn interessierte.

Nein, dachte Harry Teal, als er den Gipfel erklommen hatte und dreißig Meter unter sich die Straße sah, das Interessante war, was diese Ereignisse einen über seine Landsleute lehrten. In Momenten wie diesem wurde einem mit aller Deutlichkeit klar, warum die Menschen gelenkt, kontrolliert, ständig überwacht werden mußten. Jahre brachten die Behörden damit zu, Krisenpläne und Notstandsmaßnahmen zum Schutz bedrohter Bevölkerungen zu entwerfen, und beim ersten Anzeichen einer Bedrohung verloren die Betroffenen völlig den Kopf und schreckten in ihrem panischen Bemühen, die eigene Haut zu retten, nicht davor zurück, alle anderen zu vernichten. Guter Gott, wie sehr er sie verachtete, ihren Mangel an Kontrolle und Ordnungssinn.

Anderthalb Kilometer hinter der Gabelung – Teal wußte nichts davon, beobachtete aber schon die Folgen – tuckerte ein Traktor dem rasenden Autorudel entgegen. Der Traktor nahm etwas mehr als die Hälfte der Fahrbahn ein. Der Fahrer war seit Tagesanbruch auf dem Feld gewesen und wußte nichts von den Ereignissen der Nacht und der frühen Morgenstunden. Als er die wilde Autoschar aus der Kurve schießen sah, konnte er nur noch bremsen. Einen Straßenrand, auf den er hätte ausweichen können, gab es nicht. Die entgegenkommenden Wagen mußten scharf abbremsen und versuchten, ihre Nachbarn rammend, auf dem schmalen Stück Straße neben dem Traktor vorbeizukommen. Einigen gelang das Kunststück, doch es bildete sich augenblicklich ein Flaschenhals, den die Fahrer in den nachfolgenden Fahrzeugen nicht sehen konnten; sie erfuhren erst auf mehr oder weniger schmerzhafte Weise von seiner Existenz, als sie auf den Rückstau prallten.

Innerhalb von Minuten war die ganze Straße blockiert, und Teal blickte auf eine mehrere Kilometer lange Schlange ineinander verkeilter Fahrzeuge hinunter. In ohnmächtiger Wut begannen die Fahrer zu hupen. Erst als sie nach einer Weile einsahen, daß sie das nicht weiterbrachte, versiegte das Hupkonzert mit einem letzten Aufjaulen der Verzweiflung.

Dort, wo es zu Zusammenstößen gekommen war, half man Verletzten aus den Fahrzeugen. Viele, die aus den festgefahrenen Autos stiegen, machten ihrem Zorn und ihrer Frustration mit lautem Schimpfen Luft. Teal beobachtete Männer, die einander wütend anschrien, während andere ihren Familien aus den Autos halfen, um sich am Rand der verstopften Straße entlang zu Fuß einen Weg zu suchen.

Dies waren die Leute, die in Faulston die Polizeiabsperrung durchbrochen hatten. Von einem Moment auf den anderen zu Flüchtlingen geworden, hatten sie nur das Wenige mitgenommen, dessen sie habhaft werden konnten, als die Polizei sie über Lautsprecher aufgefordert hatte, unverzüglich ihre Häuser zu verlassen. Jetzt trotteten sie mutlos die Landstraße entlang, ein Haufen müder und verwirrter Menschen auf der Flucht aus einem Autofriedhof. Es sah aus wie auf einem Schrottplatz, dachte Teal. Genau das richtige Bild: ein Schrottplatz des Patriotismus.

Der Bauer hatte mittlerweile seinen Traktor gewendet und knatterte, die besinnungslose Wut der Leute fürchtend, mit Vollgas davon. Viele waren nach der Massenkarambolage noch im Schock, viele hatten leichtere oder schwerere Verletzungen davongetragen, aber es war niemand da, der sich um sie kümmerte. Die Menschen brachen zusammen. Das Lärmen von Hupen und Motoren wich den erschütternden Lauten menschlicher Not.

Frauen ließen sich ins feuchte Gras am Straßenrand fallen und weinten hemmungslos; Männer brüllten, wenn die Wut erschöpft war, vor Kummer, Ohnmacht und Furcht. Kinder, manche schon für die Schule gekleidet und manche noch in ihren Nachthemden, weinten leise vor sich hin, weil die Erwachsenen weinten, oder starrten ihre Eltern mit großen, verständnislosen Augen an und wagten keine Fragen zu stellen, weil sie Zornesausbrüche fürchteten.

Ein trauriger Zug begann sich zu formen, als die Menschen ihre Fahrzeuge im Stich ließen und zu Fuß freie Straße zu gewinnen suchten. Nur fort von Faulston und der radioaktiven Wolke, die vielleicht schon jetzt die Luft vergiftete. Und so marschierten die Einwohner des hübschen Landstädtchens in müdem Zug die leere Straße hinunter, viele voller Angst, manche schon von Hunger und Durst geplagt, alle in der verzweifelten Hoffnung auf Rettung.

Harry Teal hob den Kopf und beobachtete mit zusammengekniffenen Augen einen Hubschrauber, der das von stehengelassenen Autos verstopfte Stück Straße überflog und dann wieder abschwenkte. Es gab zweifellos einen Plan, es gab immer Pläne, und häufig waren sie verdammt gut, aber sie scheiterten unweigerlich an den Menschen, diesen unbrauchbaren Dummköpfen, deren Rettung doch gerade von der erfolgreichen Durchführung des Plans abhing.

Sie bekommen, was sie verdienen, dachte er, diese schwachsinnigen Jammerlappen, die in kopfloser Panik fliehen, weil sie die eigene Sicherheit über die der Nation stellen. Der Anblick der demolierten Autos und verzweifelten Menschen unten auf der Straße gab ihm grimmige Genugtuung. Von seiner Frau verlassen und um seine Chance zu beruflichem Aufschwung gebracht, fühlte sich Teal, allein auf der Hügelhöhe und gleichgültig gegen die Krise, deren Ausläufer er eben beobachtet hatte, als ein Mann von einsamer Würde.

Neugierig jetzt, mehr darüber zu erfahren, was vorging, kehrte er zu seinem Wagen zurück. Er blieb auf der kleinen Landstraße, und indem er sich von Zeit zu Zeit an seiner Karte orientierte, stellte er fest, daß er sich auf diesem Weg ohne Mühe nach Scardale durchschlängeln konnte. Godfrey Knapp – vorausgesetzt, er war zu Hause – war der Mann, der ihm über die lokalen Hintergründe der Vorgänge am besten Auskunft geben konnte. Seit dem Anruf, als er Teal auf Sarah Keeling aufmerksam gemacht hatte, hatte er sich nicht mehr gerührt, und Teal hatte Lust, ihm Beine zu machen.

Als er sich der unauffälligen Einfahrt zum Gut näherte, sah er einen Wagen durch das Tor herauskommen und in der ihm entgegengesetzten Richtung davonfahren. Innerhalb von Sekunden war das Fahrzeug verschwunden, aber Teal hatte den blauen Dyane erkannt.

Er bremste ab und hielt am Straßenrand. Er wollte zehn Minuten warten, damit Knapp gar nicht erst auf den Gedanken kam, er könne wissen, daß diese Leute kurz vor ihm in Scardale gewesen waren.

13

In Designer-Jeans, leichtem Hemd und Wildlederweste, seinem gewohnten Hausanzug, rauchte Godfrey Knapp seine Zigarre fertig und überließ sich dabei den Empfindungen, die Lauras Besuch bei ihm hervorgerufen hatte.

Er fühlte sich so erregt und beschwingt wie nach einer größeren Entscheidung. Es gab kein Zurück mehr. Er war auf dem besten Weg, sich in diese Frau zu verlieben, ach was, er liebte sie schon, und er würde aufs Ganze gehen, komme, was da wolle.

Den Preis bekam immer der, der ihn am heftigsten begehrte. Gut, gut, er würde sie bis zur Schmerzgrenze begehren. Und lange bevor es unerträglich wurde, würde er sie erobert haben.

Was sonst zum Teufel gab es denn schon, das einem Sechzigjährigen ermöglichte, den körperlichen Verfall zu überwinden, das die Sinne zum Singen brachte und dem Geist Flügel gab? Das herrliche Aquamarin ihrer Augen, ihre Intensität und ihre sehnsuchtsvolle Nachdenklichkeit wirkten auf ihn wie ein Wind auf ein ersterbendes Feuer. Sein Körper glühte wie in einem Funkenregen.

Was ihre Beziehung zu Martin Ritchie anging, so hatte er das deutliche Gefühl, obwohl er es nicht hätte belegen können, daß da Mauern hochgezogen worden waren. Der Mann schien ihm irgendwie aus den Fugen, als stelle das Leben zu viele Forderungen an ihn. Typisch für Ritchie und seine altjüngferliche Ängstlichkeit war der Vorschlag gewesen, mit Rücksicht auf die Evakuierungen nach Macemoor zurückzukehren, für den Fall, daß die allgemeine Panik sich ausbreiten sollte und leerstehende Häuser in Abwesenheit ihrer Eigentümer für Evakuierte beschlagnahmt werden sollten. Martin Ritchie war ein Mann, für den alles einfach sein mußte, aber von jetzt an würde nichts mehr einfach sein. So ein Pech.

Ehe er sich wieder vor den Fernsehapparat setzen konnte, kam Harold und meldete ihm den Besuch eines Mr. Teal.

»Sie haben sich eine verdammt merkwürdige Zeit für Ihren Besuch ausgesucht.«

»Tut mir leid, daß ich so früh gekommen bin.«

»Ich meinte den Tag, nicht die Tageszeit.«

»Den Tag?« fragte Teal.

»Ja, sagen Sie mal, wo waren Sie denn in den letzten sechs Stunden? Behaupten Sie jetzt bloß nicht, Ihr Besuch hätte nichts mit alledem zu tun.«

»Er hat nur damit zu tun.«

»Setzen Sie sich«, sagte Knapp beinahe unhöflich.

»Ich bin gekommen, um Ihnen für Ihren Hinweis auf die Journalistin Keeling zu danken. Ein äußerst wertvoller Hinweis.«

Knapp räusperte sich, ohne den frostigen Blick von Teal zu wenden.

»Was die anderen Herrschaften angeht, über die wir sprachen – Martin Ritchie und seine Bekannte – haben Sie –?«

»Kaum Kontakt«, erklärte Knapp schroff. »Ich war in letzter Zeit sehr beschäftigt – selten zu Hause – Geschäfte, gesellschaftliche Verpflichtungen in London, Sie wissen ja, wie es ist.«

Teal wußte das nicht, und Knapp genoß diese Tatsache unverhohlen.

»Sie haben sie also in letzter Zeit nicht gesehen?«

»Nein«, antwortete Knapp verdrossen. »Sie wollten mich wegen der heutigen Ereignisse sprechen?«

»Ja. Was wissen Sie darüber?«

»Soviel wie alle anderen, das, was ich durch das Fernsehen mitbekommen habe. Sie sind doch bestimmt nicht hergekommen, weil Sie sich von mir Informationen erhofften?« Dieser langweilige kleine Spießer, dachte Knapp, dieser moralinsaure Tropf weiß weniger als ich. Er fügte hinzu: »Sie haben die Sendungen heute morgen gesehen?«

»Nein«, antwortete Teal. »Ich habe die Realität gesehen.«

Knapp amüsierte sich köstlich. »Das Fernsehen, mein Bester, ist die Realität.« Er spulte vergnügt die Videokassette zurück und schaltete dann an beliebiger Stelle ein. »Sie entschuldigen mich einen Augenblick. Hier haben Sie, was unsere Herren und Meister belieben, uns wissen zu lassen. Und für Leute wie Sie und mich gibt es ja wohl keine andere Wahrheit.«

Ohne ein weiteres Wort verließ er das Arbeitszimmer und ging durch einen Korridor zu einer von Scardales in diskreter Abgeschiedenheit gelegenen Toiletten, wo er in gewaltiges Gelächter ausbrach und gleichzeitig, ein echtes Kunststück, zielsicher in die Schüssel pinkelte.

Kaum zu glauben. Dieser schleimige Hund wußte nichts, war nur hergekommen, um zu schnüffeln. Und dann verkroch er sich wahrscheinlich in das finstere Loch, in dem er hauste, und tippte umständliche Berichte, denen zufolge er, Knapp – sicherheitshalber natürlich zu PANK oder PNAK verschüsselt –, ein undurchschaubares Spiel trieb, das in Wirklichkeit einzig in Mr. Teals eingefrorener Phantasie existierte. Was Mr. Teal brauchte, war ein kräftiger Tritt in den Hintern.

Im Arbeitszimmer saß Harry Teal und sah sich zwanzig klägliche Minuten lang eine Zusammenfassung der Ereignisse von Faulston an. Es war auch jener Spot dabei, in dem den Zuschauern das Gesicht des Terroristen Peter English gezeigt wurde. Ihm fiel auf, wie lange er schon allein im Zimmer war, aber er war froh, daß seine Demütigung keine Zeugen hatte.

Seines Gefühls von Wichtigkeit beraubt, erkannte er plötzlich mit Bitterkeit, daß sein ganzer Einsatz vor diesem Hintergrund der Katastrophe eine *quantité négligeable* war. Der Zwischenfall selbst berührte ihn nicht weiter, da hatte er schnell eine Rationalisierung parat – wenn die Leute Sicherheit wollten, mußten sie eben den Preis dafür bezahlen. So einfach war das. Was Teal giftete, war die Art und Weise, wie man mit ihm umgesprungen war. Er hatte nicht nur eine Chance auf Beförderung verpaßt; es war sogar gut möglich, daß man diese ganze Sache in seinem Dossier als berufliches Versagen verbuchen würde. Und er hatte nicht versagt, er hatte nicht versagt...

Als die Tür geöffnet wurde, war es Harold, der ins Zimmer trat. »Mr. Knapp läßt sich entschuldigen, Sir, aber er fühlt sich im Moment nicht recht wohl und bat mich zu fragen, ob ich Ihnen noch eine Erfrischung anbieten kann, ehe Sie gehen.«

Teal, der keinesfalls den Fehler begehen wollte, vor einem Angestellten seine Gefühle zu zeigen, verabschiedete sich unverzüglich. Er brannte vor Haß auf Godfrey Knapp. Heute hatte er sich ihm entzogen, aber eines schönen Tages würde er ihn schon noch in die Finger bekommen, und dann gnade ihm Gott.

Sarah Keeling saß in ihrer Wohnung in Clapham und sah sich im Fernsehen den Bericht über die Ereignisse in Faulston an. Durch ihr Fenster konnte sie die herbstlich gefärbten Bäume des Parks sehen und dahinter das übliche Verkehrsgetümmel. Nur wegen einer terroristischen Bedrohung in irgendeinem fernen Landstädtchen stand das Leben nicht still. Schon gar nicht, wenn die Bedrohung in hübscher, handlicher Verpackung vom Fernsehen geliefert wurde.

Doch wenn der Inhalt des Behälters freigesetzt werden sollte, konnte niemand mehr sich sicher glauben. Binnen kurzem würde jeder auf der Basis der Entfernung vom Standort des Behälters das Risiko für sich und seine Familie zu errechnen suchen. Die Menschen würden versuchen, sich gegenseitig ihre Ängste zu nehmen, die Medien würden mit geschönten Zahlen versuchen, das Ausmaß der Gefahr möglichst gering erscheinen zu lassen, um die Angst zu dämpfen.

Doch im Gebiet von Faulston waren Tausende evakuiert worden. Auf geordnete Weise, wie es in den Berichten hieß, woran Sarah allerdings nicht recht glauben mochte. Eine geordnete Evakuierung wie in Tschernobyl war nur möglich, wenn man den Menschen bis zum letztmöglichen Moment die Wahrheit verheimlichte. Im individualistischen, nachrichtengierigen England konnte es eine friedliche Evakuierung nicht geben.

Sie sah sich die Berichte mit gemischten Gefühlen an. Erregung und Schuldgefühl stritten miteinander und lösten einander ab. Erst zwei Tage waren seit dem Einbruch in ihrer Wohnung und dem Besuch des Mannes namens Teal vergangen, aber alles paßte nun mit einer beängstigenden Unausweichlichkeit ineinander. Noch einmal rief sie bei Laura an, doch es meldete sich niemand. Plötzlich erleichtert, legte sie hastig auf.

Sie fühlte sich allein, aber mächtig, weil sie etwas wußte, was Millionen unbekannt war. Was ihr angst machte, war ihre eigene Unsicherheit darüber, was sie mit diesem Wissen anfangen sollte. Als erstes mußte sie sich ihre Kopie des Bands zurückholen. Abgesehen von allem anderen konnte man ihr jetzt, wo Rays Bild über sämtliche Fernsehschirme des Landes geflimmert und er als gesuchter und gefährlicher Verbrecher angeprangert worden war, möglicherweise Beihilfe oder etwas Ähnliches vorwerfen. Aber sie war jetzt auch weniger geneigt, das Band als das Produkt eines Verrückten abzutun.

Ihr Freund, der Dokumentarfilmer, hörte sich verkatert und verschlafen an, als er sich auf ihren Anruf meldete.

»Hallo, Alan, ich bin's, Sarah.« Sie bemühte sich, ruhig und unbefangen zu sprechen, um ihn ja nicht zu alarmieren.

»Hallo, Darling. Du bist aber früh dran. Was kann ich für dich tun?«

Sie sah ihn vor sich: das Telefon in der Beuge zwischen Hals und Schulter, während er entweder den nackten Körper einer Frau streichelte oder sich einen Drink machte.

»Die Kassette, die ich dir gegeben habe –«

»Ach ja, richtig.«

»Kann ich sie mir noch einmal kurz ausleihen? Weißt du, ich – ach, übrigens, ich fand deinen Drogenfilm ganz hervorragend.«

»Danke. Das Band –«

»Hast du es noch?«

»Klar. Hast du bei dem Burschen schon was erreicht?«

»Ich bemüh' mich noch. Kann ich bei dir vorbeikommen?«

»Natürlich. Ich hab's hier.«

»Sei mir nicht böse, daß ich dich geweckt hab'.«

»Du darfst mich jederzeit wecken, Schätzchen.«

Sarah legte auf. Ihr war fast übel vor Erleichterung. Alan konnte natürlich immer noch ganz listig eine Kopie machen, aber er schien eine Menge Arbeit zu haben, vielleicht war er also gar nicht interessiert.

Er war entweder schwer verkatert oder schwer verliebt; als Sarah kam, wirkte er verschwiemelt und hatte Radio oder Fernsehapparat noch nicht eingeschaltet. Sie klärte ihn nicht auf. Eine Viertelstunde nach ihrem Anruf hatte sie das Band wieder in Händen.

Als später Laura anrief, erklärte sie ihr, was sie getan hatte. Sie war immer noch froh, dieses Beweisstück, das ihnen zum Fallstrick hätte werden können, zurückerobert zu haben. Laura reagierte lau.

»Ich dachte, Sie würden froh darüber sein.«

»Ja, entschuldigen Sie, das bin ich auch«, sagte Laura. »Aber was spielt das jetzt noch für eine Rolle?«

»Wie meinen Sie das?«

»Sie haben doch nicht vor, es zu verwenden, oder?«

»Nein, natürlich nicht.«

Schweigen.

»Laura, das ist doch ein Ding der Unmöglichkeit. Haben Sie denn nicht heute morgen sein Foto im Fernsehen gesehen? Das ist doch der Mann – Ihr Mann – nicht wahr?«

Laura bestätigte es. Dann sagte sie: »Ich verstehe trotzdem nicht, was so erfreulich daran sein soll, daß Sie sich das Band zurückgeholt haben.«

Sarah traute ihren Ohren nicht. »Dann kann man uns nicht mit ihm in Verbindung bringen! Laura, ist Ihnen denn gar nicht klar, worauf Sie sich da eingelassen haben? Er wird wegen Mordes gesucht! Als Sie mit der Kassette zu mir kamen, war es eine interessante Story. Jetzt ist es eine Zeitbombe, und da gibt's für mich nur eines: sie möglichst schnell abstoßen.« Nach einem Moment zynischen Nachdenkens fügte sie hinzu: »Ja, wenn dann alles vorbei ist, dann wirkt das Band vielleicht wie ein Donnerschlag – man wartet, bis das Skelett sicher und wohlbehalten im Schrank verstaut zu sein scheint, und holt es dann heraus.«

Laura weinte. Sarah fand es erst peinlich, dann widerwärtig. Die Tränen anderer riefen bei ihr immer Abwehr hervor.

»Laura, finden Sie nicht, es ist an der Zeit, daß Sie ein bißchen auf Distanz gehen?«

»Und was ist, wenn er die Wahrheit gesagt hat?« rief Laura heftig. »Was ist dann? Das ist doch nicht irgendein Zeitungsknüller oder ein Fernsehmelodram – hier geht's um gemeine Manipulation – um das, was man aus diesem Land machen will –«

»Ja, natürlich«, murmelte Sarah, »sicher, aber –«

»Das Band gehört mir«, sagte Laura. Sie weinte nicht mehr.

»Ja. Natürlich.«

»Würden Sie es mir zurückschicken? Wenn Sie es nicht verwenden wollen, gehe ich damit zu jemand anderem.«

»In Ordnung«, sagte Sarah eingeschnappt. »Ich schicke es Ihnen. Wiedersehen.« Sie legte auf.

Sie wanderten über das Hochmoor zum Meer. Es war nicht das lockere, rhythmische Ausschreiten, das ihnen Freude machte, sondern ein widerwilliges Sich-Vorwärtsschleppen, Ausdruck dafür, daß es ihnen nicht um den Spaziergang ging, sondern einzig darum, dem Haus, dem Fernsehschirm, dem Grauen fernzubleiben. Sie sprachen nur einmal miteinander.

Laura sagte: »Angenommen, wir wüßten –«

Martin verstand und sagte: »Wir wissen es.«

»Wenn wir es nicht wüßten – wenn wir nur das wüßten, was im Fernsehen berichtet wurde –«

»Worauf willst du hinaus?«

»Dann würden wir jetzt nicht hier spazierengehen. Dann hätten wir geprüft, aus welcher Richtung der Wind kommt, und wir wären in die andere Richtung gefahren.«

Martin sah grau und schuldbewußt aus, hüllte sich in Schweigen, da er nicht fähig war, eine Antwort zu finden. Sie waren froh, daß sie einander hatten, aber dieser Spaziergang, der nur der Flucht diente, kam ihnen wie Betrug vor.

Matt und niedergeschlagen kehrten sie zum Haus zurück. Nach einem Bad setzten sie sich mit einem Drink hinunter und warfen, während der Zeitpunkt für die nächste Nachrichtensendung näherrückte, immer wieder verstohlene Blicke zum ausgeschalteten Fernsehgerät. Ab und zu tauschten sie ein schwaches Lächeln, das bleibende Zuneigung verhieß, ganz gleich, was nun kommen würde. Und auch die Bitte um Verzeihung lag in diesem Lächeln, Verzeihung dafür, daß diesmal keiner dem anderen Zuflucht sein konnte.

Als Martin den Apparat einschaltete, lief schon der Vorspann. Er setzte sich neben Laura, und sie kuschelten sich aneinander. Aber das, was folgte, riß sie gleich wieder auseinander. Gleichzeitig fuhren sie hoch und saßen starr, in Getrenntheit gebannt.

Der Alarm in Faulston war vorbei.

Vorbei. Ein Sprecher berichtete im Ton stolzer Gelassenheit, der Entsorgungsbehälter sei unbeschädigt und werde in diesem Augenblick in den sicheren Gewahrsam der zuständigen Behörden zurückgebracht. Die Terroristen waren in einem brillant geplanten Überraschungsangriff überwältigt und getötet worden. Sonst hatte es keine Verwundeten gegeben, und die Bürger von Faulston befanden sich jetzt in friedlichem Zug auf dem Rückweg zu ihren Häusern.

Ein Film zeigte die abendlich erleuchteten Randgebiete von Faulston, durch deren Hauptstraßen langsam rollende Autokolonnen und Scharen müde marschierender Menschen der Stadt zustrebten. »...und so«, sagte die Stimme im Hintergrund, »wird aus dem Städtchen Faulston, das heute morgen noch dazu bestimmt schien, in die makabren Annalen der Geschichte des Atomzeitalters einzugehen wie Hiroshima und Nagasaki, wie Three Mile Island und Tschernobyl, wieder eine verschlafene kleine Stadt, die einen Tag lang, der ihren Bewohnern unvergeßlich bleiben wird, von den Schwingen des nuklearen Alptraums gestreift wurde –«

»Mensch, hör auf«, sagte Martin und schaltete den Apparat aus.

Dem Plan zum Trotz, von dem sie, wie Ray behauptet hatte, ein Teil waren, trauten die Terroristen letztendlich niemandem. Ebensowenig trauten die Urheber des Plans den Terroristen. Und es erwartete auch keine der beiden Seiten Vertrauen von der anderen.

Während die Terroristen in der von ihnen besetzt gehaltenen

Schule die Zeit absaßen, gerieten sie in Streit darüber, wie sie den Dingen eine Wendung nach ihrem eigenen Willen geben könnten. Es war ausgemacht, daß einer von ihnen gefaßt und verurteilt werden sollte, um ihn so mit den Referenzen auszustatten, die es ermöglichen sollten, ihn später, nach seiner bereits geplanten Befreiung aus dem Zuchthaus, in die Terroristenszene einzuschmuggeln. Aber der Auserkorene wollte davon nichts mehr wissen. Nach erregter Debatte einigten sie sich darauf, das Flugzeug, das man ihnen vor dem Einsatz zugesagt hatte, zu entführen. Sie würden den Piloten als Geisel nehmen und zwingen, an einen anderen als den vorgesehenen Bestimmungsort zu fliegen.

Die Maschine setzte pünktlich auf, und einige Minuten lang schien es, als würden sich die Auftraggeber an die Abmachung halten. Die Terroristen, die alle mit Maschinenpistolen bewaffnet waren, warteten auf die Übergabe des Geldes, das man ihnen versprochen hatte. Es war mittlerweile dunkel geworden. Die Lichter des leeren Schulgebäudes und die Straßenlampen der benachbarten Wohnsiedlung lieferten die einzige Beleuchtung. Gedämpftes Hüsteln in kühler Abendluft, das Brummen des Flugzeugmotors, das Knallen schwerer Stiefel auf Asphalt waren die einzigen Geräusche in der gespannten Stille.

Der Mann in Zivil, der das Geld mitgebracht hatte, warf die beiden Lederkoffer auf den Sportplatz der Schule. Ein Vermummter gebot ihm, sie zu öffnen. Das geschah. Die Maschinenpistole auf den unbewaffneten Zivilisten gerichtet, trat der Vermummte näher und stieß die beiden Koffer mit dem Fuß hinter sich.

Zwei andere vermummte Männer beugten sich zu den Koffern hinunter. Sie öffneten die Schnappschlösser und klappten zu gleicher Zeit die Deckel auf. Beide Koffer explodierten augenblicklich mit der roten Glut eines gewaltigen Feuerwerks. Einer der beiden Männer war sofort tot, der andere wälzte sich schreiend auf dem Boden. Im selben Moment erloschen im Schulhaus und in der benachbarten Siedlung alle Lichter.

Ein weiterer der sechs Terroristen war bei der Explosion verletzt worden und versuchte nun, unfähig, seine Beine zu gebrauchen, sich fortzuschleppen, während seine Genossen blindlings die Flucht ergriffen. Im Moment der Explosion, die durch Fernsteuerung ausgelöst worden war, wurden vom Flugzeug aus Gaskanister geworfen. Ehe die Terroristen den Mann erschießen konnten, der die Koffer gebracht hatte, war dieser in den Wolken giftigen Qualms verschwunden und rettete sich ins Flugzeug, das sofort davonrollte.

Granaten, von Männern geworfen, die hinter dem Schulzaun postiert waren, rissen Löcher in die Tränengaswolken, Garben von MG-Feuer fegten über den in Qualm gehüllten Sportplatz. Das Massaker an den Terroristen war schnell vorbei. Als die Gaswolken sich hoben, rückte ein anderer Trupp Vermummter, Waffen im Anschlag, auf dem Sportplatz ein, um die Toten zu inspizieren.

Blut und Glassplitter glänzten im Lichtschein. Die Terroristen lagen still und tot, während immer mehr Männer in tarnfarbenen Kampfanzügen und mit Gewehren bewaffnet auf den Sportplatz kamen. Der massige Kubus des Entsorgungsbehälters auf dem Lastwagen nahm sich vor dem Hintergrund einer Reihe Schulpavillons so harmlos aus wie ein Müllcontainer, der auf den Abtransport wartete.

Über das Land, wo viele Tausende von Menschen sich niedergeschlagen auf die kommende Nacht vorbereiteten, flogen unverzüglich mit Lautsprechern ausgerüstete Hubschrauber, um bekanntzugeben, daß der Alarm vorbei war, und um die Flüchtlinge dazu anzuhalten, ruhig und geordnet in ihre Häuser zurückzukehren.

Später in der Nacht rollten Fahrzeuge aus der kleinen Stadt hinaus. Die Erleichterung und Dankbarkeit Tausender von Familien wurde bei der Heimkehr von der Entdeckung getrübt, daß während der Evakuierung kaltblütige Diebe Häuser und Geschäfte ausgeräumt hatten. Für die Plünderer war es ein guter Tag gewesen.

14

Bäche dunklen Wassers rannen die rauhen Wände hinunter und näßten den Boden der beklemmend engen Höhle, in der Ray Zuflucht gesucht hatte. Zum erstenmal seit seiner Flucht drohte

Verzweiflung ihn zu überwältigen. Es war finster in der Höhle, in die kaum Licht eindrang und nicht einmal genug Luft, um den fauligen Geruch abgestandenen Wassers zu vertreiben. Der Meereswind schleuderte Brecher gegen die Felsen, und der schwarze Schlund der Höhle sog den Gischt ein, um ihn gleich wieder an der zerklüfteten Felswand hinuntertropfen zu lassen. Leere Konservendosen häuften sich im hinteren Teil der Spalte, und der Geruch nach feuchtem Stein und jahrhundertealten Salzablagerungen wurde überlagert vom Gestank seiner eigenen Exkremente. Doch Ray, der beinahe gefaßt worden wäre, hatte keine andere Wahl gehabt, als hierher zurückzukehren. Und selbst jetzt, während er verzweifelt überlegte, wie er aus dieser Klemme wieder herauskommen sollte, hörte er von draußen den Motor eines Patrouillenboots.

Nachdem der Schmerz der Kränkung etwas nachgelassen hatte, schienen Martin Ritchie die Worte »Du bist ein kleiner Mensch« wie eine Bestätigung, eine Metapher für den Rest seines Lebens. Laura hatte ihm einen Gefallen getan. Mit ihren Worten hatte sie ihn auf irgendeine Weise sich selbst zurückgegeben. Ja, sagte er sich, er war ein kleiner Mann, es ging ihm um kleine Dinge, aber sie waren ihm wichtig. Es drängte ihn, zu seinen mikrokosmischen Feldstudien zurückkehren zu können, zu seinem Leben gewissenhafter Beobachtung, in die Sicherheit des Wissens, daß die Gesamtheit der Schöpfung nicht am Versagen des Menschen zu messen war.

Und er war – obwohl er nicht aufgehört hatte, Laura zu lieben – nicht länger bereit, den Wert seines Lebens daran zu messen, ob sie ihn liebte oder nicht. Dies schien ihm echte Freiheit zu sein. Innerlich fühlte er Kälte, aber sie war nicht tödlich, und er hatte ja seine Arbeit. Das Jahr hatte damit begonnen, daß er Laura gefunden hatte, und nun, da es sich seinem Ende näherte, hatte er sich selbst gefunden. Und der gleiche Prozeß hatte sich bei Laura abgespielt.

Aber vielleicht war das zu glatt. Doch der Anblick der rauhen Klippen, der in ihrer Unermeßlichkeit erbarmungslosen See, des gebeugt im Wind stehenden Grases richtete ihn wieder auf und bewegte ihn tief. Es war das Land seiner Seele.

Ray wußte, daß er mindestens dreimal gesehen worden war, vielleicht öfter. Er hatte es geschafft, sich an Saltmayne vorbei bis in die Nähe des Marinestützpunkts durchzuschlagen, der Fahndung immer einen Schritt voraus. Das freie Land und das abnehmende Tageslicht begünstigten ihn, und er hatte die Browning Automatic, die er Pilkington abgenommen hatte.

Aber ein Gefühl von Sinnlosigkeit bremste ihn. Er wußte, daß es von Schmerz und körperlicher Schwäche hervorgerufen war, einer Schwäche, die nicht nur vom Hunger kam, auf den er sich eingestellt hatte, sondern vor allem von dem Durchfall, der ihn so entkräftete, daß er beinahe nicht mehr fähig war, aus dem Graben zu kriechen, in dem er sich jeweils gerade versteckt hatte.

Einmal kamen in der Abenddämmerung Leute an ihm vorüber. Er hatte ihr Kommen überhaupt nicht bemerkt, und sie knipsten eine Taschenlampe an und leuchteten ihm direkt ins Gesicht. Er hatte sich nicht auf ein Gespräch eingelassen und war stolpernd in die Dunkelheit gelaufen. Später erfaßte ihn das Licht von Autoscheinwerfern, und ehe er Deckung suchen konnte, hielt der Wagen an, und die Leute darin erboten sich, ihn mitzunehmen.

Ray wußte, daß er verdächtig aussah und daß es nur eine Frage der Zeit war, bis jemand mit seinem Verdacht zur Polizei gehen würde. Und wenn das geschah, wenn es gelang, die verschiedenen Begegnungen in richtiger zeitlicher Folge aneinanderzureihen, dann hatten sie ihn. Dann brauchten sie, wie ein Gärtner, der den frisch aufgeworfenen Hügeln nachgeht, um den Maulwurf zu fangen, nur noch die Spur zu verfolgen.

Ehe ihn das letzte Fünkchen Mut verließ, strebte er zurück in vertrautes Gebiet. Er wußte, daß er sich damit direkt in das ausgeworfene Netz begab, aber die Nacht würde ihn schützen, und bei Tagesanbruch würde er wieder in den Höhlen sein, und dort konnte er rasten.

Das Patrouillenboot schnitt durch die starke Strömung vor der Küste, tauchte in eisengraue Wellentäler und schoß von Gischt umsprüht wieder aus ihnen empor. Martin beobachtete es durch seinen Feldstecher. Marines. Er sah, daß einer der Soldaten, wie er, einen Feldstecher an die Augen hielt und die Küste absuchte. Mit einer Geste des Unwillens, der mit Furcht gemischt war, ließ er sein Glas sinken. Er hatte klein beigegeben; aus Angst, er könne die Aufmerksamkeit der Soldaten erregen, wenn er ihr Boot beobachtete.

Ein unangenehmes Gefühl der Unzulänglichkeit erwachte wieder in ihm. Man jagte die Rays dieser Welt wie Tiere, während er, Martin Ritchie, ein in dieser ganzen Gegend bekannter, geachteter und beliebter Mann war, der von den Vertretern der Atomindustrie und des Militärs volle Unterstützung erhielt; und das alles war er nur, weil er für niemanden eine Bedrohung darstellte, weil er nicht opponierte und nichts in Frage stellte. Die Leute, denen dieses Land gehörte, die es kaufen und verkaufen, ausbeuten und zerstören konnten, würden ihn niemals um seine Meinung fragen. Er versteckte sich hinter wissenschaftlicher Distanz. Er war ein kleiner Mensch.

Bäuchlings auf dem klammen Boden der Höhle ausgestreckt, robbte Ray so nahe an die Öffnung heran, daß er das Patrouillenboot sehen konnte. Beim Anblick der grünen Mützen der Marines wußte er, daß sie seinetwegen hier waren. Das Boot lavierte; sie wollten so nahe wie möglich an die Küste herankommen, ohne auf die unter Wasser verborgenen Riffe aufzulaufen.

Dann ein gedämpfter Knall, kaum wahrnehmbar im Heulen des Windes und dem Tosen der Wellen. Dann noch einer und weitere. Ray ahnte, was das Geräusch zu bedeuten hatte, und sah seine Vermutung bestätigt, als ein Geschoß die Felswand traf, abprallte und in das Wasser darunter stürzte. Es gab hier eine Anzahl von Höhlen, die meisten nicht zugänglich, und sie wollten sie mit Gas ausräuchern. Von den drei Möglichkeiten, die er hatte, bedeuteten zwei fast mit Sicherheit den Tod; die dritte gebot ihm unverzüglich zu handeln und nicht daran zu denken, was geschehen konnte, wenn er sich seinen Weg die Felswand hinauf suchte.

Martin war hierhergekommen, um Frieden zu finden, um wieder mit sich ins reine zu kommen. Seit Wochen hatte er seine Feldstudien vernachlässigt; in seinen Aufzeichnungen war eine große Lücke entstanden und bei ihm selbst eine dumpfe Gleichgültigkeit, die ihn daran zweifeln ließ, ob es Sinn hatte weiterzumachen. Er mußte die Neigung dazu wiederfinden, und er war hier herausgekommen, um sich mit seinem alten Selbst zu versöhnen.

Aber Frieden gab es hier jetzt nicht. Als er wieder zum Meer hinausblickte, wo das Boot auf den hochgehenden Wellen schaukelte, sah er, daß die Soldaten irgend etwas auf die Küstenfelsen abfeuerten. Zuerst glaubte er, sie täten es zum Spaß, aber ehe er darüber ärgerlich werden konnte, erkannte er, daß es kein Spiel war. Wolken des CS-Gases stiegen in die Luft, ehe der Wind sie zerstäubte. Und plötzlich vernahm er erregtes Geschrei, das ihm verriet, daß irgendwo außerhalb seines Gesichtsfelds sich etwas ereignete.

Durch seinen Feldstecher sah er, daß einer der Soldaten am Funktelefon sprach. Das Boot drehte sich, während die Flügel der Schraube gegen die Wellen klatschten. Die Soldaten beobachteten durch Feldstecher irgend etwas an der Felswand. Die Erkenntnis, was es war, traf Martin wie ein Schlag. Er stürzte den Hang hinunter ins hohe Gras, vom Patrouillenboot aus nun nicht mehr zu sehen.

Vorsichtig schob sich Ray auf den Sims hinaus, ganz so, als wäre das Boot mit den Soldaten nicht da. Eine einzige überhastete Bewegung konnte den Absturz zu den meerumspülten Felszakken dreißig Meter tiefer herbeiführen. Er setzte darauf, daß sie ihre Gewehre, wenn sie welche hatten, nicht gebrauchen würden. Sie würden keine Order haben zu töten. Dennoch spürte Ray in jeder Sekunde förmlich die Kugel im Rücken, während er den immer schmaler werdenden Vorsprung entlang zu den zerklüfteten Felsspitzen kroch, die nur ein geübter Kletterer meistern konnte. Aber die, die einen tötete, die spürte man nicht. Er ließ also seinen Geist bei der Kugel verweilen, während sein Körper sich sachte, sachte über den Fels tastete. Sobald er den Pfad erreicht hatte, sprang er auf und war aus dem Blickfeld der Soldaten verschwunden. Aber er wußte, daß sie es dabei nicht bewenden lassen würden.

Er rannte. Die Erleichterung darüber, der Falle entronnen zu sein, und die Erregung, die ihm das Adrenalin in einem gewaltigen Schub durch den Körper jagte, waren stärker als die Mattigkeit der vergangenen zwölf Stunden. Er rannte zwischen Ginsterbüschen und Felsbrocken den vertrauten, dem Meer abgewandten Hang hinunter, über steinigen, holprigen Boden, der in Weideland überging, ein Feld, das dem Gelände zwischen See und Heide abgerungen worden war. Aber sein Lauf wurde bald langsamer, die Kraft wich rasch aus seinen Muskeln, und durch das Dröhnen in seinen Ohren hörte er einen Hubschrauber, weit draußen am Himmel noch, aber rasch näherkommend.

»Ray!«

Auch Martin Ritchie rannte, schräg über das von Furchen durchzogene Grasland. Der Hubschrauber war am Himmel hinter ihm. Als er sah, daß Ray ihn bemerkt hatte, winkte er ihm zu und wies ihm mit dem Arm eine Richtung. Am Ende eines Kieswegs sah Ray den Landrover stehen. Die Automatic, die er in der Innentasche seiner Jacke trug, schlug ihm an die Rippen, als er einen Haken schlug und auf den Jeep zurannte.

Ritchie, groß und schwerfällig, aber besser bei Kräften, war vor ihm da und ließ schon den Motor an, als Ray sich hochzog. Steine spritzten unter den Reifen auf, als Martin anfuhr. Sie mußten schreien, um sich beim Heulen des Motors und dem Knattern des Hubschraubers, der am weißen Himmel auf sie zuhielt, verständlich machen zu können.

»Danke«, brüllte Ray mit einer bei ihm ungewohnten Heftigkeit.

»Ich hol' Sie da raus«, schrie Martin. »Mehr kann ich Ihnen nicht versprechen. Sie haben Ihr Foto im Fernsehen gebracht.«

Ein Schatten flog über das schmale, gehetzt wirkende Gesicht. Ray sah aus wie damals, als sie ihm das erste Mal begegnet waren – bleich, abgemagert, mit Ringen unter den Augen und dunklen Bartstoppeln im Gesicht. Er sagte nichts.

Martin fuhr auf ein Wäldchen zu, eines der wenigen, die die etwas fruchtbareren Stellen dieser kargen Landschaft bedeckten. Es bot etwa hundert Meter versteckter Straße.

»Ich brems' jetzt ab«, schrie er, »und Sie springen raus. Bleiben Sie hier im Wald. Ich hole Sie nachher. Kann eine Stunde dauern, vielleicht auch länger. Aber warten Sie auf jeden Fall hier.«

Er ging auf 15 hinunter, und Ray sprang hinaus, genau auf die Böschung. Er ließ sich rollen, um die Wucht des Aufpralls abzuschwächen. Während er sich Rippen und Schultern rieb, die unsanft auf Baumwurzeln aufgeschlagen waren, sah er dem Jeep nach, der schon wieder Geschwindigkeit zugelegt hatte und aus dem Wäldchen hinausfuhr. Er hatte diesen Mann, diesen Ritchie, nie verstehen können und konnte es immer noch nicht. Aber der Bursche hatte ihm soeben das Leben gerettet. Ray pfiff tonlos vor sich hin, klopfte beinahe zärtlich auf die Ausbuchtung in seiner Jacke, unter der die Automatic verborgen war, und suchte Deckung.

Martin fuhr in die offene Moorlandschaft hinaus. Der Hubschrauber holte ihn ein und hängte sich über ihn. Er fuhr, ohne auch nur aufzublicken, nahm dann Gas weg und hielt vielleicht drei Kilometer von dem Wäldchen entfernt an. Der Hubschrauber schwenkte ab und kehrte, nachdem er einen Bogen geflogen hatte, zu ihm zurück, als er gerade gemächlich aus dem Wagen stieg und in die Knie ging, um etwas auf dem Boden zu betrachten. Er ignorierte die Maschine, die jetzt auf der Suche nach einem geeigneten Landeplatz war. Sobald sie aufgesetzt hatte, kamen zwei Männer in Kampfausrüstung auf Martin zugerannt. Sie waren, so schien es jedenfalls, nicht bewaffnet. Martin war in die Betrachtung eines Busches rundblättrigen Sonnentaus vertieft.

Einer der Männer brüllte: »Ist das Ihr Wagen?«

»Und wenn?«

»Los, durchsuchen wir die Kiste.«

Martin sah, wie einer von ihnen den Riemen eines Leichtmetallgewehrs von der Schulter zog. Vorsichtig schlichen sie um den Landrover herum, zwei junge Männer, nervös und unsicher, was sie tun sollten, falls plötzlich ein wahnsinniger Killer aus den Tiefen des Wagens auf sie schießen sollte.

Nur hatte der Landrover keine Tiefen. Ein Blick sagte ihnen, daß sie dort niemanden finden würden.

»Haben Sie nicht jemanden bei sich gehabt?«

»Nein.«

»Sie lügen. Wir haben gesehen, wie er eingestiegen ist.«

»Es ist jemand an mir vorbeigerannt, aber er ist nicht eingestiegen.«

Das Wäldchen war von dieser Stelle aus nicht zu sehen. Die Soldaten, die mit der Verfolgung des Landrovers beschäftigt gewesen waren, erinnerten sich seiner nicht. Sie wechselten einen Blick. Besser, sie gingen wieder hoch.

»Wir brauchen Ihren Namen.«

»Sie haben kein Recht, meinen Namen zu verlangen.«

»Schreib die Autonummer auf.«

Es folgte ein Moment reiner Komik, als sie beide merkten, daß sie nichts zum Schreiben mithatten.

»Kommen Sie uns lieber nicht noch mal in die Quere, Mann. Das könnte unerfreulich werden für Sie.«

Sie rannten zu ihrer Maschine zurück und hoben ab. Martin wartete zehn Minuten, während sie eine Spirale in den Himmel schrieben und dann suchend über das eintönige Heideland flogen, wo es nichts gab, was den Blick auf sich zog, wo nur der geduldige Beobachter, der bereit war, auf das Kleine zu sehen, den Zauber vielfältigen Lebens wahrnehmen konnte. Er fuhr ein paar Kilometer, um sich zu vergewissern, daß sie ihn nicht verfolgten, dann bog er auf eine schmale, ungeteerte Straße ab, die ihn zwischen hohen Böschungen zum Wäldchen zurückführte. Zum ersten Mal seit vielen Tagen lächelte er.

Er ließ den Landrover an einer versteckten Stelle stehen und lief in die Bäume. Ray sichtete ihn bald und zeigte sich. Martin signalisierte ihm zu kommen. Der Hubschrauber war immer noch irgendwo über ihnen, aber das Geräusch seines Rotors klang wie das Brummen einer müden Fliege, die sinnlos gegen eine Fensterscheibe anfliegt. Selbst wenn die Männer über Funk Verstärkung angefordert hatten, waren die Chancen im Augenblick gut.

Ungesehen gelangten sie zum Landrover und fuhren auf der holprigen Straße nach Macemoor zurück. Unterwegs berichtete Martin Ray von den Ereignissen des vergangenen Tages. Als sie vor dem Haus hielten, öffnete Laura die Tür. Martin sagte mit einem leicht ironischen Lächeln: »Rat mal, wen ich zum Abendessen mitgebracht habe.«

15

Der Innenminister war ein Buchhaltertyp, ein kleiner verbissener Mann, dem allgemein ein Mangel an Charisma nachgesagt wurde. Von schottischer Herkunft, betrachtete er sich selbst als einen hartnäckigen und zähen Kämpfer, dem verlotterten Süden, den er rund um sich herum in unaufhaltsamem Niedergang sah, an Moral haushoch überlegen.

Aber er hatte das Verbrechen nicht eingedämmt, die Achtung vor Gesetz und Ordnung nahm weiterhin von Jahr zu Jahr ab, der Drogenhandel blühte. Seine Tage als Innenminister, meinte man, seien gezählt.

Faulston veränderte alles. Bei der unverzüglich anberaumten Parlamentsdebatte im berstendvollen Unterhaus verstand es der Innenminister, die Volksvertreter in einem patriotischen Elan zu einen, wie es das seit dem Falkland-Krieg nicht mehr gegeben hatte. Mitglieder der Opposition, die Beanstandungen gegen sein Paket von Maßnahmen vorbringen wollten, wurden mit höhnischer Schmähung von seiten des Innenministers und wütendem Geheul aller jener, die hinter ihm standen, abgeschmettert.

Später schrieb er in seinen Memoiren: »... Ich schlief kaum in jener Nacht, als mir klar wurde, daß ich vom Schicksal gefordert war, in Großbritanniens schwerster Stunde die Verantwortung zu übernehmen. Ich betete zum gestrengen Gott meiner Vorfahren, daß ich mich dieser großen Aufgabe würdig erweisen möge. Es gab zwei Möglichkeiten für uns – auf die Kernkraft zu verzichten und (um meinen eigenen Vergleich zu gebrauchen, der in den nachfolgenden Tagen viel zitiert wurde) binnen kurzem zu einer Bananenrepublik ohne die Bananen abzusinken, oder aber den harten Weg des technologischen Fortschritts standhaft weiterzugehen, den Pionieren der Wissenschaft auch in Zukunft das Vertrauen zu schenken und eine mündige Gesellschaft zu schaffen, in der alle, ohne Angst vor Bedrohung oder Subversion durch die Andersgläubigen, die Früchte dieses wissenschaftlichen Fortschritts würden genießen können. Mit der vollen Unterstützung des Kabinetts schlug ich darum vor...«

Zwei Tage nach dem Zwischenfall in Faulston verlas der Innenminister im Fernsehen einen Katalog von Vorschlägen, die bereits so gut wie Gesetz waren.

Punkt eins: Alle Züge oder anderen Transportmittel, die Behälter mit radioaktivem Müll oder anderen gefährlichen radioaktiven Substanzen beförderten, sollten ab sofort von bewaffneten Bewachern begleitet werden. Ob diese Bewacher von der Atomindustrie oder von der Polizei gestellt werden würden, war noch nicht entschieden; Atomindustrie und Regierung seien jedoch nicht bereit, den Terroristen weiterhin freie Bahn zu lassen.

Punkt zwei: Alle im nuklearen Bereich Beschäftigten, ob Zivilisten oder Militärangehörige, würden sich ab sofort eine gründliche und fortdauernde Untersuchung ihrer politischen Einstellung gefallen lassen müssen. »In gewissem Rahmen werden solche Überprüfungen bereits durchgeführt. Jetzt aber werden wir dieses Verfahren systematisieren und auf große Kreise ausweiten. Ich habe zahlreiche Hinweise darauf, daß den auf diesem Gebiet Beschäftigten eine derartige Maßnahme willkommen sein wird. Denn schließlich werden sie ja den größten Nutzen davon haben. Die Kernkraft ist die große Hoffnung unserer Wirtschaft, unseres Wohlstands, ja unserer Zivilisation. Sie ist das Fundament unserer Zukunft, und eben darum müssen wir mit aller Entschlossenheit die finsteren Mächte bekämpfen, deren Bedrohung immer gefährlicher wird.«

Punkt drei: Die Errichtung von »nuklearen Sicherheitszonen«, die alle Gebiete rund um Atomkraftanlagen ziviler oder militärischer Art sowie das Streckennetz umfassen würden, über das Kernmaterial befördert wurde. Unbefugte Personen, die sich in diesen Zonen aufhielten, würden festgenommen und »wegen vorsätzlich rechtswidrigen Verhaltens zum Schaden der Allgemeinheit« unter Anklage gestellt werden.

Punkt vier: Es sei unumgänglich, einen weit größeren Anteil der öffentlichen Gelder als bisher für wirksame Sicherheitsmaßnahmen auszugeben. Da der Staat nicht über unbeschränkte Mittel verfüge, sei klar, daß andere Empfänger staatlicher Gelder angesichts dieser dringend erforderlichen Maßnahmen ihre Forderungen zurückschrauben müßten.

Punkt fünf: Man werde für alle Schulen ein Sonderprogramm entwickeln, das dazu dienen solle, den Kindern des Atomzeitalters eine klare Vorstellung von den Chancen und Risiken jener Welt zu vermitteln, die sie eines Tages verwalten würden. Die meisten Schulen hätten viel zu wenig getan, um die Kinder über den Terrorismus aufzuklären. »Der verantwortungsvolle Bürger wird in der Kindheit erzogen. Und von heute an muß der verantwortungsvolle Bürger vor allem wachsam sein, denn die Feinde sind unter uns und sie bedienen sich jener Energiequellen als Waffe, die unser Lebensblut sind. Ich wage zu behaupten, daß keine Gesellschaft je mit einer solchen Bedrohung konfrontiert war wie wir heute. Und wenn wir diese Bedrohung überwinden wollen, muß der Kampf in den Schulen beginnen.«

Punkt sechs: Auf politisch Verdächtige müsse in Zukunft genauer geachtet werden, insbesondere wenn es sich um Leute in Stellungen mit öffentlichem Einfluß handle. »Wir sprechen jetzt nicht von Spionen und Verrätern, sondern von einem weit heimtückischeren Gegner, von solchen Leuten nämlich, die es darauf anlegen, unsere Gesellschaft zu unterminieren, den Fortschritt zu bremsen, jeden, der sich mit ihren häufig weltfremden Zielen nicht einverstanden erklärt, am Fortkommen zu hindern, Bruder gegen Bruder aufzuhetzen. Wir wollen keine Hexenjagd, aber dort, wo Zweifel auftauchen, sollte es nunmehr dem einzelnen obliegen, seine Treue zu der Gesellschaft unter Beweis zu stellen, die ihn großgezogen und geschützt hat. Denen, die unserer Gesellschaft Feindseligkeit entgegenbringen, kann ich nur sagen, daß Gleiches mit Gleichem vergolten werden wird.«

Punkt sieben: Es werde kein Verbot und kein aktives Vorgehen gegen Gruppen von Atomkraftgegnern und sogenannten Friedensgruppen geben, aber alle diese Organisationen würden in Zukunft intensiv überwacht werden. »In einer toleranten Gesellschaft wie der unseren wollen wir selbstverständlich das Recht auf freie Meinungsäußerung nicht unterdrücken. Aber die Organisationen, von denen ich eben gesprochen habe, sollen doch ganz klar sehen, daß die lockeren Zeiten vorbei sind. Wo wir Subversion vermuten, werden wir sie ausmerzen, und wo wir auf die kranke Mentalität stoßen, die zum Terrorismus führt, werden wir sie öffentlich aufdecken, und ich verbürge mich an dieser Stelle für ihre Ausrottung.«

Punkt acht: »Das Recht auf Demonstration ist integraler Bestandteil jeder freiheitlichen Verfassung. Aber seit vielen Jahren erleben wir, wie die Demonstrationen friedliebender und vernünftiger Bürger von militanten Gruppen, die häufig vor Gewalt nicht zurückschrecken, für ihre eigenen Ziele mißbraucht werden. Wir schlagen daher vor, daß von jetzt an für alle Demonstrationen Genehmigungspflicht bestehen soll, und daß jeder, der beabsichtigt, an einer Demonstration teilzunehmen, zuvor bei der Polizei eine solche Genehmigung beantragen soll. Wer bei einer Demonstration ohne Genehmigung angetroffen wird, muß als Agitator angesehen und daher festgenommen werden. Auf diese Weise wird dem Terrorismus und seiner möglichen Entfaltung wieder ein Stück Boden entzogen.«

Punkt neun: Im kommenden Jahr sollten alle britischen Bürger Personalausweise erhalten, die sie zu jeder Zeit bei sich zu tragen hätten. Wer auf Verlangen der Polizei seinen Ausweis nicht vorweisen könne, würde ohne weiteres verhaftet werden.

Der Innenminister wies ausdrücklich darauf hin, daß ihm klar sei, wie tief diese Maßnahme in die Freiheitsrechte des Individuums einschneide, um die Großbritannien jahrhundertelang von aller Welt beneidet worden sei. Aber wenn dadurch die Freiheit der Terroristen gefördert werde, erklärte er, sei es an der Zeit, die Prioritäten zu überdenken. »Denn wenn dem Terroristen Freiheit gegeben wird, muß der Rest der Gesellschaft in ständiger Angst leben. Seine Freiheit macht uns zu Gefangenen. Jede Maßnahme, die die Freiheit des Terroristen einschränkt, verbessert die Lebensqualität der anderen Bürger. Die Ausgabe von Personalausweisen ist eine solche Maßnahme.«

»In der Welt der Einkaufszentren und Großraumgaragen macht das keinen Unterschied«, sagte Sarah Keeling und reichte Laura und Martin eine weitere Titelseite. »Die Neun Gebote! Gott sei Dank!« verkündete die *Sun* in fetten schwarzen Schlagzeilen.

Die Atmosphäre im Haus war bedrückt. Martin hatte sich in die Arbeit an einem seiner Bücher gestürzt, das in Neubearbeitung als Taschenbuch herauskommen sollte. Er hatte Laura gebeten, die Illustrationen zu machen, aber die Ereignisse hatten diese Diskussion verdrängt. Laura selbst sprach vage davon, ins Ausland zu gehen. Jedem seine eigene Art der Emigration.

Sarah fand es merkwürdig, gerade zu diesem Zeitpunkt nach Macemoor zurückgekommen zu sein. Nach diesen Ereignissen wäre vielleicht jeder Zeitpunkt merkwürdig gewesen.

Die Bemerkung stammte von ihrem Redakteur. »Es macht nicht den geringsten beschissenen Unterschied«, hatte er genau gesagt. Sarah hatte sich den Satz so oft wiederholt, daß er nun ihr eigen geworden war. Er schien ihr kurz und bündig auszudrükken, mit welcher Leichtigkeit ein ganzes Land politisch entmündigt worden war. Die Freiheit war wie ein Stückchen Gehirngewebe, das säuberlich herausgeschnitten werden konnte, ohne daß, äußerlich gesehen, die Funktionen der anderen Organe davon beeinträchtigt wurden. Eben das war das Schöne daran, daß das Opfer den Unterschied überhaupt nicht bemerkte.

»Fahren Sie noch mal hin«, hatte der Redakteur gesagt. »›Leben mit dem Atom‹ ist gut angekommen. Fragen Sie die Leute in Faulston, wie's ihnen jetzt gefällt. Aber greifen Sie die neuen Gesetze nicht an. Ich kann mir vorstellen, wie Sie darüber denken, mir geht's wahrscheinlich genauso. Aber in diesem Fall kann die Presse nicht gegen die Regierung zu Felde ziehen. Bei der augenblicklichen Stimmung im Land würden die Leute unsere Zeitung wahrscheinlich verbrennen.«

Außerdem gab es Gerüchte, daß diverse Leute von verschiedenen etablierten Blättern sich zusammentun und eine neue Tageszeitung gründen wollten, und Sarah wollte sich alle Möglichkeiten offenhalten.

Eine Möglichkeit, ein Gedanke, der ihr immer wieder kam und den sie immer wieder unterdrückte, war, die Ray-Story wieder aus der Versenkung zu holen. Sie hatte Laura die Kassette zurückgeschickt, ohne sich die Mühe zu machen, eine weitere Kopie anzufertigen. Die Geschichte war jetzt passé, von den Ereignissen überholt. Aber irgend etwas mußte sich da noch rausholen lassen. Irgendwie reizte die Sache sie immer noch. Wenn nur Ray nicht der Öffentlichkeit als gesuchter Verbrecher vorgestellt worden wäre! Ein Konflikt mit der Polizei, ein einziger falscher Schritt konnte das Ende ihrer Karriere bedeuten.

Zuerst mußte sie mit Laura Frieden schließen. Sie war froh über den Auftrag in Faulston. Abgesehen davon, daß es eine leichte Arbeit war – sie hatte die Kontakte, das Thema interessierte sie –, lieferte er ihr einen unverfänglichen Vorwand, in Macemoor Station zu machen. Am Telefon war Laura freundlich, aber distanziert gewesen. Doch im persönlichen Gespräch mit ihr fühlte sich Sarah wieder lebendig und beschwingt, voller Energie wie stets im direkten Kontakt mit ihr.

Martin hatte sich in sein Arbeitszimmer zurückgezogen, Laura, ihre Kaffeetasse mit beiden Händen umschlossen haltend, blickte einen Moment nachdenklich vor sich hin. Dann überflog sie den nächsten positiven Zeitungsbericht über das Neun-Punkte-Programm der Regierung. Die Presse vermied jeden Angriff. Zu viele Menschen waren in tiefe Angst gestürzt worden, und die Regierung hatte die öffentliche Stimmung richtig erfaßt. Die Zeitungen hielten Opposition für sinnlos.

»Sie halten das nicht für wichtig?« fragte Laura.

»Wichtig?« antwortete Sarah. »Die Affäre stinkt zum Himmel.«

»Wir hätten es verhindern können«, sagte Laura.

Sarah schüttelte den Kopf, mitleidig, aber entschieden.

»Doch«, insistierte Laura. »Wenn wir die Geschichte an die Öffentlichkeit gebracht hätten, hätten sie nie Ernst damit gemacht.«

Sarah überlegte rasch. Sie wollte behutsam sein. Sie wollte nicht vom hohen Roß der hartgesottenen Journalistin aus die naive Idealistin niedermachen. Sie wollte es wegen der Zuneigung nicht, die sie Laura entgegenbrachte.

»Ich glaube, das war von vornherein ein totgeborenes Kind, Laura.«

»Sie haben ihm nie geglaubt, nicht wahr?«

Sarah hatte eine lange Autofahrt hinter sich. Sie flüchtete sich in die Müdigkeit. Sie schloß die Augen und seufzte. »Vielleicht wenn ich ihm persönlich begegnet wäre...«

Ohne ein Wort ging Laura aus dem Zimmer. Sarah hörte, wie sie im oberen Stockwerk mit jemandem sprach, Martin vermutlich. Dann kam sie die Treppe wieder herunter. Ihr Gesicht war blaß und entschlossen, als sie ins Zimmer trat. Sarah sah, daß jemand hinter ihr stand, direkt vor der Tür.

»Wir nennen ihn einfach Ray.«

Er kam ins Zimmer, ein magerer, dunkler Mann mit schmalem

Gesicht. Er kam zögernd, und Sarah wußte sofort, daß Laura der einzige Mensch war, dem er traute.

»Er weiß, wer Sie sind.«

Sarah stand auf und bot ihm die Hand. Sie war plötzlich sehr aufgeregt, verstand aber, es zu verbergen. Rays Blick, gehetzt, aber intensiv, schien sie zu durchbohren. Sarah forschte auf ihre eigene, weniger direkte Art mit gespannten Sinnen nach einem verräterischen Zeichen, dem winzigsten Hinweis darauf, daß er ein Schwindler war. Auf den ersten Blick wirkte er überzeugend, aber in ihrer Gegenwart mußte er sich natürlich bemühen. Dennoch hoffte sie von Herzen, er möge das sein, was Laura behauptete.

Ein paar Tage früher blieb Godfrey Knapp, der kurz zuvor von seiner morgendlichen Kaninchenjagd zurückgekehrt war und den die wachsende Begierde nach einer Frau fast zum Wahnsinn trieb, gerade noch eine Stunde Zeit zwischen Lauras Anruf und ihrer Ankunft in Scardale, um sich innerlich auf die Verwirklichung einer Phantasie vorzubereiten. Bei einer Zigarre gab er sich seinen Betrachtungen hin, aber dabei machte ihm ein nervöses Unbehagen zu schaffen, das er nicht abschütteln konnte.

Der Klang ihrer Stimme am Telefon hatte ihm verraten, warum sie zu ihm kam. Sie wollte etwas von ihm und war bereit, sich selbst anzubieten, um es zu bekommen. Das Spiel, das bei jedem ihrer Zusammentreffen einen Schritt weiter gegangen war, war jetzt vorbei.

Knapp zügelte seinen leidenschaftlichen Überschwang und war beherrscht, feierlich ernst beinahe, als er sie einließ und in sein Arbeitszimmer führte. Er bot ihr, da es noch Vormittag war, ein Getränk aus Zitrone und Holunderblüten an, das Harold gebraut hatte, und bemühte sich, sie nicht anzustarren, aber jedesmal, wenn er an den Klang ihrer Stimme am Telefon dachte, an die offene Bereitwilligkeit darin, blieb ihm fast das Herz stehen.

»Wie kann ich Ihnen behilflich sein?« fragte er.

Laura hatte auf der Fahrt alles durchdacht, wieviel sie verlangen würde, wo die Grenzen des Möglichen lagen.

»Können Sie jemanden für mich verstecken?«

Knapp war sich längst im klaren darüber, welchen Grund,

welchen einzig denkbaren Grund, dieser überfallartige Besuch hatte. »Sie wissen, was Sie da von mir verlangen?«

»Ja.«

»Und Sie wissen auch, daß ich es nicht fertigbringe, Ihnen etwas abzuschlagen.«

»Ja, Godfrey, das weiß ich. Ich brauche die Gewißheit, daß jemand bereit ist, mir zu helfen. Ich habe Angst.«

Mit erstaunlicher Agilität sprang Knapp aus seinem Sessel auf und kniete neben Laura nieder. Sein Morgenrock öffnete sich ein wenig über der graubehaarten muskulösen Brust mit dem Goldkettchen. Als er sie küßte, spürte er, daß ihr Verlangen nicht dem seinen entsprach. Aber es war zu spät, um etwas zu ändern.

Laura wußte, daß sie mit dem, was kommen würde, mühelos umgehen konnte, aber sie hatte stärkere Erregung bei sich erwartet. Je älter sie wurde, desto weniger reizte sie der Mann, und Knapps Avancen, seine drängenden Küsse, die nach Tabak schmeckten, und das Grapschen seiner großen Hände waren auf deprimierende Weise vorhersehbar. Sie verfolgte seine Bemühungen in einem angenehmen Zustand zwischen leicht erregter Sinnlichkeit und ironischer Distanz. Angesichts ihres nackten Körpers schien er in der wahnsinnigen Leidenschaft seines Begehrens beinahe aus der Fassung zu geraten.

Er öffnete ihre Beine und starrte sie an, beugte sich dann hinunter, um ihren Geruch einzuatmen und von ihr zu kosten, doch Laura mußte seinem Finger und seiner Zunge Einhalt gebieten, um sich dem Kratzen seines Barts zu entziehen.

Er drehte sie um, und Laura fühlte eine Welle von Abwehr und Entfremdung, als er anfing, sie von hinten mit Fingern und Zunge zu erforschen. Wie eine Mischung aus Gynäkologe und Rugby-Stürmer, dachte sie. Sie hatte genug. Sie drehte sich mit einem Ruck um und zog die Knie hoch.

Knapp hielt inne und wußte sofort, daß es ihm nach dieser jähen Unterbrechung seines lustvollen Ansturms schwerfallen würde, wieder in Fahrt zu kommen. Mit hervorquellenden Augen blickte er auf Lauras Körper hinunter und sagte dröhnend: »Mein Gott, Sie sind das schönste Geschöpf, das ich je gesehen habe.«

Die ganze Erklärung war banal und abgedroschen, aber das

Wort »Geschöpf« schoß den Vogel ab. Am schlimmsten jedoch war Knapps Aussehen. Seine Augen mit den stark erweiterten Pupillen schienen ihm fast aus dem Kopf zu springen, die Wangen oberhalb des Barts waren violett verfärbt, der muskulöse Brustkorb zuckte unter keuchenden Atemstößen. Laura war das alles schauerlich genug, auch ohne daß er einen Herzinfarkt bekam. Außerdem hatte sie genug davon, sich wie ein Lustobjekt behandeln zu lassen.

»Kommen Sie«, murmelte sie, »legen Sie sich zu mir.« Der Orgasmus stand ja noch aus. Das Wie, Wann und Wo überließ man am besten nicht Knapps ungezügelter Leidenschaft.

Knapp streckte sich neben ihr aus. Sein Gesicht war eine karikaturhafte Maske männlicher Begierde ohne Wärme und ohne Humor. Aber sein Atem wurde ruhiger, und sein Körper entspannte sich. Selbst seine Hände wurden, wenn auch nicht behutsam, so doch etwas bedächtiger. Zugleich jedoch erschlaffte schnell und beschämend für ihn seine Männlichkeit. Laura spürte, wie sie weich an ihrem Schenkel dahinwelkte.

Knapp schloß in momentaner Erschöpfung und Beschämung die Augen. Laura überfiel ein Kältegefühl. Sie haßte ihn nicht, im Gegenteil, irgendwie fand sie ihn immer noch faszinierend, und obwohl sie über seinen banalen Angriff auf den weiblichen Körper enttäuscht war, wollte sie ihn so nicht sehen, dick, impotent, lächerlich.

Sie tat, als sei nichts geschehen, und versuchte, ihn neu zu beleben. Aber sie hatte nichts für ihn als Technik, kein Gefühl und keine Lust, und Knapp spürte es.

Er beschloß, dem Spiel ein Ende zu machen. Er küßte sie auf beide Wangen und fand ein Maß an Ritterlichkeit wieder, als er die abgeworfenen Kleider vom Boden aufhob und sie ihr reichte.

»Ich habe keine Entschuldigung anzubieten«, sagte er schroff und ging ein wenig schwankend aus dem Zimmer.

»Godfrey«, rief Laura schwach, aber er war schon hinaus. Seinen Morgenrock hatte er auf dem Boden liegen gelassen, und Laura begriff, daß er sie allein gelassen hatte, damit sie sich ungestört ankleiden konnte. Sie schlüpfte in ihre Sachen und begann das Bett zu glätten, und es bekam plötzlich etwas Verstohlenes wie heimliches Tun in einem fremden Zimmer.

Knapp kehrte angekleidet zurück, mit würdiger, unbewegter Miene. Doch sein Gesicht war immer noch gerötet, und seine Augen verrieten Nervosität.

Laura ließ es sich nicht nehmen, ihn zu umarmen, ehe sie in ihren Wagen stieg. Knapp ließ sich die Umarmung einen Moment gefallen, dann trennte er sich mit Entschiedenheit von Laura. Seine Stimme zitterte leicht, als er sagte: »Wenn es einen Menschen gibt, den Sie lieben, dann ist er sehr glücklich zu preisen.«

Laura lächelte. Dies war der Godfrey Knapp, den sie immer gernhaben würde. Es war ein verrückter Gedanke, aber auf dem Sterbebett würde er gewiß eine großartige Figur machen. »Kann ich Sie morgen anrufen?«

»Ich verreise für ein paar Tage. Ich werde mich bei Ihnen melden. Ich weiß, worum es Ihnen geht, und mir wird sicher etwas einfallen.«

Pflichtschuldig blieb er stehen, als sie den Wagen hinausmanövrierte, zu empfindsam, um ihr zu danken oder sich zu rechtfertigen, isoliert in seinem Versagen.

16

Ehe Knapp sich wieder gemeldet hatte, war Sarah nach Macemoor gekommen und hatte den Mann, dessen Stimme sie von der Kassette kannte, persönlich kennengelernt.

»Wenn alles, was Sie gesagt haben, stimmt und wir es an den Mann bringen können«, sagte sie, »was wollen Sie dann dafür haben?«

Das ist doch klar, sagte seine Miene. »Geld.«

»Ich kann nicht garantieren, daß jemand Ihre Geschichte kaufen wird.«

»Dann müssen Sie eben jemanden finden, der sie kauft.«

»Ich glaube nicht, daß das Leute wären, denen Sie in Ihrer jetzigen Situation gern begegnen würden.«

Ray sah Laura an, die mit einer nichtssagenden Geste reagierte. Sie hatten lange hier zusammengesessen, während Ray alle Fragen beantwortet hatte, die Sarah ihm stellte. Am Ende des Verhörs war sie überzeugt gewesen. Aber die unbequemen Fragen lagen noch vor ihnen.

»Sie bestreiten nicht, diesen Mann getötet zu haben?«

»Ich hab' Ihnen doch gesagt, wenn ich's nicht getan hätte, hätte er mich getötet.«

»Sie haben ihn in einem Wald getötet. Sie hätten doch fliehen können.«

»So war das nicht. Ich bin kein Mörder.«

»Als was würden Sie sich denn bezeichnen?«

Ray zuckte die Achseln. Er hatte nichts gegen diese forsche, abgebrühte Journalistin, sie war ihm gleichgültig. Aber sich jemandem gegenüberzusehen, der alle Trümpfe in der Hand hielt, machte ihn aggressiv.

»Es gibt eine Menge Menschen wie mich. Und es gibt eine Menge Menschen wie Sie. Aber man sollte nicht immer gleich mit Etiketten bei der Hand sein.«

Ein schwaches Lächeln flog über Sarahs gelackte Lippen. Sie hatte Achtung vor Leuten, die kein Blatt vor den Mund nahmen. Sie tippte sich mit dem Kugelschreiber an die hübschen weißen Zähne. »Ich muß Sie nach London bringen.«

Ray sah wieder Laura an. Sie nickte.

»Ich krieg' vielleicht etwas Geld zusammen«, fuhr Sarah fort, »aber rechnen Sie nicht mit einem großen Betrag. Wenn Sie hier bleiben, sind Sie meiner Meinung nach erledigt. Alle miteinander.« Sie sah Martin an, der sich irgendwann im Verlauf des Frage- und Antwortspiels zu ihnen gesellt, aber die ganze Zeit nichts gesagt hatte. »Glauben Sie nicht auch?«

Zu ihrer Überraschung antwortete Martin: »Absolut.« Er überlegte einen Moment. »Diese Geschichte muß an die Öffentlichkeit. Es interessiert mich nicht mehr, was für Risiken damit für mich verbunden sind.«

Sarah blickte von Martin zu Laura und Ray. Sie erriet, daß sie alle dies besprochen hatten. Niemand schien über irgend etwas erstaunt.

»Okay«, sagte sie. »Lassen Sie mich erst mal telefonieren. Danach verschwinden wir von hier. Im Moment beobachten sie das Haus vielleicht nicht, aber sie kreuzen bestimmt bald wieder hier auf.«

»Ich fahre mit ihr«, sagte Ray, auf Laura weisend.

Sarah nickte zustimmend. Laura sah Martin an. Der sagte lächelnd: »Ja, du mußt mitfahren.«

Sie fuhren getrennt, Ray mit Laura in ihrem Dyane. Sie hatten vereinbart, daß er in Sarahs Wohnung unterschlüpfen würde. Laura brachte ihn dorthin.

»Die Frau, die meine Wohnung übernommen hat, weiß von der ganzen Geschichte nichts. Darum ist es besser, Sie wohnen bei Sarah. Wenn es irgendwelche Schwierigkeiten geben sollte, verschwinden Sie einfach und hinterlassen unter dieser Nummer eine Nachricht für mich. Ansonsten melde ich mich morgen.«

Dann fuhr Laura zu ihrer eigenen Wohnung und rief von dort aus Martin an. »Du warst sehr verständnisvoll, ich danke dir.«

»Ich habe viel von dir gelernt.« Er sagte es mit Wärme, ohne alle Ironie. »Ich hoffe, Sarah kann mit der Geschichte etwas anfangen. Komm bald zu mir zurück.«

Laura seufzte leise. Sie war versucht, »Ich liebe dich« zu sagen, aber es war der falsche Augenblick. Martin, am anderen Ende, hatte das gleiche Empfinden. Sie konnten einander nicht mehr geben als ein liebevolles Schweigen.

Wieder allein, fuhr Martin nach Saltmayne hinaus und machte einen langen Spaziergang über die Klippen oberhalb der gigantischen Geröllhalden, die die zur Arbeit in den Kalksteinbrüchen verurteilten Strafgefangenen einst aufgeschüttet hatten. Der Seewind war bitterkalt, aber gleichzeitig belebend.

Er liebte diesen Ort. Er liebte diese Landschaft vielleicht mehr, als er je einen Menschen würde lieben können. Wenn dies einen tiefen seelischen Mangel bedeuten sollte, so fühlte er sich deshalb wenigstens nicht mehr schuldig. Den Fünfzigern nahe, konnte er eine solche Tatsache als Zeichen seines Menschseins akzeptieren.

Im übrigen war es doch so, daß nur Menschen das Land lieben konnten. Für die Tiere, die hier lebten, war es nicht mehr als ein Ort, wo sie ihr Futter fanden und ihre Jungen zur Welt brachten, Kulisse für ein kurzes Leben, wo das geringste Nachlassen der

Kräfte das Tier zur Beute anderer Tiere machte. Er konnte es lieben, weil er ihm nicht preisgegeben war.

Martin kehrte zu jener Stelle auf den Felsen zurück, von wo er zu Beginn dieses Jahres, am vermeintlich letzten Tag seines Alleinlebens, einen jagenden Falken und ein tauchendes U-Boot beobachtet hatte. Er sann darüber nach, wie dieses Jahr sich entwickelt hatte. Er wußte, daß er im Begriff war, Laura zu verlieren. Und er wehrte sich jetzt nicht mehr gegen diesen Gang der Dinge. Er konnte sich eingestehen, daß Lauras Umzug hierher in viel größerem Maße ein Experiment gewesen war, als sie beide damals geglaubt hatten.

Sie hatten beide das Bedürfnis gehabt, ihrem Leben einen neuen Sinn zu geben, jenen Raum ihrer Jugend wiederaufzusuchen, den zu vergessen ihnen die Zeit nicht gestattet hatte. Aber letztendlich wollten sie beide das Leben, das sie sich aufgebaut hatten, nicht aufgeben, und nun zog es sie zurück zu dem, was sie vorher gelebt hatten. Die Attraktionen des Zusammenlebens – kein Alleinsein mehr, körperliche und seelische Zusammengehörigkeit – hatten ihre Negativseite für Menschen, die auf ihre Art beide Einzelgänger waren und ihr Recht auf Erschöpfung oder Ungeselligkeit, auf inneren Rückzug nicht aufgeben wollten. Und jeder von ihnen respektierte dieses Recht des anderen, selbst während er an den Folgen litt.

So wie Martin es jetzt sah, würden sie getrennt leben und sich nur von Zeit zu Zeit sehen. Laura hatte nie darüber gesprochen, aber er spürte, daß sie sich auf einen solchen Bruch zubewegte. Er wußte, daß er damit leben konnte. Vielleicht versuchte er, sich im voraus dagegen zu wappnen, aber er war überzeugt, daß Lauras Rückzug nach London nur eine Frage der Zeit war. Dann, dachte er, würden sie, so paradox es schien, einander näher sein, als sie es jetzt waren. Sie waren beide Menschen, die Distanz brauchten, um lieben zu können. Und er liebte sie mehr denn je mit jener Liebe, die nicht nach Besitz strebt.

»Sie können hier schlafen. Die Tür läßt sich abschließen. Vielleicht möchten Sie sich zuerst die Wohnung ansehen?«

Mürrisch, ohne ein Zeichen von Dankbarkeit, ging Ray durch die Räume im oberen Stockwerk der alten Villa, die man in ein

Mietshaus mit mehreren Wohnungen umgewandelt hatte. Schlafzimmer, Gästezimmer, Wohnraum, kleine Küche und ein dreieckiges Badezimmer dort, wo früher der sehr weiträumige Treppenflur gewesen war. Sarah folgte ihm und genoß dabei das prickelnde Gefühl, ein gejagtes Wild aus nächster Nähe zu beobachten.

Ich muß das aufschreiben, dachte sie immer wieder. Es drängte sie, sich an ihre Maschine zu setzen, aber sie war noch nicht soweit, daß sie ihre Eindrücke ausformulieren konnte. Statt dessen zog sie sich mit ihrem Taschenrecorder ins Badezimmer zurück, klappte den Klosettdeckel herunter und sprach flüsternd alles in das Gerät, was ihr an erinnerten Einzelheiten in den Kopf kam.

Als sie fertig war, betätigte sie vorsichtshalber die Spülung. Aber als sie aus der Tür trat, versperrte Ray ihr den Weg. Sie wich zurück, hatte plötzlich Angst vor einer Vergewaltigung. Er packte sie mit beiden Händen und tastete sie rasch ab. Aber er war offensichtlich nicht an ihrem Körper interessiert. Er fand den kleinen Recorder in ihrer Tasche und riß ihn heraus.

Ray hatte lange schmale Augen, die beinahe lidlos wirkten, grau, mit kleinen Pupillen. Mit feindseligem Blick fixierte er Sarah, während er das Band zurückspulte, dann einschaltete und sie zwang, ihren eigenen abgerissenen, atemlosen Worten zu lauschen. Sie war sich voll Verlegenheit bewußt, wie naiv sie sich anhörten, und sie schämte sich, ertappt worden zu sein.

»Sie dämliche Kuh«, sagte er. »Löschen Sie das. Und tun Sie das ja nicht wieder.«

Während Sarah auf »Aufnahme« schaltete, um zu löschen, versuchte sie zu erklären, aber Ray deutete nur auf das Gerät und schüttelte den Kopf. Sie zuckte die Achseln und setzte sich, um zu warten. Sie zündete sich eine Zigarette an, obwohl sie kaum rauchte, und sah Ray mit einem Ausdruck zynischen Respekts an.

Er hatte an der Badezimmertür gelauscht. Zum Lachen eigentlich, sie hockte auf dem Topf und flüsterte vor sich hin, und er drückte auf der anderen Seite das Ohr an die Tür, weil er wissen wollte, was sie da drinnen tat. Sie waren aus demselben Holz geschnitzt, und genau darum würde er ihr niemals trauen. Er hatte sich an Laura und Martin gehalten, weil sie sich niemals verhalten würden wie er. Aber ihr würde er niemals vertrauen. Sarah genoß das beinahe.

»Ich glaube, es ist zu Ende«, sagte sie. Er war angespannt, unschlüssig, ob er seinen Zorn herauslassen und ihr eine Lektion erteilen sollte. »Es ist okay«, fügte Sarah hinzu. »Ich tu's nicht mehr. Ich glaub', wir werden gut miteinander zurechtkommen. Was möchten Sie? Gin, Scotch oder Wodka?«

Ein Brief von Dorothy, das war etwas Ungewöhnliches. Das konnte nichts Gutes bedeuten. Mit unwillig gerunzelter Stirn legte Knapp eines der späten Beethoven-Quartette auf, ehe er den Umschlag aufschlitzte.

Quoins
Chindale Magna
Uppingham, Leics

Mein lieber Godfrey,
Du wirst in Kürze von Clark und Northover hören, aber ich wollte Dir persönlich schreiben und nicht einfach die ganze Sache den Anwälten überlassen.
Dir wird zweifellos aufgefallen sein, daß ich Scardale immer häufiger und immer länger ferngeblieben bin. Ich bin überzeugt, daß das Dein Leben dort nie in irgendeiner Weise beeinträchtigt hat. Ich habe mich in Scardale nie zu Haus gefühlt, und Du hast herzlich wenig getan, um mir darüber hinwegzuhelfen. Ich weiß, daß Du mich aus vielen Gründen nicht magst, aber niemals werde ich Dir verzeihen, mit welcher Verachtung Du mich behandelt hast. Ich weiß auch, daß ich nie die Frau war, die Du Dir gewünscht hast, aber mußtest Du mich dafür so grausam bestrafen?

Die Dankeshymne eines Kranken an seinen Schöpfer ging unbemerkt in eine Passage jener unirdisch schönen tänzerischen Klänge über, die für Knapp, wenn er dafür offen war, Beethoven in höchster Vollendung darstellten. Doch der Inhalt des Briefs in seiner Hand nahm ihn so in Anspruch, daß er nichts anderes wahrnahm.

Wir haben keine Kinder, und die Vorstellung, bei meinem Tod alles, was ich besitze, Dir zu hinterlassen, befriedigt mich nicht. Ich weiß, was Scardale Deiner Familie immer bedeutet hat, aber ich fühle mich diesem Haus nicht verbunden und betrachte es schon lange nicht mehr als mein Zuhause. Ich habe den Wunsch, die letzten Jahre meines Lebens in der Nähe meiner Familie zu verbringen, der Du – falls das überhaupt möglich sein sollte – noch mehr Gleichgültigkeit entgegengebracht hast als mir.

Clark und Northover werden sich bezüglich der Scheidung mit Dir in Verbindung setzen. Sie haben die Beweise für mehrere Ehebrüche in den Händen, die Du im Lauf der letzten Jahre begangen hast, und ich habe sie angewiesen, das Scheidungsverfahren aufgrund dieses Materials unverzüglich einzuleiten. Einen Entwurf zur Regelung der finanziellen Angelegenheiten haben sie bereits aufgesetzt. Mir ist klar, daß er für Dich wahrscheinlich die Trennung von Scardale bedeuten wird, aber ich bin nicht bereit, in dieser Hinsicht weiterhin Verantwortung zu übernehmen.

Alle weitere Korrespondenz zwischen uns sollte über unsere Anwälte abgewickelt werden. Leb wohl, Godfrey.

Dorothy

Das Knacken der Nadel auf der abgelaufenen Platte war das einzige Geräusch im Raum. Knapp, in eisiger Nacht von Schrecken und Haß gefangen, hörte es nicht.

In dem kleinen Gästezimmer, hinter verschlossener Tür, verbrachte Ray die Nacht so, wie er es nun schon seit langem gewöhnt war – indem er höchstens zwei Stunden durchgehend schlief, dann aufstand, alles um sich herum überprüfte und sich danach zu einer weiteren kurzen Spanne seichten Schlafs wieder niederlegte.

Er war früh auf, aß etwas, wusch und rasierte sich und packte alle seine Sachen in den Nylonrucksack, den er mitgebracht hatte. Es durfte keine Spur seiner Anwesenheit in der Wohnung zurückbleiben. Sarah Keeling war noch nicht aus ihrem Zimmer gekommen. Sie reizte ihn, smarte Frauen waren sein Fall, wenn er die Taschen voller Geld hatte, aber nicht unter den jetzigen Umständen.

Es läutete. Ray zog sich hastig in sein Zimmer zurück und sperrte ab. Er hörte, wie Sarah aus ihrem Zimmer kam und über die Sprechanlage fragte, wer unten sei. Und er hörte, wie sie einen Augenblick später die Tür öffnete.

Schlaffe Säcke faltiger Haut hingen unter Harry Teals Augen, sonst aber sah er prall und gesund aus, wenn auch die Winkel seines formlosen Mundes in saurer Humorlosigkeit herabgezogen waren. Er trug einen braunen imprägnierten Regenmantel, den er nicht ablegte, als Sarah, die noch im Morgenrock war, ihn unfreundlich aufforderte, sich zu setzen.

»Es kommt mir vor, als wär' eine Ewigkeit vergangen, seit ich das letzte Mal hier war«, sagte Teal, »dabei war es erst –«

Sarah sah demonstrativ auf ihre Uhr und sagte: »Sparen Sie sich die Floskeln.«

Teal holte gewichtig Atem. »Ihre Artikelreihe über den Einfluß der Kernkraft auf das tägliche Leben der Leute hat mich sehr beeindruckt.«

»Davon bin ich überzeugt«, sagte Sarah.

»Und Sie werden ja wohl eine Fortsetzung über die Geschehnisse in Faulston schreiben.«

»Und wenn?«

»Sie könnten mir helfen.«

»Kommt nicht in Frage.«

»Ich könnte Ihnen helfen.«

»Höchst unwahrscheinlich.«

Teal ließ nicht locker. »Ich mache Ihnen ein reelles Angebot«, sagte er. »Arbeiten Sie für mich. Es gibt eine Menge Journalisten, die für uns Augen und Ohren offenhalten. Es lohnt sich, glauben Sie mir. Sie brauchen nichts zu unterschreiben, das Ganze bleibt inoffiziell. Nach dem Motto: Eine Hand wäscht die andere.«

Die gierigen Blicke, mit denen er nach ihr schielte, wenn immer der Morgenrock ein wenig auseinanderfiel und etwas Busen oder Bein enthüllte, gingen Sarah auf die Nerven. »Sie meinen, ich soll für Sie Spitzeldienste leisten«, sagte sie.

»Unsinn, von Spionage kann nicht die Rede sein«, entgegnete Teal. »Es geht um einen einfachen Arbeitsauftrag. Eine Sache im besonderen –«

Er brach ab, und sie drehten gleichzeitig die Köpfe nach dem Lärm, der von draußen hereindrang. Das Wohnzimmerfenster ging nach vorn hinaus, zum Park. Das blecherne Klappern der Mülltonnen und das Geschrei waren von hinten gekommen.

Teal sprang auf, stürzte hinaus und warf sich gegen die nächste Tür. Sie war abgeschlossen. Von der Wucht seines Ansturms zurückgeworfen, begann er mit dem Fuß gegen die Tür zu treten und an der Klinke zu rütteln.

Sarah lief in ihr Schlafzimmer. »Scheiße«, zischte sie mit zusammengebissenen Zähnen immer wieder. In Panik rannte sie zum Fenster.

In einem der langen, schmalen, dicht bewachsenen Gärten hinten wälzte sich ein Mann auf dem Boden und drückte dabei die Hände auf den Unterleib. Ray war es nicht; von ihm war keine Spur zu sehen.

Sarah konnte sich ihr eigenes Bild machen. Vor dem Zu-Bett-Gehen am Abend zuvor hatte Ray ihr gesagt, sie solle sich nichts denken, wenn sie Geräusche höre, er würde dann »die Mauer ausprobieren«. Das hieß, er wollte versuchen, von seinem Fenster aus über Fenstersimse und das dicke Regenrohr entlang, zum Boden zu gelangen. Und das, vermutete sie, hatte er soeben getan, nicht bereit, ein Risiko einzugehen und erst abzuwarten, was Teal wollte oder wen er mitgebracht hatte.

Teal kam hereingerannt, stieß sie zur Seite und reckte den feisten Hals, um besser sehen zu können. Er griff nach dem Fensterriegel, ließ aber die Hand dann entmutigt sinken. Er war wütend und kam sich obendrein lächerlich vor.

»Warum ist die Tür da drüben abgesperrt?« fragte er scharf.

Geistesgegenwärtig antwortete Sarah: »Ich sperre immer alle Zimmer ab, wenn ich weggehe. Anscheinend habe ich gestern abend vergessen, wieder aufzuschließen.« Sie fügte freundlich hinzu: »Es ist das Gästezimmer.«

»Dann machen Sie's jetzt auf.«

»Fällt mir nicht ein.« Ohne weiter auf ihn zu achten, riß sie das Fenster auf und rief den alten Mann an, der mit einiger Mühe vom Boden aufstand. »Alles in Ordnung?«

»Verdammter Einbrecher«, rief der Mann heiser zurück. »Ich wollte ihn aufhalten.« Er schüttelte bekümmert den Kopf und klopfte sich seine Kleider ab.

Sarah blickte Teal in das wutverzerrte Gesicht und sagte: »Na bitte.«

17

Die Frau hatte 100 Pfund zusammengekratzt. Ray trug sie in einer Innentasche seiner gefütterten Jacke. Links die Automatic, rechts das Geld. Er hatte alle seine Sachen aus Sarah Keelings Wohnung mitgenommen, den Nylonrucksack, in dem er sie verstaut hatte, ließ er bald nach seiner Flucht in der Halle des Waterloo-Bahnhofs zurück. Man würde ihn ins Fundbüro bringen, und da konnte er bis in alle Ewigkeit bleiben. Nichts, was er enthielt, konnte Ray verraten. Und er hatte keine Spur seiner Anwesenheit in dem Gästezimmer hinterlassen.

Nur die Automatic in seiner Tasche verknüpfte ihn mit Pilkington, und die würde er abstoßen, sobald er sich sicher genug fühlte. Aber der Moment war noch nicht gekommen. Er war aus dem Haus abgehauen, weil ihm im Lauf seiner nächtlichen Überlegungen klargeworden war, wohin er wollte. Außerdem hatte das Gespräch, das er am Morgen mitgehört hatte, ihm gezeigt, daß es in diesem Yuppie-Versteck etwas allzulebhaft zuging.

Er konnte eine Weile auf der Straße leben. Die Witterung war diesem Vorhaben zwar nicht günstig, andererseits brauchte man jetzt, wo das milde Wetter vorbei war und die Leute schlecht gelaunt bei dem Gedanken an einen weiteren tristen Londoner Winter mit gesenkten Köpfen und hochgezogenen Schultern herumgingen, keine neugierigen Blicke zu fürchten. Keiner hatte Lust, sich das menschliche Treibgut auf den Straßen genauer anzusehen. Zuviel davon gab es, menschlicher Abfall, der die öffentlichen Straßen und Plätze verunreinigte, erbarmungswürdig und manchmal bedrohlich. Die Leute blickten in die andere Richtung und eilten ihrer Wege.

Draußen auf den Küstenklippen war es anders gewesen. Da

hatte Ray wie ein gejagtes Tier gelebt, ohne die Möglichkeit natürlicher Tarnung. Um hier unterzutauchen, brauchte man es nur den Pennern gleichzutun. Nachts wickelten sie sich in Zeitungen und Karton, krochen manchmal zur Wärmeisolation auch in Müllsäcke oder drängten sich in der Nähe warmer Lüftungsschächte auf den Bürgersteigen. So versteckte man sich in der Großstadt: Man verwandelte sich einfach in ein Stück Müll. Dann wollte niemand einen sehen.

Ein, zwei Tage würde er die Lage peilen, dann unter der Nummer anrufen, die Laura ihm gegeben hatte. Sie war eine nette Frau, ein bißchen wirr im Kopf, und sie würde tun, was er verlangte. Der kessen Keeling würde er sich fernhalten, die war gefährlich. Auch wenn er es vor allem dem kurzen Aufenthalt in ihrer Wohnung zu verdanken hatte, daß er endlich einen Entschluß gefaßt hatte.

Ray mochte Frauen vom Typ Sarah Keelings, raffinierte Flittchen in schicker Verpackung, die nicht lang fackelten, wenn man mit ihnen bumsen wollte. In der Nacht war er plötzlich so heiß auf sie gewesen, daß er beinahe durchgedreht hätte. Aber er hatte gehört, wie sie ihre Zimmertür abgesperrt hatte, und Vernunft und Furcht gemeinsam brachten ihn wieder zur Besinnung. Statt dessen hatte er zum ersten Mal seit fast einem Monat onaniert. Und als er sich auf diese Weise der körperlichen Spannung entledigt hatte, wußte er plötzlich genau, was er tun würde.

Er hatte keine Lust mehr, es diesen Leuten mit ihrem sozialen Gewissen recht zu machen. Es war ihm scheißegal, was in Faulston wirklich geschehen war. Die armen – nein, blöden – Hunde, die sie da abgeknallt hatten, waren nie seine Kumpel gewesen, er hatte nicht einmal ihre wahren Namen gekannt. Und nachdem er sich verdrückt und sie damit in Gefahr gebracht hatte, hätten sie ihn zweifellos mit Wonne zu Brei geschlagen, wenn sich die Gelegenheit dazu geboten hätte. Aber man ließ sich ja nicht auf solche Unternehmen ein, um Freunde zu gewinnen.

Faulston war also Schwindel gewesen. Er hatte richtig vermutet. Die weiteren Folgen interessierten ihn nicht. Ray, alias Peter English, interessierte sich nur für eines auf der Welt – für sich selbst. Alles andere war Nebensache. Laura und ihr Freund, der Naturfreak, hatten ihm geholfen und als Gegenleistung erwartet, daß er die Katze aus dem Sack lassen würde. Aus rein persönlichen Gründen war er bereit gewesen, es zu tun. Jetzt hatte er es sich aus ebenso persönlichen Gründen anders überlegt.

Die Begegnung mit Sarah Keeling hatte das bewirkt. Ray hatte von Anfang an gespürt, daß sie nur darauf aus war, sich seiner zu bemächtigen, um ihn dann hübsch verschnürt den Medien zum Fraß vorzuwerfen. Sie konnte ja nicht einmal zum Pinkeln gehen, ohne ihren Recorder mitzunehmen, um ihre Weisheiten über ihn festzuhalten. Und am Ende, wenn es womöglich an ihre Karriere gehen sollte, würde sie ihn eiskalt den Wölfen preisgeben, die sie gerade am meisten bedrohten. Das war das eine. Das andere war, daß der Schicki-Glanz, der sie umgab, die gestylte Wohnung und die Designerklamotten, bei ihm wieder die Sehnsucht nach Sonne und Luxus geweckt hatte, nach braungebrannten Körpern und der Welt der Unersättlichen, die ewig auf der Jagd waren, nach lässiger Eleganz und dem schwülen Geruch von Patschuli.

Das war's. Tschüs, Leute. Er würde dorthin zurückkehren, und wenn er dabei draufging. Das war der einzige Gedanke, der ihn jetzt antrieb. Unter der Nummer, die Laura ihm gegeben hatte, meldete sich niemand. Es war nicht mehr ihr Zuhause, vielleicht hatte sie die Nummer falsch aufgeschrieben.

Er blieb in Bewegung, schlief, wenn sich Gelegenheit bot, bei Tag wie bei Nacht, rastete in schmierigen Imbißstuben und verwahrlosten Pennerspelunken, wo niemand Fragen stellte. Dann tauchte er wieder in den Straßen unter, blieb niemals lange im selben Bezirk, aus Angst, die Aufmerksamkeit irgendeines scharfäugigen Wichtigtuers zu erregen. Er haßte diese Stadt; mit jedem neuen Aufenthalt haßte er sie mehr. Er mochte die große Schau, das protzige Gleißen des Geldes in der Sonne, nicht dieses zugeknöpfte, verkniffene Spießertum wie hier. Kleinliche Leute, die an ihrem kleinlichen Leben hingen, und überall der Abschaum gestrandeter Existenzen, der durch Straßen trieb, die den Charme von Kloaken hatten. Seinetwegen konnten sie die ganze beschissene Szene mit einer Atombombe hochgehen lassen, Hauptsache, er war vorher weg.

Sarah wandte sich Harry Teal zu und sagte: »Würden Sie freundlicherweise mein Schlafzimmer verlassen?«

Zähneknirschend vor Wut sah Teal sich um und schien sich erst jetzt mit einem Schlag bewußt zu werden, wo er war. Das aufgeschlagene Bett, die Unterwäsche auf dem Teppich, Sarah Keeling in ihrem dünnen Morgenrock, eine Frau, mit der er in seinen Phantasien Dinge getrieben hatte, die er im wirklichen Leben nie gewagt hatte, das alles überwältigte ihn. Er nahm den sauren Geruch wahr, der aus seinen Achselhöhlen aufstieg. Sarah beobachtete ihn mit einer Lässigkeit und Distanz, die an Boshaftigkeit grenzten.

»Natürlich nur, wenn es Ihnen nichts ausmacht«, sagte sie spöttisch und blieb an der Tür stehen, um ihn vorausgehen zu lassen.

Teal trottete hinaus. Die Laune war ihm für den Rest des Tages verdorben.

»Ich werde Sie von jetzt an genauestens beobachten«, sagte er.

»Na so was«, erwiderte Sarah.

Sobald er weg war, rief sie Laura an, erzählte ihr aber nichts, sondern bat sie nur, so schnell wie möglich herüberzukommen. Zehn Minuten später war Laura da. Von der Dusche aus gab Sarah ihr mit lauter Stimme einen knappen Bericht. Danach machte sie Kaffee und Toast, und sie berieten, was zu tun sei.

»Glauben Sie«, fragte Laura, »daß dieser Teal Sie schon die ganze Zeit überwacht hat?«

»Nein. Meiner Ansicht nach hatte er keine Ahnung, daß Ray im Gästezimmer war.«

»Das kann ich mir nicht vorstellen.«

»Wieso nicht? Er sagte sich wahrscheinlich einfach, wenn er mir auf den Fersen bleibt, wird er schon irgendwann was Interessantes aufstöbern.«

»Na ja, wie dem auch sei –«

»Ja, wie dem auch sei – wie geht's jetzt weiter? Es ist gut möglich, daß wir unseren Freund Ray das letzte Mal gesehen haben.«

Laura runzelte die Stirn. »Glauben Sie?«

»Ich denke, er wird versuchen, es allein zu schaffen. Ich meine, was haben wir ihm denn schon zu bieten? Mir traut er nicht, er weiß jetzt, daß ich die Schnüffler anlocke, und Sie – ich hab' einfach das Gefühl, er verläßt sich letzten Endes lieber auf sich selbst als auf uns. Er hat keinerlei Interesse daran, uns bei der Aufdeckung eines politischen Skandals zu helfen. Das ist ihm stinkegal.«

»Davon bin ich nicht so überzeugt«, entgegnete Laura.

»Also, ich kann noch ein, zwei Tage hier abwarten, aber dann muß ich nach Faulston und mit der Arbeit an meinem Artikel anfangen. Wie sieht's bei Ihnen aus?«

»Ich habe eben meine Wohnung zurückbekommen.«

»Wie das?«

»Kate und ich hatten von Anfang an ausgemacht, daß sie entweder meine Wohnung kaufen oder sich nach einem anderen Objekt umsehen würde. Als sie jetzt die Frage aufs Tapet brachte, brauchte ich überhaupt nicht zu überlegen. Ich hatte die Entscheidung wohl innerlich schon getroffen. Ich sagte ihr, daß ich die Wohnung wieder für mich nehme.«

»Und Sie sind sicher, daß diese Entscheidung richtig ist?« Sarah, die froh darüber war, spielte nur die Skeptische.

»Nein, das nicht. Aber wenn ich nicht will, daß die Beziehung zu Martin ganz kaputtgeht, muß ich da ausziehen. Das Zusammenleben klappt nicht, und ich habe mir geschworen, daß ich nie wieder in eine Situation mit einem anderen Menschen geraten will, wo man sich gegenseitig nur noch anschreit, weil man sich total eingesperrt fühlt. Dazu ist meine Angst vor dem Alleinsein offenbar nicht groß genug.«

»Ich fänd's schön, Sie hier in der Nähe zu haben«, sagte Sarah, die hoffte, daß ihre Person bei Lauras Entscheidung eine Rolle gespielt hatte. Zu merken war nichts davon, und sie war klug genug, nicht auf eine Antwort zu drängen.

Laura lachte. »Ich treffe ab und zu Bekannte. Denen erzähl' ich, ich sei nur eine Weile auf dem Land gewesen. Sie vermuten wahrscheinlich, ich hätte eine Abtreibung gemacht oder einen Nervenzusammenbruch gehabt.« Sie schwieg einen Moment. »Eines ist auf jeden Fall anders, wenn man sich mit vierzig noch einmal verliebt – man hat nicht mehr den Drang, es der ganzen Welt mitzuteilen. Das macht alles wesentlich einfacher, wenn man anderen Sinnes wird.«

Kate, die Frau, die Lauras Wohnung gemietet hatte, hatte nur einen Zettel neben das Telefon gelegt. »Ray, 23 Lansbury Buildings, Marigold Street, SE 5, heute 16 Uhr«, stand darauf.

Laura sah im Stadtplan nach. Sie hatte noch Stunden. Nach einigem Überlegen rief sie in Scardale an. Harold teilte ihr mit, Mr. Knapp halte sich derzeit in seiner Londoner Wohnung auf. Laura rief mehrmals dort an, aber es meldete sich niemand. Danach fuhr sie, den Stadtplan aufgeschlagen auf dem Sitz neben sich, von Clapham nach Stockwell.

Ein trüber, grauer Tag, um so deprimierender nach dem letzten Gespräch mit Sarah. Die Story ließe sich nicht an den Mann bringen, hatte Sarah behauptet, hatte sich jedoch darüber ausgeschwiegen, was sie potentiellen Käufern gesagt hatte. Laura blieb nichts anderes übrig, als Sarahs Aussagen zu respektieren, aber Sarah war karrieregeil, und die Karriere würde ihr, wenn es darauf ankam, immer das Wichtigste sein. Vielleicht war Ray das Risiko nicht wert. Sarah hatte nicht mehr zu bieten als den Vorschlag, er solle weitere Bandaufnahmen machen, alles sagen, was er wußte, aber eine feste Zusage, wann und wie das Material verwendet werden würde – ob überhaupt –, hatte sie nicht gegeben.

Dieser nicht gerade berauschende Vorschlag war alles, was Laura zu ihrem Treffen mit Ray mitbrachte. Die Marigold Street war schlecht beschildert, an vielen Stellen, wo man Häuser abgerissen hatte, von leeren Grundstücken durchsetzt, die mit hohen Drahtzäunen abgesperrt waren, an denen Schilder vor bissigen Hunden warnten.

Die Wohnanlage mit dem Namen Lansbury Buildings war so schäbig wie die übrigen Gebäude in der Straße. Durch ein bröckelndes Backsteintor fuhr Laura hinein. Der Hof aus kaum begrünter Erde und rissigem Beton sah aus wie ein Schrottabladeplatz: ein ausgebranntes Auto ohne Räder, ein demolierter alter Kinderwagen, zwei Einkaufswagen aus dem Supermarkt standen herum, und der Boden war mit Glassplittern und Müll übersät. – Der Wohnblock selbst war ein nach innen gekrümmter dreistöckiger Bau aus dunklem Ziegel. Quer über die Fassade zogen sich Galerien, über die man in die Wohnungen gelangte, die in Metall gefaßten Fenster unter den schmucklosen Überdächern waren finster.

Laura wendete den Wagen und fuhr wieder hinaus. Es war zehn vor vier. Sie parkte in einer ruhigen Wohnstraße, wo ihr der Wagen sicher zu sein schien, und ging die wenigen hundert Meter zur Wohnanlage zu Fuß zurück.

Drei halbwüchsige Jungen, zwei schwarze und ein weißer, kickten auf dem müllverschmutzten Beton etwas hin und her. Es war ein Suppenhuhn, weiß und schwammig in seiner Plastikumhüllung. Sie hielten einen Moment inne, starrten Laura an, und einer machte eine halblaute Bemerkung, bei der alle drei in Gelächter ausbrachen. Dann begannen sie wieder, das Huhn herumzukicken.

Laura fühlte sich unbehaglich und konzentrierte sich auf die Nummern der Wohnungen. Bei vielen waren Türen und Fenster mit Brettern vernagelt. Der ganze Block wirkte verwahrlost und verödet, als sei der Abbruch nur noch eine Frage der Zeit.

Als sie sich die Nummern der Erdgeschoßwohnungen ansah, um sich zu orientieren, nahm sie seitlich eine Bewegung wahr und drehte den Kopf. Ray stand im Schatten des Eingangs zu einer Wohnung, deren Fenster mit Wellblech versiegelt waren. Er winkte ihr. Angesteckt von der geisterhaften Atmosphäre, sah Laura sich verstohlen um, ehe sie zu ihm ging.

»Das ist aber nicht Nummer 23«, sagte sie.

Ray schüttelte kurz den Kopf, und sie begriff, daß er die Wohnungsnummer nur angegeben hatte, um sie hierher zu locken. Er war niemals dort, wo man ihn erwartete. Das hätte sie eigentlich inzwischen begriffen haben müssen.

»Was ist passiert?« Er hatte eine Platzwunde an der Stirn, die bis unter den Haaransatz reichte, und das getrocknete Blut war nicht ganz abgewaschen.

Ray zuckte die Achseln. »Dummheit. Da hat sich einer eingebildet, bei mir gäb's was zu stehlen.« Während er sprach, schweifte sein Blick unablässig durch den Hof hinter ihr.

»Ich hab' gehört, was bei Sarah los war«, sagte Laura.

»Wußten Sie, daß Ihre Wohnung überwacht wird?«

Seine Stimme war sanft, aber bitter, und sein Blick sagte, daß er keinem etwas schuldete.

»Na ja –« begann Laura und ließ die Gelegenheit zur Lüge ungenutzt. »Wir wußten nicht, daß Sie immer noch –«

Ray half ihr aus der Verlegenheit. »Macht ja nichts.«

Er musterte diese schlanke, blondhaarige Frau, das fein geschnittene Gesicht mit der zarten Haut, die um Mund und Augen erste Fältchen zeigte. Sie war nicht sein Typ, und in einer Hinsicht war sie dumm. Dennoch mußte er sich selbst warnen, daß es gefährlich war, sie zu mögen. Auch wenn sie der einzige Mensch war, den er hatte.

Der beißende Wind fegte ihnen in die Gesichter, Lauras blaß und geduldig, Rays unrasiert und verletzt, mit einem Ausdruck kalter Feindseligkeit, den sie nie zuvor bei ihm gesehen hatte.

»Vergessen Sie die Keeling«, sagte er scharf und kurz.

»Sie heißt Sarah.«

»Okay, vergessen Sie Sarah.«

»Warum?«

»Ich will nichts mit ihr zu tun haben. Sie will mich nur benützen. Sie würde mich vielleicht sogar hinhängen.«

Laura schüttelte heftig den Kopf. »Sie ist unsere einzige Hoffnung. Wenn wir Ihre Geschichte an die Öffentlichkeit bringen wollen.«

Ray sagte nichts.

»Sie wollen nicht?« fragte sie.

Freundlich, mit der Stimme der Vernunft sagte Ray: »Vorher bringt mich jemand um. Ich hab' aber keine Lust, für die gute Sache anderer zu sterben.«

Laura war verärgert und gekränkt. »Warum haben Sie mich dann hierher kommen lassen? Nur um mir das zu sagen?«

»Sie sind der einzige Mensch, der mir helfen kann.«

»Warum sollte ich Ihnen helfen?«

»Weil immer noch die Chance besteht, daß die Geschichte ans Licht kommt, wenn Sie mich am Leben halten. Aber wenn ich hier in England bleibe, bin ich ein toter Mann. Sehen Sie, womit die Typen da Fußball spielen? Das bin ich.«

Nach einer langen Pause sagte Laura: »Also gut.«

18

Godfrey Knapp ging von der Kanzlei seiner Anwälte am Cadogan Square zu Fuß zu seiner Wohnung zurück. Die Bäume warfen ihre letzten welken Blätter ab, und ein Film glänzender Nässe machte die Schmutzigkeit der Straße noch augenscheinlicher. Knapp entschied sich für den Fußmarsch, weil er in diesem Moment menschliche Gesellschaft, und sei es nur die eines Taxifahrers, nicht hätte ertragen können. Über seinem Nadelstreifenanzug trug er einen Kamelhaarmantel und auf dem Kopf eine Wildledermütze mit Persianerbesatz. Zwischen den vollen Lippen hing die unvermeidliche Zigarre. Die Leute, die ihm auf dem Bürgersteig entgegenkamen, machten ihm automatisch Platz. Knapp hätte etwas anderes gar nicht erwartet, und das merkten sie vielleicht.

Die Anwälte hatten ihm nur bestätigt, was er bereits wußte. Dorothy hielt alle Trümpfe in der Hand. Den Vorschlag, zu versuchen, ihre Beweise zu entkräften, hatte er wortlos, mit verächtlichem Blick zurückgewiesen. Es interessierte ihn nicht einmal, welche der vielen Frauen, mit denen er sie im Lauf der Jahre betrogen hatte, sie als Zeuginnen angegeben hatte, oder wieviel sie ihnen für ihre Dienste bezahlt hatte. Und ebensowenig interessierte es ihn, wie lange schon Dorothy heimlich diese Beweise gesammelt hatte, um sie zu gegebener Zeit gegen ihn zu verwenden. Das alles war unter seiner Würde.

Aber wenn er nicht irgendwie das Geld aufbringen konnte, um Dorothy auszuzahlen, würde er Scardale hergeben müssen. Und er konnte nicht Hunderttausende von Pfund aufbringen. Scardale würde seiner Familie verlorengehen, würde aus seinem Leben verschwinden. Seine Welt würde schrumpfen, die Sommer in London, die Winter an der Riviera, sein Leben zum leeren Dahinleben in Bequemlichkeit und Luxus werden wie das der vielen saft- und kraftlosen alten Männer, über die er sich immer lustig gemacht hatte. Nie wieder würde er nach Scardale zurückkehren können.

Das Ironische war, daß er mit dem Verkauf von Scardale ein schwerreicher Mann werden würde. Keine Ausgaben mehr für das Gut, die an seinem Vermögen zehrten, und wenn er die richtigen Käufer fand – Araber oder einen Unternehmer, der das Erholungs- und Freizeitpotential des Besitzes mit seinen Möglichkeiten zum Fischen und Jagen lukrativ auszuschlachten verstand –, würde er, selbst nachdem er Dorothy ausgezahlt hatte, praktisch im Geld schwimmen. Er hatte gute Steuerberater, in finanzieller Hinsicht brauchte ihm die Zukunft keine Sorgen zu machen. Aber die Seele würde fehlen in seinem Leben.

Das letzte Zusammensein mit Laura ging ihm immer noch nach, die Erinnerung fraß an seinem Selbstbild. Er hatte sich Hals über Kopf in sie verliebt und sich eingebildet, das Alter überwinden zu können. Statt dessen hatte er eine Niederlage erlebt. Sobald er in London angekommen war, rief er eine Agentur in Knightsbridge an, deren Dienste er früher schon ab und zu in Anspruch genommen hatte, und stellte in einer brutalen halben Stunde, für die er großzügig bezahlte, seinen Glauben an seine körperliche Potenz wieder her.

Aber vor Laura hatte er versagt, und immer noch war sie es, die er begehrte. Düstere Befürchtungen überfielen ihn. Er fragte sich, wie viele Feinde noch unter den Steinen hervorkriechen würden, wenn es sich einmal herumgesprochen hatte, daß Dorothy ihn fallengelassen hatte.

Wie zur Bestätigung seiner bedrückenden Vorahnungen begann zehn Minuten nach seiner Rückkehr in seine Wohnung das Telefon zu läuten. Ein Mann mit gedämpfter, kultivierter Stimme erkundigte sich, ob er einen Augenblick Zeit zu einem Gespräch habe.

Stirnrunzelnd versuchte Knapp, die Stimme zu identifizieren, fragte unwirsch: »Worum geht's denn?«

»Hier ist Charles Hayes-Langham, Godfrey.«

»Ach, Charles, alter Junge! Ich habe Ihre Stimme gar nicht erkannt. Sind Sie in London?«

Hayes-Langham war ein Geschäftsfreund, Knapp saß in mehreren Aufsichtsräten mit ihm. Außerhalb der Sitzungssäle trafen sie sich selten. Knapp fragte sich, was der alte Knacker wollte. Geld? Ein gemeinsames Mittagessen? Vielleicht hatte er schon von Dorothys Scheidungsklage gehört und wollte wegen Scardale vorfühlen...

»Ich wollte Ihnen einen Tip geben, Godfrey. Ganz unter uns.«

Knapp klopfte ungeduldig mit dem Finger auf den Telefonhörer. Für Insidergeschäfte, falls es sich darum handeln sollte, war er jetzt nicht in Stimmung.

»Es interessiert sich jemand für Sie.«

»Wie meinen Sie das?« knurrte Knapp.

»Man hat mir Fragen gestellt. Über Sie. Und nicht nur mir. Ein gemeinsamer Freund von uns wurde ebenfalls angesprochen.«

»Worüber denn?«

»Über einige Ihrer Aktivitäten. Über einen ziemlich langen Zeitraum. Ich habe natürlich nichts gesagt. Ich weiß nichts.«

»Was waren das für Leute?«

»Sagen wir einfach, sie haben sich nicht ausgewiesen.«

»Sie meinen, gegen mich läuft eine Untersuchung?«

Erst die Untersuchung, dann der Rufmord. Nichts Eindeutiges, nichts, wogegen man sich wehren konnte. Man streute ein Gerücht aus und ließ es wuchern, bis es den Betroffenen erstickte.

»Ich wollte Sie warnen, Godfrey.«

»Vielen Dank, Charles. Ich weiß es zu schätzen.«

»Keine Ursache, alter Junge. Ich bin überzeugt, Sie würden für mich das gleiche tun.«

Knapp legte auf. Eine tiefe Einsamkeit umfing ihn. Auf diese Tour also würden sie ihn fertigmachen. Später fragte er sich nach dem Motiv des Anrufs. Freundschaft war es nicht gewesen, das war sicher.

Einige Wochen zuvor hatte Knapp am St. James's Square zufällig einen alten Freund getroffen, und vielleicht war das ein Omen gewesen oder, wie es jetzt schien, ein Glückstreffer. Der Mann hieß Rex Appleton, und obwohl er nie über seine berufliche Tätigkeit sprach, wußte Knapp genau, was er tat. Sein Äußeres, das dem eines untergebutterten kleinen Angestellten glich – der masochistische Humor, der immer zerknitterte Anzug und der traurig hängende Schnurrbart –, war so ausgeprägt, daß Uneingeweihte nie auf den Gedanken gekommen wären, daß es täuschte. Knapp und Appleton waren zusammen im Internat gewesen und hatten die alte Schulfreundschaft während Knapps

Tätigkeit für den Geheimdienst im Nahen Osten erneuert. Als sie sich nach dem kurzen Zusammentreffen am St. James's Square voneinander verabschiedet hatten, hatte Appleton Knapp Namen und Telefonnummer des italienischen Lokals gegeben, wo er jederzeit erreichbar war.

Knapp rief dort an und sagte, ohne seinen Namen zu nennen, er würde Appleton um sechs Uhr dieses Abends in dem Lokal erwarten. Sieben sei das Übliche, klärte ihn der Mann am anderen Ende der Leitung mit diskret gesenkter Stimme auf. Gut, dann eben sieben, antwortete Knapp, das sei ihm auch recht.

Das Lokal hieß *Grappa*, von außen so klein und unscheinbar, daß man den Eindruck gewann, da würden keine vier Leute hineinpassen. Knapp erkannte sogleich, daß es eine jener Mittelklassekneipen war, wo Mitarbeiter der verschiedenen Dezernate des Nachrichtendienstes sich zu treffen pflegten. Selbst jene, die auf der anderen Seite des Flusses stationiert waren, kamen wegen der Gesellschaft, der Atmosphäre und der Verbindungen hierher.

Appleton war schon da, eine Maus von einem Mann, im abgetragenen gestreiften Anzug, mit schütterem grauen Haar, Glubschaugen in einem rundlichen Gesicht und dem wie abgenagt wirkenden rotblonden Schnurrbart. Als Knapp eintrat, imposant und elegant, drehten sich die Köpfe nach ihm, und Appleton sprang, den Überraschten mimend, mit jungenhaftem Überschwang auf.

»Godfrey, alter Junge – los, darauf müssen wir einen trinken. Das ist ja großartig. Was nimmst du?«

Knapp entschied sich für einen trockenen Martini, und Appleton, wie um zu sagen, wieso habe ich daran nicht gedacht, bestellte sich das gleiche. Sie plauderten ein paar Minuten, so daß Appleton sich vergewissern konnte, daß in der Tat Knapp derjenige gewesen war, der am Morgen die anonyme Verabredung getroffen hatte. Die Abmachung verlangte, daß Knapp durch nichts verriet, daß er wußte, wer Appleton in Wirklichkeit war. Aber das wußte er sowieso nicht, jedenfalls jetzt nicht mehr. Er wußte nur, daß er zum »Dienst« gehörte und ihm vielleicht nützlich sein konnte. Er würde es bald genug herausfinden.

Als sie ausgetrunken hatten, gingen sie, steuerten auf Appletons Vorschlag den Park an. Knapp hielt ihm sein Zigarrenetui aus Krokoleder hin, und sie pafften den vorzüglichen Jamaikatabak im Gehen.

»Es ist ganz einfach«, sagte Knapp. »Mir will jemand was am Zeug flicken, und das paßt mir nicht. Kennst du einen Burschen namens Harry Teal?«

»Flüchtig. Man sieht sich ab und zu im Dienst. Warum?«

»Ich habe das Gefühl, er hat was damit zu tun. Ich möchte wissen, warum ich ausgeforscht werde und was ich tun muß, um das abzuwürgen. Mein Leben wird nämlich in nächster Zukunft auch so kompliziert genug sein, und ich bin nicht bereit, mir gefallen zu lassen, daß irgendein cleveres Kerlchen über meine Leiche Karriere macht.«

Appleton trippelte schneller, um mit Knapp Schritt halten zu können. »Du hast keine Ahnung, worum es geht?«

»Ich habe einen Verdacht. Aber ich möchte den Dingen nicht vorgreifen. Ich weiß auch, wie ich mich reinwaschen kann, und ich kann ein sehr attraktives Angebot machen. Unter einer Bedingung allerdings: Für den besagten Mr. Teal springt dabei nichts heraus, höchstens vielleicht ein Tritt in die Eier.«

Appletons Augen blitzten vor Eifer. »Kannst du mir etwas Zeit lassen, alter Junge?«

»Höchstens vierundzwanzig Stunden. Sonst schlüpft mir der Gegenstand meines Angebots möglicherweise durch die Finger.«

»In Ordnung. Mal sehen, was sich machen läßt.«

Nachdem sie ihre nächste Verabredung getroffen hatten, ging jeder seiner Wege durch das nächtliche Mayfair, Knapp zu einer Abendeinladung, Appleton in sein Büro.

Das Zimmer repräsentierte auf beispielhafte Weise jene eigene britische Ideologie, die verlangt, daß Macht, zumindest vor dem Auge der Öffentlichkeit, ein Gesicht schäbiger Mittelmäßigkeit trägt. Es hätte das Zimmer eines kleinen Beamten oder Sachbearbeiters sein können. Es brauchte dringend eine Renovierung; das war schon immer so gewesen und würde immer so sein. Es war ein völlig schmuckloses Zimmer. Die Macht brauchte sich nicht zu schmücken.

Appleton knipste die Schreibtischlampe an und starrte mit zusammengekniffenen Augen nachdenklich in den Widerschein des Lichts auf der polierten Fläche. Dann griff er zum Telefon, wählte eine Nummer und sprach nach dem Signal auf den Anrufbeantworter, der am anderen Ende der Leitung angeschlossen war. Mit pedantischer Genauigkeit artikulierte er jedes Wort.

»Betrifft: Dark Lady. Bin im Besitz äußerst wichtiger Informationen. Erbitte Genehmigung zu handeln. Eile ist zu rascher Erledigung geboten. Erwarte Anweisungen unter dieser Nebenstelle. 531. Appleton.«

Er lehnte sich in dem nicht übermäßig bequemen Drehsessel zurück und zündete die Zigarre, die er von Knapp bekommen hatte, neu an. Der diensthabende Beamte würde die Nachricht an die Stelle weitergeben, die zuständig war. Und Appleton würde, wahrscheinlich im chauffeurgelenkten Wagen, quer durch London zur Lagebesprechung mit einer der höheren Chargen gefahren werden. Aber spätestens bis Mitternacht würde er haben, was er wollte.

Raffinierter ging es kaum – einen Mann zu stellen, indem man alles so arrangierte, daß dieser glaubte, er sei aus eigenem Antrieb zu einem gekommen. Eine kleine Meisterleistung. Komischer Typ, Knapp, aber er drehte einem nie eine schlechte Zigarre an. Das mußte man Leuten wie dem guten, alten Godfrey lassen – an Hintergründigkeit fehlte es ihnen, aber dafür waren sie grundanständige Burschen.

Knapp wußte, daß er sich auf ein gefährliches Spiel eingelassen hatte. Aber er stand mit dem Rücken zur Wand und in dieser Situation gab es nur ein Ziel, das eigene Überleben.

In der Welt, in der er sich bewegte, konnte er es sich nicht leisten, zum Gespött der Leute zu werden, und schon der leiseste Hauch eines Verdachts, daß er ein Verräter war, ein unehrenhafter Mann, würde ihm das Genick brechen. Der Anflug eines solchen Makels genügte, und die Leute ließen einen fallen wie eine heiße Kartoffel, alle Türen verschlossen sich, man wurde einfach ausgeblendet. Er hatte es bei anderen erlebt. Er hatte selbst mitgemacht. Es war ein ungeschriebenes Gesetz. Und wenn er jemanden bluten lassen mußte, um zu überleben, würde er auch das tun. Er war niemandem etwas schuldig, und wenn man keine Schulden hatte, konnte man seine Loyalitäten frei wählen.

Als er gegen Mitternacht nach Hause kam, wartete auf dem Anrufbeantworter eine Nachricht von Laura. Sie müsse ihn unbedingt sehen, es sei dringend, sie werde vorbeikommen, wann immer es ihm passe, ob er sie anrufen könne? Sie hatte eine Londoner Nummer hinterlassen. Nur um ihre Stimme nochmals zu hören, spielte er das Band mehrmals ab, dann ging er zum Telefon und wählte.

Laura fuhr über die Battersea Brücke auf die andere Flußseite hinüber. Sie parkte den Wagen im Hof des Gebäudes, in dem Knapp seine Wohnung hatte, meldete sich über die Sprechanlage und wartete, bis er von oben die Haustür öffnete.

Einige unbehagliche Minuten vergingen, während Knapp Glühwein servierte, und sie mit geheucheltem Interesse über sein Rezept dafür sprachen. Es war fast ein Uhr morgens, aber sie waren beide auf eine eisig nüchterne Art hellwach.

Schließlich fragte Knapp: »Und wie bezahle ich nun meine Schuld?«

»So sollten Sie es nicht formulieren, Godfrey«, erwiderte Laura. »Sie verfolgen doch die Nachrichten. Sie wissen, was mit England geschehen wird.«

»Abgesehen von Scardale«, meinte Knapp, »habe ich mich nie besonders als Engländer gefühlt. Und Scardale war für mich immer ein abgeschlossenes Terrain, nicht Teil einer anderen Landmasse, sondern ein Reich für sich.«

»Wenigstens gehören Sie nicht zu den Leuten«, sagte Laura, »für die Patriotismus nur ein Vorwand ist, um ihre Machtgier zu befriedigen.«

Sie dachten beide an Harry Teal.

»Ja, ich glaube, das kann man sagen«, antwortete Knapp. Er sog den würzigen Duft seines Weins tief ein. »Aber kommen wir zu den Einzelheiten unserer geschäftlichen Vereinbarung.«

Es ging um ein Boot, und Knapp hatte ein Boot, eine Motorjacht, die in einem Jachthafen oberhalb von Saltmayne lag. Und es ging um eine Landung an der spanischen Küste, und Knapp selbst war zweimal mit seinem Boot bis zum Mittelmeer hinunter gefahren.

»Es scheint ganz einfach zu sein«, sagte Laura.

»So ist es am Ende immer. Hat er Papiere?«

»Er hat Kontakte in – er kann sich falsche Papiere besorgen.«

»Aber das ist nicht unsere Angelegenheit.«

»Nein.«

»Und zeitlich?«

»Nichts Bestimmtes. Nur bald soll es sein.«

»Ich muß das erst einmal durchdenken.«

»Er muß aus London weg.«

»Ich kann ihn in Scardale verstecken.«

»Es ist also doch möglich.«

»O ja«, sagte Knapp, »es ist möglich.«

»Irgendwann muß diese Sache an die Öffentlichkeit«, sagte Laura. »Und er ist die Schlüsselfigur.« Es klang stark nach Rechtfertigung, aber sie mußte einfach immer wieder darauf hinweisen.

»Lassen Sie mir drei Tage Zeit«, sagte Knapp. »Dann können Sie ihn nach Scardale bringen. Bis dahin – bis dahin sollte er sich am besten weiter dort versteckt halten, wo er bisher gewesen ist.«

»Ich melde mich«, sagte Laura.

»In Ordnung.«

Knapp wirkte teilnahmslos, wie betäubt von Müdigkeit oder Alkohol. Tatsächlich kehrten seine Gedanken jetzt, wo der geschäftliche Teil ihres Zusammentreffens erledigt war, zu ihrer letzten Begegnung zurück, und die Erinnerung daran peinigte ihn bis aufs Blut. Verletzter Stolz war die vorherrschende Emotion, wenn er daran dachte; die Kränkung stach wie ein Stachel.

Laura stand auf. Knapp, Gentleman und Frauenheld, stand ebenfalls auf. Sie ging zur Tür. Er ging mit ihr. Ja, dachte er, aber ich kann es nicht einfach auf sich beruhen lassen. Es gibt Dinge, die andere manchmal nicht verstehen.

»Als wir uns das letzte Mal gesehen haben…« Die Stimme schwer und bedrückt.

Laura lächelte leicht, aber es war kaum ein Lächeln. »Sprechen wir doch nicht darüber.«

Knapp beobachtete sie mit scharfem Blick, während er auf ein Zeichen von Zurückweisung oder Unwillen wartete, das er beinahe erhoffte. Oder schlimmer noch, achselzuckende Gleichgültigkeit.

»Ich kann es nicht einfach so lassen.«

»Godfrey –« Laura überlegte blitzschnell, was für Möglichkeiten ihr offenstanden. Sie hatte ihren Obolus bereits bezahlt, er hatte kein Recht, mehr zu verlangen. Sinnlos, Appelle an die Integrität waren immer sinnlos. Sie konnte ihn zurückstoßen – wenn Sie sich nicht mal an unsere Abmachung halten können, vergessen Sie's – und gehen. Aber sie würde nicht an ihm vorbeikommen. Das waren keine realen Möglichkeiten.

Knapps keuchender Atem zeigte an, daß er nahe daran war, die Beherrschung zu verlieren. Mit beiden Händen packte er sie bei den Schultern, wollte, brauchte vielleicht einen Kampf. Er preßte sich mit seinem ganzen Körper an sie, während er sie befingerte wie eine Gummipuppe. Er wollte sie unbedingt beeindrucken, das war es. Plötzlich mochte sie ihn überhaupt nicht mehr. Es ging ihm nicht um die Frau, die in ihrem Körper steckte, Hauptsache, sie war beeindruckt. Aber mit der Abneigung kam Klarheit, die es ihr leichter machte, ihn zu manipulieren. Als er die Hand auf ihre Brust drückte und das Gesicht zu ihrem Hals senkte, kam Laura ein Gedanke.

»Nur wenn Sie ein Kondom benutzen.« Sie sagte es sehr leise. Ihre Stimme war kontrolliert und verriet eine Art gleichgültiger Bereitwilligkeit.

Knapp war völlig verdattert und versuchte, sich mit Grobheit zu wehren. »Dieses Mistzeug benutz' ich nicht.«

»Aber ich.«

Er machte ein Gesicht, als hätte man ihm den Boden unter den Füßen weggezogen. Sie hatte ihm die Initiative entrissen. »Sie haben vorher nie was davon gesagt.«

»Ich möchte nicht gern AIDS von Ihnen bekommen, Godfrey.«

Knapp ließ sich nicht merken, daß der Hieb ihn getroffen hatte. Er sagte gar nichts. Langsam nahm er die Hände von ihren Schultern. Laura sah etwas bei ihm, das sie vorher noch nie gesehen hatte, einen flackernden Schatten in seinem Auge, und sie fürchtete plötzlich, daß der Abend mit Schlimmerem als einer Vergewaltigung enden könne. Aber im Augenblick hatte sie ihn soweit, daß er auf sie reagierte, und sie wollte dafür sorgen, daß es so blieb.

»Habe ich denn bei Ihnen keine Rechte mehr?« fragte sie.

Knapp zog die buschigen Brauen zusammen. Sie hatte die dünne Ader von Sensibilität und Ehrgefühl unter seiner egozentrischen Aufgeblasenheit getroffen. »Aber natürlich«, antwortete er in theatralischem Ton.

Er ließ sie los und ging ins Badezimmer. Er hatte gelogen, als er gesagt hatte, Kondome benutze er nie. Bei seinem Lebenswandel waren Kondome der bessere Teil der Tapferkeit.

Es war sehr warm in der Wohnung, die luxuriösen Teppiche und Möbel waren in einem weichen Licht gebadet, in dem Nacktheit nicht lächerlich wirken würde. Während Knapp draußen war, kleidete Laura sich aus und legte ihre Sachen ordentlich gefaltet über eine Sessellehne.

Als sie endlich auf Knapps Bett beieinander lagen, behandelte Laura ihn wie eine Ärztin ihren Patienten. Sie brauchte kaum etwas zu tun, um ihn in Erregung zu versetzen. Knapp war so wild entschlossen, diesmal nicht wieder zu versagen, daß er keinen Aufschub wollte. Laura streifte ihm das Kondom über, führte ihn in sich hinein, grub ihre Nägel in sein Gesäß, und schon war es vorbei. Selbst sein Aufstöhnen im Orgasmus war kurz, und bei seinem Bemühen, den Augenblick zu verlängern, wurde es zu einem gequälten Aufschrei unbefriedigten Verlangens.

Als Laura später ging, sagte sie zu Knapp, der im Morgenmantel war und schon in einen Abgrund schrecklicher Einsamkeit glitt: »Sie werden sich doch jetzt an unsere Abmachung halten, nicht wahr, Godfrey?«

»Selbstverständlich«, antwortete Knapp trübe.

»Wenn Sie es nämlich nicht tun, wird jemand kommen und Sie töten.«

Sie trennten sich grußlos. Später dachte Laura, wie konnte ich etwas so Albernes sagen, albern und melodramatisch. Aber es hätte wahr werden können.

Nebelfetzen schwebten wie weißer Dampf in den Mulden der Gemeindewiese von Streatham. Godfrey Knapp, eine imposante Erscheinung, ging an seiner Zigarre paffend vor dem großen Haus auf und ab, das Appleton als Treffpunkt vorgeschlagen hatte. Er gestand sich ein, wie wenig Talent er für das Leben in der Welt der Geheimdienste hatte, für die ausgeklügelte Hinterhältigkeit, die es erforderte, und das Kultivieren von Paranoia, das zum Handwerk gehörte.

Aber ein Geschäft, um die eigene Haut zu retten, das war etwas anderes. Los, du widerlicher kleiner Mistkerl, komm endlich – ah, da war er schon, schob sich klein und rundlich über die Wiese wie ein Käfer über einen Schafsbollen. Wie kaputt und verklemmt der innerlich sein muß, dachte Knapp. Alle diese Geheimdienstleute, die ehemaligen Schulpetzen, die ihre Kameraden bespitzelten und durch die Ritze unter der Aborttür linsten...

»Morgen, Rex, nett von dir, daß du dich so bald gemeldet hast.«

Appleton lächelte liebenswürdig. »Tut mir leid, daß ich dich hier rauslotsen mußte, alter Junge. Aber du weißt ja, Vorsicht ist die Mutter der Porzellankiste. So kann ich sagen, mir lief beim Spaziergang zufällig ein alter Kamerad über den Weg – falls mich jemand fragen sollte.«

Sie gingen gemeinsam weiter, wobei Knapp seinen langen Schritt diplomatisch den x-beinigen Trippelschritten Appletons anglich.

»Also, was ist, Rex?«

Mit gekrauster Nase und zusammengekniffenen Augen sah Appleton zu ihm auf. »Einigermaßen heikel, die Geschichte. Die haben eine Akte für dich angelegt. Hast du wirklich keine Ahnung, warum?«

Er zeigte besorgte Teilnahme, die, wie Knapp genau wußte und wissen sollte, keinen Pfifferling wert war.

»Aber natürlich hab' ich eine Ahnung, verdammt noch mal. Hören wir doch auf, um den heißen Brei herumzureden, Rex. Dazu kennen wir uns weiß Gott zu lange. Was hatte diese Geschichte in Faulston zu bedeuten? War das ein kleiner Versuchsballon vom C-Dezernat? Ein Probelauf, der danebenging und danebengehen sollte?«

Appleton sah sich nervös um und führte Knapp auf einen Weg, der ungeschützt zwischen weiten Flächen feuchten Rasens hindurchführte und gegen den Verkehrslärm von der Hauptstraße nicht abgeschirmt war.

»Nicht so laut, alter Junge. Du weißt doch, wie es ist. Über Interna kann ich dir nichts sagen. Du kennst die Gepflogenheiten. Dauernd werden die Möbel herumgeschoben. Ich kenn' mich selber kaum noch aus. Alles streng geheim, du weißt doch.«

Knapp schniefte voll lauter Entrüstung. »Das Ganze findet praktisch vor meiner Haustür statt, und ich gerate in die Mühle. Und jetzt will mich irgendein aufgeblasener Pinsel aus dem F 3 oder so was in die Pfanne hauen.«

Appletons Gesicht verzog sich in einem Ausdruck so peinlicher Verlegenheit, als hätte Knapp sich gerade vor ihm entblößt. Später begriff Knapp, daß sein Versuch, Appleton mit seiner Kenntnis der Abteilungsnamen zu beeindrucken – die inzwischen wahrscheinlich sowieso nicht mehr galten –, seine Unsicherheit verraten hatte. Aber da war es dann schon zu spät.

»Alles streng geheim, alter Junge«, wiederholte Appleton.

»Sie sind hinter einem Mann her, Rex. Wir haben sein Gesicht im Fernsehen gezeigt bekommen.« Knapp stach mit einem Finger nach Appletons Brust. »Und ich weiß, warum sie hinter ihm her sind.«

»Sehr interessant«, murmelte Appleton.

»Kannst du die Hunde, die mir an den Kragen wollen, zurückpfeifen?«

»Wird schwierig sein, alter Junge.«

»Dir ist klar, was ich dafür anbiete?«

»Käme auf die Beweise an, Godfrey. Die hohen Herren lassen sich nicht gern an der Nase herumführen.«

»Willst du unterstellen, daß ich mir das alles ausgedacht habe?«

»Natürlich nicht. Dazu kenne ich dich zu gut.«

»Du kannst ihn haben, Rex. Deiner Karriere wird das bestimmt guttun.«

»Ach, um mich kümmre dich mal nicht, alter Junge. Ich

warte nur noch auf den Ruhestand. Dann zieh' ich nach Surbiton und züchte Rosen. Mehr will ich gar nicht.«

»Ich würde nur eine Bedingung stellen.«

»Raus damit, alter Junge.«

»Ich möchte nicht, daß dieser Teal irgend etwas von der Sache erfährt. Und ich möchte was Schriftliches, in dem bestätigt wird, was für einen Dienst ich euch geleistet habe. Etwas, das ich verwenden kann.«

»Du verlangst Unmögliches, alter Junge. Eine schriftliche Bestätigung, du meine Güte.«

»Für Versprechungen arbeite ich nicht.«

Schweigen, aber sie setzten den Spaziergang über die feuchten, von Laub übersäten Wege noch eine Weile fort. Plötzlich legte Appleton die Pose pingeliger Altjüngferlichkeit ab und klatschte die Hände in den Wildlederhandschuhen zusammen. »Also gut, Godfrey, alter Junge. Die Abmachung gilt. Du tust jetzt folgendes...«

19

Vom bewaldeten Ufer des Sees aus – *»lac de sang, hanté de mauvais anges«* – starrte Knapp auf das schöne alte Haus und dachte, wenn diese Angelegenheit erst erledigt war, würde er Mittel und Wege finden, sich an Dorothy dafür zu rächen, daß sie ihn zwang, Scardale zu verkaufen. Sein Auge, das auf die Ferne noch scharf war, machte zwei Fahrzeuge aus, die auf der gewundenen Straße näher kamen – Ritchies Landrover und Lauras blauer Dyane. Ein paar Schafe trotteten vor ihm davon, als er über die Weide zum Haus ging.

Sie erwarteten ihn auf dem gekiesten Vorplatz: Ritchie, Laura – hübsch und geschäftsmäßig, als sie ihn begrüßte, als seien sie nur Bekannte, und wie er sie dafür haßte, daß sie ihn einfach so in eine Ecke stellen konnte –, die Keeling und ein Fremder. In bezug auf die Keeling hatte er von Anfang an recht gehabt, ihr war nicht zu trauen, aber er hatte ihr, das glaubte er jedenfalls, einen Strich durch ihre Rechnung gemacht. Vielleicht war Mr. Teal wirklich so dumm, wie er aussah. Und der Fremde, dem Fernsehen zufolge Peter English mit Namen, unangenehme Augen und ein gefälliges Gesicht, nützte die ganze Bande offensichtlich nach Strich und Faden aus.

»Na, da wären wir ja alle«, rief er mit dröhnender Herzlichkeit, während sein Blick rasch von einem zum anderen flog. »Hatten Sie eine Party geplant?«

»Sie brauchen uns nur hinzubringen, Godfrey«, sagte Laura. Ihre kühle Distanziertheit, ihr Ton ärgerten ihn. An Ritchies lockerer Unbefangenheit konnte er sehen, daß der arme Kerl keine blasse Ahnung hatte. »Ich hatte nicht mit einer ganzen Gesellschaft gerechnet.«

»Wir möchten das Versteck alle sehen«, versetzte Laura.

Knapp sah Sarah Keeling an. Sein Stolz verlangte, daß er eine Bedingung stellte. »Sie nicht.«

»Godfrey«, sagte Laura, »wir tun das, was wir für richtig halten.«

Während sie sprach, trat Ray zu Knapp und fixierte ihn mit einem Blick, der sagte, wenn du Mucken machst, bring ich dich um. Dann wies er auf den Landrover. »Sie fahren im Jeep mit.«

Knapp zuckte die Achseln. Sie stiegen in die Fahrzeuge.

Nach wenigen Minuten Fahrt bat Knapp Martin anzuhalten. Auf den ersten Blick war nichts zu sehen. Aber jedem, der wußte, wonach er Ausschau zu halten hatte, wäre ein Hügel aufgefallen, der sich nicht in das natürlich gewellte Terrain der Weide einfügte. Knapp führte sie hin.

Ein Einschnitt in den Boden zeigte sich, einige Betonstufen führten zu einer Eisentür hinunter. Er sperrte zwei Schlösser auf und zog an einem Hebel, der den schweren Riegel auf der Innenseite der Tür öffnete. Er machte Licht und stieg eine Treppe hinunter in den Bunker. Die anderen folgten ihm.

Sarah warf Laura einen Blick zu und lächelte. »Klasse.« Sie klappte die Ledertasche auf, die, da sie neben ihrer Handtasche über ihrer Schulter hing, niemand bemerkt hatte, und zückte einen kleinen japanischen Fotoapparat.

Knapp wirbelte herum und blaffte: »Keine Aufnahmen. Fotografieren kommt nicht in Frage.«

Gleichzeitig hob Ray den Zeigefinger und schüttelte den Kopf. Sarah senkte gelassen den Apparat und steckte ihn wieder ein. Ihr Metier waren Worte. Wenn sie hier wieder herauskam, würde es ihr daran nicht fehlen.

Unten war es feucht und kalt, in die modrige Luft mischte sich der Geruch nach gebohnertem Linoleum und halb getrocknetem Mörtel. Der Raum gleich hinter der Tür, an dessen Mauern mit Plastikfolie abgedeckte Generalstabskarten der näheren und weiteren Umgebung hingen, führte in zwei weitere Räume. Die Neonröhre an der niedrigen Decke reichte nicht aus, um den ganzen Raum auszuleuchten.

»Klein, aber mein«, sagte Knapp mit seiner dröhnenden Stimme, die sich an den kahlen Mauern brach.

Die anderen traten ein. Ihre Schritte klangen überlaut in der unterirdischen Stille. Knapp zog die Tür hinter ihnen zu. »Hier findet Sie niemand«, sagte er zu Ray in einem Ton, der seine Geringschätzung verriet.

Die anderen verteilten sich, um das Versteck zu inspizieren. Knapp ignorierte sie. Er war an diesem Tag schon hier gewesen, um den Bunker mit einem Feldbett, einigen Stühlen, einem Heizlüfter und Vorräten an Wasser und Lebensmitteln auszustatten, und um sich zu vergewissern, daß die Stromzufuhr funktionierte.

Seit seinem letzten Besuch hier war einige Zeit verstrichen. Er hatte nur die Hälfte der Kosten für den Bunker selbst getragen; die andere Hälfte hatte – ein ausgezeichnetes Geschäft – der Staat übernommen, da Knapp klugerweise angeboten hatte, den Bunker gegebenenfalls als Hauptquartier für die regionalen Zivilschutzbeauftragten zur Verfügung zu stellen. Ihm persönlich hatte das den Rang eines Personalkoordinators in der Katastrophenschutzhierarchie eingebracht. In den Tagen panischer Angst in den frühen achtziger Jahren hatten ihm die regelmäßigen Wochenend-Übungen hier draußen großen Spaß gemacht. Über Leben und Tod einer halben Million Mitmenschen zu bestimmen, war ein viel zu wichtiges Geschäft, um es einer Bande von Beamten zu überlassen, die ihr größtes Problem darin sahen, der Blattläuse in ihren Gärten Herr zu werden.

Aber irgendwie war die Begeisterung verpufft, und die ganze Geschichte war zu bürokratischer Routine geworden. In dem Maß, wie sein eigenes Lebensende näherrückte, verlor der Dritte

Weltkrieg für Knapp an Bedeutung. Auf die Atomkatastrophe pfiff er, sein Problem war sein sechzigster Geburtstag. Die Übungen wurden langweilig in ihrer ewigen Gleichheit, zumal sie mit einer Präzision abliefen, die von der Realität im Ernstfall weit entfernt war. Der Bunker war zu einem Spielzeug geworden, von dem er nichts mehr wissen wollte.

Wenig angetan von seiner Rolle als Immobilienmakler, sagte er jetzt ungeduldig zu den anderen: »Sind Sie soweit?«

Laura drehte sich nach ihm um. »Nur ich komme mit raus.«

Knapp schluckte seine Einwände hinunter. »Wie Sie meinen.«

»Die Schlüssel«, sagte Laura.

Gleichgültig reichte Knapp sie ihr. Laura gab sie an Martin weiter.

»Falls Sie sich damit irgendwie absichern wollen«, sagte Knapp, »kann ich Sie beruhigen. Hierher kommt niemand. Der Hubschrauber landet morgen früh um sechs. Alles weitere wissen Sie.« Zu Laura gewandt fügte er hinzu: »Kann ich mit Ihnen zum Haus zurückfahren?«

»Natürlich.« Mit einem kurzen, selbstsicheren »Bis später« zu den anderen folgte Laura Knapp hinaus, wo der Blick über windgebeugtes Gras zum fernen grauen See unter tiefhängenden Wolken schweifte.

»Diese Keeling ist mir nicht geheuer«, bemerkte Knapp. »Ich hab Sorge, daß sie Ihnen alles verpfuschen wird.«

»Warum?« fragte Laura, die selbst ihre Zweifel an Sarah nicht loswerden konnte.

»Wenn für sie eine Story dabei herausspringt«, erklärte Knapp, als sie in den Wagen stiegen, »wird sie Sie und Ihre Ideale ohne mit der Wimper zu zucken verkaufen. Sie ist die einzige, die aus der ganzen Sache Gewinn schlagen wird.«

»Sie sind langweilig, Godfrey«, sagte Laura. Wenn dies alles vorüber war, würde sie Knapp nie wiedersehen und ihm nichts mehr zu sagen haben. Sie ahnte, ohne daß es sie überraschte, daß es ihm mit ihr genauso ging.

Knapp ignorierte ihre wenig schmeichelhaften Worte und fragte: »Wie gefällt es Ihnen hier draußen?«

Laura, die fürchtete, daß er sie ins Haus bitten würde, antwortete vorsichtig: »Es ist hübsch.«

»Ich weiß, Sie werden niemandem etwas sagen, wenn ich Sie darum bitte, und das tue ich hiermit: Ich muß Scardale verkaufen.«

Er hoffte, die Nachricht würde sie erschüttern. Aber Laura fand nichts mehr an Scardale. Es war ein Mausoleum, der, wenn auch durchaus hübsche, Tempel eines unersättlichen Egozentrikers.

»Warum?«

»Ich konnte es nur mit dem Geld meiner Frau halten. Sie läßt sich scheiden. Aus eigenen Mitteln kann ich den Unterhalt nicht bezahlen. Es steht bereits zum Verkauf.«

»Und wo wollen Sie dann leben?«

»Ich habe meine Wohnung in London. Vielleicht gehe ich irgendwo in den Süden. Dieses Land wird unter einer Flut von Sicherheitsgesetzen sowieso bald in hoffnungsloses Spießertum verfallen. Stil und Geschmack wird es da nicht mehr geben. Mir mag es an vielem mangeln, aber ich bin immer ein Mann von Geschmack gewesen.«

Er machte sich an der Wagentür zu schaffen. Laura neigte sich hinüber und öffnete. Als er ausstieg, sagte sie leise und traurig: »Sie sind nichts weiter als ein reicher Mann, Godfrey. Das ist alles. Nichts weiter als ein reicher Mann.«

»Ein sehr komplizierter Mensch.«

»Na klar«, sagte Sarah Keeling.

»Im Ernst«, beharrte Martin. »Ich kenne Godfrey Knapp seit mehr als zehn Jahren. Er gehört zu den Menschen, die von einem tiefen Idealismus beseelt sind, den sie aber nur höchst ungern zeigen.«

»Und warum macht er jetzt hier mit?«

»Nun, er hat Macht und Einfluß und zeigt das den Leuten gern. Er liebt sein Land, und es gefällt ihm nicht, was hier geschieht. Darum hilft er uns.«

»Und Sie glauben ihm?«

»Aber ja.«

Sarah ließ das Thema fallen. Sie hatte Martin nie verstanden. Hinter seiner offenen, liebenswürdigen Art verbarg sich ein unverletzlicher Kern. Und Stoff für eine Story bekam man nur, wenn man die Leute verletzte. Traurig vielleicht, aber wahr. Entweder er war hoffnungslos naiv, oder er hielt sie zum Narren. Ihre Augen hinter den runden Brillengläsern blitzten zynisch auf.

Kurze Zeit später ging Martin. Sarah riegelte die Tür hinter ihm ab. Jetzt waren nur noch sie und Ray im Bunker. Stumm und in sich abgekapselt lag er auf dem Feldbett. Man hatte Knapp nur um ein Bett gebeten, um ihn glauben zu machen, Ray würde die Nacht hier allein verbringen.

»Meinetwegen können wir anfangen«, bemerkte sie.

Ray sagte nichts. Sarah öffnete eine Flasche Mineralwasser und nahm sich einen Plastikbecher. Der Heizlüfter hatte der Luft alle Feuchtigkeit entzogen. Sie trank, bis sie nicht mehr konnte, dann stellte sie den Becher auf das Ende des Bords und merkte sich, daß dies der ihre war.

»Ich geh mal raus«, sagte Ray.

»Warum?«

Sein Blick war gleichgültig und bedrohlich zugleich. »Weil ich pinkeln muß, Schätzchen, und weil ich das lieber draußen im Gras tu, als in diesem Spielzeugscheißhaus, das wir hier unten haben.«

Zweifellos wollte er sich auch umsehen. Sarah wartete an der Tür, voll irrationaler Angst, obwohl sie den Schlüssel hatte und obwohl sie wußte, daß er gar nicht türmen konnte, selbst wenn er gewollt hätte. Aber damit war ein Tabu gebrochen, und als er zurückkam, ging sie selbst mit einigen Kleenex ausgerüstet hinaus und hockte sich ein Stück vom Bunker entfernt ins stachelige Gras. Die Vorstellung, in unmittelbarer Nähe von Ray das transportable Toilettenhäuschen zu benützen, hatte auch ihr zu schaffen gemacht.

Als er das nächste Mal hinausging, nutzte sie die Gelegenheit, um in aller Eile ein paar Aufnahmen vom Inneren des Bunkers zu machen. Nach seinem Verbot hatte Knapp versäumt, ihr den Film abzunehmen.

Wieder fragte sie Ray, ob er anfangen wolle. Sie hatte Kassetten genug für zehn Stunden und nicht die Absicht, auch nur eine davon zu vergeuden. Ray, so mager wie ein ausgehungerter Fuchs, gab sich keine Mühe, seinen Widerwillen zu verbergen.

Doch die Aufnahmen waren Teil seiner Abmachung mit Laura. Keine Aufnahmen, kein Boot, keine Flucht nach Spanien. Es gab keinen Ausweg für ihn, und er wußte es.

Am späten Abend, nach Stunden von Frage und Antwort, waren sie beide erschöpft. Ray bestand darauf, daß sie in Schichten schliefen. Erst würde er sich zwei Stunden aufs Bett legen, dann würde er es Sarah zwei Stunden überlassen und so weiter.

Sarah schob die beiden mit Leinen bespannten Regiesessel zusammen und machte es sich in ihnen so bequem wie möglich. Mit Befriedigung dachte sie an das umfangreiche Material, das sie nun auf Band hatte. Als Ray ihr zwei Stunden später das Bett abtrat, rollte sie sich zusammen und drückte ihre Handtasche mit der Pistole darin so fest an die Brust, als handle es sich um ein geliebtes Stofftier.

Als der Fluchtplan erste Form angenommen hatte, hatte Sarah diese lange Nacht im unterirdischen Bunker gefürchtet, hatte nicht nur an eine mögliche Vergewaltigung gedacht, sondern auch an eine subtilere Art von Aggression, mehr psychologischer als physischer Natur. Sie hatte diese Angst bezwungen, indem sie sich auf ihre Fähigkeit verlassen hatte, mit Ray inneren Kontakt aufzunehmen, und es hatte geklappt.

Mit Hilfe ihrer behutsamen und durchdachten Fragen hatte sie ein Bild erstellt, das genug Stoff für ein ganzes Buch geliefert hätte, und sie hatte ihn mit solchem Respekt behandelt, daß am Ende er der Gefesselte gewesen war, der am liebsten gar nicht aufgehört hätte zu sprechen. Und wenn er erst in Spanien war, würde sie noch viel weiter gehen können. Wenn es ihnen gelang, den Schwindel von Faulston ans Licht zu bringen, würde das die Story des Jahres werden.

Sarah erwartete, daß dieses berauschende Gefühl sie wachhalten würde, aber sie schlief beinahe sofort ein. Als Ray sie weckte, sah sie auf ihrer Uhr, daß es bereits fünf Uhr morgens war. Er hatte sie durchschlafen lassen.

Violette Wolkenfetzen trieben am kalten weißen Himmel, als Ray um halb sechs die Bunkertür öffnete, um auf die Ankunft des Hubschraubers zu warten. Um zehn vor sechs wurde das ferne Brummen der Maschine hörbar, die rasch näher kam, einmal über Scardale kreiste und langsam schwebend auf der bretteebenen Wiese fünfzig Meter vom Haus entfernt aufsetzte.

»Okay, es geht los.«

Ray zog den Reißverschluß seiner Jacke hoch und ging in den schneidenden frühmorgendlichen Wind hinaus. Aus der Tasche zog er eine schwarze Mütze mit Augenlöchern und stülpte sie sich über den Kopf. Besser, der Hubschrauberpilot bekam ihn nicht zu sehen.

Sarah rannte mit fliegenden Schultertaschen hinter ihm her. Sie sah Godfrey Knapp mit der unvermeidlichen Zigarre im Mund die breite Treppe vor dem Haus herunterkommen, und sie sah ein Stück vom Haus entfernt Lauras Dyane stehen. Sie versuchte, Ray einzuholen. »Hören Sie, ich wollte Ihnen nur sagen –«

Er drehte den Kopf nach ihr. Der Blick der schmalen Augen sagte, daß er sie jetzt nicht gebrauchen konnte.

»Vielen Dank«, rief sie, aber er wollte von ihrem Dank nichts wissen. Atemlos sprach sie weiter. »In Spanien stell ich einen Riesenartikel zusammen. Sie sind der Schlüssel zu einer unheimlich wichtigen Sache –«

Selbst durch die Mütze hindurch konnte sie sehen, wie er das Gesicht verzog. Er sagte: »Wenn Sie das nächste Mal was von mir wollen, dann kommen Sie nicht mit leeren Händen.«

Sarah wollte diesen Moment über alle anderen hinausheben, sie wollte ihre Erregung mit ihm teilen. Sie wünschte sich ein Band zwischen ihnen. Aber Ray hatte nicht das geringste Interesse daran, er reagierte gar nicht, und es blieb jetzt keine Zeit mehr.

Die Gruppe – Knapp, Ray und Laura, die von ihrem Wagen herüberkam – versammelte sich, während der Hubschrauberpilot neben der überraschend kleinen und zerbrechlich wirkenden Maschine von einem Fuß auf den anderen trat. Durch die perspektivische Verkürzung schien die Kabine des Helikopters fast auf gleicher Höhe mit seinem Kopf zu sein, und der schräg geneigte Rotor mit den zwei schmalen Flügelblättern überragte ihn nur um ein Geringes.

Knapp, der es immer wieder genoß, daß es in seiner Macht stand, solche Dinge zu arrangieren, hatte sich die kleine Maschine für ein paar Stunden von einem befreundeten Fernsehproduzenten ausgeliehen, der nicht allzu weit entfernt einen recht passablen Landsitz hatte. In dieser Ecke wenigstens war sein Kredit noch gut. Er ging zu dem Piloten hinüber, wechselte einige joviale Worte mit ihm, um eine gewisse Lockerheit herzustellen, und zeigte ihm dann anhand einer Karte, die er auf der abwärts gekrümmten Windschutzscheibe der Kabine ausbreitete, die Route. Dann reichte er ihm einen Briefumschlag, der zur Entschädigung für den frühen Dienst eine stattliche Summe Geldes enthielt. »Fertig zum Abflug«, rief er danach.

Das bärtige Gesicht wirkte wie eine gemeißelte Maske gelangweilter Arroganz, während er zusah, wie sie sich dem Hubschrauber näherten, Sarah, Ray und Laura, drei windgepeitschte Gestalten, blaß und abgespannt durch mangelnden Schlaf, scheinbar ungewiß, was sie hier taten.

»Sie kommt mit.« Ray überging Knapp einfach und sprach direkt den Piloten an. Er wies auf Laura. Die Maschine war nur ein Zweisitzer.

Der Pilot schüttelte den Kopf. Knapp rief scharf: »Das war nicht vereinbart.«

»Wir beide zusammen wiegen vielleicht hundertvierzig Kilo, Godfrey. Das ist nicht viel mehr, als Sie allein wiegen. Wir passen schon hinein.« Sie sah ihn scharf an. »Gibt es einen Grund, weshalb ich nicht mitfliegen sollte?«

»Durchaus nicht. Wenn Sie es unbedingt wollen.«

Der Pilot protestierte. »Das kann mich meine Flugerlaubnis kosten.«

»Das mach ich schon«, sagte Knapp hoheitsvoll und zwinkerte dem Piloten zu, als dieser die Tür auf der Passagierseite öffnete.

Erst stieg Laura ein, dann Ray. Sie konnten sich nicht angurten, aber Ray griff sofort nach dem Kopfhörer und reichte ihn Laura, ohne auf den Piloten zu warten. Als die schmalen Flügelblätter zu brummen begannen, sah Laura hinaus. Knapp war schon auf halbem Weg zum Haus. Sie winkte Sarah kurz zu, als das Gras rund um sie herum zur Erde hinuntergedrückt wurde und der Hubschrauber sich zu heben begann.

Godfrey Knapp stand auf der Treppe vor seinem Haus und sah

zu, wie der leichte Hubschrauber in die Kurve ging und davonschwebte. Der Wind trug schon das Motorengeräusch davon, und bald war die Maschine nur noch ein großes Insekt, das am Himmel davonflog. Er fragte sich, ob er Laura je wiedersehen würde. Groll und Bitterkeit in ihm sagten nein. Nein, er würde sie mit Scardale zurücklassen; nein, er hatte sich alles von ihr genommen, was er hatte haben wollen. Und doch sehnte er sich schon danach, sie neuerlich zu umwerben, sobald diese Sache hier erledigt war. Es paßte ihm, verliebt zu sein. Mit der Macht der Verliebtheit ließ sich alles rechtfertigen, was er tat.

Sie hat sich abgekehrt, doch mit dem Herbstwetter
Für viele Tage meine Phantasie gefangen.

Das war es. Ach, zum Teufel! Der Hubschrauber war ein Pünktchen Fliegendreck in der unendlichen Leere des Himmels. Er spie auf den Boden und ging hinein.

»Kennen Sie die Route?« fragte Laura nervös.

»Mir wurde Oxhead gesagt«, erwiderte der Pilot kurz. »Das ist nicht weiter schwierig.«

Oxhead war eine der Küste vorgelagerte kleine Insel, vielleicht anderthalb Kilometer lang und knapp einen Kilometer breit, nicht weit entfernt von Saltmayne, das sie vor den schlimmsten Seestürmen schützte. Von der Plexiglaskabine des Hubschraubers aus konnte Laura bald die Küstenlinie erkennen. Sie hatte keine Ahnung, wie hoch sie flogen, vielleicht dreitausend Fuß. Das Land unter ihnen war flach und eintönig, Felder und Wiesen ein grau-grünes Kontinuum. Über Saltmayne hinaus folgten sie der Küste zur Limport Bucht, in die der langgezogene, mit grobem Kies bedeckte Buckel von Helbeach hineinragte wie ein langer brauner, von Muskeln geschwellter Arm, der außer an Handgelenk und Schulter durch einen schmalen Salzsee vom Festland getrennt war.

Sie fürchtete plötzlich, die Sicht könnte zur Landung zu schlecht sein, wenn sie Oxhead erreichten. Sie kämpfte gegen die aufsteigende Panik. An Ray gedrückt fühlte sie seinen gleichgültigen, drahtigen Körper und in Brusthöhe unter seiner Jacke einen harten Gegenstand. Oxhead lag vom äußersten Ende von Helbeach aus knapp zwei Kilometer seewärts, und als die Insel in Sicht kam, drehte der Pilot in den ablandigen Wind.

In sanfter Diagonale zog er die Maschine abwärts, während sie über das stürmische graue Wasser flogen und der Mischwald von Oxhead, Fichten und Eichen, vor ihnen feste Form anzunehmen begann. Laura konzentrierte sich auf ihr Erinnerungsbild von der Karte der Insel. Für den Fall, daß der Pilot seine eigenen Absichten haben sollte, sagte sie: »Landen Sie erst, wenn wir es Ihnen sagen.«

Er warf ihr einen geringschätzigen Blick zu. »Ich halte mich an meine Anweisungen, wenn Sie nichts dagegen haben.«

Ehe Laura widersprechen konnte, schwebten sie über der grasbewachsenen Lichtung in der Mitte der Insel, und der Pilot hielt nach einer zur Landung geeigneten Stelle Ausschau. Laura packte Ray beim Arm. Ohne Kopfhörer würde er sie niemals hören können. Mit schmalen Augen starrte er sie durch die Seeschlitze seiner Mütze an, als sie den Kopf schüttelte und dem Piloten zurief: »Nicht landen!«

Der Pilot schrie zurück: »Ich geh hier runter.«

Zähneknirschend begann er zu kreisen. Je eher er diese beiden unheimlichen Passagiere los war, desto besser. Aber plötzlich spürte er den kalten Stahl eines Pistolenlaufs an seiner Schläfe und hörte die Stimme der Frau, leise und ruhig, aber metallisch in ihrer Härte. »Fliegen Sie zum Festland zurück. Kennen Sie Lendra, die alte Bergfestung? Landen Sie dort.«

20

Von dem hübschen kleinen Ort Limport aus, dessen Häuser sich an die schützenden Steilhänge rund um die Bucht schmiegten, nahm Martin Ritchie den zweiten der zweimal täglich verkehrenden Dampfer nach Oxhead hinüber. Mit dem gleichen Behagen wie früher lehnte er sich auf der hölzernen Lattenbank zurück, und während der asthmatische alte Dampfer durch das unruhige Wasser stampfte, blickte er zu den kleinen Lichtern des Hafens von Limport zurück. Nur noch schwach schimmerten sie durch das immer dichter werdende Dunkel, das sich vom Meer hereinwälzte. Gischttropfen trafen sein Gesicht wie Nadelstiche, und er genoß es wie die unsanfte Begrüßung durch einen altvertrauten Feind.

Früher einmal hatte er die ungebärdigen Gewässer dieser Meerenge gut gekannt, aber die Tage, da er als Verwalter von Oxhead in einem Ruderboot hier übergesetzt hatte, waren lange vorbei. Dennoch schien ihm diese Fahrt jenen Teil seines Lebens wie in einem lebenden Bild zurückzuholen. Er kannte den derzeitigen Verwalter der Insel und hatte telefonisch bei ihm angefragt, ob er für eine Nacht hinüberkommen könne. Sie hielten regelmäßigen Kontakt, und in dem kleinen Verwalterhaus, das einmal auch Martins Zuhause gewesen war, gab es immer eine Mahlzeit und ein Bett für ihn.

Oxhead gehörte dem National Trust, ausgenommen eine kleine Bucht am sich verjüngenden Ende der Insel, die militärisches Speergebiet war, nur den Marines zugänglich, die drüben auf dem Festland stationiert waren. Der Rest der Insel war zum großen Teil in Naturschutzgebiete eingeteilt, die der Erhaltung bedrohter Tier- und Pflanzenarten dienen sollten. Die der Öffentlichkeit zugänglichen Gebiete waren parkähnliche Anlagen mit immergrünen Rabatten an den Wegrändern und der gelegentlichen neckischen Steinfigur, alles Erinnerungen an die Ambitionen eines ehemaligen Eigentümers der Insel, die Wildnis zu zähmen und auszuschmücken. Aber während diese von Menschenhand geschaffenen Anlagen langsam wieder verwilderten, bogen sich die starken alten Bäume der Insel ächzend im unaufhörlichen Wind, und winters wie sommers wälzten sich vom Meer die Nebel herein, die die Insel von der Außenwelt abschnitten und ihr gestatteten, sich in urzeitlicher Einsamkeit zu verkriechen.

Hinter Limport war ein großes Ölfeld, das von Jahr zu Jahr weiter ausgriff, und an klaren Tagen konnte man jetzt schon die weit ins Meer vorgerückten Bohrtürme sehen, die das sich unter Wasser fortsetzende Öllager anzapften. Es war nur noch eine Frage der Zeit, wann die Bohrtürme Oxhead erreichten, und wenn es nach dem Jachtklub von Limport ging, würde auch der neue Ölhafen auf Oxhead und nicht auf dem Festland gebaut werden. Die Ölgesellschaften machten viel öffentlichen Wind um ihre Sorge um die »Ökologie« und engagierten Fachleute, die sie beraten und ihre Beteuerungen glaubwürdig machen sollten. Martin hatte seine eigene Verstrickung in all dies nie auf die leichte Schulter genommen, aber es galt in diesem Fall das gleiche wie überall sonst – man mußte sich entscheiden, ob man etwas tat oder nicht. Für den Augenblick ersparte er sich ein endgültiges Urteil.

Um das Öl drehte sich anfangs sein Gespräch mit dem Verwalter, einem rotblonden, bärtigen Mann, der mit seiner kränkelnden Frau hier draußen fast zum Einsiedler geworden war. Auf Oxhead schienen selbst die Ereignisse von Faulston weit entfernt. Abgesehen von den Ausflüglern, die im Sommer, wenn die Fährschiffe häufiger verkehrten, in Scharen hier einfielen, ihre Landegebühr bezahlten, einen Spaziergang durch den verwahrlosten Park machten und dann wieder abfuhren, kamen nur die ganz Entschlossenen hierher – die echten Naturbeobachter, die Zutritt zu den Schutzgebieten hatten, und Menschen auf der Suche nach einer Landschaft, in der man noch ein Gefühl urzeitlichen Alleinseins empfinden konnte. Diese beiden letzteren Gruppen von Besuchern waren dem Verwalter willkommen.

Im Lauf ihrer Unterhaltung kam er nach einer Weile auf die ungewohnten Aktivitäten zu sprechen, die er in den letzten vierundzwanzig Stunden auf der Insel bemerkt hatte.

»Eine Weile ging es zu wie in einem Taubenschlag. Erst landete im Militärgebiet ein Hubschrauber, der meines Wissens bis jetzt nicht wieder abgeflogen ist. Dann kam ein Boot, es sah aus wie eins der Boote von den Marines, aber es legte am Kai an, und etwas später rief man mich von der Regionalverwaltung an und sagte, heute nacht würden ein paar Leute im Gästehaus übernachten, aber ich brauchte mich nicht darum zu kümmern, sie würden sich selbst versorgen und zögen es vor, nicht gestört zu werden.«

»Ölleute?« fragte Martin.

»Wundern würde es mich nicht.«

»Ich würde gern eine Nachtstreife machen. Gibt es irgendwas, worauf ich achten muß?«

»Glaub ich nicht. Seit Sie das lezte Mal hier waren, hat sich nichts verändert.«

»Kommen Sie mit?«

»Lieber nicht, wenn's Ihnen recht ist. Meine Frau braucht manchmal nachts Hilfe und ich möchte nicht... Sie können sich doch allein zurechtfinden?«

Martin lächelte. »Ich denke schon.«

Als Martin später losging, bemerkte er trotz der Dunkelheit mit heimlicher Freude einige Büsche, die er während seiner Zeit auf der Insel gepflanzt hatte und die mittlerweile zu voller Größe herangewachsen waren, und er stellte fest, daß der Verwalter auf dem Stück Land, das er damals von Bauschutt und wucherndem Unkraut gesäubert hatte, jetzt einen Gemüsegarten angelegt hatte.

Obwohl der Mond einen dunstigen Hof hatte, war der Himmel klar, und die kalte Luft war so still, daß Gerüche und Geräusche deutlich wahrnehmbar waren. Die vertraute Ausdünstung der Insel – der Geruch modernder Pflanzen und feuchter Erde, Fichtenduft und würziger Tanggeruch – hüllte ihn ein und gab ihm das Gefühl, daß dieser Ort, so fern er ihm heute war, immer noch sein Zuhause war. Nach einigen Minuten jedoch verdrängten die Gedanken an die Aufgabe, die ihn hierher geführt hatte, alle diese alten Assoziationen.

Das Gästehaus war ein wiederaufgebauter Seitenflügel des stattlichen alten Landhauses, das auf Oxhead gestanden hatte, als es noch Privatbesitz gewesen war. Ein großer Brand hatte es bis auf diesen einen Trakt zerstört, den man wiederhergestellt, modernisiert und durch eine Mauer vom Rest der Insel abgegrenzt hatte. Zwei alte Leute, Begünstigte einer Sondergenehmigung, angenehme Menschen, die die Natur und die Einsamkeit liebten, hatten dort ihren ständigen Wohnsitz. Ein Hausmeister kümmerte sich um das Anwesen, Gäste kamen und gingen, vor allem im Sommer, und pflegten sich bei ihrer Ankunft des guten Kontakts und der Höflichkeit halber beim Verwalter von Oxhead zu melden. Gäste, die um diese Jahreszeit kamen, die inkognito bleiben wollten, die so auf ihre Ungestörtheit bedacht waren, daß man sogar dem Verwalter von jeglicher Annäherung abgeraten hatte, mußten schon etwas ganz Besonderes sein. Ölleute waren das bestimmt nicht.

Mehr als zehn Jahre waren vergangen, und bei jedem Schritt wurde Martin daran erinnert, um wieviel unbeweglicher und gesetzter er in dieser Zeit geworden war. Aber eine zwei Meter hohe Mauer konnte er immer noch hinaufklettern. Er entsann sich von seinem letzten Besuch hier sogar einer Stelle, wo der Stein abgebröckelt war, und im Mondlicht war es ihm ein Leichtes, sich hochzuziehen und drüben hinunterzulassen.

Jetzt mußte er vorsichtig sein. Gebüsch gab es hier genug, aber sauber gestutzt vom Hausmeister, nicht als Versteck geschaffen. Dafür warf aber der Mond lange Schatten, und ein Stück weiter, abseits vom Gästehaus, war ein Wäldchen. Martin kannte jedes Fleckchen Erde hier so gut, als wäre er hier aufgewachsen. Er machte sich einen Aktionsplan, hob dann eine Handvoll kleiner Steinchen vom Weg auf und begab sich an den vorgesehenen Platz.

Das Gästehaus hatte drei Stockwerke, und das erleuchtete Fenster befand sich im mittleren. Martin schleuderte die Kieselsteinchen durch die Luft. Einen zweiten Versuch würde es nicht geben. Als die Steinchen klirrend an die Fensterscheibe schlugen, zog er sich eilig in eine Gruppe Lorbeerbüsche zurück, von wo aus er das Fenster sehen konnte.

Die Vorhänge waren nicht zugezogen, und beinahe augenblicklich erschienen zwei Gesichter in dem hell erleuchteten Rechteck, das von der dunklen, efeuüberwachsenen Mauer umrahmt war. Vielleicht war ein Vogel oder eine Fledermaus an das Fenster geprallt. Vielleicht war es auch etwas anderes gewesen.

Schnell verschwanden die beiden Männer wieder. Ehe sie zur Haustür hinunterkommen konnten, rannte Martin geduckt durch die Schatten davon. Der flüchtige Moment hatte genügt. Neben dem rundlichen verdutzten Gesicht, das Martin nie zuvor gesehen hatte, hatte er deutlich das schwammige, finstere Gesicht Harry Teals erkannt.

Am Zaun eines moorigen Biotops entlang ging er bis zu jenem Ende der Insel, wo das militärische Sperrgebiet begann. Es gab eine Stelle, wo der felsige Boden so uneben, durch Erosion so weit abgetragen war, daß trotz des Drahtzauns ein Loch klaffte, durch das man leicht in die Sperrzone hineingelangen konnte. Die Anlage war klein, nur zwei Pavillons, in einem davon Licht, und auf einer freien Fläche, etwa fünfzig Meter entfernt, schwarz und bucklig ein Hubschrauber.

Zurück im Haus des Verwalters, setzte sich Martin noch ein Stündchen mit dem Mann zusammen. Der Verwalter war ein leidenschaftlicher Amateurfotograf, und gemeinsam sahen sie sich seine Bilder an. Nachdem sie für den nächsten Tag einen Rundgang über die Insel geplant hatten, gingen sie zu Bett.

Martin stellte den Wecker an seiner Uhr auf halb fünf und streckte sich auf dem Bett im Gästezimmer aus. Während er still in der Dunkelheit lag, schien es ihm einen Moment lang, als wollten ihn die Atmosphäre dieses Hauses und die Stille draußen überwältigen. Es war nicht die beschauliche Ruhe von Macemoor, sondern ein Schweigen, das gewaltige Kräfte in sich barg und vom tiefen Atem der See getragen wurde. Hier hatte er mit Eleanor gelebt, und sie waren glücklich gewesen auf jene oberflächliche Art, wo letztes Wissen vermieden, wo der letzte Schleier nicht gelüftet wird. Er hatte oft gewünscht, er hätte die Insel nicht verlassen, aber nun, nach einem Jahr mit Laura, wußte er, daß er nicht mehr der zufriedene Mann war, der einmal hier gelebt hatte. Kein Bedauern mischte sich in dieses Wissen.

Als er in den stillen, dunklen Morgen hinaustrat, zeigte sich über dem Meer ein Schimmer grauen Lichts und dürres Riedgras raschelte im Wind an den Buchten. Eine Schar Brent-Gänse hob sich bei seinem Näherkommen in die Lüfte, und er richtete seinen Feldstecher auf die plump wirkenden braunen Vögel, die mit rauschendem Flügelschlag in Keilformation gingen und über die Insel davonflogen.

Pfauen, gespenstische Silhouetten in der Dunkelheit, Relikte aus einer anspruchsvolleren Zeit, stolzierten umher, und ihre heiseren, anklagenden Schreie begleiteten ihn, als er den Weg zur hochgelegenen Lichtung nahm, wo der Hubschrauber landen sollte und von wo er die Meerenge beobachten konnte, durch die Godfrey Knapp mit seinem Boot kommen würde. Sie hatten vereinbart, daß Knapp sein Boot fünfundzwanzig Minuten nach

Abflug des Hubschraubers aus Scardale aus dem Jachthafen von Limport hinaussteuern würde. Fünfzehn Minuten nach seiner Ankunft würde Ray die Insel schon wieder verlassen.

Nur mußte jetzt der ganze Plan geändert werden. Obwohl sie davon ausgegangen waren, daß Oxhead mehr Sicherheit bot als das Festland, hatten sie Vorkehrungen für den Fall getroffen, daß es Probleme geben sollte. Manchmal hielten sich Polizeibeamte aus Limport oder Angehörige der Küstenwache auf der Insel auf, häufig absolvierten die Marines zu überraschenden Zeiten hier Landeübungen. An Voraussetzungen für Alternativpläne fehlte es nicht.

Martin hörte das ferne Brummen des Hubschraubers, lange bevor er die Maschine sah. Als er sie entdeckt hatte, verfolgte er ihren Flug durch den Feldstecher. Mit Bedauern zog er den Reißverschluß seines Parka auf und holte einen rotweiß karierten Schal heraus. Als der Hubschrauber Anflug auf die Lichtung nahm, begann er zu winken. Die Maschine war nicht so tief, daß er jemanden in der Kabine hätte erkennen können, aber als er beobachtete, wie die Maschine wieder hochzog und kreiste, wußte er, daß sie ihn gesehen hatten. Er hörte erst zu winken auf, als der Helikopter abdrehte und wieder zum Meer hinausflog.

Lendra. »Und was jetzt?« fragte der Pilot, der hinter der Maschine stand, um sich gegen den Wind zu schützen.

Wenigstens bedrohten sie ihn nicht mehr mit der Automatic, und der Ganove in der schwarzen Mütze sah sich von der Bergfestung aus schon mit scharfem Blick um, vermutlich um den nächsten Schritt zu planen. Dem Piloten lagen zwei Dinge am Herzen – sich und den Hubschrauber unversehrt zu retten.

Unvermittelt drehte der vermummte Mann sich um und rief: »Ausziehen!«

Der Pilot erstarrte, fragte sich, wozu, stellte sich die Konsequenzen vor, sagte sich, wenn sie von ihm verlangten, daß er sich auszog, würden sie ihn doch gewiß nicht töten. Oder doch?

Er sah, wie die Frau dem Vermummten die Hand auf den Arm legte und den Kopf schüttelte.

»Die Schuhe!«

Während der Pilot sie auszog, hob der Vermummte einige

große Steine vom Boden auf. Er stopfte die Steine in die Schuhe, trat ganz an den Rand des Berggipfels und schleuderte einen Schuh so weit hinaus, daß er über eine der äußeren Wehrmauern flog und in den Büschen im unterhalb liegenden Wallgraben verschwand. Den zweiten Schuh warf er in einer anderen Richtung den Hang hinunter. Danach kehrte er zum Piloten zurück, dessen Füße bereits klatschnaß und eiskalt waren, und sagte: »Am besten gehen Sie gleich los und suchen sie. Und versuchen Sie gar nicht erst, die Kiste hier wieder zu fliegen. Ich werd' sie außer Betrieb setzen. Nicht so schlimm, daß Sie den Schaden der Versicherung melden und über die Geschichte hier sprechen müssen. Nur so weit, daß es gefährlich wäre zu fliegen. Verstanden?«

»Ja, ja, danke.« Der Pilot nickte erleichtert.

»Sie können den Schaden bestimmt selbst beheben. Es wird nur ein bißchen Zeit brauchen.«

»In Ordnung.« Wieder nickte der Pilot eifrig und dankbar und lief schon durch das harte, bleiche Gras den Hang hinunter.

Ray stieg in die Kabine des Hubschraubers. Er hatte die Absicht, ein paar Drähte zu lockern. Aber am Ende tat er gar nichts. Bis der Pilot die Maschine auf einen Schaden überprüft hatte und zum Abheben bereit war, war das alles hier längst vorüber.

»Okay, gehen wir.«

Sie hatten den Kurs auf der Karte abgesteckt: den Fußweg von den zerfurchten Hängen Lendras hinunter, quer über welliges Wiesenland zu jenem Punkt, wo der braune Kamm von Helbeach sich einwärts krümmte, um sich wieder mit dem Festland zu vereinigen, eine aus losen Steinen aufgetürmte Mauer, hinter der das Meer mit seiner Verheißung von Freiheit wartete.

Bald nach dem Hubschrauber das Boot. Oxhead war großenteils von Kiesstränden umkränzt, und die Schlammzone reichte ein ganzes Stück ins Meer hinaus. Aber Martin kannte die Stellen, wo das Schelf so stark abfiel, daß man ein Boot hereinbringen konnte, und er hatte Knapp genaue Anweisungen gegeben.

Die Motorjacht – die *Fanny* – schob sich durch das träge wogende Wasser. Der Tag war bewölkt, aber ruhig. Knapp schaltete den Motor aus und ließ das Boot durchs tiefe Wasser hineintreiben, während er mit zusammengekniffenen Augen das dicht bewachsene Ufer der Insel musterte. Irgend etwas stimmte nicht.

Er hatte den Hubschrauber über sich hinwegfliegen sehen und durch seinen Feldstecher beobachtet, daß er nicht gelandet war, sondern gewendet hatte und zum Festland zurückgeflogen war. Über Funktelefon hatte er sich mit Appleton in seiner Einsatzzentrale auf Oxhead in Verbindung gesetzt. Der hatte ihm im Brustton der Überzeugung versichert, daß von ihrem Plan nichts durchgesickert sein könne, und meinte, die anderen machten nur ein kleines Spielchen, um Knapp auf die Probe zu stellen. Er wies Knapp an, vorzugehen wie vereinbart und in Verbindung zu bleiben.

Als Martin Ritchie am Ufer auftauchte, wußte Knapp also bereits, daß Ray nicht dort wartete. Immer wenn er an diesen kaltblütigen, fuchsgesichtigen Killer dachte, kamen ihm bei dem Wort »Ray« Bilder von Meeresungeheuern und dunkle Ahnungen von Unterwassertod. Er reckte den Kopf aus der Kabine, als die Pufferreifen der *Fanny* gegen die steinerne Uferböschung stießen.

»Wo sind sie? Was ist los?«

»Es hat sich was geändert.«

Knapp verzog verächtlich den Mund. Irgend etwas an Ritchie hatte ihn immer schon gereizt. Vielleicht war es die Tatsache, daß es ihm nie gelungen war, sich ihm überlegen zu fühlen, ihn als unbedeutende Null abzutun. Nicht einmal jetzt konnte er das, nachdem er ihm Hörner aufgesetzt hatte, und das wurmte ihn.

»Was denn, verdammt noch mal?«

»Ich komme an Bord.«

Martin wartete ab, bis die Strömung das Boot an den Felsen hob, und sprang hinüber.

»Okay, Käpt'n«, sagte Knapp. »Wohin geht's?«

Martin zog eine Karte heraus und zeigte ihm die Stelle auf Helbeach, die sie ansteuern mußten. Knapp zuckte die Achseln und schaltete den Motor ein. Das Boot schoß vom Ufer weg und glitt ins offene Wasser hinaus.

Martin setzte sich auf eine Bank hinter dem nach rückwärts offenen Cockpit, während Knapp unter Deckhöhe am chromblitzenden Steuer stand. Das Boot hatte elektronische Steuerung, aber für diese Phase der Fahrt brauchte Knapp nur Hand und Auge.

Als sie die unruhigeren Gewässer weiter draußen erreichten, rief Knapp laut genug, um das Motorengeräusch zu übertönen: »Wozu dieses Theater? Was gab's denn für Probleme?«

»Sie wollten es eben so.«

Knapp drehte wieder den Kopf. »Ich hätte das Boot an der Insel übergeben können. Was war daran nicht okay?«

»Vorsichtsmaßnahmen«, antwortete Martin.

Knapps Blick wanderte zum Funktelefon. Hatten sie mit Verrat gerechnet, ihn überlistet und durch Zufall einen Ausweg gefunden, der Erfolg bringen würde?

Wenn Ray entkam, würden Appleton und seine Freunde daraus unweigerlich schließen, daß er – Knapp – sie aufs Kreuz gelegt hatte. Aber sie mußten erkennen, daß das unsinnig war. Weshalb hätte er sich überhaupt an sie wenden sollen, wenn er sie jetzt hinterging? Nein, Rex Appleton verstand alles. Er war selbst dort, auf Oxhead, und leitete das ganze Unternehmen. Knapp schüttelte alle Befürchtungen ab. Die Sache würde schon klappen.

21

Die Betonklötze auf Helbeach, ehemalige befestigte MG-Nester, waren Relikte aus den Jahren des Zweiten Weltkriegs, als dieser gesamte Küstenstreifen für den Fall einer deutschen Invasion befestigt worden war und später in Vorbereitung auf den D-Day für Truppenlandeübungen hatte herhalten müssen. Stacheldrahtverhau und Geschütze waren vor Jahren beseitigt worden, aber die Betonunterstände waren geblieben. Langsam sanken sie immer weiter in die Kiesmassen, und ihre Schießscharten waren wie leere Augenhöhlen in monströsen Köpfen, die hilflos untergingen.

Helbeach selbst war ein langgezogener Kamm, aus braunen

Kieseln aufgeschüttet, die an einzelnen Stellen alle von gleicher Größe waren, insgesamt aber allmähliche Größenabstufung zeigten; während sie am einen Ende die Dimensionen großer Kartoffeln hatten, waren sie am anderen Ende nur noch kleinen glänzenden Perlen ähnlich. Immer schon war diese Kiesbank, die sich unter Wasser ins Meer hinausdehnte, bei den Seeleuten gefürchtet gewesen. Sie war wie ein Amboß aus Millionen kleinen Steinen, auf dem die Stürme gestrandete Schiffe zu Kleinholz zertrümmerten. Näherte man sich Helbeach vom Land her, so verschwand das Meer aus dem Blickfeld und man glaubte, einen Wüstenhorizont vor sich zu haben, der allerdings durch eine Merkwürdigkeit ausgezeichnet war: Von jenseits der Horizontlinie tönte unablässig das Knirschen von Millionen von Steinen, die von der Strömung meerwärts gezogen und dann mit Wucht wieder auf die Kiesmassen hinaufgeschleudert wurden.

Der Aufstieg war mühsam. Der braune Hang war höher, als er aussah. Bei jedem Schritt rutschten Laura und Ray, der jetzt seine Maske abgenommen hatte, der Boden unter den Füßen weg, während sie sich zur Höhe des Kamms hinaufquälten und auf der anderen Seite zum seufzenden grauen Wasser hinunterstiegen. Seit sie sich auf den Weg gemacht hatten, hatten sie kein Wort miteinander gesprochen, nicht einmal die Frage erörtert, warum Martin die Landung auf Oxhead verhindert hatte. Der Plan war klar, und sie richteten ihr Augenmerk auf die nächste Etappe.

Als Laura das Boot entdeckte, drehte sie sich um, um Ray darauf aufmerksam zu machen. Aber er hatte es schon selbst gesehen. Martin, der Helbeach wie seine Westentasche kannte, hatte keine Mühe, das Boot auf der Höhe des richtigen Betonklotzes hereinzubringen. Laura erinnerte sich an den Frühlingstag, als sie den ganzen Kamm entlanggestapft waren, um das Leben zu erkunden, das sich in dieser Steinwüste hielt – Sandregenpfeifer, zähe sukkulente Pflanzen, Scharen bizarr geformter kleiner Lebewesen, die fliegend und kriechend diese gigantische Kiesdüne bevölkerten. Nein, Martin würde keine Mühe haben, sich hier zurechtzufinden.

Sie zog ihre Mütze herunter und hielt das vom glatten blonden Haar umrahmte Gesicht in den Wind, um sich einen Moment den Kopf kühlen zu lassen. Dann zog sie die Wollmütze wieder über. Forschend betrachtete sie Ray. Sie hatte nie einen Menschen mit geringerem Kommunikationsbedürfnis kennengelernt. »Es wird schon alles klappen«, sagte sie.

Er sah sie mit seinen schmalen Augen an und sagte nur: »Klar.«

Sie hätte es ihm gern gleichgetan an Wortkargheit, an ähnlicher Gleichgültigkeit. Worte logen, wer brauchte Worte? Aber sie konnte es nicht.

»Dann heißt es jetzt wohl Abschied nehmen«, sagte sie.

Er starrte sie an, als könne er nicht glauben, daß sie darauf eine Antwort von ihm erwartete.

»Ja. Machen Sie's gut.«

Das Boot war jetzt nahe.

»Sie sind zwar nicht gerade der charmanteste Mann der Welt«, meinte Laura, »aber ich hoffe, Sie schaffen es.«

Einen flüchtigen Moment lang vertieften sich die Linien in seinem schmalen, unrasierten Gesicht, und er lächelte, ein wenig ironisch und ein wenig unergründlich. Es war das erste Lächeln, das er ihr gezeigt hatte. Das, sagte dieses Lächeln, ist das einzige, was ich dir je geben werde, aber nimm es ruhig. Laura konnte nicht umhin, das Lächeln zu erwidern.

Die *Fanny* trieb jetzt langsam herein. Ruhig durchschnitt ihr schön geschwungener Bug, unten königsblau, oben weiß, das Wasser. Selbst im trüben Morgenlicht wirkten die Holzarbeiten am Boot, zu hellem Gold gebeizt und glänzend lackiert, heiter und flott. Die beiden Männer im Boot waren schattenhafte Gestalten. Knapp mit seiner Seglermütze, Martin, den Arm winkend erhoben.

Ray warf Laura einen letzten Blick zu, dann lief er ins Wasser hinein. Das Boot wartete mit tuckerndem Motor so nahe wie die Kiesbank es gestattete. Martin winkte, und Laura winkte zurück, während Ray durch das heftig bewegte grüne Wasser lief. Sie sah in Martins Winken nur das, was ihr eigenes ausdrückte. Erst später begriff sie, daß sie sich getäuscht hatte; es war vor allem ein Winken des Lebewohls gewesen.

Sarah Keeling war von Scardale aus mit dem Dyane zum Telegraph Mount gefahren, eine Erhebung am Ende der langen Hügelkette, deren Abschluß auf der anderen Seite die Bergfestung Lendra bildete. Sie parkte auf der kaum befahrenen kleinen Straße und beobachtete mit dem Feldstecher, den Laura im Wagen gelassen hatte, die Bucht hinter Helbeach. Sie sah, weil sie wußte, worauf sie zu achten hatte, alles, was geschah – die Umkehr des Hubschraubers, die Ankunft des Boots in der Bucht, Rays Lauf durch das Wasser. Sie sah, klein selbst durch das Vergrößerungsglas, Laura allein auf Helbeach stehen, nachdem das Boot wieder ausgelaufen war. Ihr Plan sah vor, daß Knapp jetzt nach Oxhead zurückkehrte, wo er und Martin das Boot verlassen würden. Von da an war Ray auf sich selbst gestellt. Martin würde ins Verwalterhaus zurückkehren und Knapp mit der Fähre aufs Festland.

Vom Telegraph Mount hatte man einen weiten Blick über die Straße von Oxhead und das Meer dahinter. Es schien eine schwere Dünung zu gehen, und noch während Sarah hinunterblickte, nahm sie wahr, wie sich die See veränderte – häufiger blitzten jetzt weiße Schaumkronen auf, die Brandung toste, das Knirschen der Kiesmassen, die von der See aufgesogen und wieder ausgespien wurden, klang wie ein tiefes Heulen. Knapps Boot stampfte durch das hochgehende Wasser in Richtung Oxhead. Es schlug einen Bogen, der von der Insel wegführte, wahrscheinlich, dachte Sarah, um in gerader Linie auf die Landestelle zulaufen zu können.

Aber dann stockte ihr vor Schreck der Atem, und sie zwinkerte ungläubig. Die Wende kam nicht. Das Boot hielt aufs offene Meer zu.

»Nicht zur Insel!« Sie waren jetzt eine halbe Seemeile weit draußen, kämpften mit fünfzehn Knoten gegen die Wellen. Als Knapp den Kopf vom Instrumentenbrett hob und sich mit feindseliger Miene umsah, nickte Ray nur kurz. »Die Richtung.«

Er wies in graues Nebelland hinaus, das keinen Horizont hatte.

»Was soll das heißen?« fragte Knapp scharf.

»Warum haben Sie uns nicht auf der Insel landen lassen?« schrie Ray Martin zu.

Sich mit einer Hand am Boot festhaltend, hob Martin die andere zu beschwichtigender Geste. »Es war einfach ein Gefühl. Ich wollte ganz sicher gehen.« Seine Lippen waren wie betäubt vor Kälte und sein Gesicht naß von Gischt, Voraussetzungen, unter denen sich leicht lügen ließ. »Nur ein Verdacht. Ich hielt es für das Beste...«

Er wußte, daß Ray ihn immer noch nicht für voll nahm, und er machte sich das jetzt zunutze. Er mußte unbedingt vermeiden, daß Knapp Verdacht schöpfte.

Das von vielen Buchten ausgelappte Ufer von Oxhead zog linkerhand an ihnen vorüber, während das Boot weiter in Richtung aufs offene Meer durch das Wasser stampfte. An der Landestelle waren sie schon vorbei.

Knapp, wütend, daß er auf seine Frage keine Antwort bekommen hatte, schrie: »Ich laß mir doch von Ihnen keine Befehle geben!« und riß das Steuer herum.

Im selben Moment griff Ray in seine Jacke und zog die Automatic heraus, um sie auf Knapps Kopf zu richten. Seine Lippen schienen sich kaum zu bewegen, aber seine Stimme klang scharf und deutlich durch das Krachen der Wellen.

»Sie fahren mit bis zum Ende. Und wenn Sie Mist machen, blas ich Ihnen das Hirn aus dem Schädel.«

Vielleicht lag es an der rauhen Luft hier draußen, aber Knapps Gesicht war wächsern, seine Augen waren glasig. Er lehnte sich nicht gegen Ray auf. Seine Schultern schienen zu erschlaffen, sein ganzer Körper schien zu schrumpfen, als er sich wieder dem Steuer zuwandte.

Der Wind war stärker geworden, hatte Stärke 5 erreicht, und peitschte das Wasser zu lang rollenden, dunklen Wogen auf, die sich weiß schäumend brachen.

Ray wandte sich Martin zu. Sein Mißtrauen, seine Entschlossenheit durchzukommen, überschattete jetzt alles andere. »Okay, Sie. Holen Sie das Schlauchboot und pumpen Sie's auf.«

Das Boot mußte ein Beiboot mitführen, das war eine von Rays Bedingungen gewesen. Es lag halb aufgeblasen unter der Holzbank im Heck. Martin sah sich nach einer Pumpe um.

»Hier ist sie«, rief Knapp und wies zur Kabine. Er blickte sich um. Ray hielt die Browning, lässig zwar, aber jederzeit bereit zu feuern. Knapp ließ eine Hand am Steuer und griff mit der anderen nach der Pumpe. Er spürte, daß Ray im Begriff war, nach vorn zu kommen und sie selbst zu holen. Das Boot schlingerte heftig. Beinahe wäre ihm das Steuer aus der Hand geglitten, als er sich nach der Pumpe bückte.

Früher am Tag, eine Ewigkeit schien es her zu sein, hatte Knapp über sein Radiotelefon gefragt: »Warum schnappt ihr ihn euch nicht, wenn er aus dem Hubschrauber steigt?«

»Aus dem Hinterhalt, meinst du? Absolut tabu, alter Junge. Überleg doch mal. Sie drehen eine kurze Runde über der Insel, sichten einen Mann mit Gewehr hinter einem Baum, und wir sitzen alle in der Scheiße. Womöglich nimmt er uns dann den Piloten als Geisel, mindestens solange, bis er auf dem Boot ist. Wir wollen keine Leichen. Und schon gar nicht die falsche Leiche.«

Appleton schwieg, und Knapp stellte sich sein grinsendes Nagergesicht vor. »Was dann?« fragte er. »Soll ich ihm das Boot überlassen?«

»Ja, überlaß ihm das Boot, alter Junge. Du steigst auf der Insel aus. Wir wollen ihn ganz allein da draußen haben. Dann fangen wir ihn ab.«

Die *Fanny* schlingerte in den Wellen, die steuerbord an ihren schmucken Bug prallten. Voraus lagen die Wasser des östlichen Atlantik. Für die Biskaya war gutes Wetter angesagt, aber Knapp hatte sich nicht träumen lassen, daß er in die Verlegenheit kommen würde, die Vorhersage auf ihre Richtigkeit zu überprüfen. Er änderte den Kurs ein wenig, um allzu heftiges, regelmäßiges Schlingern zu vermeiden, und fragte sich, wo das verdammte Polizeiboot blieb und was es ihm jetzt noch helfen konnte.

Der plötzliche Bocksprung der *Fanny* hatte Martin auf Deck geschleudert, als er dabei gewesen war, das Schlauchboot aus orangefarbenem Kunststoff herauszuholen. Es war, halb aufgeblasen, unter der Bank eingeklemmt. Auf den Knien liegend, zog Martin es auf Deck heraus und sah auf, als Knapp nach der Pumpe griff, die auf einem Bord in der Kabine lag. Es war eine Fußpumpe mit einem Metallzylinder, einer Fußraste und einem

60 cm langen Schlauch aus festem Gummi. Als Knapp sie ergriff, riß er mit der linken Hand das Steuer herum. Das Boot drehte sich, prallte auf eine sich brechende Welle und legte sich auf die Seite.

Dann ließ Knapp das Steuer ganz los und wirbelte herum. Die Pumpe beim Schlauch gepackt, schwang er sie nach Rays Kopf. Der schwere Zylinder erwischte Ray, der sowieso nicht mehr auf sicheren Beinen stand, an der von Wind und Kälte steifen Hand. Die Browning flog durch die Luft und versank in den schäumenden Wellen. Ray taumelte. Knapp wirbelte die Pumpe über seinem Kopf, bereit, sie Ray diesmal ins Gesicht zu schlagen.

Das Steuer drehte sich hin und her, während die *Fanny* im hohen Seegang auf- und niedergeworfen wurde. Die dynamische Kraft seines pumpenschwingenden Arms riß Knapp plötzlich aus dem Gleichgewicht, und er fiel krachend gegen die Kabinenwand. Ray rappelte sich auf und stürzte sich auf ihn.

Sobald er ihn unter seinen Händen hatte, spürte er nichts mehr vom schwindelnden Stampfen und Schlingern des Boots. Mit brutalen Faustschlägen fiel er über Knapp her, während die Wellen mit dem Boot spielten wie mit einem Stück Treibgut.

»Hören Sie auf, Sie Idiot! Sie bringen ihn ja um.«

Martin umschlang Ray von hinten mit beiden Armen und versuchte, ihn von Knapp wegzuziehen. Schwankend, brüllend rangen sie miteinander. Knapp hing mit blutigem Gesicht an der Seitenreling, ein hilfloses Bündel, das mit jedem Schlingern des Boots über Bord geschleudert zu werden drohte. Ray griff Martin an und versetzte ihm einen Schlag ins Gesicht, unter dessen Wucht er das ganze offene Deck entlang taumelte. Nur die Reling verhinderte, daß er ins Wasser stürzte.

Dann ging das Schlauchboot über Bord. Erst rutschte es über das Deck, dann packte es der Wind und trug es zwanzig Meter ins Wasser hinaus. Wie ein schlaffer orangefarbener Ballon schoß es im Grau der stürmischen See auf und nieder.

Mit einem Ruck hob Ray den Kopf. Das Tosen des Windes hatte sein Gehör betäubt, und einen Moment lang war er unsicher, aus welcher Richtung das Geräusch kam. Aber dann sah er den Hubschrauber, dessen Motorengeknatter von Sekunde zu Sekunde lauter wurde.

Er war erledigt. Er hatte immer gewußt, daß es am Ende auf ein Wettrennen mit dem Tod hinauslaufen würde. Sein Gesicht wurde scharf und spitz, die haßerfüllte Maske des in die Enge getriebenen Wolfs, der mit gefletschten Zähnen die Verfolger erwartet. Sollten sie nur kommen. Er war bereit.

Martin sah sich prüfend um, und Ray, der es bemerkte, witterte Verrat. Während er schwankend auf Martin zuging, bückte sich dieser und zog sich die Stiefel von den Füßen. Er konnte das Schlauchboot sehen. Dieselbe Strömung, die es vor sich hertrieb, würde ihn zu dem Boot tragen. In der Reling am Heck war ein Einschnitt. Kurz entschlossen, so, als wäre Ray gar nicht vorhanden, trat er in die Öffnung und sprang ins Wasser.

Das Salz brannte ihm in der Nase, und die Strömung zerrte an seinen Kleidern, während sie ihn herumwarf wie eine hilflose Puppe. Er hörte, wie der Motor des Boots aufheulte. Mit Armen und Beinen schlagend, um nicht unterzugehen, drehte er sich um und sah, wie die Jacht wendete. Knapp stand wieder am Steuer. Einen Moment lang glaubte Martin, sie würden direkt auf ihn losfahren. Aber die *Fanny* machte einen scharfen Bogen und schoß durch das Wasser davon.

Martin schwamm mit seiner ganzen Kraft und bekam endlich die glitschige orangefarbene Haut des Schlauchboots zu fassen. Gerade, als er sich hineinhievte, erfaßte ihn das Kielwasser der Jacht. Bis ins Innerste durchfroren und Salzwasser spuckend ließ er sich in das kleine Boot fallen und blieb liegen wie ein Kind in seinem Bettchen. In diesem Moment flog der Hubschrauber über ihn hinweg.

Wenn alles vorbei war, würden sie sich auf dem braunen Kamm von Helbeach treffen. Und dann? Nach Hause gehen? Aber wo war denn jetzt Zuhause für sie alle?

Sarah Keeling war so beklommen zumute, daß sie kaum atmen konnte. Ihre Hände zitterten vor Kälte und vor wilder Erregung. Es beunruhigte sie, daß das Boot nicht auf Oxhead angelegt hatte. Darum blieb sie und spähte weiter durch den Feldstecher.

Das Meer erschien glatt aus dieser Entfernung, aber an dem

orangefarbenen Schlauchboot, das bald in die Höhe geworfen wurde, bald völlig aus ihrem Blickfeld verschwand, während es diagonal zur Küste auf der gewaltigen Flut trieb, die Helbeach entgegenraste, sah sie, daß es nicht so war. Knapps Jacht war am grauen Horizont verschwunden, und Ray hatte Martin und Knapp mit dem Schlauchboot ausgesetzt. Das mußte die Erklärung sein.

Sie starrte lange aufs Meer hinaus. Solange, bis sie das Schlauchboot klar im Blick hatte. Ungläubig sah sie es schaukelnd auf der Strömung dahintreiben, leicht wie ein Fetzchen Papier, und leer.

Harry Teal war beunruhigt. Nicht persönlich, sondern rein sachlich. Er war immer nur rein sachlich beunruhigt. Er rief dem Piloten des Hubschraubers zu: »Wie weit kann das Ding fliegen?«

»Ungefähr 150, hin und zurück.«

»Meilen oder Kilometer?«

Der Pilot wußte nicht recht, was er von diesem Typen halten sollte, aber von Hubschraubern hatte der jedenfalls keine Ahnung. Seinen Sarkasmus zurückhaltend, antwortete er: »Meilen.«

»Keine Sorge, alter Junge«, sagte Appleton und klopfte Teal leicht aufs Knie. »Er kann uns nicht entkommen.«

Um das »er« zu unterstreichen, zeigte Appleton zur *Fanny* hinunter, die jetzt nur noch zwei Männer an Bord hatte.

»Wieso?« fragte Teal.

Appleton legte eine Hand muschelförmig um das Kinnmikrofon seiner Kopfgarnitur, als meinte er, so besser gehört werden zu können. »Ganz einfach. Unser Freund Knapp hat versprochen, die Treibstoffanzeige zu verstellen. Ein paar Meilen noch, dann geht ihnen das Benzin aus. Worauf unsere Freunde und Helfer von der Polizei in ihrem Bötchen antuckern und diesen Schurken festnehmen werden. Und dann, mein junger Freund, sind Sie ein gemachter Mann.«

Teal kaute auf seiner wulstigen Unterlippe. »Warum ist Knapp nicht auf die Insel zurückgekommen? Was treibt er für ein Spiel?«

»Sie glauben doch nicht, daß er übergelaufen ist, alter Junge?«
»Ich hab ihm nie über den Weg getraut. Ich glaube, er hat Sie benutzt, Rex.«
»Vielleicht haben Sie recht. Aber wofür?«
»Vielleicht werden wir das schon bald erfahren.«
Teal kaute weiter auf seiner Unterlippe und starrte angespannt zum wild bewegten Meer hinunter. Der Hubschrauber konnte ohne Mühe 100 Meilen in der Stunde fliegen, und die Vorstellung, was für eine Wirkung die Anwesenheit der Maschine auf die Nerven der beiden Männer unten auf dem Boot haben mußte, ergötzte ihn.

Er würde diese Schweine schon kriegen. Teal war noch immer nicht dahintergekommen, welche Motive Appleton bewegten, aber das war jetzt gleichgültig. Appleton war zu ihm gekommen und hatte etwas davon gefaselt, daß eine Hand die andere wasche, daß diese Sache die Zurückstellung aller persönlichen Differenzen verlange und dergleichen Floskeln mehr. Aber das große Finale würde kommen, wenn er – Harry Teal – endlich diesen Mann, der ihn seit Gott weiß wann tyrannisierte und schikanierte, zwischen die Finger bekam. Er würde das Schwein so fertigmachen, daß ihm Hören und Sehen verging.

Appleton sah auf seine Uhr. Die Zeit war ihm an diesem Morgen weit wichtiger als sonst. Während er nach außen den Jovialen mimte, zählte er insgeheim die Sekunden bis zu dem Moment, wo die mit einem Zeitzünder versehene Plastikbombe hochgehen mußte, die man in der Nacht im Maschinenraum der *Fanny* installiert hatte. Ohne Wissen von Knapp, ohne Wissen von Teal, nur mit seinem Wissen und dem der SBS-Leute, die den Job erledigt hatten. Mein Gott, dachte Appleton plötzlich, hoffentlich haben sie auch das richtige Boot erwischt.

Vielleicht war es Nervosität, vielleicht war es unglaubliche Nervenstärke, die ihn veranlaßte, ein Gespräch anzufangen, als der entscheidende Augenblick seiner Berechnung nach keine Minute mehr entfernt war.
»Ganz schön unruhig da unten, wie, Harry? Segeln Sie?«
»Segeln? Nein.«
»Eine Landratte wie ich. Schon daß ich in dieser Kiste hier sitzen muß, macht mich ganz kribbelig. Wir hatten mal einen

Mann bei uns, einen gewissen Pinky Fairweather, damals im Nahen Osten –«

Unten schoß plötzlich eine orangefarbene Stichflamme in die Höhe. Der Pilot reagierte vorbildlich und blitzschnell. Beinahe instinktiv zog er den Hubschrauber hoch und steuerte ihn in scharfer Kurve weg von dem gefährlichen Blitz in der Tiefe. Es sah aus wie ein Feuer, aber nur eine Millisekunde lang. Danach breitete sich an der Stelle, wo die *Fanny* gewesen war, lodernder, zinnoberroter Lichtschein aus.

In sicherer Höhe kehrte der Hubschrauber zurück. Der Pilot drosselte die Geschwindigkeit, und sie kreisten über der dunklen Rauchsäule, die der stürmische Wind schon zu zerfetzen begann. Die Überreste der *Fanny* und ihrer Passagiere wogten im wilden Spiel der Wellen auf und nieder, ehe sie für immer versanken.

Kreidebleich vor Schreck und Entsetzen starrte Harry Teal Appleton an. Er hätte jetzt dringend eine Erklärung oder wenigstens ein paar Worte gebraucht. Aber Appleton hatte die sommersprossigen Hände vor das Gesicht geschlagen und schien zu zittern. Er verriet nichts.

Ohne auf eine Anweisung zu warten, wendete der Pilot den Hubschrauber weg von den Trümmern des Wracks und hielt auf das Festland zu.

Ein feiner, scharfer Regen ging jetzt nieder, und die beiden Enden von Helbeach, 16 Kilometer auseinander, versanken in grauen Dunstschleiern. Wie glatter Sand glänzte der braunbekieste Rücken vor den beiden Frauen, die bedrückt und niedergeschlagen durch den knirschenden Kies gingen.

Sarah hatte alles berichtet, was sie beobachtet hatte. Sie hatten endlose Mutmaßungen angestellt, und nun gab es nichts mehr zu sagen. Das leer dahintreibende Schlauchboot konnte von einem anderen Schiff stammen. Es brauchte mit Knapps Jacht nichts zu tun haben. Aber es war ein Schlauchboot an Bord gewesen, das wußten sie. Was die Farbe anging, so waren diese Dinger fast immer orange. Damit sie leicht zu sehen waren, richtig? Aber wenn das Schlauchboot von der *Fanny* war, konnte es versehentlich über Bord gegangen sein. Oder es konnte ein Hinweis darauf sein, daß die Jacht gekentert war. Oder Knapp und Martin konnten das Boot verlassen haben und...

»Ich hab mir fast die Augen aus dem Kopf gestarrt«, beteuerte Sarah immer wieder, »aber ich habe niemanden gesehen. Das heißt nicht –«

Durchnäßt und niedergeschlagen, brachten sie es dennoch nicht fertig, das Niemandsland auf dem dunstumhüllten Kieswall zu verlassen. Es war der einzige Ort, der Abstand bot – von den Schwierigkeiten, die sie auf dem Festland erwarteten, auf der einen Seite, und von der krassen Einfachheit des Meeres auf der anderen.

Sie hatten nicht darüber gesprochen, aber Laura wußte, daß sie vor Einbruch der Dunkelheit nicht von hier fortgehen würde. Während sie über die knirschenden, rollenden Steine dahinging, verspürte sie ein wachsendes Verlangen, für immer hier zu bleiben, sich niederzulegen und zu sterben. Es gab Zeiten, da war es nicht recht zu sterben, und andere, wo der Tod angemessen war, und sie hatte nicht das Empfinden, daß ihr Leben weiter wollte, fort aus dieser windgepeitschten, wilden Landschaft.

Sie beschlossen, sich zu trennen und zu versuchen, Helbeach in seiner ganzen Länge abzugehen. Nach ein paar Stunden wollten sie sich wieder treffen. Kalt bis ins Mark vom schneidenden Wind und vom Regen durchnäßt, umarmten sie sich.

»Eines Tages«, sagte Sarah, »werden wir diese Geschichte fertigschreiben.«

»Ja, eines Tages«, antwortete Laura.

Sie wandten sich voneinander ab und gingen. Beide weinten, Tränen und Regentropfen vermischten sich auf ihren Gesichtern, und nach einer Weile begann Laura laut zu schluchzen, in den pfeifenden Wind und das gleichgültige Tosen der Brandung zu heulen. Sie weinte und schluchzte, bis sie keine Kraft mehr hatte, und Schmerz und Furcht aus ihr herausgewaschen waren.

Dann sah sie das Schlauchboot. Rennen war unmöglich, aber sie ging schneller. Ein schlaffer Sack aus orangefarbenem Kunststoff, lag es leicht bewegt von den letzten sanften Ausläufern der Flut fast oben auf der Höhe des Kamms. Die Dollen waren leer. Das war das erste, was ihr auffiel. Die Paddel steckten nicht in ihren Haspen. Es hatte also jemand versucht, das Schlauchboot auf offener See zu manövrieren. Sie fragte sich, ob Martin es irgendwie geschafft haben konnte, nach Oxhead zurückzukommen. Aber die Flutströmung bewegte sich von der Insel weg, und kein Mensch hätte gegen sie anschwimmen können.

Sie zog das Schlauchboot weiter herauf, damit es nicht weggeschwemmt werden konnte, und ging weiter. Sie war jetzt völlig ohne Gefühl, in einem Zustand eisiger Ruhe, den der Anblick des kleinen Boots hervorgerufen hatte.

Vierhundert Meter weiter ragte ein weiterer Betonklotz aus dem Kies. Hinter einer Bodenwelle erst allmählich sichtbar werdend, lag dort am Hang vor dem alten Gefechtsstand ein Mensch, Erinnerungsbild eines Soldaten, der beim Angriff auf einen MG-Gefechtsstand gefallen war. Obwohl sie nur ein dunkles Häufchen erkennen konnte, das zusammengekrümmt in einer Kiesmulde oberhalb der Flutlinie lag, wußte sie sofort, daß es Martin war. Und diesmal konnte sie rennen.

Sobald sie bei ihm war, drehte sie ihn herum. Das Gesicht war bleich, von nassen Haarsträhnen halb zugedeckt, die Augen geschlossen, die blutleeren Lippen waren leicht geöffnet. Sie suchte seinen Atem, drückte Handgelenk und Hals, um einen Puls zu finden, aber die Haut war eiskalt, und ihre eigenen Hände waren zu taub, um etwas zu fühlen.

Sie schlug ihm auf die Wangen und schüttelte ihn, schrie Worte des Zorns und der Liebe und des Flehens in sein Ohr. Einen Moment lang fand sie sich damit ab, daß er tot war, daß dies ein Toter war, den sie wachzurütteln suchte, und Verzweiflung, der Beginn von Wahnsinn überfielen sie. In einer letzten Geste der Weigerung drückte sie seinen Mund auf den ihren und blies ihren Atem in ihn hinein.

Irgendwo in der Höhle seines Körpers spürte sie eine Reaktion, ein Aufseufzen von Leben, und sie stieß mit aller Kraft ihren Atem in ihn hinein, bearbeitete ihn mit den Fäusten, um ihn dem Todesschlaf zu entreißen, in den er zu versinken drohte.

Plötzlich zuckte Martin unter ihr, sie schmeckte flüchtig Galle auf ihren Lippen und wich gerade noch rechtzeitig zurück, um dem Strom des Erbrechens zu entgehen, der aus seinem Mund hervorbrach. Unter krampfartigen Zuckungen wälzte sich Martin auf die Seite und spie, das Gesicht in den nassen Kies gedrückt, alles aus, was er im Magen gehabt hatte.

Nur langsam kam er zu sich, und er begann jetzt zu frösteln, aber schließlich richtete er den Blick auf Laura und sagte schwach: »Ich habe auf dich gewartet.«

Sie half ihm auf. Der Wagen stand anderthalb Kilometer entfernt und in ihm waren trockene Kleider und eine Thermosflasche mit heißem Tee. Plötzlich schienen die anderthalb Kilometer nichts zu sein. Der Wind trieb sie von hinten, und selbst das Rollen der Kiesel unter ihren Füßen schien ihre Schritte zu beschwingen.

Sie kamen an dem Schlauchboot vorüber. Martin berichtete Laura, wie die Brecher vor Helbeach ihn schließlich aus dem Boot gespült hatten. Sich in die Strömung zu werfen und zu schwimmen, war seine einzige Chance auf Rettung gewesen. Mit letzter Kraft hatte er sich durch die eiskalte Brandung geschleppt und war auf der Kiesbank zusammengebrochen. Er hatte gewußt, sagte er, daß er nicht sterben dürfe, ehe er sie ein letztes Mal gesehen hatte.

Alles andere würde später kommen.

Sara Paretsky

Blood Shot

Roman. Aus dem Amerikanischen von Anette Grube.
353 Seiten. Geb.

Deadlock

Roman. Aus dem Amerikanischen von Katja Münch.
246 Seiten. Serie Piper 5512

»›Deadlock‹ ist keiner dieser betulichen Hausfrauenkrimis à la P. D. James, sondern eine flott und stimmig abgespulte Story mit amüsant ironischen Untertönen ... Als Leser kann man nur auf Nachschub hoffen.« Hamburger Abendblatt

Fromme Wünsche

Roman. Aus dem Amerikanischen von Katja Münch.
227 Seiten. Serie Piper 5517

»Mit Scharfsinn und hervorragenden Kenntnissen in der Wirtschaftskriminalität rollt sie, allein gegen die Mafia, den schmutzigen Chicagoer Aktienskandal auf und bietet durchaus all das, was auch Männern Spaß macht.« Der Spiegel

Schadenersatz

Roman. Aus dem Amerikanischen von Uta Münch.
272 Seiten. Serie Piper 5507

»Ein Detektivspiel für Tüftler.« FAZ

Tödliche Therapie

Roman. Aus dem Amerikanischen von Anette Grube.
255 Seiten. Serie Piper 5535

Julian Rathbone

¡Carnival!

Roman. Aus dem Englischen von Mechthild Sandberg.
198 Seiten. Serie Piper 5550

Grünfinger

Roman. Aus dem Englischen von Hilde Stallmach.
227 Seiten. Serie Piper 5526

»Julian Rathbone hat das Kaliber eines Graham Greene.«
Publishers Weekly

Deutscher Krimi-Preis 1989

Der Katafalk

Roman. Aus dem Englischen von Hilde Stallmach.
205 Seiten. Serie Piper 5515

»Julian Rathbones Geschichten gehören zum Besten, was es gegenwärtig gibt.« The Daily Telegraph

Der Messerwerfer

Roman. Aus dem Englischen von Christine Penitzka.
158 Seiten. Serie Piper 5551

»Julian Rathbone hat die analytische Intelligenz eines Eric Ambler... In seinen besten Romanen nähert er sich John Le Carré.« Mordslust Magazin 2

Lust an der Spannung

Geschichten für schlaflose Nächte
Herausgegeben von Friedrich Kur.
470 Seiten. Serie Piper 5555

In diesem Lesebuch geht es um Mord und Totschlag, Diebstahl und Raub, Erpressung und Spionage. Die Täter müssen nicht in jedem Fall Schurken sein. Verbrechen können als Kurzschlußhandlung geschehen oder weil eine Situation unübersichtlich war. Oft sind die Opfer sogar selbst schuld, und zuweilen macht auch eine Leiche noch keinen Mord. Manche Täter sind deshalb ebenso Helden wie die Privat- und Polizeidetektive oder die gerechtigkeitsliebenden Amateure, die es mit dem großen Unbekannten, dem internationalen Konzern, dem wahnsinnigen Mörder oder dem alltäglichen Bösen aufnehmen und die ihrerseits in der Wahl ihrer Mittel auch nicht immer ganz zimperlich sind. Nachzulesen bei:
Lawrence Block, Richard Oliver Collin, Frederick Forsyth, Fruttero & Lucentini, Lesley Grant-Adamson, S. T. Haymon, Michael Innes, Hilda Lawrence, Paolo Levi, Arthur Machen, Ulf Miehe, Michael Molsner, Martin Page, Sara Paretsky, Barbara Paul, Julian Rathbone, Dorothy Sayers, Giorgio Scerbanenco, Rex Stout, Carolyn Wheat, Helmut Zenker.

Piper 56/2

0174 9121 883

~~0561 7146~~

~~015 2056 17146~~